polar
VERLAG

Sam Hawken

Vermisst

Aus dem Amerikanischen von Karen Witthuhn
Herausgegeben von Wolfgang Franßen

Polar Verlag

Originaltitel: Missing

First published in 2014 by Serpent's Tail

Deutsche Erstausgabe, 1. Auflage 2020
Aus dem Amerikanischen von Karen Witthuhn
Mit einem Nachwort von Peter Henning

www.polar-verlag.de

Redaktion: Tobias Schumacher-Hernández
Umschlaggestaltung: Robert Neth, Britta Kuhlmann
Coverfoto: © Prod.Ali_Galvan/Adobe Stock
Autorenfoto: © Sam Hawken
Satz/Layout: Martina Stolzmann
Gesetzt aus Adobe Garamond PostScript, InDesign
Druck und Bindung: CPI books GmbH, Leck, Deutschland

ISBN: 978-3-948392-02-4

Für die Vermissten von Los Dos Laredos

Teil 1

JACK

1

Als Jack Searle aufstand, zeigte sich gerade der erste rosafarbene Schimmer am Himmel über Laredo, Texas. Er verzichtete aufs Duschen, putzte sich aber die Zähne und betrachtete seine Bartstoppeln. Sein Goatee wurde langsam ein wenig struppig und war mit grauen Haaren durchsetzt, die er manchmal färbte. Heute Abend würde er den Bart wieder in Form bringen.

Sein Frühstück bestand aus Cornflakes mit Milch, gebuttertem Toast und Orangensaft. Speckstreifen wären nicht schlecht gewesen, aber der Arzt hatte ihn ermahnt, mit Salz zurückhaltend zu sein. Das Cholesterin sah auch nicht gut aus. Jack war siebenundfünfzig Jahre alt.

Er warf einen kurzen Blick in die Zimmer der Kinder. Beide Mädchen schliefen noch, daran würde sich vor zehn wahrscheinlich auch nichts ändern. Jack wachte selbst an seinen freien Tagen früh auf und konnte dann nicht liegen bleiben. Als Teenager hatte er wahrscheinlich ein paar Stunden länger geschlafen, konnte sich aber nicht mehr daran erinnern.

Er zog die Haustür hinter sich zu und schloss ab. Draußen war es noch kühl. Im Vorbeigehen zupfte er ein paar Löwenzähne aus dem Rasen und warf sie auf die Einfahrt. Das Gras war genauso struppig wie sein Bart. Er würde sich am Wochenende darum kümmern.

Jack ging zu seinem Truck, ein Ford F-250, früher einmal weiß, inzwischen durch Dreck und Schrammen und Beulen ziemlich unansehnlich. Der kleine Mitsubishi Galant, der auch auf der Einfahrt stand, wirkte im Vergleich winzig. Jack bemerkte, dass sich der Marine-Corps-Aufkleber im Rückfenster zu lösen begann.

In der Nachbarschaft war kaum jemand so früh schon auf den Beinen. Jack kurbelte das Fenster herunter und ließ den Wind herein, im Radio dudelte etwas Soulig-Gemütliches.

Zwanzig Minuten später kam das große orange Schild des Baumarkts in Sichtweite. In Jacks Rücken ging die Sonne auf, aber noch waren die Straßenlaternen an. Trotzdem würden die Männer schon da sein, sie wachten noch früher auf als er und warteten manchmal den ganzen Tag dort.

Sie standen auf dem Parkplatz des Home Depot verteilt, einige eher an der Straße, andere beim Eingang, in Grüppchen oder alleine und beobachteten wachsam jedes sich nähernde Auto: Wurde es langsamer, war es die Polizei in Zivil? Jack sah, wie die Spannung stieg, als er auf den Parkplatz abbog, alle schienen sich gleichzeitig in Bewegung zu setzen, zogen einen Ring um den Truck.

Jack hatte niemand Besonderen im Sinn. Er hielt nicht an, denn dann würden sie über ihn herfallen, sondern fuhr langsam an den Männern vorbei und hielt Ausschau nach einem Gesicht mit dem besonderen Etwas darin. Nicht Hunger oder Verzweiflung, sondern die Gewissheit, dass ein Tag harter Arbeit am Abend guten Lohn bringen würde.

Nach ein, zwei Minuten hatte er den Richtigen gefunden und stoppte vor zwei Männern. Der eine rollte einen Kaffeebecher von Dunkin' Donuts zwischen den Händen hin und her, als wollte er sie wärmen. Jack ließ das Fenster auf der Beifahrerseite herunter. »*¿Busca trabajo?*«, fragte er. Im Augenwinkel bekam er mit, dass sich weitere Männer dem Truck von hinten näherten. Bald würden sie ihn so dicht umringen, dass sich der Wagen nicht mehr bewegen ließe.

»Wir können arbeiten«, sagte der Mann mit dem Kaffeebecher. Er war spindeldürr, wie alle hier, das Gesicht so von Falten durchzogen, dass er genauso gut wettergegerbt wie alt sein konnte. Er trug eine schmutzige Kappe mit dem Texaco-Logo. »Wir beide zusammen?«

»Ich brauche nur einen. Wir müssen ein Badezimmer abreißen. Ich zahle acht Dollar die Stunde plus Mittagessen bei McDonald's. *¿Suena bien?*«

»Das ist gut«, sagte der Mann.

»Steig ein.«

Ein anderer erschien an Jacks Fenster. »Ich kann arbeiten«, sagte er.

»Ich habe, was ich brauche.«

»Ich arbeite billig«, beharrte der Mann.

»*No, gracias.* Ich habe, was ich brauche.«

Der Mann machte Anstalten, seine Hand auf Jacks Arm zu legen, zog sie aber weg, als er Jacks Miene sah. Andere drängten nach vorne, das Gemurmel wurde immer lauter.

»Das war's«, sagte Jack. »Ich brauche bloß einen.«

Der Mann mit dem Kaffeebecher öffnete die hintere Tür der Fahrerkabine und stieg ein. Jack kurbelte die Fenster hoch, um weitere Diskussionen im Keim zu ersticken, und ließ den Motor aufheulen. Die Männer wichen zurück, Jack fuhr los.

»Danke«, sagte der Mann mit dem Kaffeebecher.

»Nicht nötig. Du suchst Arbeit, ich biete Arbeit. Alle sind zufrieden.«

»Ich bin Eugenio«, sagte der Mann.

»Freut mich.«

Jack verließ den Parkplatz und fädelte sich in den spärlichen Morgenverkehr ein. Im Radio lief ein gutes Lied, er drehte etwas lauter. Falls der Mann auf der Rückbank etwas dagegen einzuwenden hatte, behielt er es für sich.

2

Der Stadtteil, in den sie fuhren, war geprägt von Neubauten, die auf viel zu kleine Grundstücke mit fast identisch aussehenden Gartenwegen und breiten Einfahrten vor Doppelgaragen gepresst worden waren. Trotz der Hitze waren die Rasenflächen grün und perfekt geschnitten, anders als bei Jack. Er hätte wetten können, dass keiner der Hausbesitzer sich selber um seinen Garten kümmerte.

Er parkte den Truck am Straßenrand vor einem Sandsteinhaus mit einer großen Fensterfront. In dieser Gegend gab es keine Gehwege, trotzdem stand auf einer kleinen Veranda eine Hollywoodschaukel. Eine Veranda war dazu da, die Menschen zu beobachten, die vorbeikamen. Doch hier ging niemand zu Fuß.

In der Einfahrt stand ein noch leerer Schuttcontainer, eine große, blaue Metallkiste von knapp fünf Metern Länge.

Jack stieg aus und sagte Eugenio, er solle am Truck warten. Er ging zur Haustür und klingelte. Eine Latina in einer kurzärmeligen blauen Bluse öffnete. Die Haushälterin. Jack stellte sich vor, sie ließ die Tür offenstehen und verschwand im Haus.

Jack kehrte zum Truck zurück, öffnete die Ladekiste hinter der Fahrerkabine, gab Eugenio einen schweren Werkzeugkasten und griff selber nach einem langen Stemmeisen. Eugenio nahm auf seine Anweisung hin noch eine Rolle Plastikfolie von der Ladefläche, dann gingen sie zum Haus.

In der großen Eingangshalle hing ein Kronleuchter, eine geschwungene Treppe führte ins obere Stockwerk hinauf. Der Teppich war weiß und würde leicht verschmutzen. Das Badezimmer lag oben, am Ende des Flurs.

»Roll hinter mir das Plastik aus«, sagte Jack zu Eugenio. »Hast du verstanden?«

»Ich verstehe.«

»Okay, dann folge mir.«

Sie gingen die Treppe hoch, und Eugenio spulte die Rolle hinter sich ab. Am Kopf der Treppe zog Jack sein Klappmesser heraus und schnitt das Plastik ab, um einen neuen Streifen im Flur zu verlegen. Bis zum Badezimmer, das vom Schlafzimmer abging, verbrauchten sie gute zehn Meter. Am Ziel schnitt Jack das Plastik wieder ab.

»Ich bringe das zum Truck zurück«, sagte Eugenio.

»Gute Idee. Da liegt auch eine Plane, bring die mit, aber stell erst das Werkzeug da drüben hin.«

Jack sah sich im Badezimmer um. Wie alles im Haus war es zu groß, es verfügte sowohl über eine Dusche als auch eine Badewanne. Die eine Hälfte sah immer noch nagelneu aus, die andere war bereits bis zur Trockenmauer abgerissen worden. Im Boden fehlten Fliesen. Am großen Spiegel über den beiden Waschbecken klebte eine dünne Staubschicht.

Mr. Leek, der Kunde, war Rechtsanwalt. Jack verstand nicht, warum der Mann ein völlig intaktes Badezimmer herausreißen wollte. Er hatte damit angefangen und den Job nicht zu Ende gebracht. Alles funktionierte noch – die Toilettenspülung, die Wasserhähne –, aber es sah aus, als wäre im Bad eine Bombe explodiert. Es würde noch schlimmer werden, bevor es wieder besser wurde.

Leek wollte eine *neue* Wanne und eine *neue* Duschkabine und *neue* Waschbecken und eine *neue* Toilette. Der verstaubte Spiegel war ungefähr das Einzige, das bleiben sollte. Jack hatte mit dem Anwalt zwei Tage lang Kataloge gewälzt, Armaturen ausgewählt, Wandfliesen und neue Lampen. Leek hatte genaue Vorstellungen, und Jack mischte sich nicht ein. Sein Job war es, den Traum wahr zu machen, seine Meinung behielt er für sich.

»Was machen wir zuerst?«, fragte Eugenio, als er zurück war. Er hatte seine dünne Jacke ausgezogen, die Kappe in die hintere Hosentasche gesteckt, sein Blick war aufmerksam. Ja, er war eine gute Wahl gewesen.

»Als Erstes klopfen wir die restlichen Fliesen von der Wand«, sagte Jack. »Danach reißen wir die Wanne raus.«

Sie legten die Plane aus, dann verteilte Jack das Werkzeug. Er fing am Fenster an, Eugenio bei den Waschbecken.

»Kümmer dich nicht um die Trockenwand. Die kommt raus, wir machen Zementplatten rein«, sagte Jack. »Wirf einfach alles in die Badewanne.«

Sie machten sich ans Werk, das Klopfen und Hämmern übertönte alles. Die sauberen, weißen Fliesen zerbrachen und lösten sich stückweise, darunter kam eine glatte graue Fläche zum Vorschein. Jack warf die Scherben in die Wanne, wo sie weiter zersplitterten. Der Abriss eines Badezimmers war einfache, mechanische Arbeit. Es war immer leichter, Dinge kaputtzumachen. Bis zum Mittagessen würden sie mit diesem Teil fertig sein.

Der Geruch von Staub stieg ihnen in die Nase. Sie atmeten ein und machten weiter.

3

Die Fliesen waren schneller abgeklopft als erwartet. Jack sagte der Haushälterin, die in der Küche die Arbeitsflächen schrubbte, dass sie jetzt schon Mittagspause machen und eine Weile weg sein würden. Im Truck verströmten die beiden Männer den Geruch von Arbeit.

Jack fuhr mit Eugenio zu einem McDonald's, jeder holte sich einen Big Mac mit Fritten und eine Cola, dann parkten sie in einer Ecke des Parkplatzes in der prallen Sonne, ließen die Fenster herunter und aßen. Sie waren kurz vor dem Mittagsansturm gekommen, jetzt stauten sich die Autos vor dem Drive-in. Wenn der Rest des Tages auch so reibungslos lief, konnten sie vielleicht etwas früher Feierabend machen, aber Jack würde Eugenio in jedem Fall für acht Stunden bezahlen. Dieser Auftrag würde sie noch eine Weile beschäftigen, sie mussten sich nicht schon am ersten Tag verausgaben.

Jack bemerkte, dass Eugenio einen einsamen Baum betrachtete, der eingepfercht auf einem schmalen Grasstreifen am Rand des Parkplatzes stand. Der Baum machte einen traurigen, verwelkten Eindruck. Irgendwie überlebte er. »Eugenio«, sagte Jack, »woher kommst du?«

»Ich?«

»Ja. Wenn ich das fragen darf.«

»Anáhuac«, sagte Eugenio.

Jack nickte. »Kenne ich. Westlich von Nuevo Laredo, stimmt's?«

»*Sí.*«

»Das ist nicht weit. Fährst du manchmal hin?«

»Nicht oft, *señor.*«

»Du brauchst nicht *señor* zu mir zu sagen. Jack reicht.«

»Okay.«

Jack hätte gerne mehr erfahren, spürte aber Eugenios Anspannung, steif saß er auf der Rückbank. Jack steckte die leere Big-Mac-Packung in die Papiertüte und knüllte alles zusammen. Der Müll landete in einer Plastiktüte, die hinter dem Fahrersitz an einem Haken hing. Jack mutete dem Wagen viel zu, hielt aber die Fahrerkabine sauber. »Ich frage nicht aus einem bestimmten Grund«, sagte er. »Nur zum Reden.«

»*Está bien*«, sagte Eugenio.

Jack sah auf die Uhr. Es war Zeit.

Sie arbeiteten bis zum Abend, dann brachte Jack Eugenio zurück zum Home Depot. Die Männer vom Morgen waren alle verschwunden, der Parkplatz voll besetzt mit Kundenautos. Ein Mann schob einen Karren mit etwa fünfzig Kilo Holz zu seinem Truck.

»Danke«, sagte Eugenio.

»Wenn du morgen wieder hier bist, arbeiten wir weiter, okay?«

»Morgen«, sagte Eugenio.

Er stieg aus dem Wagen, Jack fuhr los. Als er einen Blick in den Rückspiegel warf, hatte sich Eugenio bereits abgewandt.

4

Als Jack nach Hause kam, war der Galant aus der Einfahrt verschwunden. Er parkte so, dass für das kleine Auto Platz blieb, und stieg aus dem Truck. Ein paar Kinder spielten auf der Straße Basketball, den Korb hatten sie auf dem Gehweg aufgestellt. Das Geschrei drang bis zu ihm herüber.

Noch tat ihm nichts weh, das konnte morgen anders sein. Jack spürte, dass sein Rücken und die Arme vom Abklopfen der Fliesen und Bücken und Heben langsam steif wurden. Früher hatten ihm solche Tage nichts ausgemacht, er hatte eine Woche durcharbeiten können und nichts davon gemerkt.

Er trat ins Haus, seine Schlüssel landeten in der Glasschüssel neben der Tür. Im Wohnzimmer lief der Fernseher, irgendeine Spielshow. Jack hielt an der Tür inne, Lidia lag mit dem Handy am Ohr lang ausgestreckt auf dem Sofa, telefonierte mit irgendwem und verfolgte mit einem Auge die Sendung. Sie war dreizehn, telefonieren oder simsen war ihr liebstes Hobby.

»Hi«, sagte Jack.

»Hi, Jack.« Lidia legte die Hand aufs Telefon. »Du bist früh zu Hause.«

»Nein, genau pünktlich. Wo ist deine Schwester?«

»Bei Ginny. Sie sagt, zum Abendessen ist sie wieder da.«

»Okay. Ich geh duschen.«

Im Gehen hörte er Lidia sagen: »Alles okay, das war nur mein Stiefvater.«

Im Schlafzimmer zog er die Arbeitsklamotten aus und warf sie in den Wäschekorb, dann betrat er das kleine angeschlossene Badezimmer. Hier war weniger Platz als bei den Leeks, eine Wanne gab es nicht, nur eine Duschkabine mit Milchglas und Armaturen, die zu rosten begonnen hatten. Eigentlich hätte er das ganze Ding vor ein, zwei Jahren ersetzen wollen, war aber nie dazu gekommen. Wenigstens tropfte nichts.

Jack blieb länger in der Dusche als sonst und genoss die Wärme. Dann wickelte er sich ein Handtuch um die Hüften und stellte sich vor den Spiegel am Waschbecken. Er strich sich Rasierschaum ins Gesicht, machte den sprießenden Schnurrbarthaaren den Garaus und brachte mit einer kleinen Schere den Goatee wieder in Form. Das Rasierwasser brannte auf der Haut.

Er zog Shorts und ein löchriges T-Shirt an und ging in die Küche. Da es noch zu früh war, um das Abendessen vorzubereiten, holte er sich ein Bier aus dem Kühlschrank, setzte sich an den Tisch und schaute durch die Schiebetür in den Hinterhof hinaus, auf den Maschendrahtzaun und die quadratische Terrasse mit dem Betonboden. Vor Jahren hatte er überlegt, dort für Lidia eine Schaukel aufzustellen, aber da war sie schon zu alt für solche Sachen gewesen, und Marina sowieso. Er hätte die beiden gerne schon als kleine Kinder gekannt.

Alles war still, niemand kam durch die Haustür und in die Küche gewuselt. Etwa um diese Uhrzeit wäre Vilma nach ihrer Zwölf-Stunden-Schicht im Krankenhaus nach Hause gekommen. Sie hätte Jack umarmt, ihm einen Kuss gegeben und gefragt, wie sein Tag gewesen war. Auch heute noch wartete Jack auf das Geräusch von Vilmas Galant in der Einfahrt, aber jetzt kündigte es an, dass Marina nach Hause kam, nicht ihre Mutter.

Jack trank sein Bier aus und steckte die Flasche zum Recyceln in eine Papiertüte. Er stellte eine große Bratpfanne auf den Herd, holte ein Kilo Rinderhack aus dem Kühlschrank und krümelte es in die heiße Pfanne. Es zischte, der Duft von gebratenem Fleisch breitete sich aus.

Der Hamburger Helper köchelte auch schon, als Jack Marina

nach Hause kommen und das Klimpern ihrer Schlüssel in der Glasschüssel hörte. »Hey, Marina«, rief er.

»Hey, Jack«, kam es zurück.

»Noch zehn Minuten, okay?«

»Zehn Minuten.«

Lidia erschien in der Küche, das Handy immer noch ans Ohr geklebt, und kramte im Kühlschrank herum. »Ist noch Erdbeerlimo da?«, fragte sie.

»Ist alle. Mit wem redest du da? Hör auf zu telefonieren und deck den Tisch.«

Lidia verdrehte die Augen und verschwand. Jack dachte, sie würde nicht zurückkommen, aber eine Minute später tauchte sie wieder auf, das Handy steckte jetzt in ihrer Hosentasche. »Ich war gerade mitten im Gespräch«, sagte sie.

»Du kannst nach dem Abendessen zurückrufen. Außerdem verplemperst du dein Guthaben.«

»Das Guthaben ist billig.«

»Du bezahlst es ja nicht.«

»Was für einen Helper hast du heute genommen?«

»Beef Pasta.«

»Igitt.«

»Du wirst es überleben.«

Lidia deckte für drei und stellte eine Zwei-Liter-Flasche Sprite auf den Tisch. Jack behielt sowohl die Pfanne im Auge, damit nichts überkochte, als auch Lidia. Er wünschte sich, Lidia wäre mehr wie Vilma, aber sie sah ihr nur wenig ähnlich, sie kam nach ihrem Vater, wie Vilma immer gesagt hatte. Jack hatte nur ein paar Fotos von ihm gesehen und konnte nicht viel dazu sagen.

Marina kam, als das Essen auf dem Tisch stand. Sie war ein hochgewachsenes, schlankes Mädchen mit den gleichen dunklen Haaren und der braunen Haut wie ihre Schwester, aber im Gesicht und manchmal auch in den Bewegungen Vilma viel ähnlicher. Sie berührte Jacks Arm. Es war das Gleiche wie eine Umarmung. »Was riecht so gut?«, fragte sie.

»Das Übliche.«

»Ich *liebe* das Übliche!«

Jack nahm die Pfanne vom Herd. »Du machst dich lustig.«

»Vielleicht ein bisschen.«

»Na, setz dich und lass uns essen.«

Er verteilte das Essen direkt aus der Pfanne auf die Teller. Lidia zog die Nase kraus, aber als Jack sich setzte, kaute sie bereits. Das Tischgebet sprachen sie seit fünf Jahren nicht mehr. Das war Vilmas Angewohnheit gewesen.

Zunächst aßen sie schweigend. Jack stellte überrascht fest, wie hungrig er war. »Wie geht's Ginny?«, fragte er schließlich.

»Gut«, sagte Marina. »Sie fährt nächste Woche nach Padre Island.«

»Mit ihren Eltern?«

»Ja, ich glaub schon. Sie wollte wissen, ob wir auch wegfahren.«

Jack runzelte die Stirn. »Ich habe einen Auftrag.«

»Das hab ich ihr gesagt.«

»Ihr Vater arbeitet in einem Büro, oder?«

»In einer Bank.«

»Ist das Gleiche. Bezahlter Urlaub. Mir zahlt niemand was, wenn ich Urlaub mache.«

»Ist nicht schlimm«, sagte Marina und schaute auf ihren Teller hinab.

»Vielleicht können wir irgendwohin fahren, wenn du den Job fertig hast«, sagte Lidia.

Jack kaute, aber das Essen schmeckte ihm nicht mehr. Er spülte den Bissen mit Sprite herunter. »Das dauert noch ein paar Wochen«, sagte er. »Wenn ich fertig bin, fängt die Schule wieder an. Aber wisst ihr was: Nächstes Frühjahr fahren wir zusammen weg. Übers Wochenende. Oder vielleicht ein paar Tage länger.«

»Schon gut«, sagte Lidia. Jack wusste, dass es das nicht war.

Sie schwiegen wieder. »Ich weiß noch, wie wir damals in Tampico waren. Erinnert ihr euch?«, fragte Jack.

Lidia nickte. Sie stocherte in ihrem Essen herum.

»Das war ein schöner Ausflug«, sagte Jack und dachte an die Fahrt, den Strand und das schöne Hotel mit dem großen Swimmingpool. Vilma hatte so gesund ausgesehen. Niemand hatte irgendetwas geahnt.

»Das war gut«, stimmt Lidia zu.

»Ja, wirklich.«

»Ich bin satt«, sagte Lidia.

»Wie kannst du satt sein? Dein Teller ist noch halb voll.«

»Ich bin wirklich satt, Jack.«

Jack seufzte. »Okay. Tu den Rest zurück in die Pfanne, ja? Man muss ja nichts verschwenden.«

Lidia tat es und stellte den Teller ins Spülbecken. Sie verschwand aus der Küche, kurz darauf hörte Jack sie wieder telefonieren.

Marina sah ihn an. »Tut mir leid, dass ich es angesprochen habe.«

»Was? Nein, du kannst über alles reden. Ist doch schön, dass Ginnys Familie an die Küste fahren kann. Du weißt, wie schwierig es ist, im Sommer wegzukommen. Alle wollen die Bauarbeiten erledigt haben, solange es warm ist.«

»Ich weiß.« Marina legte ihre Hand auf Jacks. »Wie gesagt, ist nicht schlimm.«

Jack hatte noch etwas zu essen auf seinem Teller, aber keinen Appetit mehr. Er stand auf und kratzte den Rest in die Pfanne. »Ich fahre mit euch weg, sobald es geht«, sagte er. »Ich will nicht immer Nein sagen müssen.«

»Jack –«

»Ja, ich weiß: Ist nicht schlimm. Es ist eben so, dass ich Geld verdienen muss, solange die Sonne scheint. Im Winter gibt's dann nur noch kleine Reparaturen, und wir müssen von dem leben, was ich jetzt verdiene.«

»Soll ich dir beim Abräumen helfen?«

»Ja, gern.«

Er schaute zu, während Marina die Essensreste in Plastikschalen portionierte und sie in den Kühlschrank stellte. Es war einer der Momente, in denen er ihre Mutter in ihr sehen konnte, sie packte an, ohne viel Aufhebens zu machen. Jack ließ heißes Wasser ein und gab Spülmittel dazu. Er wusch ab, Marina trocknete.

»Ich hab gedacht, ich könnte mir vielleicht einen Job suchen«, sagte sie.

»Was für einen?«

»Keine Ahnung. Irgendwas in Teilzeit.«

»Es ist im Moment nicht leicht, was zu finden.«

»Ich könnte mich umsehen. Dann bräuchtest du mir kein Taschengeld mehr zu geben.«

Die Teller und Gläser und die Pfanne waren sauber. Jack ließ das Wasser ab. »Du *musst* nicht arbeiten. Wir verhungern schon nicht.«

»Ich weiß. Aber Ginny hat einen Job in dem Schmuckladen in der Mall, vielleicht kann ich da nach der Schule auch ein paar Stunden arbeiten. Das wäre doch was.«

Jack nickte. »Einverstanden. Aber die Schule geht vor.«

»Klar.«

Sie stellte sich auf die Zehenspitzen und gab ihm einen Kuss auf die Wange. Er roch ihren sauberen Duft, ganz anders als der antiseptische Geruch, mit dem Vilma immer von der Schicht gekommen war. Er konnte sich Marina gut als Krankenschwester vorstellen.

»Ich meine es ernst«, sagte er. »Die Noten.«

»Darum brauchst du dir keine Sorgen zu machen. Danke, Jack.« Sie wandte sich zum Gehen.

»Was hast du jetzt vor?«, fragte er.

»Ich gehe in mein Zimmer. Falls du mich brauchst, ich lasse die Tür offen.«

»Wenigstens verschleuderst du nicht dein ganzes Handyguthaben.«

»Telefonieren ist billig.«

Er sah ihr nach, dann holte er sich ein weiteres Bier aus dem Kühlschrank. Ein drittes würde es nicht geben. Zwei waren das absolute Limit. Er setzte sich an den Tisch und sah die Sonne hinter den Dächern gegenüber verschwinden. Es würde lange dämmern, und er würde im Bett sein, wenn es noch hell war.

Lidia rief etwas im Nebenzimmer. Jack trank sein Bier. Am anderen Ende des langen Flurs, der das Haus teilte, stand Marinas Tür offen, und Jack konnte sehen, dass sie am Schreibtisch vor dem Computer saß und tippte. Alle waren beschäftigt.

5

Am Morgen machte Jack alles wie immer und verließ das Haus trotzdem früher als sonst. Zur Belohnung legte er auf dem Weg zum Home Depot einen Zwischenstopp ein und holte sich ein Wurstsandwich und einen großen Kaffee. Kurz überlegte er, einen zweiten Kaffee für Eugenio zu besorgen, ließ es dann aber sein.

Der Kaffee war noch zu heiß, Jack aß das fettige Sandwich auf dem Parkplatz und fuhr wieder los. Das Home Depot lag ganz in der Nähe, das Schild war schon in Sichtweite. Obwohl es noch sehr früh war, warteten dort bereits viele Männer.

Jack wusste heute, wen er haben wollte, und fand Eugenio schnell. Er hielt und ließ das Fenster herunter. »Spring vorne rein.«

Er wartete noch, bis Eugenio den Gurt angelegt hatte, und fuhr los, ohne die langsam auf ihn zutreibende Menge zu beachten.

Diesmal hatte Eugenio keinen Kaffeebecher dabei. Jack nahm seinen aus dem Halter und hielt ihn Eugenio hin. »Hier. Kaffee.«

»Ich brauche keinen.«

»Nun nimm schon.«

Eugenio zögerte und nahm Jack den Becher dann aus der Hand. »*Gracias.*«

»*De nada.* Es ist Milch und Zucker drin, hoffentlich ist das okay.«

»Kein Problem.«

Jack beobachtete Eugenio aus dem Augenwinkel. Ob er heute Morgen gefrühstückt hatte? Oder trank er den Kaffee auf leeren Magen? Ein Kaffee kostete einen halben Stundenlohn. Ein Luxus, den man sich nur selten gönnte. Jack konnte heute ohne leben.

Sie fuhren zum Haus des Anwalts und verbrachten den Morgen damit, die Bodenfliesen herauszureißen. Staub hing in der Luft, Eugenios Hände waren kreideweiß. »Wasch dich ab«, sagte Jack. »Wir gehen Mittag essen.«

Sie aßen bei McDonald's, die Sonne schien auf ihre Sitznische, die goldenen Bögen warfen einen Schatten auf den Tisch und den Fußboden. Jack fiel auf, dass Eugenio seinem Blick auswich, immer schaute er nach links oder rechts, nie geradeaus. Eine Weile schwiegen sie. Das Restaurant füllte sich langsam.

»Du machst gute Arbeit«, sagte Jack schließlich.

»Danke«, antwortete Eugenio, ohne den Blick zu heben.

»Ich meine, ich brauch dir nichts zu zeigen. Du weißt, was du tust.«

Eugenio schwieg. Er schraubte umständlich den Deckel von seiner Wasserflasche und nahm mehrere große Schlucke. Wieder sah er Jack nicht an.

Jack überlegte. »Weißt du, ich hab gestern bloß so gefragt, wo du herkommst. Ohne Hintergedanken.«

»Ich habe eine Green Card«, erwiderte Eugenio schlicht.

»Ich habe nicht danach gefragt.«

Eugenio nickte und sah Jack einen kurzen Moment lang ins Gesicht. Jack hätte zu gern gesagt: *Verdammt, jetzt schau mir einfach in die Augen*, ließ es aber. »Ich habe eine Green Card«, wiederholte Eugenio.

»Ich glaube dir.«

Wieder herrschte Schweigen zwischen ihnen, bis Jack fragte: »Hast du hier Verwandte?«

Zuerst dachte er, Eugenio würde nicht antworten. Er sah, wie er mit sich rang. Er wusste nicht einmal, warum er überhaupt gefragt hatte.

»Nein. Ich bin allein«, sagte Eugenio schließlich.

»Hast du drüben Verwandte?«

Diesmal kam die Antwort schneller. »Ich habe eine Frau. Zwei Töchter.«

»Echt? Ich habe auch zwei Töchter. Na ja, sie sind von meiner Frau. Ich bin der Stiefvater.« Jack zog seine Brieftasche heraus und klappte sie auf. »Das sind sie. Die Jüngere heißt Lidia, die Ältere Marina. Das Bild ist ein paar Jahre alt.«

Eugenio betrachtete das Foto und nickte leicht. »Meine Töchter sind jünger.«

»Wie alt?«

»Acht und neun.«

»Hast du Fotos?«

Wieder ein Nicken. Eugenio brachte seine Brieftasche zum Vorschein, eine zerschlissene Lederbörse, in der zwei Fotos steckten, die Eugenio auf den Tisch legte wie Spielkarten. Auch diese Bilder waren alt, aber die Mädchen sahen gesund, munter und pausbäckig aus.

»Wie heißen sie?«

»Evangelina.« Eugenio zeigte auf das ältere Mädchen. Dann legte er den Finger auf das andere Foto. »Antonia.«

»Hübsche Namen. *Usted tiene hijas bonitas.*«

»*Gracias*«, sagte Eugenio, und diesmal hob er den Blick. Zum ersten Mal sahen sie sich direkt in die Augen, einen kurzen Augenblick lang. Dann sammelte Eugenio die Fotos ein und steckte sie wieder in die Lederbörse.

»Wann hast du sie zum letzten Mal gesehen?«, fragte Jack.

»Vor einem Jahr.«

»Das ist lange her.«

»Ja.«

»Meine Frau war Mexikanerin«, sagte Jack. »Hat einen Ami geheiratet, ist nach Texas gezogen, bekam die Mädchen. Und dann ist ihr Mann gestorben. Später sind wir zusammengekommen und haben geheiratet. Dann ist sie krank geworden. Und vor fünf Jahren gestorben.«

»Du ziehst die Töchter deiner Frau alleine auf?«, fragte Eugenio.

»Ja, gibt nur mich. Ich schicke sie zur Schule und sorge für sie. Sie haben in Mexiko Verwandte, mit denen wir in Kontakt stehen, aber die Mädchen sind Amerikanerinnen. Ich glaube nicht, dass sie auf der anderen Seite der Grenze klarkämen. Sie haben ... wie soll ich sagen? Marina nennt es ›Erste-Welt-Probleme‹. Ihr Handy funktioniert nicht, oder sie haben nicht genug Geld für die Mall, solche Sachen.«

Eugenio nickte wieder, und Jack spürte, dass die Verbindung abriss. Er konnte nicht mal genau sagen, warum er damit angefangen hatte, vielleicht weil Eugenio ein Mann war und ihn verstehen würde, aber Eugenio konnte »Erste-Welt-Probleme« nicht nachvollziehen. Er dachte nie weiter als bis zum nächsten Tag, zum nächsten Dollar, zum nächsten Job.

»Auf geht's«, sagte Jack.

Sie machten sich auf den Weg.

An einer Baustelle wurden drei Spuren zu einer zusammengeführt. Der Verkehr schlich voran, überall wurde geblinkt, alle versuchten, sich irgendwo einzufädeln. Jack drehte das Radio an und nickte. »Hast du einen Lieblingssender? Stell ihn ruhig ein.«

Eugenio zögerte, als wäre der Knopf heiß, doch dann suchte er einen mexikanischen Sender aus, der aus Nuevo Laredo über die Grenze sendete. Jack erkannte weder die Namen noch die Stimmen der Moderatoren, aber das Format war das Gleiche wie hier in Texas. Er hatte etwas Mühe, mit dem schnellen Geplapper und den Witzen der DJs zwischen den Liedern mitzukommen.

»Lustig«, bemerkte Eugenio nach ein paar Minuten.

»Ja, wirklich.«

Sie brauchten für eine einzige Meile fast eine halbe Stunde, endlich passierten sie die Baustelle, und danach war der Weg zum Haus des Anwalts frei. Jack war versucht, aufs Gas zu treten, um die verlorene Zeit zumindest teilweise aufzuholen, widerstand aber. Vilma hatte ihn immer ermahnt, vorsichtig zu fahren. Er hielt sich daran.

»Wir machen noch den Boden fertig«, sagte er zu Eugenio.

»Okay.«

»Dafür werden wir eine Weile brauchen. Wenn wir dann noch Zeit haben, fangen wir mit –«

Im Rückspiegel blitzte Licht auf, Jack brach ab. Ein schwarzer Wagen hatte sich hinter sie gesetzt, flackernd leuchtete rot-blaues Warnlicht auf.

Auch Eugenio hatte das Licht bemerkt, und Jack spürte seine Anspannung. Jack fuhr langsamer, hielt auf dem Seitenstreifen vor einem Supermarkt und stellte den Motor ab.

Er beugte sich vor und öffnete das Handschuhfach, wo in einer kleinen schwarzen Kladde die Autopapiere und seine Versicherungskarte lagen. Als er sich aufrichtete, sah er zwei Männer aus dem anderen Wagen steigen. Sie kamen auf ihn zu und stellten sich links und rechts neben den Truck. Keiner der beiden trug Uniform.

Der Mann auf der Fahrerseite klopfte an die Scheibe und zeigte eine Dienstmarke, die Jack nicht erkannte. Er ließ das Fenster herunter. »Ich glaube nicht, dass ich zu schnell gefahren bin«, sagte er.

»Nein, sind Sie nicht«, sagte der Mann. »Mein Name ist Jesse Dreier. Ich arbeite für die Einwanderungs- und Zollbehörde. Das ist mein Kollege. Würden Sie mir bitte sagen, wo Sie hinwollen?«

Jack war versucht, den Kopf zu drehen und Eugenio anzusehen, tat es aber nicht. Er hielt die schwarze Kladde noch immer in der Hand. »Ich bin Handwerker. Ich fahre gerade zu einer Baustelle.«

»Der Mann neben Ihnen ist Ihr Angestellter?«

»Genau.«

»Würden Sie bitte aussteigen, Sir?«

Er gehorchte, aus dem Augenwinkel bekam er mit, dass der andere Mann die Beifahrertür öffnete und Eugenio auf Spanisch anwies, ebenfalls auszusteigen. Jack bemerkte, dass Dreier eine Waffe am Gürtel trug und dass das, was ihn so kräftig wirken ließ, eine schusssichere Weste war.

»Gehen wir da rüber«, sagte Dreier und deutete auf seinen Wagen. Das Warnlicht war immer noch an. Jack wandte Eugenio jetzt den Rücken zu und konnte nicht hören, was gesagt wurde.

Dreier sah ihn an. »Wie lange ist dieser Mann schon bei Ihnen angestellt?«

»Seit ein paar Tagen.«

»Sie stellen ihn als Tagelöhner ein?«

»Genau.«

»Haben Sie sich seine Papiere zeigen lassen? Die Arbeitserlaubnis? Irgendwas in der Art?«

»Er sagt, er hat eine Green Card.«

»Haben Sie sie gesehen?«

»Na ja, nein. Ich hab nicht danach gefragt.«

»Er ist also kein amerikanischer Staatsbürger«, sagte Dreier.

»Nein. Er sagt, er kommt aus Anáhuac.«

»Gut. Kann ich bitte Ihren Ausweis sehen, Sir?«

Jack zog seine Brieftasche hervor und zeigte dem Mann seinen Führerschein. Dreier zog ihn aus der Plastikhülle, gab Jack die Brieftasche zurück und stieg in seinen Wagen. Jack sah ihn zum Handy greifen.

Er warf einen Blick hinüber zu Eugenio, halb erwartete er, ihn in Handschellen am Boden liegen zu sehen, Dreiers Kollege auf seinem Rücken. Doch die beiden redeten nur. Dreiers Kollege drehte eine Karte in den Händen hin und her.

Dreier stieg wieder aus dem Wagen und gab Jack den Führerschein zurück. »Danke für Ihre Mithilfe, Mr. Searle.«

»Wird es irgendwie Ärger geben?«, fragte Jack.

Dreier sah ihn ausdruckslos an. »Nein, keinen Ärger. Wir müssen nur was klären.«

»Ich frage bloß.«

Dreiers Kollege gab ein Zeichen mit der Hand. Dreier winkte zurück. »Mr. Searle«, sagte er, »ich muss Sie bitten, uns aufs Polizeirevier zu folgen. Ihr Angestellter wird bei uns mitfahren.«

»Ich weiß nicht mal, wo das Revier ist.«

»Wir zeigen Ihnen den Weg.«

6

Sie ließen ihn auf einem Plastikstuhl Platz nehmen, der mit anderen zu einer langen Reihe zusammengeschraubt war. Jacks Cola wurde allmählich schal, er nippte nur noch daran, weil er nichts Besseres zu tun hatte. Polizisten kamen und gingen und schenkten ihm keine Beachtung. Dreier und seinen Kollegen sah er über eine Stunde lang nicht. Er fragte sich, ob Leeks Haushälterin auf sie wartete, ob er anrufen sollte.

Eugenio bekam er nicht mehr zu Gesicht. Sie hatten ihm Handschellen angelegt und ihn in den Polizeiwagen gesetzt, beim Aussteigen war er Jacks Blick ausgewichen. Jack war nichts Tröstliches eingefallen. Als man Eugenio wegbrachte, stand er stumm daneben.

Nach langem Warten sah er Dreier mit zwei Polizisten in Uniform und seinem Kollegen hinter einer Glaswand stehen. Als der Kollege herüberschaute, senkte Jack reflexartig den Blick. Er trug keine Handschellen, kam sich aber so vor.

Schließlich ertönte ein elektrisches Summen, dann tauchte Dreier mit einigen ausgedruckten Seiten in der Hand auf. »Bitte kommen Sie mit, Mr. Searle.«

Am Ende eines scheinbar endlos langen Korridors bogen sie links ab und kamen an ein paar identisch aussehenden geschlossenen Türen mit Nummern vorbei. Dreier schloss eine auf und bat Jack herein. In dem winzigen Zimmer standen ein kleiner Tisch und drei Stühle. An der Decke war eine Kamera mit einer rot leuchtenden Lampe befestigt.

»Nehmen Sie Platz.«

Jack setzte sich.

»Bevor Sie fragen«, sagte Dreier, »Sie stehen nicht unter Arrest. Sie haben keine Anzeige zu erwarten. Sie können jederzeit gehen. Sie müssen nicht mal mit mir reden.«

»Schon gut«, sagte Jack.

»Okay.« Dreier setzte sich. Er legte die Seiten mit der Schrift nach unten auf den Tisch. »Nur damit Sie wissen, wo Sie stehen.«

»Was kann ich für Sie tun?«, fragte Jack.

»Unter welchem Namen kennen Sie den Mann, den Sie angestellt haben?«

»Eugenio.«

»Kein Nachname?«

»Nein, hab ich nie nach gefragt.«

»Und er hat gesagt, er käme aus Anáhuac in Mexiko.«

»Genau.«

»Stellen Sie oft Männer vom Home-Depot-Parkplatz ein?«

»Ab und zu. Ich bekomme alle möglichen Aufträge und kann es mir nicht leisten, Leute zu bezahlen, wenn es keine Arbeit gibt. Es ist einfacher, sie bei Bedarf zu holen.«

»Was zahlen Sie ihnen?«

»Acht Dollar die Stunde plus Mittagessen.«

Dreier zog eine Augenbraue hoch. »Nicht viele Handwerker zahlen Tagelöhnern heutzutage den Mindestlohn.«

»Ich zahle, was ich für fair halte.«

»Sicher, ich verstehe. Und Sie kümmern sich nicht um Steuern und solche Sachen.«

»Hören Sie, ich –«

Dreier hob die Hand. »Ich meine bloß, Mr. Searle. Sie brauchen sich nicht zu rechtfertigen. Sie sind nicht der Erste, der sich den Papierkram spart, und Sie werden nicht der Letzte sein. Wir unterhalten uns bloß.«

»Ich erwarte nur ehrliche Arbeit für ehrlichen Lohn«, sagte Jack.

»Das verstehe ich. Wie viele Männer haben Sie von dem Parkplatz da geholt, sagen wir mal, im letzten Jahr?«

»Fünf oder sechs.«

»Können Sie sich an Namen erinnern?«

»Nicht wirklich.«

»Würden Sie sie auf Fotos erkennen?«

»Vielleicht. Das also wollen Sie von mir?«

»Später.« Dreier legte die Fingerspitzen aneinander. »Wissen Sie, wir gehen davon aus, dass neun von zehn Männern auf dem Parkplatz illegal hier sind. Wir könnten sie jeden Tag abgreifen. Wie wir es heute Morgen gemacht haben. Und wissen Sie was? Morgen ist der Parkplatz dann voll mit lauter neuen Gesichtern.«

»Wenn ich aufhören soll, Tagelöhner einzustellen, tue ich das«, sagte Jack.

»Das meine ich gar nicht. Sie sollten sich nur bewusst sein, dass Sie gegen das Gesetz verstoßen. Es gibt jede Menge legale Arbeiter, die Sie einstellen könnten. Auch jede Menge Mexikaner, wenn die Ihnen lieber sind.«

»Hören Sie, er hat gesagt, er hätte eine Green Card.«

»Er hatte eine. Gefälscht.«

»Würde ich nicht erkennen«, sagte Jack.

»Ehrlich gesagt, wenn ich nicht wüsste, worauf man achten muss, hätte ich es auch nicht erkannt«, sagte Dreier. »Aber es war eine Fälschung, und ›Eugenio‹ hält sich illegal bei uns auf. Sie haben Glück gehabt: Manche der Typen sind kriminell und knöpfen ihren Auftraggebern das Geld ab, oder Werkzeug oder was auch immer. Ihr Mann war sauber. Wer weiß, vielleicht heißt er sogar wirklich Eugenio.«

Jack atmete tief ein. »Und was wird jetzt aus ihm?«

»Er wird in ein, zwei Tagen abgeschoben.«

»Und was passiert mit mir?«

»Nichts.«

»Nichts?«

»Ganz genau. Ich bin ehrlich zu Ihnen: Mir fehlt die Zeit, jeden Handwerker hochzunehmen, der billige Arbeitskräfte beschäftigt. Und in diesem Fall haben Sie jemanden erwischt, der behauptete, eine Green Card zu haben und sie sogar bei sich trug. Das ist die Mühe nicht wert.«

»Und was ist das?« Jack deutete auf die Seiten.

»Oh, das? Das ist Ihre Akte. Keine Einträge.«

Jacks Schultern sackten nach unten. Erst jetzt merkte er, wie angespannt er gewesen war. Er richtete sich auf. »Vermutlich sagen Sie mir jetzt, dass ich in Zukunft aufpassen soll.«

»Das ist wohl nicht nötig. Sie haben es kapiert.«

»Kann ich dann gehen?«

»Können Sie.«

Jack erhob sich, Dreier ebenfalls. Er hielt Jack die Hand hin, er schlug ein. »Ich finde den Weg«, sagte er.

»Macht es Ihnen was aus, wenn ich Sie trotzdem begleite?«

»Kann ich Sie davon abhalten?«

Sie durchquerten wieder den langen Korridor. In der Eingangshalle herrschte Eile und Gedränge. Cops und Kriminelle. Opfer. Das Licht fiel in großen Rechtecken auf den gefliesten Boden, Jack blieb mitten in einem stehen.

»Passen Sie auf sich auf, Mr. Searle«, sagte Dreier. »Hoffentlich kreuzen sich unsere Wege nicht noch einmal.«

»Das hoffe ich auch.«

Jack verließ das Polizeirevier und kehrte zu seinem Truck zurück. Es war fast fünfzehn Uhr.

7

Das Polizeirevier im Zentrum von Nuevo Laredo, eins von mehreren in der Stadt, war nicht groß. Es mochte Gründe dafür gegeben haben, die Reviere dort einzurichten, wo sie waren, aber sie wirkten fast wie zufällig verteilt, die Zuständigkeiten überschnitten sich, die Lücken wurden von der Armee und der Bundespolizei, der Policía Federal, gefüllt. Der Eingang zum Gebäude war mit Betonpfeilern und Stacheldraht geschützt. Auf einigen Fenstersimsen lagen Sandsäcke.

Als ein dünner Mann in Arbeitskleidung das Revier betrat, bemerkte Gonzalo Soler ihn nicht gleich. Auf Gonzalos Schreibtisch stapelten sich Akten, jede verlangte seine Aufmerksamkeit, und er musste entscheiden, welche warten konnte und welche Priorität hatte. Als Polizist war er fast so etwas wie ein Arzt, der Verwundete nach Dringlichkeit einordnet. Gonzalo konnte nicht allen Akten die gleiche Aufmerksamkeit widmen, gab sich aber Mühe, zumindest einen Blick in jede zu werfen.

Pepito Barriga bemerkte den Mann zuerst. »Ach, verdammt.«

Gonzalo sah zu seinem Kollegen hinüber. »Was ist los?«

»Dieser Typ ist wieder da«, sagte Pepito. »Er war schon gestern hier, und vorgestern. Ich hab ihm gesagt, er soll nach Hause gehen und dort bleiben, aber er hört einfach nicht auf mich.«

Jetzt sah auch Gonzalo den Mann. Er war so dünn, dass er kurz vor dem Verhungern zu stehen schien, und trug eine zerschlissene braune Arbeitskluft, die sich seiner sonnengebräunten Haut angeglichen hatte. Insgesamt machte er den Eindruck einer wettergegerbten, schmutzigen Vogelscheuche auf einem Stoppelfeld. Er stand vor dem Tresen des Wachhabenden am Eingang, umklammerte seine Baseballkappe und warf den beschäftigten Polizisten, die ihm keinerlei Beachtung schenkten, flehende Blicke zu.

»Was will er?«, fragte Gonzalo.

»Geht um seine Tochter. Glaub mir, nicht der Mühe wert.«

Der Mann sah aus, als würde er gleich in Tränen ausbrechen. Die Verzweiflung stand ihm ins Gesicht geschrieben und war sogar aus der Entfernung spürbar. Gonzalo klappte die vor ihm liegende Akte zu, stand auf und zog sein Jackett über.

Pepito bemerkte es. »Ich sag doch, spar dir deine Zeit.«

»Ich will nur mal mit ihm reden.«

»Von mir aus. Aber bitte mich nicht um Hilfe.«

»Mache ich nicht.«

Gonzalo ging zwischen den Tischen hindurch, von denen manche leer, manche besetzt waren. Als er den Mann im Eingangsbereich erreicht hatte, streckte er die Hand aus. »Hallo. Ich bin Inspector Gonzalo Soler. Mein Kollege meinte, Sie hätten ein Problem.«

»Ja«, sagte der Mann. »Der da drüben. Mit dem habe ich schon gesprochen.«

»Ich würde gerne hören, was Sie zu sagen haben. Wie heißen Sie?«

»Tomás Contreras.«

»Wohnen Sie in der Stadt?«

»Nein, *señor*. Ich arbeite auf einer Farm in der Nähe von Sabinas Hidalgo.«

»Das ist etwa eine Stunde von hier, oder? Nicht weit.«

»Nein, nicht weit.«

»Kommen Sie doch mit an meinen Schreibtisch, dann können Sie mir erzählen, was passiert ist.«

Gonzalo ging voraus, holte dem Mann einen Stuhl und ignorierte Pepitos Blick. Er nahm einen Notizblock und einen Stift aus einer Schublade, schlug eine leere Seite auf und schrieb den Namen des Mannes auf.

»Es geht um meine Tochter«, sagte Tomás, als Gonzalo bereit war. »Sie heißt Iris.«

»Wie alt ist sie?«

»Zwanzig.«

»Haben Sie noch andere Kinder?«

»Ja«, sagte Tomás. »Zwei. Einen Jungen und ein Mädchen, beide jünger.«

Gonzalo wurde klar, dass das Alter des Mannes nur schwer abzuschätzen war. Lange Tage und Wochen und Monate unter der Sonne hatten sein Gesicht gegerbt, Staub schien sich in jede Falte gelegt zu haben. So ähnlich hatte Gonzalos Vater ausgesehen, kurz bevor er gestorben war. »Wo ist Ihre Tochter jetzt?«, fragte er.

»Hier. In Nuevo Laredo.«

»Sie lebt hier?«

»Ja. Seit drei Monaten.«

»Was macht sie hier?«

In dem Moment verzog Tomás so schmerzvoll das Gesicht, dass Gonzalo dachte, der Mann wäre irgendwie verletzt. Er kämpfte ganz offensichtlich mit seinen Gefühlen, in seinen Augen glänzten Tränen. »Verzeihen Sie, Inspector«, sagte er.

»Schon gut. Fangen Sie einfach an, wenn Sie so weit sind.«

Tomás nickte, atmete tief ein und zerrieb die Tränen in seinen Augen mit den Fingerknöcheln. Seine Brust hob und senkte sich. »Ich habe alles schon dem anderen Polizisten erzählt«, sagte er schließlich.

»Ich verstehe, aber ich höre es jetzt zum ersten Mal.«

Der Mann sah Gonzalo an, jede Falte in seinem Gesicht war verzogen. »Meine Tochter ... Iris ... arbeitet in Boy's Town, Sir. In Boy's Town.«

8

Jack kam früh nach Hause. Die Mädchen waren noch bei ihren Freundinnen oder in der Mall, oder wo immer sonst sie sich die freien Spätsommernachmittage vertrieben. Er stellte das Radio in seinem Schlafzimmer so laut, dass er es bei geöffneter Badezimmertür unter der Dusche hören konnte, und sang aus voller Kehle mit, schließlich hörte ihn niemand. Er entdeckte einen Schnitt an seiner Hand, der ihm vorher nicht aufgefallen war, und säuberte ihn. Handwerkerhände waren immer dreckig, eine Entzündung konnte er nicht gebrauchen.

Nach dem Duschen zog er sich an und ging nach hinten in den Garten, zupfte eine halbe Stunde lang Unkraut und warf die Pflanzen in eine alte, verrostete Schubkarre, die früher knallorange gewesen war. Dann schob er die Karre vor das Haus und machte dort weiter. Am Wochenende würde er den Rasenmäher herausholen und das Gras richtig schneiden.

Irgendwie kam ihm die Schubkarre schwerer vor, als er sie wieder nach hinten rollte, was nicht an den welkenden Pflanzen lag, sondern an seiner plötzlich düsteren Stimmung. Er leerte den Inhalt der Karre in die Mülltonne und stellte sie in die Garage zurück.

Im Haus war es sehr still. Jack stellte sich vor, wie es sein würde, wenn Marina und Lidia ausgezogen wären, was seine trüben Gedanken nur verstärkte.

Wenn die Schule wieder anfing, würde Marina in ein Community College gehen, irgendwo in der Nähe. Sie würde zu Hause wohnen und in ihrem Bett schlafen, und Jack würde für sie sorgen, wie er es immer getan hatte. Das Gleiche galt für Lidia. Er hatte es ihnen nie gesagt, aber sie wussten, so lange er lebte, waren sie bei ihm immer zu Hause. Das hatte er Vilma versprochen, und er würde sich daran halten.

»Bier«, sagte er laut. Er holte eine Flasche und ließ sie schwitzen, bevor er sie öffnete. Dann setzte er sich auf den alten La-Z-Boy-Sessel im Wohnzimmer und starrte die dunkle Mattscheibe des Fernsehers an. Er konnte das Parfüm riechen, das Lidia neuerdings trug. Das Sofa war wie ihre Kommandozentrale, sie legte die Füße hoch und lebte per Handy.

Er hörte Marinas Wagen in der Auffahrt und wartete. Die Schlüssel klimperten. Sie kam herein und sah ihn.

»Du trinkst alleine?«, fragte sie.

»Nur eins«, sagte er.

»Ich hab die Flaschen im Kühlschrank gezählt, ich weiß also, wenn du lügst«, erwiderte sie und hängte ihre Tasche an den Haken neben der Tür.

»Hast du nicht«, sagte er.

»Vielleicht nicht, vielleicht doch. Wer weiß.«

»Das ist das erste und einzige Bier«, wiederholte Jack.

»Ich glaube dir.«

Marina kam ins Wohnzimmer und setzte sich aufs Sofa. Jack sah, dass sie eine neue Bluse und frische Jeans und Pumps anstelle von Turnschuhen trug. »Hübsch siehst du aus«, sagte er.

»Ach, das? Ich bin bei dem Ohrringladen vorbeigegangen, von dem ich dir erzählt hatte, und habe mit der Managerin gesprochen. Ich wollte professionell wirken, weißt du?«

»Klar, verstehe ich.«

»Sie hat gesagt, ich kann nächsten Dienstag zu einem Vorstellungsgespräch kommen. Sie meinte, das ist bloß eine Formalität, aber so sind die Regeln.«

Jack nickte. Es war nur noch ein Schluck Bier in der Flasche, er hob sie an den Mund.

»Es werden nur ein paar Stunden sein, vielleicht zehn pro Woche. Aber das ist für den Anfang gut, stimmt's?«

»Stimmt.«

»Ginny sagt, eins von den anderen Mädchen kündigt vielleicht bald, dann könnte ich auch ihre Stunden übernehmen. Dann kommt was zusammen.«

»Mhm«, stimmte Jack zu. »Weißt du, wo deine Schwester ist?«

»Mit Saundra unterwegs, glaube ich. Sie wollten ins Kino gehen.«

»Solange sie zum Abendessen zu Hause ist.«

»Keiner verpasst das Abendessen, Jack«, sagte Marina und stand auf. »Soll ich dir noch ein Bier holen?«

»Wenn du mir vertraust.«

»Wie gesagt: Ich hab sie abgezählt.«

»Okay, ich nehme noch ein Bier.«

»Kommt sofort.«

9

Manche nannten es »Boy's Town«, aber in Nuevo Laredo war es als La Zona bekannt. Drei Straßenblöcke, von einer Mauer umgeben, eine kleine Stadt. Sogar ein Polizeirevier gab es, schichtweise von zwei Beamten besetzt. Hauptsächlich diente es zur Unterbringung von Betrunkenen, bis sie abgeholt und in eine der größeren Einrichtungen in der Innenstadt gebracht wurden.

Das Revier befand sich direkt am Eingang, ein Metallschild bezeugte seine Existenz, allerdings sparten sich die wachhabenden Polizisten das Streifegehen. La Zona war für Toleranz bekannt, Prostitution und Sexshows florierten, es gab Geschäfte und Zimmer zur Miete für Touristen und Einwohner. Bars und Restaurants säumten die Straßen, dazwischen lagen Bordelle und Stripclubs, sogar die berüchtigte Donkey Show war im Angebot. Für die Polizei war La Zona ein Ort des Lasters und der Verbrechen, aber es kamen auch Paare zum Tanzen oder Arbeiter auf ein billiges Feierabendbier hierher. Tagsüber war La Zona von Verkaterten und Geistergestalten bevölkert.

Gonzalo parkte vor dem Tor und ging den Rest des Wegs zu Fuß. Er überlegte kurz, sich bei seinen wachhabenden Kollegen zu melden, aber sie konnten ihm bei seiner Aufgabe nicht helfen, er würde nur ihre Zeit verschwenden. Er trug seinen Dienstausweis und seine Waffe bei sich, was im Zweifel nicht viel nützen würde, aber reichen musste. Vermutlich würde er sie nicht brauchen.

Er folgte der Circunvalación Casanova, die eine Art Ring um La Zona bildete. Tomás Contreras hatte ihm den Weg so gut beschrieben, dass er ihn leicht fand. La Zona war wie ein Kaninchenbau, aber wie alle Kaninchenbauten nicht endlos, es gab nur eine beschränkte Zahl von Versteckmöglichkeiten. Erst recht, wenn Sichtbarkeit zum Geschäft gehörte.

Auf der linken Seite einer langen, ungepflasterten Straße reihten sich heruntergekommene, weiß getünchte Häuser aneinander. Zwischen ihnen führten hinter schmalen Türen Außentreppen nach oben. Keines der Häuser hatte mehr als zwei Stockwerke. Nur wenige Wohnungen waren nummeriert. Gonzalo suchte nach einem Gebäude, auf das die Zahl 9 gepinselt worden war.

Iris Contreras Behausung lag im oberen Stock. Die Treppe war so schmal, dass Gonzalos Schultern die Wände berührten. Die Stufen endeten direkt vor der Tür, einen Treppenabsatz gab es nicht. Gonzalo stand unbeholfen auf der letzten Stufe und klopfte zweimal an die Tür.

Da sich nichts regte, versuchte er es erneut. Möglicherweise war sie nicht zu Hause, oder von der letzten Nacht zu müde, um sein Klopfen überhaupt zu hören. Gonzalo wartete.

Nach einer Weile hörte er das Patschen von Füßen auf dem Boden und spürte, dass auf der anderen Seite der Tür jemand stand. Eine Stimme erklang. »Wer ist da?«

»Iris Contreras?«

»Wer will das wissen?«

»Mein Name ist Gonzalo Soler. Ich bin Polizist.«

»Was will die Polizei von mir?«

»Bitte machen Sie die Tür auf.«

Es folgte eine lange Pause, dann rasselte eine Kette, und die Tür wurde geöffnet. Dahinter war es dunkel. Eine junge Frau erschien im Türrahmen.

Iris war keine Schönheit, aber Dunkelheit und Schminke würden sie in eine verwandeln. Sie war so schmal wie ihr Vater und hatte weder große Brüste noch breite Hüften. Sie trug ein einfaches weißes Nachthemd und war barfuß. »Was wollen Sie?«, fragte sie.

»Darf ich reinkommen?«

»Ich habe gerade frei.«

»Kann ich trotzdem reinkommen?«

»Ich will Ihren Ausweis sehen.«

Erst als Gonzalo ihn hochhielt, öffnete sie die Tür. Gonzalo trat in die Düsternis.

Ein winziges Zimmer ohne Küche oder Bad, immerhin gab es ein kleines Waschbecken. Vor das einzige schmale Fenster war ein vergilbter Papierbogen geklebt worden. Der größte Gegenstand im Zimmer war das Bett, und selbst das war klein. Es stank nach Zigaretten und Schweiß. In einem Eimer neben dem Bett lag eine dicke Schicht Kippen.

Iris schloss die Tür. »Ich habe nichts Falsches getan.«

»Ich bin nicht hier, um Sie festzunehmen, keine Sorge«, sagte Gonzalo.

»Warum denn dann?«

»Warum setzen Sie sich nicht?«

Das Mädchen sah ihn säuerlich an und ließ sich auf dem Bett nieder. Ihr Haar war zerzaust. Es war Mittag, aber sie sah aus, als hätte sie nur wenig Schlaf gehabt. Was vermutlich stimmte.

»Ihr Vater war gestern bei mir«, sagte Gonzalo.

»*Mierda.*«

»Er macht sich große Sorgen um Sie. Ihre Mutter und Ihre Geschwister ebenfalls. Er hat mich gebeten, mit Ihnen zu sprechen.«

»Wieso?«

»Ich glaube, das wissen Sie«, sagte Gonzalo.

»Ich gehe nicht nach Hause.«

Gonzalo sah sie an. Sie wirkte jünger als zwanzig. »Ist es dort so schlimm?«

»Grauenhaft. Kein Geld, nichts zu essen. Den ganzen Tag schuften, wie meine Mutter und Schwester, um von nichts zu leben. Und niemand hat Arbeit.«

»Ihr Vater arbeitet.«

»Im Moment. Aber wenn die Trockenheit anhält, entlässt die Farm alle Arbeiter, dann haben wir keine Chance mehr. Als ich hergekommen bin, hab ich ihnen einen Gefallen getan.«

»Es gibt andere Jobs in der Stadt. Die *maquiladoras* –«

»Sind schon voll mit Mädchen vom Land, die in die Stadt gekommen sind, um Arbeit zu suchen. Hier ist es nicht wie in Juárez, wo es immer irgendwas gibt. Ich habe einen Job gefunden und verdiene gutes Geld.«

Sie hatte recht, Ciudad Juárez war zwar viel gefährlicher, aber auch größer und geschäftiger und bot mehr Möglichkeiten. Nuevo Laredo würde nie so werden, es würde immer ein Durchgangsort bleiben, den der Grenzhandel am Leben hielt, dem er aber keinen Wohlstand brachte.

Gonzalo sah sich in dem heruntergekommenen Zimmer um. Die Wände waren von Wasserflecken verfärbt, vermutlich waren sie das letzte Mal vor Iris' Geburt gestrichen worden, die Farbe war abgeplatzt und heruntergerieselt. »Was ist in Ihren Augen gutes Geld?«, fragte er.

»Sechshundert Pesos.«

»Pro Kunde?«

»Natürlich.«

»Wie viele Kunden haben Sie pro Nacht?«

»Ich zähle nicht.« Iris wandte den Blick ab.

Gonzalo ließ nicht locker. »Wie viele?«

»Keine Ahnung. Zehn. Fünfzehn.«

»In diesem Loch«, sagte Gonzalo. »Was zahlen Sie pro Nacht dafür? Dreitausend Pesos? Viertausend? Wie viel bleibt Ihnen dann?«

»Hauen Sie ab!«, rief Iris. »Ich muss mich nicht rechtfertigen.«

»Hat sich schon jemand gemeldet, der auf Sie ›aufpassen‹ will?«, fragte Gonzalo. »Das ist nämlich nur eine Frage der Zeit. Keine Frau arbeitet hier lange allein. Irgendwann taucht ein Typ auf und sagt, wenn er fünfzig Prozent abbekommt, kümmert er sich um die bösen Kunden. Und wenn Sie ablehnen, erhöht sich der Anteil, außerdem wird er Sie schlagen. Freuen Sie sich darauf?«

Sie hatte den Blick gesenkt, und Gonzalo kannte die Antwort. »Das geht Sie nichts an«, sagte sie tonlos.

»Es ist also bereits passiert«, sagte er. »Und es wird nicht aufhören. Jede Nacht das Gleiche, bis Sie nicht mehr jung genug sind, nicht mehr gesund genug ... und dann wird man Sie wegjagen und Sie dahin zurückschicken, wo Sie hergekommen sind. Pleite, süchtig oder in welchem Zustand auch immer.«

»Bitte gehen Sie«, sagte Iris.

»Ich gehe, wenn Sie Ihre Sachen gepackt haben und mit mir kommen.«

»Was ich mache, ist nicht illegal!«

»Nein. Aber das bedeutet nicht, dass es nicht falsch ist.«

Iris hob den Kopf, blickte ihn aus feuchten Augen an und wischte sich die Nase mit dem Handrücken ab. »Wollen Sie die ganzen anderen Mädchen etwa auch retten?«

»Nein.«

»Würden Sie es tun?«

»Nein. Ich bin hier, weil Sie eine Familie haben, die Sie liebt. Und weil es noch nicht zu spät ist, um es wiedergutzumachen. Es gibt Dinge, die man nie wiedergutmachen kann.«

Sie starrten einander an. Eine Träne rollte über Iris' Wange, gefolgt von weiteren, bis sie Gonzalos Blick nicht länger ertrug und in heftiges Schluchzen ausbrach. Gonzalo biss sich auf die Zunge.

Als sie sich beruhigt hatte, sagte sie: »Ich besitze nicht viel.«

»Was Sie haben, reicht. Ich bin sicher, dass es Ihrem Vater nichts ausmacht.«

»Warten Sie draußen auf mich?«, fragte Iris.

»Natürlich.« Gonzalo verließ das stinkende Zimmer und ging die Treppe hinunter, ohne sich noch einmal umzusehen.

10

Am Samstagmorgen zog sich Jack nicht gleich an, sondern machte sich in Schlafshorts und T-Shirt in der Küche einen Kaffee, setzte sich damit in seinen Sessel und blätterte ein paar der Promimagazine durch, die Lidia so mochte. Er erkannte weder die Gesichter noch die Namen, aber eine menschelnde Story über eine Familie, die durch eine Spendensammlung in der Nachbarschaft vor der Zwangsvollstreckung gerettet worden war, hielt sein Interesse eine Zeit lang gefangen.

Sein eigenes Haus war noch nicht abbezahlt, aber die Hypotheken überschaubar, und er kam den Zahlungen nach. Anfallende Reparaturen erledigte er selbst. Manchmal holte er die Mädchen dazu. Eines Tages würden sie sich selber um solche Dinge kümmern müssen, und er wollte nicht, dass sie dann von anderen abhängig waren. Seine Mädchen wussten sich zu helfen.

Als er hörte, dass sie wach wurden, ging er in die Küche und machte Frühstück. Samstags gönnten sie sich Pfannkuchen und Rührei mit Speck, dazu Milch und Orangensaft. Lidia und Marina kamen in Schlafanzügen an den Tisch, wie kleine Kinder.

»Heute besuchen wir Onkel Bernardo«, sagte Jack.

»Ist das heute?«, fragte Marina. »Lidia und ich wollten schwimmen gehen.«

»Nein, das ist heute, also macht euch fertig, in einer Stunde fahren wir. Macht euch hübsch für eure Cousins, ja?«

Jack zog seine beste Jeans und ein Arbeitshemd ohne Löcher an, dazu die guten Stiefel, nicht die abgewetzten Stahlkappenschuhe, die er zur Arbeit trug. Die Mädchen erschienen sauber, gekämmt und in helle Farben gekleidet. Sie zogen sich nicht mehr an wie früher zu Ostern, aber im Geiste sah Jack sie noch immer so: in Rüschenkleidern und Schnallenschuhen.

»Okay, los geht's.«

Der kühle Morgen verwandelte sich bereits in einen heißen Vormittag. Jack stellte die Klimaanlage im Truck an. Früher hatten beide Mädchen hinten gesessen, als wäre er ihr Chauffeur, inzwischen saß Marina vorne neben ihm. Lichtreflektionen blitzten an ihrer Sonnenbrille auf und tanzten in Jacks Augenwinkeln.

Sie fuhren zur Laredo International Bridge und reihten sich in die kurze Schlange der Wagen ein, die die Brücke in südliche Richtung überqueren wollten. In der Gegenrichtung, von Mexiko in die USA, füllten die Wartenden vier Fahrspuren.

Schon seit Generationen fuhr man nach Nuevo Laredo, wenn man billig einkaufen oder Ablenkung und ein bisschen Spaß haben wollte. Jack erinnerte sich an viele Karnevalsfeiern und Konzerte auf den Plätzen der Stadt. Auf einer *Cinco de Mayo Fiesta* hatte er zum ersten Mal auf einem Pferd gesessen. Für ein paar Centavos hatte ihn ein alter Mann auf das schunkelnde Tier gesetzt und ihn in einem großen Kreis durch den Korral geführt. Jack hatte sich für einen Cowboy und den Klepper für einen Hengst gehalten.

Jetzt war alles anders. Früher war der Fußgängerübergang samstags voller Touristen gewesen, heute waren nur wenige zu sehen, und die schienen die Überquerung eher widerwillig anzutreten. Die Kennzeichen der Wagen vor Jack stammten fast alle aus Mexiko und dem Bundesstaat Tamaulipas. So war es immer.

Zuerst wurden die Autos auf der amerikanischen Seite angehalten. Uniformierte Grenzschützer patrouillierten zwischen den Fahrzeugen hin und her, führten Suchhunde an den Fahrbahnen entlang, redeten mit den Fahrern. Ein dunkelhäutiger Latino winkte Jack vorwärts und hob dann die Hand. Jack hielt an und ließ das Fenster herunter. Warme Luft drang herein.

»Guten Morgen, Sir«, sagte der Grenzbeamte. Auf seinem Namensschild stand GALLEGO. »Sie wollen nach Mexiko?«

»Ja.«

»Was ist der Anlass Ihrer Reise?«

»Wir besuchen Verwandte.«

»Wer sind die Mädchen, die bei Ihnen sind?«

»Meine Stieftöchter.«

»Haben Sie Pässe oder andere Ausweispapiere bei sich?«

»Ja, wir haben alle Pässe.«

»Darf ich die bitte sehen?«

Jack reichte sie ihm. Im Seitenspiegel sah er, dass eine Grenzbeamtin einen Schäferhund am Truck entlangführte. Der Hund schnüffelte, schlug aber nicht an.

Ihr Kollege Gallego inspizierte die Pässe und gab sie Jack zurück. »Haben Sie irgendwas dabei, von dem wir wissen sollten? Waffen, illegale Drogen?«

»Nein.«

»Tragen Sie mehr als zehntausend Dollar in bar bei sich?«

»Nein, Sir.«

Jack sah dem Beamten ins Gesicht und erblickte in dessen undurchdringlich schwarzer Sonnenbrille sein eigenes dunkles Spiegelbild. Gallego nickte. »Okay. Schönen Tag noch.«

Jack kurbelte das Fenster hoch und fuhr weiter. Vor ihnen hatte sich eine Lücke aufgetan, sie fuhren über die Brücke bis zu einer aufgemalten gelben Linie, die die Grenze markierte. Auf der anderen Seite saßen mexikanische Zollbeamte in kleinen Häuschen und sammelten die Mautgebühr von drei Dollar ein. Auf dem Rückweg würde Jack ein zweites Mal bezahlen.

Hinter den Häuschen, wo die Brücke in eine breite Kreuzung mündete, sah Jack einen schwarzen Humvee halb auf dem Bürgersteig stehen. Hinten auf dem Geschützturm stand ein Soldat mit einer Maschinenpistole, zwei weitere beobachteten hinter der Windschutzscheibe den von der Brücke kommenden Verkehr.

Der Mexikaner stellte die gleichen Fragen, Jack gab die gleichen Antworten und bezahlte die Mautgebühr. Man winkte ihn weiter. Er hatte das Gefühl, dass die Soldaten in dem Humvee ihn beobachteten, wollte aber nicht in ihre Richtung schauen.

Wer hinter der Brücke eine andere Welt erwartete, wurde enttäuscht. Die Straßen sahen genauso aus wie im Norden, nur dass die Läden spanische Aufschriften trugen und es wenig weiße unter den braunen Gesichtern gab. Jack navigierte vorsichtig durch die Straßen und passte auf, nicht zu schnell zu fahren, denn die Polizei war überall, und wo sie nicht war, stand die Armee.

Angst hatte er keine. Die Soldaten zeigten aus guten Gründen Präsenz, man musste schon blind und taub sein, um sie nicht zu kennen. In den Nachrichten kamen ständig Berichte über Morde und Schießereien, auch wenn Jack noch nie welche miterlebt hatte. In seinen Augen sah Nuevo Laredo aus wie immer und fühlte sich an wie immer, obwohl er wusste, dass es sich verändert hatte. Die Menschen, denen er begegnete, waren freundlich, in den Geschäften wurde sein Geld gerne genommen. Vielleicht hatte er einfach Glück gehabt, oder vielleicht war alles nicht so schlimm, wie behauptet wurde.

11

Sie fuhren mitten durch die Innenstadt und hielten dann auf die Peripherie zu, wo die Gebäude weniger dicht standen, die Straßen nicht ganz so eng waren, und Vorhöfe und Rasenflächen die Häuser säumten. Jack kurvte um Risse und tiefe Löcher im Asphalt herum, die die Räder des Trucks glatt verschluckt hätten. Vor einem Haus, dessen winziger Vorhof voller Wäsche hing, sah er ein auf Ziegelsteinen aufgebocktes, räderloses Auto.

Vor dem Haus von Bernardo Sigala wuchs kein Gras, es war hinter einer fast zwei Meter hohen Mauer versteckt. Durch ein Eisentor gelangte man auf einen kleinen Parkplatz, dort stand ein Toyota. Eine Tür im Tor ließ sich für Fußgänger öffnen, sie war mit zwei Schlössern gesichert.

Jack parkte am Straßenrand und stieg aus. Lidia lief zum Tor und zog an der Klingelkette. Glocken ertönten, die nach einer tanzenden Kuhherde klangen.

Bernardo trat auf den schattigen Parkplatz heraus. Er trug ein hellgelbes Hemd mit Kragen und eine akkurat gebügelte Hose. Auch er und seine Familie machten sich besuchsfein. »*¡Hola a todos! ¡Bienvenidos!*«

Er schloss das Tor mit zwei unterschiedlichen Schlüsseln auf und hielt es offen, damit Lidia und Marina eintreten konnten. Jack folgte als Letzter. Sie gaben sich die Hand. »Bernardo«, sagte Jack. »Sind wir zu spät?«

»Spät? Nein, überhaupt nicht! Ich schaue gerade *fútbol.* Reina ist in der Küche. Die Kinder sind im Haus. Kommt rein.«

Im Haus war es kühler. Ein Deckenventilator rührte die Luft um, alle Fenster standen offen. Aus der Küche duftete es nach

Essen. Im Wohnzimmer saß Bernardino in einem Bravos-T-Shirt auf der zerknautschten Couch vor dem Fernseher. Die Bravos de Nuevo Laredo kickten ohne große Aufstiegschancen in der zweiten Liga, aber der Junge war ein Fan. Jack schaute zum Fernseher. Er hatte keine Ahnung, wer da spielte.

»Marina, Lidia«, sagte Bernardo, »die Mädchen sind in ihren Zimmern, glaube ich. Du siehst heute sehr hübsch aus, Lidia.«

»Danke, *tío*.«

»Jack, willst du ein Bier? Setz dich, mach's dir bequem. Bernardino, mach Platz für Jack. Setz dich da vorne hin.«

Bernardino verließ widerwillig die Couch und setzte sich auf einen Stuhl an der Wand. Er war ein schweigsamer Junge und beobachtete Jack mit misstrauischem Blick. Bei ihrer ersten Begegnung war er noch ein Baby gewesen. Jetzt war er sieben. Sie würden sich nie nahe stehen.

Bernardo verschwand in der Küche und kam mit einer Flasche Corona mit einer Limettenscheibe im Hals zurück. »Hier«, sagte er. »Komm, setz dich. Du siehst aus, als könntest du Ruhe gebrauchen, Jack.«

»Es war eine interessante Woche«, sagte Jack. Er setzte sich auf den Platz, den Bernardino geräumt hatte.

»Was immer los war, ich wette, ich kann es toppen«, sagte Bernardo.

»Höchstwahrscheinlich. Was war denn?«

Bernardo setzte sich ans andere Ende der Couch. Er hatte ein fröhliches rundes Gesicht mit Schnurrbart, doch jetzt war seine Stirn gerunzelt. »Viele Schießereien diese Woche. Sehr schlimm. Eine nur zwei Blocks von hier.«

»Sind alle okay?«

»Ja, uns geht's allen gut. Meistens bringen *narcos* andere *narcos* um, aber manchmal steht jemand im Weg, und dann ...« Bernardo formte aus Daumen und Zeigefinger eine Pistole.

»Aber ihr seid vorsichtig«, sagte Jack.

»Immer.«

Das Bier war kalt und klar, die Limette spritzig. Jack sah wieder zum Fernseher, es stand jetzt zwei zu eins. Er wusste immer noch nicht, wer spielte. »Als wir rübergekommen sind, schien alles ruhig.«

»Es heißt, das bald noch mehr Soldaten kommen«, sagte Bernardo.

»Wie viele sind denn schon da?«

»Keine Ahnung. Tausend? Sie sind sowieso schon überall. Aber Los Zetas und die Golfos machen trotzdem ihr Ding.«

Jack runzelte die Stirn. Bernardo und Reina hatten drei Kinder. Bernardino war das mittlere, Patricia neunzehn, Leandra erst vier. Beide Eltern arbeiteten, die Kleinen kamen alleine aus der Schule nach Hause, Patricia passte dann auf sie auf. Sie kamen klar.

Bernardo schlug Jack aufs Knie und bemühte sich, jovial zu klingen. »Ich freue mich, dass ihr heute gekommen seid. Es ist immer schön, dich und die Mädchen zu sehen.«

»Wir kommen gerne. Ich wünschte bloß, es würde besser für euch laufen.«

»Wir sind alle gesund und munter. Wir haben die Familie. Alles ist gut. Erzähl mal von dir.«

»Da gibt's nicht viel zu sagen. Ich habe genug Arbeit, die Mädchen werden groß. Ich kann kaum glauben, dass Marina fast erwachsen ist. In einem Jahr wird sie sich nach einer eigenen Wohnung umsehen.«

Bernardo nickte. »Vielleicht will sie gar nicht so schnell weg. Du bist ihr Vater, wie früher Arturo. Solche Bindungen halten.«

»Vielleicht hast du recht. Redet Patricia noch vom Ausziehen?«

»Jede Woche kommt was Neues. Sie hat jetzt einen Job, spart aber überhaupt nicht. Anstatt alles sofort auszugeben, sollte sie lieber an die Zukunft denken. Ihre Mutter ist nicht damit einverstanden, dass sie abends lange ausgeht, aber sie ist erwachsen. Sie braucht ihren Freiraum. Ich kann sie nicht einsperren.«

»Genau davor habe ich Angst«, sagte Jack.

»Wozu? Das machen alle jungen Menschen durch. Weißt du noch, als wir so alt waren? Niemand durfte uns was vorschreiben.«

»Ich will nur, dass sie auf dem richtigen Weg bleibt.«

»Ganz bestimmt, mein Freund. Weil du ihn ihr vorlebst. Das weiß ich.«

Jack trank den letzten Schluck Corona. »Na, wenn du da so sicher bist.«

»Mach dir keine Sorgen. Jetzt bleib hier sitzen und schau ein bisschen fern. Ich sehe mal nach, ob Reina Hilfe braucht. Es gibt heute ein Festmahl. Du wirst essen, bis du platzt!«

Bernardo verließ das Zimmer, Jack hörte aus der Küche spanische Satzfetzen. Er drehte sich zu Bernardino um, der immer noch auf dem Stuhl saß und gebannt dem Spiel folgte. Wortlos sahen sie sich an.

»Willst du hier bei mir sitzen?«, fragte Jack.

Bernardino nickte.

»Dann komm her. Vielleicht kannst du mir mal sagen, wer da überhaupt spielt.«

12

Das Mittagessen bestand aus Bergen von Bohnen, Reis, Enchiladas, Tortillas, Salat und anderem und wurde an dem langen Holztisch in der großen Küche serviert. Bernardo saß an einem Ende, Jack am anderen. Reina flatterte um sie herum, sorgte dafür, dass alle Teller voll waren und voll blieben und alle genug zu trinken hatten. Sie kam erst zur Ruhe, als Jack darauf bestand, dass sie sich hinsetzte und mit ihnen gemeinsam aß.

Bernardo war Vilmas Bruder. Zwar sah er ganz anders aus als sie, aber in seinen Kindern erkannte Jack die Familienähnlichkeit. Patricia war Vilma so ähnlich, dass sie und Marina Schwestern hätten sein können. Lidia und Bernardino hatten die gleichen Augen. Leandra hatte Pausbacken und Babyspeck. Wenn Jack sie ansah, wandte sie immer schüchtern den Kopf ab.

Sie aßen, bis sie nicht mehr konnten. Auch dann häufte Reina ihnen noch Essen auf die Teller, bis Marina schließlich um Gnade flehte und anbot, beim Abräumen zu helfen. Lidia und Leandra zogen sich in Leandras Zimmer zurück, und Bernardino verschwand wieder vor dem Fernseher. Die Sonne war weitergezogen, der Vorhof lag jetzt fast gänzlich im Schatten. Bernardo holte Bier und ging mit Jack nach draußen.

Er hatte vier Flaschen mitgebracht. Jack nahm eine. »Das ist mein letztes«, sagte er.

»*Está bien.* Ich trinke den Rest.«

Jack trank, Bernardo trank, die Stille zwischen ihnen vertiefte sich. Ein Truck fuhr knirschend auf der anderen Seite der Mauer vorbei, versank in einem Schlagloch, die Stoßdämpfer jaulten auf.

Bernardo sprach als Erster. »Wie ich höre, läuft in Texas das Baugeschäft im Moment nicht so gut.«

»Stimmt«, sagte Jack. »Ich mache vor allem Renovierungen. Zahlt die Rechnungen.«

»Hier ist es das Gleiche. Niemand will mehr Ziegelsteine kaufen, weil niemand mehr baut. An manchen Tagen verkaufe ich gar nichts. Ich musste einen meiner Männer entlassen.«

»Tut mir leid.«

»So was passiert. Er hatte Verständnis.«

Jack rollte die kalte Flasche zwischen seinen Händen hin und her und dachte nach. »Letzte Woche hatte ich einen guten Mann. Sein Name war Eugenio. Kam aus Anáhuac, war drüben, um Arbeit zu finden.«

»Was ist aus ihm geworden?«

»*La migra*«, sagte Jack. »Haben uns angehalten, ihn direkt aus meinem Truck gezogen und sich alle Mühe gegeben, mir Angst einzujagen. Aber sie wissen, wie es ist: Wenn ich Hilfe brauche, muss ich sie holen, wo ich sie kriegen kann.«

»Sie werden ihn abschieben«, sagte Bernardo.

»Wahrscheinlich.«

»Weißt du, die Busse mit *los deportados* fahren mitten in die Stadt. Sie setzen sie auf der Plaza ab und lassen sie da stehen, mit nichts als dem, was sie gerade dabei hatten, als sie geschnappt wurden. Manche haben gar nichts: kein Geld, nichts. Wo gehen sie hin? Das frage ich mich oft, wenn ich sie sehe.«

»Zurück an die Grenze«, sagte Jack.

»Zurück an die Grenze«, stimmte Bernardo zu. »Innerhalb von vierundzwanzig Stunden sind sie wieder drüben. Oder noch schneller. Sie lassen sich nicht aufhalten, weil sie nichts zu verlieren haben. Aber sie müssen aufpassen: Los Zetas sind wachsam. Wenn die Zetas sie fangen, müssen sie zahlen, und wenn sie nicht zahlen können, muss die Familie zahlen. Und wenn die Familie nicht zahlen kann ... sieht es nicht gut für sie aus. Schlimm genug, dass man ihnen schon auf dem Weg nach Norden das Geld abknöpft, aber noch mal ausgenommen zu werden ...«

»Eines Tages wird es aufhören«, sagte Jack.

»Hoffentlich. So kann es nicht weitergehen.«

Jack hörte ein Scharren und schaute über seine Schulter. Marina war gekommen. »Alles ist aufgeräumt. Geht's euch gut hier draußen?«

»Prima«, sagte Jack.

»Ich wollte mit Patricia einkaufen gehen. Ist das in Ordnung?«

Jack wandte sich an Bernardo. »Was sagst du?«

Bernardo zuckte die Achseln. »Das Geschäftsviertel wird bewacht. Überall Armee und Polizei. Ihnen wird nichts passieren.«

»Okay«, sagte Jack. »Aber bleibt da, wo Patricia sich auskennt. Treibt euch nicht irgendwo herum.«

»Machen wir nicht.« Marina gab Jack einen Kuss auf die Wange und verschwand.

Jack seufzte. »Und es ist da wirklich sicher?«

»So sicher wie überall heutzutage.«

Bernardo trank das zweite Bier aus und griff zur dritten Flasche. Die goldene Flüssigkeit fing das Licht ein, und Jack verspürte Durst. »Ich hol mir was anderes zu trinken«, sagte er.

»Klar. Ich halte dir den Platz frei, keine Sorge.«

Im Wohnzimmer traf er auf Marina und Patricia, die gerade gehen wollten. »Bis später«, sagte Marina.

»Wie lange seid ihr weg?«

»Ein paar Stunden.«

»Gut. Denk daran, was ich gesagt habe.«

»Mit mir ist sie sicher«, sagte Patricia.

»Ich verlass mich drauf. Viel Spaß.«

Reina saß in der Küche an dem großen Tisch vor einem aufgeschlagenen Buch und hatte immer noch die Schürze umgebunden.

Sie sah auf. Sie und Jack sprachen Spanisch miteinander. Bernardo und Patricia sprachen fließend Englisch, auch die Kleinen konnten sich unterhalten, doch Reina hatte die Sprache nie gelernt. »Hallo, Jack. Ist alles in Ordnung?«

»Ich wollte bloß fragen, ob du ein bisschen *limonada* oder so hast. Da draußen ist es trocken.«

»Natürlich.«

Der Kühlschrank war klein und alt. Reina holte einen Plastikkrug heraus und schenkte Limonade in ein Konservenglas, das als Trinkbecher diente. Jack hatte keine Angst, für ihn war mexikanisches Wasser genauso gut wie das aus seinem eigenen Hahn. »Danke«, sagte er.

»Ist Bernardo schon betrunken?«, fragte Reina.

»Vielleicht ein bisschen«, sagte Jack.

»Ich sage ihm immer, er soll sich ein Beispiel an dir nehmen und weniger trinken. Aber er hört nicht auf mich.«

»Es ist bei ihm was anderes als bei mir«, sagte Jack.

»Jack, wer so gelitten hat wie du, hätte leicht diesen Weg nehmen können.«

»Vielleicht.«

»Du warst stark und bist da rausgekommen.« Reina trat zu ihm und legte ihm eine Hand auf den Arm. Sie war eine kleine Frau, viel kleiner als er, doch sie hatte eine Unbeugsamkeit an sich, die sie größer und stärker erscheinen ließ. »Du hättest die Mädchen niemals im Stich gelassen. Ich habe dir das nie gesagt, aber ich habe es gewusst. Jedes Mal, wenn ich dich und die Mädchen sehe, danke ich Gott, dass Er dich zu Vilma geschickt hat. Ihr seid immer in meinen Gebeten.«

Er spürte, dass ihm heiß wurde, doch er entzog sich nicht. »Ich bin froh, dass jemand für mich betet«, sagte er schließlich. »Ich brauche jede Hilfe, die ich kriegen kann.«

Vielleicht sah Reina es seinem Gesicht an oder spürte es durch die Berührung, denn sie nahm ihre Hand weg und trat einen Schritt zurück. »Es ist immer schön, wenn du hier bist, Jack«, sagte sie.

In ihren Worten und ihrer Berührung hallte Vilma wider, und Jack vermisste seine Frau in diesem Moment so stark wie lange nicht. Er verdrängte das Gefühl und sagte: »Ich komme auch gern.«

»Sag meinem Mann *no más cervezas*, wenn er ausgetrunken hat.«

»Mach ich.«

Bernardos Flaschen waren leer, als Jack zurückkam. Er beobachtete eine Motte, die verwirrt zwischen Licht und Schatten hin und her flatterte. Der Hof wirkte auf einmal sehr klein, und Jack fragte sich, wie Marinas und Lidias Leben aussehen würde, wenn sie hier aufgewachsen wären anstatt bei ihm. Wären sie anders? Schwer zu sagen. Sie waren amerikanische Mädchen, amerikanisch erzogen, hatten aber immer noch einen Fuß in Mexiko. Das hatte Jack Vilma versprochen, und Tage wie dieser belohnten ihn dafür.

»Reina glaubt, du betrinkst dich hier draußen«, sagte Jack und setzte sich.

»Unsinn. Um betrunken zu werden, bräuchte es einiges mehr. Sie kennt mich kein bisschen.«

Irgendwo in der Ferne heulte eine Polizeisirene auf und verstummte sofort wieder. Jack dachte automatisch an Marina. Er überlegte, sie auf dem Handy anzurufen, nur um sicherzugehen, dass alles okay war, aber sie würde ihn nur auslachen.

Als hätte er Jacks Gedanken gelesen, sagte Bernardo: »Es ist nichts. Wenn wirklich was passiert wäre, würde man viele Sirenen hören. Die Polizei schwärmt dann aus wie Heuschrecken.«

»Macht der Gewohnheit«, sagte Jack und bemühte sich zu lächeln.

»In dieser Stadt lernt man schnell, Geräusche zu unterscheiden. Da eben wurde vermutlich irgendein Verkehrssünder angehalten. Das macht *la policía* gerne: Strafzettel verteilen. Wenn sie nur halb so gut darin wären, *narcos* zu fangen wie Knöllchen zu verteilen, wäre der ganze Spuk morgen vorbei.«

»Es ist überall das Gleiche«, sagte Jack, auch wenn das nicht stimmte.

13

Am Abend waren die Fahrbahnen in Richtung Norden nicht weniger voll als am Morgen. Jack hatte den Übergang auf dieser Seite noch nie leer gesehen, immer standen die Fahrzeuge dicht an dicht: beladene LKWs, Mexikaner auf Reisen, dazwischen eingeklemmte Amerikaner. Ein großer Lieferwagen mit einem Früchtelogo auf der hinteren Tür versperrte Jack die Sicht. Er stellte das Radio an, leise Musik ertönte. Die Mädchen schwiegen. Die Klimaanlage spuckte gelegentlich kleine Tropfen Kondenswasser aus den Lüftungsklappen.

»Jack«, sagte Marina.

»Ja?«

»Ich wollte dich was fragen.«

»Klar, was denn?«

»Patricia hat erzählt, dass sie in ein paar Wochen auf ein Konzert geht. Sie kann Karten für uns beide besorgen, wenn ich mit will. Die Band soll echt gut sein.«

»Ein Konzert? Hier in Nuevo Laredo?«

»Ja. Es ist nicht weit von *tío* Bernardos Haus. Patricia sagt, sie geht mit ein paar Freunden hin, und ich bin eingeladen.«

Jack warf Marina einen Seitenblick zu und merkte, dass sie ihn eindringlich ansah. Sein Hirn mahlte, um die richtigen Worte zu finden. »Ich weiß nicht«, sagte er. »Ich weiß nicht.«

»Es wird nichts passieren«, sagte Marina. »Wir gehen zusammen mit drei oder vier anderen Mädchen. Allerdings findet das Konzert am Freitagabend statt.«

»Ein Konzert am *Abend*?«, fragte Jack. »Keine Chance. Wenn es tagsüber wäre, dann könnten wir vielleicht darüber reden, aber du gehst nachts nicht über die Brücke.«

»Wirklich, Jack, es ist nicht gefährlich. Wir sind eine große Gruppe. Und es wird auch nicht wirklich spät sein. Wahrscheinlich ist es dann noch hell.«

»Ich mache mir nicht Sorgen um das Licht. Du weißt, was hier drüben los ist.«

»*Tío* Bernardo geht es doch gut.«

Jack trommelte auf das Lenkrad. »Bernardo ist vorsichtig, alle in der Familie sind vorsichtig. Sie gehen keine Risiken ein. So vermeidet man Ärger. Ich lasse dich nicht nachts auf ein Konzert gehen. Das ist zu gefährlich.«

Marina warf sich im Sitz nach hinten. »Ich wusste, dass du Nein sagst. Ich hab's ihr gesagt.«

»Ich würde gerne Ja sagen. Aber ich muss das Richtige tun. Du bist siebzehn und solltest dich nicht alleine in der Stadt rumtreiben.«

»Aber ich wäre nicht allein, darum geht es doch! Patricia ist die ganze Zeit dabei. Und sie ist volljährig.«

»Gerade so.«

»Auf jeden Fall ist sie erwachsen.«

Jack merkte, dass Lidia auf dem Rücksitz so tat, als würde sie nicht zuhören. Er wünschte sich, der Lastwagen vor ihm würde endlich in die Gänge kommen, damit sie über die Brücke und am Zoll vorbeifahren konnten, bevor er wieder etwas sagen musste. Marina strahlte Gereiztheit aus, als wäre es Hitze.

Und sie ließ nicht locker. »Wie gesagt, ich will ja nicht wild feiern. Ich würde zu *tío* Bernardo fahren, Patricia abholen und aufs Konzert gehen. Danach essen wir irgendwo etwas und übernachten bei *tío* Bernardo. Am Morgen fahre ich wieder zurück.«

»Marina –«

»Es sind jede Menge Cops unterwegs! Das hättest du heute mal sehen sollen. Polizisten. Soldaten. Wenn es irgendwelche Probleme gibt, gehen wir direkt zur Polizei.«

»Ich weiß nicht«, sagte Jack.

»Komm schon, Jack, es ist nur ein Konzert. Wenn die Schule wieder anfängt, habe ich keine Zeit mehr für irgendwas. Ich bitte dich nie um was!«

»Ohne beglaubigte Genehmigung von mir kommst du nicht mal über die Grenze«, sagte Jack.

»Dann besorgen wir uns eine. Die Beglaubigung kann man sich in diesem Büro in der Mall besorgen.«

»So leicht ist das, wie?«, fragte Jack.

»Es *muss* ja nicht schwer sein.«

»Kapierst du nicht, dass hier drüben Krieg herrscht? Die Polizisten und Soldaten schwirren ja nicht grundlos überall herum. Was du da willst ... da geht's nicht bloß um ein Konzert.«

»Du vertraust mir, oder?«

»Es geht auch nicht um Vertrauen. Ich weiß, dass du keine Dummheiten machen würdest.«

»Was ist dann das Problem?«

Jack bemühte sich, nicht finster dreinzuschauen, doch sein Gesicht hatte sich verzogen. Der LKW vor ihnen schob sich kaum einen Zentimeter vorwärts. »Verdammt noch mal«, sagte er laut.

»Ich verspreche, dass ich dich dieses Jahr um nichts anderes mehr bitte«, sagte Marina. »Ehrlich. Wenn doch, kannst du mir einen Monat Hausarrest geben.«

»Du versprichst, dich genau an das zu halten, was ich dir sage?«, fragte Jack. »Keine Umwege, kein *Ups, hab ich vergessen*, sondern genau das, was wir absprechen?«

»Versprochen. Heiliges Ehrenwort.«

»Ich muss irre geworden sein«, sagte Jack. »Deine Mutter hätte dich das niemals machen lassen. Ich kann hören, wie sie mich gerade für verrückt erklärt.«

»Mom hätte überhaupt nichts dagegen«, sagte Marina.

»Meinst du, ja?«

»Jack, ich möchte wirklich gern hingehen. Es wird Spaß machen, und ich erlebe mal ein Abenteuer.«

»Nein«, sagte Jack. »Keine Abenteuer. Das wird das Gegenteil von einem Abenteuer. Und wenn ich rausfinde, dass du was getrunken hast oder so, dann kannst du jegliches Abenteuer ein für allemal vergessen.«

»Ich habe verstanden.«

Jack betrachtete sie. Sie biss sich auf die Lippe, wie Vilma es immer getan hatte. Sie waren sich so ähnlich. »Ich sage *vielleicht*. Ich sage nicht Ja. Wann ist das Konzert?«

»In zwei Wochen.«

»Ich denke darüber nach und spreche mit Bernardo, und wenn ich überzeugt bin, dass dir nichts passieren kann, dann werde ich mich entscheiden. Aber wenn ich Nein sage, gilt das. Keine weiteren Diskussionen.«

»Okay. Danke, Jack.«

»Bedank dich nicht zu früh.«

14

Jack arbeitete den größten Teil der Woche allein im Haus des Anwalts. Das Home Depot mied er geflissentlich. Wenn er doch daran vorbeifahren musste, wandte er den Blick ab, um nicht sehen zu müssen, ob sich Eugenio unter den dort wartenden Männern befand.

Eines Nachmittags fuhr er zu dem Büro in der Mall und ließ sich eine getippte Genehmigung beglaubigen, die es Marina erlaubte, zu einem bestimmten Zeitpunkt alleine die Grenze zu überqueren. Marina umarmte ihn und gab ihm einen Kuss. Jack versuchte, sich keine Sorgen zu machen.

Er bekam weitere Renovierungsaufträge. Die nächsten drei Monate würde er genug zu tun haben. Das war gut, regelmäßige Arbeit bedeutete ein regelmäßiges Einkommen. Wenn eines Tages weniger Jobs reinkamen, musste er von dem leben, was er seit Vilmas Tod angespart hatte. Er bezahlte immer noch ihre Arztrechnungen ab.

Er genoss seine Feierabendbiere, ging zeitig ins Bett und wachte früh auf. Der Kalender zeigte an, dass bald wieder die Schule beginnen würde. Die Mädchen hatten sich die Bücherliste besorgt, und Jack brachte im Walmart ein paar Stunden damit zu, alles Benötigte für das neue Schuljahr zusammenzusuchen. Früher hatte die Schule selber die Materialien gestellt, doch das war lange vorbei, das Geld zu knapp. Die Schulen mussten jeden Dollar zusammenkratzen, genau wie die Männer auf dem Parkplatz vom Home Depot.

Marina kaufte sich von ihrem ersten Lohn ein neues Kleid. Jack fand, es zeigte zu viel Haut an Schultern und Beinen, aber Marina lachte ihn nur aus. Vielleicht wurde er doch langsam ein alter Mann, der sich über harmlose Dinge aufregte. Als Marina ankündigte, das Kleid zum Konzert zu tragen, schlug er nur vor, einen dünnen Pulli mitzunehmen, um sich ein wenig zu bedecken. Natürlich würde sie das nicht tun. Selbst wenn er ihr den Pulli eigenhändig über den Kopf zöge.

15

Das Telefon auf Gonzalos Schreibtisch klingelte zweimal. Er nahm ab. »Soler.«

»Ist da Inspector Gonzalo Soler?«, fragte ein Mann, dessen Stimme Gonzalo nicht erkannte.

»Ja. Wer spricht da?«

»Valdez. Ich arbeite in La Zona.«

»Was kann ich für Sie tun, Oficial Valdez?«

»Ich glaube, Sie sollten herkommen.«

»Jetzt?«

»Ja, jetzt.«

»Worum geht es?«

»Das sehen Sie sich besser selbst an.«

Nur Pepito bekam mit, dass Gonzalo seinen Schreibtisch verließ. »Ich bin bald wieder da«, sagte Gonzalo. »Ich muss nach La Zona.«

»Was ist los?«

»Keine Ahnung.«

»Viel Glück.«

Die Fahrt nach Boy's Town dauerte nicht lange, diesmal fuhr er durch das Tor und parkte am Polizeirevier. Zwei Polizisten in Uniform standen vor der Tür und winkten ihm zu, als hätten sie ihn schon erwartet. Einer kam auf ihn zu und hielt ihm die Hand hin. »Herminio Valdez.«

»Gonzalo Soler. Was ist denn los?«

»Kennen Sie einen Mann namens Tomás Contreras?«

»Ja, kenne ich.«

»Dann kommen Sie mal mit.«

Valdez führte Gonzalo über die Circunvalación Casanova zu einem Platz, den Gonzalo sofort erkannte, nur stand diesmal ein Krankenwagen auf der Straße, außerdem weitere Polizisten und Sanitäter in neongelben Westen. Gonzalo wusste schon, was er gleich sehen würde: die Leiche von Tomás Contreras in einer Blutlache, eine Hand vor sich ausgestreckt, als hätte er die Kugeln auffangen wollen.

Im Hintergrund bemerkte Gonzalo eine Gestalt. In der offenen Tür mit der Nummer 9 stand Iris Contreras mit einer Decke um die Schultern. Beide Augen waren blaugeschlagen und vom Weinen verquollen. Ein Polizist war dabei, sie zu befragen.

»Was zum Teufel ist passiert?«, wollte Gonzalo von Valdez wissen.

»Das Mädchen sagt, ihr Vater wurde erschossen. Den Mörder konnten wir verhaften«, erwiderte Valdez. »Sie sagt, ihr Vater wäre heute gekommen, um sie nach Hause zu holen, und ist dabei Enrique Guerrero begegnet. Das ist der Zuhälter des Mädchens. Die Männer sind in Streit geraten, es kam zu einem Kampf, und Guerrero hat Contreras aus dem Haus geworfen. Als er nicht gehen wollte, hat Guerrero ihn erschossen.«

»Zeugen?«

»Die Tochter. Sie hat versprochen, umfänglich auszusagen.«

Einer der Notfallmediziner holte einen schwarzen Leichensack aus Plastik aus dem Wagen und breitete ihn neben Tomás Contreras auf dem Boden aus. Zusammen mit seinem Kollegen legte er die Leiche hinein und zog den Reißverschluss zu.

»Kann ich mit dem Mädchen sprechen?«

»Klar. Sobald wir am Tatort fertig sind, kriegen Sie den ganzen Fall übergeben. Die Tochter hat uns Ihren Namen genannt.«

»Danke«, sagte Gonzalo und ging zu Iris.

Er bat den Polizisten, der mit ihr sprach, sie mit ihm allein zu lassen. Iris wirkte bedeutend magerer als bei ihrem letzten Treffen, obwohl das nicht lange her war. Die dunklen Prellungen in ihrem Gesicht sahen schmerzhaft aus.

Gonzalo musste fragen. »Warum sind Sie zurückgekommen?«

»Zu Hause ist kein Platz für mich.«

»Ihr Vater –«

»Hat mich eine Hure genannt und mich geschlagen. Hier bin ich besser dran. Ich bin so schnell wie möglich zurückgekommen.«

»Und jetzt ist Ihr Vater tot.«

»Ja.«

Sie schaute zum Leichensack hinüber. Die Mediziner hoben ihn an beiden Enden hoch, trugen ihn zum Krankenwagen und hievten ihn hinein. Gonzalo sah nur kurz hin. »Haben Sie das gewollt?«, fragte er.

»Nein, natürlich nicht.«

»Glauben Sie, Sie wären jetzt frei, weil Ihr Vater tot ist und Ihr Zuhälter ins Gefängnis wandert?«

»Ich weiß es nicht.«

»Es wird ein anderer kommen, Iris«, sagte Gonzalo. »Und dann noch einer und noch einer. Es ist nicht zu Ende.«

»Ist mir egal«, sagte Iris.

»Hören Sie mir zu, Iris«, sagte Gonzalo.

Die Türen des Krankenwagens wurden geschlossen. Iris blinzelte und schaute weg. Als sie sich Gonzalo zuwandte, merkte er, dass sie meilenweit weg war, in einer völlig anderen Welt. Er wollte fragen, auf was für Drogen sie war, aber es war egal. Sie würde lügen, und er würde wütend werden, und sie würden nicht weiterkommen.

»Ich will hier bleiben«, sagte Iris schließlich.

»Nein.«

»Doch.«

Gonzalo ließ die Hände sinken. Es hatte keinen Sinn zu streiten. »Dann sollen Sie Ihren Willen bekommen. Viel Glück, Iris. Ich melde mich, wenn wir Ihre Aussage brauchen.«

»Auf Wiedersehen«, sagte Iris.

Sie drehte sich im Türrahmen um und verschwand in der Dunkelheit. Gonzalo sah ihr nach.

16

Jack versuchte schon seit über einem Jahr einen Krimi zu Ende zu lesen. Das Buch war an sich okay. Nur war Jack nie ein eifriger Leser gewesen, deswegen dauert es so lange. Er las ab und an ein paar Seiten, hatte Mühe sich zu erinnern, was vorher passiert war, und legte das Buch wieder beiseite. Weil es so lange offen dagelegen hatte, war der Buchrücken zerknickt.

Das Badezimmer des Anwalts war fertig. Jack hatte den Großteil der Arbeit alleine erledigt und sich nur dann Hilfe geholt, wenn es unumgänglich gewesen war. Er hatte die Männer nicht nach ihren Namen gefragt und nicht mit ihnen gesprochen. Und immer hatte er Ausschau nach dem schwarzen SUV und den Cops gehalten, aber niemanden gesehen. Er zahlte den Männern ihren Lohn und schickte sie anonym wieder ihres Weges. Es war besser so.

Jetzt hatte er frei. Und Lust, ein paar Seiten zu lesen, also machte er sich einen Krug Kool-Aid und setzte sich auf die hintere Terrasse. Er besaß einen kleinen, runden Tisch aus Eisen, der die richtige Höhe hatte, um das Getränk darauf abzustellen und sich daneben in einen Klappstuhl zu setzen. Eine rot-weiße Markise hielt die Sonne ab, nicht aber die Hitze. Krug und Glas begannen sofort zu schwitzen.

Er las zwei Stunden am Stück, was mehr war als in den letzten drei Monaten zusammen. Der Held hatte gerade den Kopf des Mannes entdeckt, den er suchen sollte. Die Story nahm Fahrt auf. Jack bekam kaum mit, dass die Hintertür aufgeschoben wurde.

»Jack.«

»Hmm?«

Lidia trug kühle, helle Kleidung und verströmte vom Liegen auf ihrem Lieblingsplatz, dem Sofa, schwach den Geruch des Hauses. Sie baute sich vor Jack auf und sah mit verschränkten Armen auf ihn herab. »Wir müssen reden«, sagte sie.

Jack legte das Buch auf den Tisch. Die Seiten streiften über den Krug, die Feuchtigkeit färbte das Papier dunkel. »Worüber?«

»Marina geht heute Abend zum Konzert.«

»Ja, stimmt, ich weiß.«

»Was ist mit mir?«

»Was soll mit dir sein?«

»Ich meine, was soll ich heute Abend machen? Krieg ich nichts Besonderes?«

Lidia war ein Teenager, aber in solchen Momenten sah Jack immer noch das kleine Mädchen in ihr. Die verschränkten Arme wirkten so pummelig wie früher als Kind. Sie zog einen Schmollmund.

Jack hob die Hände. »Ich weiß nicht, was schwebt dir vor?«

»Du hast mich nie gefragt, ob ich heute irgendwo bei einer Freundin übernachten möchte.«

»Hätte ich das tun sollen?«

»Du hättest *fragen* können.«

»Schon gut. Okay. Tut mir leid, dass ich nicht gefragt habe. Möchtest du irgendwo bei einer Freundin übernachten?«

»*Jetzt* ist es zu spät dafür, Jack. So kurzfristig klappt das nicht mehr.«

»Warum hast du dann nicht früher was gesagt?«

»Ich dachte, du würdest *fragen*.«

Jack rieb sich mit Daumen und Zeigefingern die Augen, bis er Farben sah. Er atmete ein, dann aus, und sagte: »Es tut mir leid, dass ich nicht gefragt habe. Was soll ich jetzt tun?«

»Ich weiß nicht. Was Besonderes.«

»Wir könnten eine Pizza bestellen.«

»Ich würde lieber essen gehen.«

»Okay, gehen wir essen. Wo möchtest du hin?«

»Wie wäre es mit italienisch?«

»Gut. Italienisch klingt gut.«

»Und ich will einen Film ausleihen.«

»Wir können uns auch einen Film ausleihen, wenn du das möchtest. Im Supermarkt steht jetzt so ein Automat. Du kannst dir einen Film aussuchen. Welchen du willst.«

Lidia sah ihn an, die Arme noch immer verschränkt. Dann ließ sie sie sinken. »Okay.«

Jack versuchte es mit einem Lächeln. »Okay?«

»Es ist bloß, ich darf nie was Cooles machen.«

»Weil du dreizehn bist. Wenn du älter wirst, darfst du mehr machen. Deine Zeit wird kommen«, sagte Jack.

»Ich will nicht zickig sein.«

»Das weiß ich doch.«

»Können wir vor Marina losgehen, damit sie weiß, dass sie was verpasst?«

»Das können wir machen«, sagte Jack. »Ich ziehe mir sogar ein frisches Hemd an. Willst du Kool-Aid?«

»Nein, danke. Von den Farbstoffen kann man krank werden.«

Jack schenkte sich nach. Der Krug war halb leer. »Hat mich noch nie krank gemacht«, sagte er.

»Dich kann nichts unterkriegen, Jack«, sagte Lidia und ging wieder ins Haus.

Er betrachtete die rote Flüssigkeit im Glas, in der halbgeschmolzene Eiswürfel trieben. Von Lebensmittelfarbe konnte man krank werden? Was würden die sich als Nächstes ausdenken? Jetzt mussten schon Kinder auf Dreirädern Ellbogenschützer und Helme tragen, und jeden Tag kam eine neue Warnung, was man besser nicht essen sollte. Vilma hatte es besser gewusst. Sie hatte ihre Kinder nie überbehütet.

Ihre Kinder. Seine und ihre.

Zuerst hatten sie gedacht, Vilma wurde nur deswegen nicht schwanger, weil sie schon älter war oder zu viel arbeitete oder aus irgendeinem anderen Grund, den noch keiner entdeckt hatte. Dann hatten sie eine Zeit lang geglaubt, Jack wäre das Problem. Sie hatten nicht geahnt, dass das Schicksal die Dinge in die Hand genommen hatte und ihnen dieses Eine verweigerte, weil es ihnen noch viel mehr nehmen würde.

Vielleicht wären sie sonst besser vorbereitet gewesen, hätten eher auf die frühen Warnzeichen geachtet. Die Ärzte hatten versichert, nein, es hätte keinen Unterschied gemacht, aber Jack wurde das Gefühl nicht los, irgendeinen schrecklichen Fehler begangen zu haben. Wenn er nur auf einen weiteren Test bestanden hätte, auf noch eine weitere Untersuchung. Aber das hätte Vilma die Verantwortung abgenommen und sie allein in seine Hände gelegt. So funktionierte es nicht.

Er trank das Glas aus, die Eiswürfel klackerten gegen seine Zähne. Er öffnete den Mund und schluckte sie herunter: zwei kalte Klumpen rutschten in die Tiefe, wo sie wie schlechte Gefühle und Zweifel verschwinden würden. Ihre Kinder. Seine und ihre.

Heute würde er nicht mehr weiterlesen. Die Lust hatte ihn verlassen, das Buch lag da und würde auf ihn warten. Eines Tages würde er erfahren, was es mit dem Kopf des toten Mannes auf sich hatte, aber nicht jetzt.

Jack stand auf und sammelte seine Sachen ein. Er musste sich um die Wäsche kümmern.

17

Marina hatte ihr neues Kleid angezogen. Jack war genauso unglücklich darüber wie an dem Tag, als sie es gekauft hatte. Dazu trug sie Pumps, und er fragte, wie sie mit den Dingern tanzen wollte. »Ich hab's kapiert, Jack«, sagte sie.

»Was ist mit dem Pulli?« Jack ließ nicht locker.

»Es sind zweiunddreißig Grad«, erwiderte sie.

»Heute Nacht kühlt es ab. Dann wirst du froh sein, ihn dabei zu haben.«

»Schon gut. Ich nehme den blauen mit, den du mir zu Weihnachten geschenkt hast.«

Er machte Wirbel um sie, obwohl er wusste, dass sie das nicht ausstehen konnte. War ihre Tasche fertig gepackt? War ihr Handy aufgeladen? Hatte sie alle für die Grenzüberquerung notwendigen Papiere? Sie beantwortete alle Fragen mit Ja, und Jack wusste sowieso, dass sie an alles gedacht hatte: Sie war verantwortungsvoll und dachte mit. Das hatte er ihr beigebracht, und davor Vilma.

Sie standen auf dem Rasen vor dem Haus. Marina hatte ihre Tasche über der Schulter. »Lass dich noch mal ansehen«, sagte Jack.

»Ich bin nur eine Nacht weg«, sagte Marina. »Ich ziehe nicht aus.«

»Ich will nur, dass es dir gut geht«, sagte Jack.

»Ich weiß. Aber im Ernst, der Pulli? Den lasse ich einfach im Auto liegen.«

»Dann lass ihn im Auto.«

»Mache ich.«

»Gut.«

Er sah ihr nach und winkte, bis der kleine Galant außer Sichtweite war. Auf dem Weg ins Haus hoffte er insgeheim, dass man sie an der Grenze vielleicht abweisen und nach Hause schicken würde, und dann würde er sich keine Sorgen machen müssen. Vielleicht wäre das überhaupt das Beste.

Lidia fing ihn an der Tür ab. Sie trug einen Rock und eine hübsche Bluse. »Hey, ich dachte, wir wollten vor ihr los«, sagte sie.

»Sie ist ein bisschen früher gefahren. Keine Sorge, sie weiß, dass sie was verpasst.«

»Gut.«

Jack zog sich um, ein weißes Hemd und eine frische Jeans, und überlegte sogar, ein Bolotie umzubinden, entschied sich aber dagegen. So toll war das Restaurant nicht, und er wollte niemanden beeindrucken. Nach Vilma war er nie wieder mit einer Frau ausgegangen. Er bezweifelte, dass ihn noch jemand attraktiv finden würde.

Sie fuhren zu dem Familienrestaurant, in dem sie schon x-mal gewesen waren. Die Betreiber waren keine Italiener, sondern Mexikaner, doch das Essen schmeckte authentisch, und im Hintergrund lief immer Frank Sinatra oder irgendein anderer italienischer Schnulzensänger.

Lidia bestellte eine Vorspeise, Jack tat es ihr nach. Der Kellner hielt ihm die Weinkarte hin. »Nein, danke«, sagte Jack. »Ich bleibe bei Wasser.«

Als der Kellner gegangen war, fragte Lidia: »Warum trinkst du eigentlich keinen Wein? Ist es wegen –?«

»Nein, nicht deswegen. Vermutlich gibt es zwei Arten von Menschen: Weintrinker und Biertrinker. Und ich bin nun mal zufällig Biertrinker. Wein ist bloß vergorener Traubensaft.«

Lidia lächelte. »Der ist gut. Den merke ich mir.«

Das Essen kam. Es war noch früh, das Restaurant leer, nur ein paar Familien saßen schon im Speisesaal. Ein Kleinkind in einem

Hochstuhl richtete mit einem kleinen Teller Spaghetti einen wahren Saustall an. Es waren mehr Nudeln an als in dem Kind. Jack musste lächeln.

»Was wohl Marina gerade macht?«, fragte Lidia.

Jack sah auf die Uhr. »Keine Ahnung. Brezelt sich noch mehr auf. Schwatzt mit deiner Cousine. Du verpasst nichts.«

»Wie alt muss ich sein, damit ich zu einem Konzert gehen darf?«

»Warten wir ab, wie es heute Abend läuft. Wenn deine Schwester auch nur den geringsten Unsinn macht, friert eher die Hölle zu, als dass ich euch beide noch mal aus den Augen lasse.«

»Das sagst du bloß so.«

»Glaub mir.«

Dean Martin sang »Ain't That a Kick in the Head«. Das Essen schmeckte gut, die Portionen waren groß. Jack wusste, dass er sich zurückhalten sollte, aber es war ein besonderer Abend, und für besondere Abende galten besondere Regeln. Er bestellte sogar einen Nachtisch, den sie sich teilten, und dann noch einen Kaffee hinterher.

»Hast du dir überlegt, welchen Film du heute Abend sehen willst?«, fragte er Lidia.

»Ich hab Lust auf eine Komödie. Mit Romantik. Was ist?«

»Nichts. Romantik ist gut.«

»Du hast ein Gesicht gezogen!«

»Hab ich nicht«, sagte Jack. »Komm, wir zahlen und verschwinden.«

Als sie auf dem Weg nach draußen waren, kamen ihnen neue Gäste entgegen, der Eingang war voller Menschen. Jack bahnte den Weg und hielt Lidia die Tür auf. Draußen auf dem Parkplatz war es schon nicht mehr so warm wie am Nachmittag, obwohl der Asphalt immer noch Hitze abstrahlte.

Der Supermarkt lag auf dem Weg. Jack wartete, während Lidia

sich langsam durch das Angebot im Automaten klickte. Als ein Mann hinter ihnen ungehalten wurde, sah Jack ihn stirnrunzelnd an, und der andere senkte den Blick. Am Ende entschied sich Lidia für einen wahrscheinlich furchtbaren rosa Mädchenfilm, und Jack bezahlte.

Den Rest des Abends verbrachten sie mit Popcorn auf dem Sofa. Jack hasste den Film nicht ganz so sehr wie befürchtet, und Lidia sagte hinterher, sie hätte ihn irgendwie albern, aber lustig gefunden. Sie gingen beide später zu Bett als sonst.

Jack lag noch wach und lauschte dem Rauschen der Klimaanlage. Die Uhr auf dem Nachttisch zeigte an, dass es fast elf war. Bald ging das Konzert zu Ende, und Marina wäre um Mitternacht wieder bei Bernardo. Jack hoffte, dass sie sich amüsierte und dass sie den Pulli angezogen hatte.

Teil 2

VERMISST

1

Am Morgen stand Jack leise auf, duschte und rasierte sich und ging in Shorts und T-Shirt in die Küche. Heute musste er nirgendwohin und nichts tun, was ihm ausgesprochen gut gefiel. Der Essensgeruch lockte Lidia aus ihrem Zimmer, sie genossen das gemeinsame Frühstück.

»Wann kommt Marina nach Hause?«, fragte Lidia.

»Keine Ahnung. Warum?«

»Ich dachte, wir könnten schwimmen gehen. Du kannst auch mit.«

»Nee, ich schwimme nicht gern.«

»Du musst ja nicht schwimmen. Du kannst auch nur die Füße ins Wasser halten.«

»Mal sehen.«

Sie erledigten den Abwasch, Lidia ging sich anziehen. Jack hörte das Klingeln seines Handys im Schlafzimmer erst, als fast schon die Mailbox angesprungen wäre. Er lief hin.

»Hallo?«

»Jack, Bernardo hier.«

»Hey, Bernardo. Ich wollte dich nachher anrufen.«

»Jack, ist Patricia bei dir?«

Bernardos Ton war scharf, und die Frage blieb lange im Raum hängen, bevor Jack begriff, was sie bedeutete. Er stürmte zu Marinas Zimmer und stieß die angelehnte Tür auf. Das Bett war ordentlich gemacht, Marinas Sachen aufgeräumt.

»Jack? Bist du noch da?«

»Ich bin da. Nein, Patricia ist nicht hier. Marina ist letzte Nacht nicht nach Hause gekommen. Sie sollte doch bei euch übernachten.«

»Ich weiß, Jack. Ich habe spät abends einen Anruf auf dem Handy bekommen, bin aber nicht drangegangen. Es war Patricia. Sie hat keine Nachricht hinterlassen. Ich dachte, vielleicht haben sie es sich anders überlegt und sind zu dir gefahren.«

Jack suchte Halt an der Wand. Lidia tauchte mit fragender Miene aus ihrem Zimmer auf, Jacks Blick ließ sie verstummen. »Davon weiß ich nichts«, sagte er zu Bernardo. »Ich habe keine Nachricht bekommen.«

»Das ist nicht gut«, sagte Bernardo, und Jack hörte die Angst in seiner Stimme. »Ich rufe die Polizei an. Ich lege jetzt auf und rufe die Polizei an.«

»Okay, okay. Ruf die Polizei an. Ich komme rüber, so schnell ich kann.«

»Ist gut, Jack. Bis nachher.«

Sie legten auf.

»Jack, was ist los?«, fragte Lidia.

»Es geht um deine Schwester«, sagte er. Er sah die Panik in ihrem Gesicht und streckte beruhigend die Hand aus. »Ihr ist nichts passiert. Das ist es nicht. Onkel Bernardo hat gesagt, sie und Patricia sind letzte Nacht nicht nach Hause gekommen.«

»Woher willst du dann wissen, dass ihr nichts passiert ist?«

»Ich will im Moment nicht daran denken. Hol deine Schuhe, wir fahren los. Ich ziehe mich um. Wir müssen los.«

Zuerst wählte er noch Marinas Nummer. Es klingelte fünf Mal, dann ging die Mailbox an. Er hinterließ eine Nachricht und wählte die Nummer erneut. Wieder Klingeln. Wieder die Mailbox.

Während Jack sich umzog, wartete Lidia schon ungeduldig am Truck. Beim Abschließen der Haustür zitterte seine Hand, aber als er am Wagen war, hatte sie sich beruhigt.

So früh am Morgen rollte nur wenig Verkehr in Richtung Nuevo Laredo. Vor dem amerikanischen Zoll zitterte Jacks Hand wieder, er packte das Lenkrad fester.

Er versuchte, nicht das Offensichtliche zu denken: dass Marina niemals hätte gehen dürfen, dass er es nicht hätte erlauben dürfen. »Nicht jetzt«, sagte er laut.

Der Grenzbeamte forderte ihn auf, das Fenster zu öffnen. Jack hatte seinen Pass bereits auf dem Schoß liegen, und Lidia reichte ihren hinaus.

»Schön, Sie wiederzusehen«, sagte der Beamte.

Jack sah ihn scharf an. »Was?«

»Schön, Sie wiederzusehen. Sie sind neulich erst hier durchgekommen.«

Jack zwang sich, den Namen des Mannes zu lesen. Gallego. Er erinnerte sich nicht, nickte aber und bemühte sich zu lächeln. »Stimmt«, sagte er. »Wir kommen öfter.«

»Ist alles in Ordnung?«

Gallegos Augen waren hinter der Sonnenbrille nicht zu erkennen, die er trug, obwohl es gar nicht besonders hell war. Jack suchte sich einen Punkt auf seiner Stirn und konzentrierte sich darauf.

»Wir haben heute Morgen schlechte Nachrichten bekommen«, sagte er. »Familiensache.«

»Nichts Ernstes, hoffe ich.«

»Das hoffe ich auch.«

Gallego hielt die Pässe noch ein wenig länger in der Hand, und Jack dachte schon, er würde sie zum Aussteigen auffordern, doch dann gab er sie zurück. »Seien Sie drüben vorsichtig«, sagte er. »Anscheinend ist es heute Morgen zu einer heftigen Schießerei gekommen. Da will man nicht zwischen die Fronten geraten.«

»Wir passen auf.«

»Okay. Fahren Sie weiter.«

Jacks Gedanken schwirrten schon, bevor er das Fenster wieder zugemacht hatte. Er stellte sich alle möglichen Szenarien vor, die er nicht in Worte fassen wollte. Eine Schießerei am Morgen, aber wo? Wer hatte geschossen? Wer war verletzt worden? Marina war sicher so spät nicht mehr unterwegs gewesen, redete er sich beruhigend ein, selbst wenn die Mädchen beschlossen hatten, nicht bei Bernardo zu übernachten. Außerdem, wenn eine Amerikanerin verletzt worden wäre, wäre das bestimmt schon bekannt, oder nicht?

Eine Straßensperre der Armee blockierte den direkten Weg zu Bernardo, sie mussten einen Umweg nehmen. Militärfahrzeuge summten durch die Innenstadt wie wütende Hornissen, die man in ihrem Nest gestört hatte. Ihr Anblick beruhigte Jack. So viele Soldaten, einer musste doch etwas gesehen haben. Vielleicht hatte Marina an einer Straßensperre umdrehen müssen und sich dann verfahren. Das konnte doch sein.

Mit einer Hand am Steuer rief Jack erneute Marinas Handy an. Klingeln, Mailbox. Er musste sich zusammenreißen, um nicht sein Telefon aus dem Fenster zu schmeißen. »Tu mir einen Gefallen«, sagte er zu Lidia. »Ruf deine Schwester an. Immer wieder, auch wenn sie nicht antwortet.«

»Okay, Jack«, sagte Lidia, und Jack hörte, dass ihre Stimme sich vor Angst zu überschlagen drohte. Nicht jetzt. Noch nicht.

2

Reina umarmte Jack fest. Sie sah aus, als wäre sie schon seit einiger Zeit den Tränen nahe, wollte aber nicht klein beigeben. Jack hörte Bernardo im Wohnzimmer telefonieren. Als er eintrat, winkte Bernardo nur kurz.

»Ja, ich verstehe, dass Sie viel zu tun haben«, sagte Bernardo ins Telefon. »Deswegen habe ich ja so lange gewartet, um jemanden sprechen zu können. Mir ist klar, dass es schwierig ist. Ja, ich bleibe dran.«

»Was ist los?«, fragte Jack Reina.

»Die Polizei dreht durch wegen der Schießereien heute Morgen«, sagte Bernardo. »Alle sind unterwegs, heißt es. Aber irgendwer muss ja mal aufs Revier zurückkommen und meinen Bericht aufnehmen.«

»Kann nicht jemand hierherkommen?«, fragte Jack.

»Habe ich schon gefragt. Im Moment ist niemand verfügbar.«

»Irgendwer *muss* doch da sein!«

»Ich *versuch's* ja, Jack. Wir müssen Geduld haben.« Bernardo richtete sich auf. »Ja, ich bin noch dran.«

Jack wandte sich an Reina. »Wann habt ihr gemerkt, dass sie nicht nach Hause gekommen sind?«

»Heute Morgen. Wir hatten sie nicht vor Mitternacht erwartet und waren ins Bett gegangen. Ich hatte noch überlegt, wach zu bleiben, aber eigentlich habe ich mir keine Sorgen gemacht. Bei solchen Veranstaltungen sind immer so viele Polizisten anwesend. Es tut mir so leid, Jack.«

»Ich hätte anrufen sollen. Ich hätte Marina sagen müssen, sie soll mich anrufen.«

Reinas Gesicht verzog sich, wieder hielt sie die Tränen zurück. »Ich hole dir was zu trinken«, sagte sie. »Lidia, komm, hilf mir.«

Sie verließen das Zimmer. Jack sah Bernardino und Leandra aus dem Flur um die Ecke schauen. Leandra hielt eine nackte Puppe umklammert. Als Jack die beiden anlächelte, schraken sie zurück. Er wandte sich ab.

Lidia brachte ihm eine Tasse Kaffee, die er nicht wollte. Reina drückte Bernardo ebenfalls eine Tasse in die Hand. »Komm, setz dich«, sagte sie zu Jack. Er tat ihr den Gefallen. Sie nahm neben ihm Platz. »Wir haben einige von Patricias Freunden angerufen, um zu fragen, ob sie vielleicht dort wären. Alle haben Nein gesagt.«

An Jacks Kühlschrank hing ein mit Magneten befestigter Zettel. Darauf standen etwa ein halbes Dutzend Namen und Nummern von Marinas engen Freunden. Jack fluchte innerlich. Warum hatte er den Zettel nicht mitgenommen? Dann könnte er jetzt auch etwas tun, anstatt Bernardo zuzusehen.

»Wahrscheinlich sind sie zu Freunden gegangen, die wir nicht kennen«, fügte Reina hinzu. »Und sind jetzt immer noch da.«

Jack hätte gerne daran geglaubt. Es war vorstellbar, dass Marina gefeiert und unerlaubt Alkohol getrunken hatte und sich jetzt irgendwo versteckte, bis der Kater sich verzogen hatte, ohne dass ihr jemand Vorhaltungen machte. Reina und Bernardo kannten sicher nicht alle Freunde von Patricia. Jack kannte nicht alle Freunde von Marina. Irgendwer würde sich bald melden.

Lidia stand verloren neben ihm. »Rufst du immer noch deine Schwester an?«, fragte Jack.

»Nein, ich hab damit aufgehört.«

»Mach weiter. Ruf noch zehn Mal an.«

»Sie geht nicht ran, Jack!«

»Ist mir egal! Wenn es nicht klingelt, kann sie auch nicht rangehen!«

Er hatte Lidia nicht anbrüllen wollen. Sie verzog sich mit ihrem Handy in die Küche. Jack wollte sie rufen und sich entschuldigen. Vielleicht später.

Der Kaffee schmeckte wie Asche. Bernardo lief auf und ab, ohne einen Schluck zu trinken, und blieb dann am Fenster stehen, als hoffte er, seine Tochter und Nichte würden jeden Moment durchs Tor kommen. Ab und an versicherte er der Person am anderen Ende der Leitung, dass er weiterhin dran bliebe. Jack wollte aufstehen und ebenfalls hin und her laufen.

Lidia kam aus der Küche. »Ich hab's zehn Mal versucht, Jack.«

»Dann –« Jack hielt inne. *Versuch's noch zehn Mal*, dachte er. Mach weiter, bis dir das Ohr wehtut, weil du horchst, ob am anderen Ende endlich jemand abhebt. »Okay. Komm und setz dich.«

»Ich sehe mal nach Leandra.«

»Ist gut. Ich bin hier.«

Reina knetete mit solcher Kraft ihre Hände, dass es schmerzen musste. Ihr Gesicht war grau. »Sie hat sicher den Ton abgestellt«, sagte sie. »Bestimmt liegt es daran. Sie hört das Handy nicht.«

»Genau«, pflichtete Jack ihr bei. »So wird es sein.«

Bernardo sagte: »Ja, ich bin noch dran. Bei wem soll ich mich melden? Soler? Und wo finde ich den? Wann? Ja, ich komme. Danke Ihnen. Vielen Dank.«

»Was ist?«, fragte Jack.

Bernardo steckte das Handy in die Tasche. Sein Gesicht war gerötet, er schwitzte. Er stellte die immer noch volle Kaffeetasse auf den Sofatisch. »Sie haben gesagt, wenn ich aufs Revier komme, kann ich mit einem Ermittler sprechen. Seine Schicht hat gerade angefangen. Gonzalo Soler. Ich muss los.«

»Warte«, sagte Jack. »Ich komme mit.«

Reina erhob sich vom Sofa, Bernardo umarmte sie. Sie hielt ihn so fest, dass er sich befreien musste. »Es kommt alles in Ordnung«, sagte sie.

»Natürlich«, erwiderte Bernardo. »Komm, Jack.«

»Ich sage nur Lidia Bescheid.«

Der Flur war lang, Leandras Zimmer das vorletzte vor der Hintertür. Lidia saß dort mit Leandra, die einen kleinen Tisch und Stühle aufgestellt hatte und ein Kaffeekränzchen abhielt. Die nackte Puppe schien der Ehrengast zu sein.

Lidia sah Jack an. »Haben sie sie gefunden?«

»Nein. Ich fahre jetzt zur Polizei. Bleib bei deinen Cousins. Wenn du was brauchst, sag deiner Tante Bescheid. Und versuch bitte weiter, Marina anzurufen. Bitte.«

»Mach ich.«

Jack ging.

3

Gonzalo wurde vier Stunden vor seinem Dienstbeginn einbestellt, um zum Ort der Schießerei zu fahren. Die *narcos* hatten sich gegenseitig umgebracht, bis die Armee aufgetaucht war und alle erschossen hatte. Dann mussten Fotos gemacht, die Leichen weggebracht, die Patronenhülsen eingesammelt werden, bis am Ende nur noch Blutlachen übrig waren. Gonzalo blieb am Tatort, bis endlich eine Ablösung kam, und hatte dann keine Zeit für ein Frühstück oder einen Kaffee, weil er aufs Revier musste, um lange Berichte darüber zu schreiben, was er gesehen und getan hatte und was noch zu tun blieb.

Von seinem Schreibtisch aus sah er Menschen kommen und gehen. Sein Computer war völlig veraltet, für einen neuen gab es kein Geld. Alles Neue ging an die Policía Federal.

Gonzalo sah zwei Männer eintreten, einen Amerikaner und einen Mexikaner. Der Amerikaner war nicht zu übersehen, im Vergleich zu seinem Begleiter war er groß und breitschultrig. Sie hielten am Empfang inne, Gonzalo hörte den Mexikaner aufgeregt reden. Und vernahm seinen eigenen Namen.

Er ging zu ihnen. Der kleinere Mann, der Mexikaner, wirkte panisch. Der Amerikaner war ruhiger, aber auch in seinem Blick lag Angst. Gonzalo gab beiden die Hand. »Ich bin Gonzalo Soler«, sagte er. »Und wer sind Sie?«

»Ich heiße Bernardo Sigala«, sagte der Mexikaner. »Das ist mein *cuñado*, Sr. Jack Searle. Man hat uns gesagt, wir sollen mit Ihnen sprechen.«

»Ich bin hier«, erwiderte Gonzalo. »Also sprechen Sie mit mir. Aber gehen wir erst mal an meinen Schreibtisch und setzen uns.«

Er holte einen dritten Stuhl, und der Amerikaner und der Mexikaner nahmen vor seinem Schreibtisch Platz. »Danke, dass Sie sich die Zeit nehmen«, sagte Bernardo.

»Spricht Ihr Schwager Spanisch?«, fragte Gonzalo.

»Ja«, sagte Jack.

»Oh, gut. Ich kann Englisch, aber auf Spanisch geht es schneller, ist das in Ordnung?«

»Kein Problem.«

»Erzählen Sie, Sr. Sigala, was führt Sie zu mir?«

Atemlos erzählte Bernardo die ganze Geschichte, als könnte er sie nicht schnell genug loswerden. Er berichtete von dem Konzert und dass seine Tochter und seine Nichte gestern Abend losgefahren und nicht mehr nach Hause gekommen waren. Der Amerikaner, Jack Searle, saß mit versteinertem Gesicht daneben, die Finger im Schoß verschränkt. Nur das Zucken der Muskeln an seinen Unterarmen verriet seine Unruhe.

Gonzalo machte sich Notizen. Als Bernardo fertig war, fragte er: »Und Sie haben die Freunde Ihrer Tochter angerufen? Sind das die, mit denen sie gestern Abend auf dem Konzert war?«

»Ja.«

»Und die sagen, dass die Mädchen sich nach dem Konzert verabschiedet haben und nach Hause gefahren sind, ist das richtig?«, fragte Gonzalo.

»Ja.«

Er sah Jack an. »Sr. Searle, haben Sie mit den Freunden Ihrer Tochter gesprochen?«

»Noch nicht. Aber keiner von denen hat mit ihr die Brücke überquert.«

»Aber sie könnte trotzdem gestern Nacht nach Texas zurückgefahren sein.«

»Ich wüsste nicht, warum sie das tun sollte.«

»Ich muss alles in Betracht ziehen. Sr. Sigala, Sie sagen, Ihre

Tochter hat gestern Nacht noch angerufen, aber keine Nachricht hinterlassen. Wann war das?«

»Nach Mitternacht.«

»Ignorieren Sie grundsätzlich Anrufe um die Uhrzeit?«

»Nein.«

Bernardos Augen röteten sich, er drohte, in Tränen auszubrechen. Gonzalo behielt seine ausdruckslose Miene bei. »Hätten Sie den Anruf bloß angenommen. Dann wüssten wir vielleicht, wo sie hingegangen sind, nachdem sie sich von ihren Freunden verabschiedet hatten.«

»Ich weiß«, brachte Bernardo hervor. Jack legte ihm die Hand auf die Schulter.

»Machen Sie sich keine Sorgen, *señor*«, sagte Gonzalo. »Wir tun alles, was wir können, um Ihre Tochter zu finden. Aber es ist möglich, dass sie letzte Nacht irgendwo anders übernachtet und Sie angerufen hat, um Ihnen Bescheid zu geben.«

»Aber wo ist sie *jetzt*?«

»Ich weiß es nicht. Aber wir finden es heraus.«

Jack beugte sich vor. »Ist es eine Frage des Geldes? Weil, wenn es darum geht ...«

Gonzalo wurde steif und konnte sich einen säuerlichen Gesichtsausdruck nicht verkneifen. Er legte schwungvoll den Stift beiseite. »Nicht jeder ist auf *mordida* aus, Sr. Searle. Ich habe gesagt, dass ich Ihnen helfen werde, Ihre Töchter zu finden, und das werde ich tun. Bevor wir weitermachen können, sind ganz einfach ein paar Fragen zu klären. Verstehen Sie das?«

Jack wurde rot und lehnte sich im Stuhl zurück. »Ich verstehe. Tut mir leid.«

»Sind Sie schon auf dem amerikanischen Konsulat gewesen?«

»Nein. Nein, noch nicht.«

»Wenn wir hier fertig sind, sollten Sie am besten mit dem Konsulat sprechen.«

»Was bringt das?«
»Ihre Tochter ist amerikanische Staatsbürgerin?«
»Natürlich.«
»Dann sollte das Konsulat Bescheid wissen. So ist es am besten.«
Bernardo schniefte laut und hielt sich die Hand über den Mund. Seine Augen glänzten.
»Es ist wichtig, dass Sie Ruhe bewahren, Sr. Sigala«, sagte Gonzalo. »Nicht alles in Nuevo Laredo endet schlecht. Die meisten Vermissten tauchen nach ein paar Stunden wohlbehalten wieder auf. Ihre Tochter ist bestimmt irgendwo in Sicherheit, und wenn das Ganze vorbei ist, werden Sie über Ihre Befürchtungen lachen.«
»Sofern sie nicht tot ist«, brachte Bernardo heraus, dann flossen die Tränen. Sein Körper zitterte, er schlug die Hände vors Gesicht. Jack zog ihn an sich, legte den Arm um ihn und sagte leise etwas, das Gonzalo nicht verstand.
Gonzalo sagte etwas lauter: »Sr. Searle, ich halte es für das Beste, wenn Sie alle Freunde Ihrer Tochter anrufen, falls sie doch irgendwo ist. Das mag Ihnen wie Zeitverschwendung erscheinen, aber vielleicht erleben Sie eine Überraschung.«
Jack nickte. »Mache ich.«
»Aber erst mal müssen wir einige Formulare ausfüllen. Meinen Sie, Sr. Sigala ist dazu in der Lage?«
»Lassen Sie mich das machen«, erwiderte Jack.
»Ich hole sie. Bitte warten Sie hier.«
Gonzalo verließ den Schreibtisch und blieb eine Weile weg. Er trödelte am Fotokopierer, um Bernardo Sigala Zeit zu geben, sich wieder zu beruhigen. Als er zurückkam, war der Mann halbwegs gefasst, auch wenn er noch stoßweise atmete und die Lippen zitterten. Gonzalo gab Jack die Formulare und wartete, bis sie Zeile für Zeile ausgefüllt waren. Als er sie entgegennahm, sah er, dass

Jack Searle die Handschrift eines einfachen Mannes hatte, er schrieb in großen Druckbuchstaben.

»Wann ... werden Sie irgendwas wissen?«, fragte Jack.

»Ich werde das hier sofort an unsere Streifenpolizisten weiterleiten«, sagte Gonzalo. »Es wäre hilfreich, wenn Sie uns ein paar Fotos der Mädchen geben könnten. Aktuelle, wenn möglich. Die werden Sie auch auf dem Konsulat brauchen.«

»Marina hat ihren Pass bei sich«, sagte Jack.

»Die amerikanischen Behörden speichern solche Angaben. Alles kann helfen.«

»*Gracias*«, zwang sich Bernardo zu sagen. »Danke für Ihre Hilfe.«

»Denken Sie daran, was ich gesagt habe: Die meisten Vermisstenfälle lösen sich von alleine. Morgen um diese Zeit ... nun, ich will nichts versprechen. Ich kopiere die Formulare, dann können Sie sie mitnehmen.«

Er ließ die beiden Männer wieder allein, die die Köpfe zusammensteckten und sich berieten. Gonzalo fragte sich, ob Bernardo in diesem Zustand nach Hause fahren konnte. Vielleicht sollte sein amerikanischer Schwager das übernehmen. Der war genauso besorgt, hielt sich aber besser, und würde das Ganze wahrscheinlich unbeschadet überstehen.

Gonzalo kehrte zurück zu Bernardo und Jack und händigte ihnen die Kopien aus. Er versuchte, ihnen mit einem Lächeln Mut zu machen, aber keiner der beiden sprang darauf an. »Das ist erst mal alles«, sagte er. »Bringen Sie mir so schnell wie möglich die Fotos. Ich bin heute noch bis zwanzig Uhr im Dienst. Hier ist meine Karte. Sie können mich mit Fragen jederzeit anrufen, und ich werde sie nach Möglichkeit beantworten.«

»Ich besorge Ihnen die Bilder sofort«, sagte Jack. Er half Bernardo beim Aufstehen. »Sie kümmern sich darum, dass sie an die richtigen Stellen weitergeleitet werden?«

»Natürlich. Sie haben mein Wort.«

»Nur, weil Sie ja sonst noch viel zu tun haben.«

Gonzalo sah Jack an. »Ich nehme meine Arbeit sehr ernst, Sr. Searle. Wenn ich Ihnen mein Wort gebe, können Sie sich darauf verlassen. Das hier hat oberste Priorität für mich.«

»Okay. Danke sehr.«

»*De nada.* Jetzt fahren Sie bitte mit Ihrem Schwager nach Hause, damit er sich ein wenig ausruhen kann. Ich melde mich, sobald es etwas Neues gibt.«

Er begleitete sie zur Tür und wartete, bis sie um die Ecke verschwunden waren. Ein Militär-Humvee röhrte in entgegengesetzter Richtung die Straße entlang und zog eine Wolke aus Staub und Dieseldämpfen hinter sich her. Als Gonzalo sicher war, dass die beiden Männer nicht wiederkommen würden, kehrte er an seinen Schreibtisch zurück.

Er las sich die Formulare durch. Die Mädchen waren neunzehn und siebzehn und wollten mit ihren Freunden Spaß haben. Ihr Verschwinden war nicht ungewöhnlich. Er wusste von einem halben Dutzend Vermisstenfällen wie diesem und machte sich keine großen Sorgen.

Amando Armas war der diensthabende stellvertretende Inspector. Gonzalo winkte ihn zu sich. »Fax das bitte an alle Reviere«, bat er ihn. »Und schreib dazu, dass noch Fotos folgen.«

»Was ist das?«, fragte Armas.

»Nichts Aufregendes. Zwei Mädchen, die letzte Nacht nicht nach Hause gekommen sind. Das hat sich bis zum Feierabend sicher geklärt.«

Armas sah die Papiere durch. »Warum machen wir uns dann die Mühe, es rauszuschicken?«

»Die Väter sind in Sorge. Selbst wenn es nichts bringt, kann ich wenigstens sagen, wir haben unser Bestes getan.«

»Du hast ein zu weiches Herz, Gonzalo.«

»Verrat's keinem.«

»Okay. Ich übernehme das.«

»Danke, Amando.«

Armas ging, und Gonzalo wandte sich wieder seinem Computer zu. Kurz kam ihm Iris Contreras in den Sinn. Gonzalo hatte ihren Vater kaum gekannt, aber er hatte sich bestimmt genauso gefühlt wie die beiden Männer eben, deren Töchter nicht nach Hause gekommen waren. Hoffentlich würde diese Sache anders ausgehen.

Er wollte nicht mehr daran denken. Er hatte immer noch die Berichte über die Schießerei zu schreiben. Wenn er Glück hatte, bekam er sie fertig, bevor der nächste Notfall reinkam.

4

Als sie am Truck ankamen, sah Bernardo aus, als würde er sich gleich übergeben. Jack stand neben ihm am Straßenrand und legte seine Hand auf Bernardos Schulter. Die neugierigen Blicke der Leute in den vorbeifahrenden Autos ignorierte er. Bernardo schien unter der heißen Sonne fast zu verwelken. Jack versuchte, ihm Halt zu geben.

»Es kommt alles in Ordnung«, sagte er. Es fühlte sich wie eine Lüge an, aber ihm fiel nichts anderes ein, um den Abgrund zwischen ihnen zu überbrücken. »Du hast den Inspector ja gehört. Das hier ist nicht Juárez. Vielleicht sind sie schon zu Hause.«

»Ich rufe an«, sagte Bernardo und richtete sich so weit auf, dass er sein Telefon aus der Tasche ziehen konnte. Während Bernardo telefonierte, schaute Jack auf sein eigenes Handy. Der Polizist hatte gesagt, er sollte Marinas Freunde anrufen. Er brauchte den Zettel vom Kühlschrank. Er hatte sich nie um solche Dinge kümmern müssen, denn Marina war immer verlässlich gewesen und nie zu lange weggeblieben, nie mit Fremden mitgegangen.

Bernardo beendete den Anruf. »Und?«, fragte Jack.

»Sie sind nicht da.« Bernardos Stimme klang hohl.

»Wir brauchen Fotos«, sagte Jack. »Hast du ein brauchbares auf dem Handy?«

»Ich glaube schon. Ich habe letzte Woche eins gemacht.«

»Ich habe keins. Ich muss Lidia anrufen.«

Lidia nahm beim zweiten Klingeln ab. »Ich habe versucht, sie zu erreichen, Jack«, sagte sie. »Immer geht nur die Mailbox an.«

»Du kannst erst mal aufhören«, sagte Jack. »Hast du Fotos von Marina auf deinem Handy? Neuere.«

»Ja, klar. Mehrere.«

»Die musst du mir mailen. Kannst du das? Mir die Fotos mailen?«

»Sicher, sobald wir aufgelegt haben.«

»Danke.«

»Was ist passiert, Jack?«

Jack sah Bernardo an, der wieder kurz davor war, die Fassung zu verlieren, sein Gesicht war grau. Wenn sie nicht irgendetwas unternahmen, würde er hier mitten auf der Straße weinend zusammenbrechen. Und in so einem Zustand, das wusste Jack, konnte er ihn nicht nach Hause bringen. »Ich erzähle dir später alles«, sagte er zu Lidia. »Wir tun, was wir können. Schick mir bitte die Bilder.«

»Okay, mache ich.«

Lidia legte auf, und Jack stellte sich dicht neben Bernardo. »Hey«, sagte er, »hey, hey, sieh mich an. Schick mir das Foto von Patricia. Dann müssen wir es irgendwo ausdrucken. Wir brauchen einen Internetladen. Weißt du, wo einer ist?«

Bernardo nickte. »Ja.«

»Bring uns hin.«

Sie stiegen in den Truck, und Bernardo zeigte ihm apathisch den Weg. Jack wollte ihn schütteln, ihm sagen, dass er auf die Polizei hören und die Ruhe bewahren solle, aber das ging im Fahren nicht. Schließlich erreichten sie einen kleinen Laden, eingeklemmt zwischen einem Lebensmittelmarkt und einem Schuhgeschäft. Jack parkte vor einem Hydranten.

Drinnen hatte sich ein Seniorentrio vor einem Computer versammelt, und in einem Metallregal hinter dem Tresen standen Kopierer und Drucker. Ein Schild verkündete, dass die Benutzung der Computer dreißig Pesos für fünfzehn Minuten kostete. Der Mann hinter dem Tresen legte seine Zeitschrift weg und nahm Jacks Dollars entgegen.

Die Computer waren alt, hatten aber Internetzugang. Jack rief sein Mailkonto auf und fand die Fotos im Posteingang. »Kann ich von hier ausdrucken?«, fragte er den Mann am Tresen.

»Ein Peso pro Seite.«

»Ich brauche Farbausdrucke.«

»Dann zwei Pesos.«

Der Mann sagte ihm, an welchen Drucker er die Bilder schicken sollte. Als sie fertig waren, loggte Jack sich aus und zahlte. Er betrachtete die Ausdrucke. Lidia hatte ein gutes Foto geschickt, auf dem Marina sich halb von der Kamera abgewandt hatte und nachdenklich wirkte. Patricias Bild war voller Lachen und Leben. »*Gracias*«, sagte Jack zu dem Mann am Tresen, dann gingen sie nach draußen.

»Was machen wir jetzt?«, fragte Bernardo.

»Ich bringe dich nach Hause. Dann fahre ich zum Konsulat, danach bringe ich der Polizei die Bilder.«

»Ich habe Angst, Jack.«

»Ich weiß. Aber wir tun das einzig Richtige. Sobald sie die Bilder haben, können sie verteilt werden. Irgendjemand muss etwas gesehen haben. Wie der Inspector gesagt hat: Morgen um diese Zeit –«

Bernardo packte Jacks Arm mit überraschender Kraft. Sein Gesicht war angespannt. »Wir *müssen* sie finden!«

»Wir werden sie finden. Steig ein.«

Bernardo blieb auf der Fahrt nach Hause stumm, Jack sah ihn nicht an. Einmal meinte er, einen leisen Schluchzer zu hören, wegen der Klimaanlage kaum vernehmbar, aber er war nicht sicher. Als sie zu Hause ankamen, waren Bernardos Augen noch roter als zuvor. Jack merkte, dass er ihn nicht länger ertrug. Er hielt vor dem Tor, ließ den Motor laufen und hoffte, Bernardo würde aussteigen.

»Jack, es tut mir leid.« Bernardos Stimme war fest.

»Ich rufe an, sobald ich fertig bin«, erwiderte Jack. »Bis dahin halt dich an das, was der Inspector gesagt hat: Ruf Patricias Freunde an. Ruf ihr Handy an. Wenn es was Neues gibt, bevor ich wieder da bin, dann ruf mich an.«

»*Buena suerte.*«

»Es wird alles wieder gut«, sagte Jack. »Geh zu deiner Familie.«

Bernardo stieg aus dem Truck und warf die Tür zu. Jack wartete, bis er im Hof war, und fuhr dann los. Im Rückspiegel überprüfte er, ob Bernardo wieder herausgekommen war, sah ihn aber nicht.

Er griff zu seinem Handy, das im Becherhalter steckte, und rief Marinas Nummer an. Es klingelte fünf Mal, dann sprang die Mailbox an. Er hörte Marinas Stimme. »Marina, ich bin's«, sagte er nach dem Ton. »Ich werde dich finden, Liebling. Wo immer du bist, pass auf dich auf, ich komme dich holen.«

Er legte auf und steckte das Handy in den Becherhalter zurück, wo er es im Blick hatte. Niemand rief an.

5

Jack hatte keine Vorstellung, wie das amerikanische Konsulat aussah, und wäre fast daran vorbeigefahren. Es handelte sich um ein schmuckloses weißes Gebäude mit einem Vordach aus roten Keramikschindeln. Daneben lag ein mit Stacheldraht gesicherter Parkplatz, aber weder dort am Tor noch an der Eingangstür waren Wachen postiert. Eine rote Linie auf der Straße vor dem Gebäude markierte die Parkverbotszone.

Als Jack einen halben Block entfernt endlich eine Parklücke fand, fuhr langsam ein mexikanisches Militärfahrzeug an ihm vorbei, von dessen Geschützturm herab ihn ein schwarz maskierter Soldat beobachtete.

Mit dem Polizeibericht und den Fotos in der Hand stand Jack vor der Tür des Konsulats. Von oben blickte eine Kamera auf ihn hinunter, innen war die Tür mit Stahlstreben verstärkt. Seitlich war eine Gegensprechanlage angebracht, darunter ein Schild in Englisch und Spanisch mit ZUM SPRECHEN KNOPF DRÜCKEN. Jack drückte.

Die Anlage knisterte. »*¿Puedo ayudarle?*«, fragte eine Frauenstimme.

»Ich bin Amerikaner. Meine Stieftochter wird vermisst. Ich war gerade bei der Polizei. Die haben mich hierhergeschickt.«

»Einen Moment«, sagte die Frau auf Englisch.

Die Tür summte, dann konnte Jack sie öffnen. Er betrat eine kühle, eher kleine Lobby, in die durch vergitterte Fenster Licht fiel. Hinter einem halbrunden Tisch saß eine Frau mit roter Bluse vor einem Computer und einem Telefon. Vor einer Doppeltür stand ein schwarz gekleideter Mann mit schusssicherer Weste und einem M4 Carbine, der Jack aufmerksam musterte. Das Sturmgewehr war einsatzbereit.

»Willkommen«, sagte die Frau. »Sie sagten, Sie waren gerade bei der Polizei?«

Jack ging zu ihr. »Ja. Mein Name ist Jack Searle. Meine Stieftochter heißt Marina Cobos. Sie war letzte Nacht in Nuevo Laredo unterwegs und ist nicht nach Hause gekommen.«

»Ich finde bestimmt jemanden, der Ihnen helfen kann. Haben Sie einen Ausweis dabei?«

»Natürlich. Hier.«

Die Frau betrachtete Jacks Pass. »Sie wohnen in Laredo?«

»Ja.«

»Haben Sie die Polizei in Laredo schon verständigt?«

»Nein, daran habe ich nicht gedacht. Wie gesagt, sie war letzte Nacht hier in der Stadt.«

»Sie sollten sie auf jeden Fall auch drüben als vermisst melden.«

»Kann ich erst mit jemandem hier sprechen?«

»Natürlich. Nehmen Sie dort Platz. Es dauert nicht lange.«

Fünfzehn Minuten vergingen. Der Mann mit dem Sturmgewehr beobachtete ihn noch immer. Jack wurde langsam kalt, seine Arme kribbelten. Die Frau hatte eine Zeit lang telefoniert, war aber jetzt mit ihrem Computer beschäftigt. Jack konnte nicht sehen, was sie tat.

In dem Korridor hinter dem Wachmann kam Bewegung auf. Ein Mann in Hemd und Krawatte zog eine um seinen Hals hängende Magnetkarte durch den Türöffner, öffnete die Tür und kam direkt auf Jack zu. »Mr. Seal? Ich bin Ted DiMatteo.«

Jack stand auf. Sie gaben sich die Hand. »Ich heiße Searle«, sagte er. »Jack Searle.«

»Tut mir leid, Mr. Searle. Sie haben heute schon genug Probleme. Kommen Sie bitte mit mir? Mein Büro ist hinten im Gebäude.«

Der Wachmann trat beiseite. DiMatteo zog wieder seine Karte durch den Schlitz, dann hielt er Jack die Tür auf. Sie gingen durch einen Korridor und bogen ein paarmal in kleinere, kürzere Flure ab, an denen Büros lagen. Das Konsulat ähnelte einem Labyrinth voller Nischen und Schlupfwinkel.

DiMatteos Büro war klein und vollgestopft mit Papierkram und verschiedenfarbigen Aktenordnern. An der Wand hing ein gerahmtes Diplom, daneben Fotos von DiMatteo mit seiner Frau und kleinen Kindern. Eine Pinnwand war mit Zetteln beflaggt.

»Versuchen Sie, es sich irgendwo bequem zu machen.«

Jack setzte sich. Seine Knie drückten gegen DiMatteos Schreibtisch. Er schob sich im Stuhl hin und her, bis er zumindest ein Bein frei hatte. »Ich habe den Polizeibericht dabei«, sagte er. »Und ein Foto von meiner Stieftochter.«

DiMatteo setzte sich hinter seinen Schreibtisch. »Gut, gut. Dazu kommen wir gleich. Lassen Sie mich nur den richtigen Bildschirm aufrufen. So, jetzt. Der Empfang hat mir gesagt, dass Ihre Tochter letzte Nacht verschwunden ist?«

»Meine Stieftochter. Ja, sie war hier in der Stadt auf einem Konzert.«

»Macht sie so was oft?«

»Nein, es war das erste Mal.«

»Und Sie sind sicher, dass sie sich nicht irgendwo aufhält, wo Sie sie nicht erreichen können?«

»Ziemlich sicher, ja.«

»Ich brauche noch ein paar Informationen, dann sehen wir weiter.«

DiMatteo fragte, Jack antwortete. Die Fragen ähnelten denen der mexikanischen Polizei, allerdings konnte DiMatteo Marinas Akte direkt aufrufen. Während DiMatteo Eintragungen machte, blickte Jack aus der Ecke des Computerbildschirms Marinas Gesicht entgegen. Er hockte verkrampft auf dem Stuhl, es half kein Hin- und Herrutschen.

»Hier steht, dass Marina minderjährig ist«, sagte DiMatteo.

»Ja. Sie ist siebzehn.«

»Sie hatte Ihre Erlaubnis, die Grenze zu überqueren? Was ist mit ihrer Mutter?«

»Ihre Mutter ist verstorben. Sie hat nur noch mich. Und ihre Schwester.«

»Sie wissen wahrscheinlich, dass es eine Reisewarnung für Amerikaner gibt. Vor allem nachts sollte man die Grenze nicht überqueren. Nachts besteht in Nuevo Laredo ein erhöhtes Sicherheitsrisiko.«

Jack spürte sein Gesicht heiß werden. »Wir kommen oft hierher. Die Mädchen haben hier Verwandte. Wir haben noch nie Probleme gehabt.«

»Tja, jetzt haben Sie eins.«

»Das ist mir klar.«

»Sie sagten, Sie sind schon bei der Polizei gewesen. Kann ich den Bericht sehen?«

Jack gab ihm das Formular. »Der Inspector hat gesagt, er würde sich sofort an die Arbeit machen.«

»Das sagen sie immer. Um das Ganze dann ad acta zu legen, sobald Sie aus der Tür raus sind.«

»Was soll das heißen?«

»Das soll heißen, dass die hiesige Polizei wegen der Drogenkriminalität heillos überarbeitet ist. So was wie das hier hat keine Dringlichkeit. Es war gut, dass Sie gleich zu uns gekommen sind, weil wir bei der Staatsanwaltschaft höchste Priorität beantragen können. Wenn die wissen, dass ihnen jemand über die Schulter schaut, nehmen sie die Sache ein bisschen ernster. Noch was: Wie gut kennen Sie das Mädchen, mit dem Ihre Stieftochter unterwegs war?«

»Es ist ihre Cousine«, sagte Jack. »Sie unternehmen viel zusammen.«

»Auch nachts ausgehen?«

»Nein, das ist neu. Aber sie gehen gemeinsam einkaufen, machen Ausflüge, solche Sachen. Wie gesagt, es hat noch nie Probleme gegeben.«

»Mr. Searle, Nuevo Laredo ist wie jede andere mexikanische Grenzstadt: Es gibt keine Sicherheit.«

»Sie war auf einem *Konzert*, verdammt noch mal. Da waren jede Menge Cops und andere Leute.«

DiMatteo schwieg einen Moment, bevor er sagte: »Ich verstehe, was Sie durchmachen. Ich will es nicht noch schlimmer machen. Ich möchte nur erklären, womit wir es zu tun haben.«

»Was genau wollen Sie sagen?«

»Ich will sagen, dass vielleicht etwas passiert ist, obwohl die Polizei vor Ort war und obwohl lauter Leute unterwegs waren. Ich kopiere mir den Bericht und komme gleich wieder.«

»Ich habe hier ein Foto von ihr, und eins von ihrer Cousine.«

»Die kopiere ich auch. Warten Sie hier.«

DiMatteo ging. Jack lauschte dem geschäftigen Summen aus den anderen Büros, den leisen Gesprächsfetzen aus einem Radio, in dem ein amerikanischer Sender lief, der unerwartet lauten Stimme, mit der jemand einen anderen rief. Er hockte verkrampft auf dem kleinen Stuhl und wäre am liebsten aufgestanden und umhergegangen, aber dafür war kein Platz.

Schließlich kehrte DiMatteo zurück und gab Jack den Polizeibericht und die Fotos. Die Kopien legte er auf einen Stapel neben dem Computer. »Okay«, sagte er.

»Was werden Sie unternehmen?«, fragte Jack.

»Als Erstes werden wir das State Department informieren, damit eine Ermittlung eingeleitet werden kann. Sie fahren jetzt nach Hause und warten ab, ob Ihre Stieftochter Sie entweder anruft oder wieder auftaucht.«

»Sie haben gesagt, Sie würden die Polizei anrufen und dafür sorgen, dass die Sache höchste Priorität bekommt«, sagte Jack.

»Das wird wahrscheinlich morgen geschehen. Ohne Genehmigung von oben kann ich nichts tun. Aber ich versichere Ihnen, dass wir uns darum kümmern und den mexikanischen Behörden Dampf machen werden. Wenn sich das Problem bis dahin nicht von selbst erledigt.«

»Ich kenne meine Stieftochter«, sagte Jack. »Sie würde nicht einfach abhauen.«

»Sie ist ein Teenager, Mr. Searle. Teenager machen manchmal Dinge, die wir beim besten Willen nicht nachvollziehen können. Ich habe eine Nichte in dem Alter, die kommt mit Dingen durch, die bei mir nie drin gewesen wären.«

»Marina ist vernünftig.«

»Hören Sie, ich behaupte nicht, dass Sie sich keine Sorgen machen sollen. Ich bin selber Vater, und wenn das eins von meinen Kindern wäre, würde ich durchdrehen. Aber Sie tun das Richtige. Ich würde die Sache gerne beschleunigen, aber es braucht alles seine Zeit. Hier ist meine Karte. Wenn Ihnen noch irgendwelche Fragen einfallen, rufen Sie einfach an. Oder wenn Sie den neuesten Stand wissen wollen. Ich will Marina genauso dringend finden wie Sie.«

Jack betrachtete die Karte, die DiMatteo ihm hinhielt und auf der das glänzende Emblem des State Department eingeprägt war. Er nahm sie. »Ich werde anrufen«, sagte er. »Wenn es sein muss, jeden Tag.«

»Ich begleite Sie nach draußen.«

DiMatteo führte ihn zurück durch die labyrinthartigen Flure in die Lobby mit dem Wachmann. Jack hatte immer gedacht, dass amerikanische Diplomaten von US Marines geschützt würden, doch dieser Mann trug keine Uniform. Sein Gesicht blieb versteinert, wenigstens die Frau am Empfangstisch sah Jack mitfühlend an und lächelte ihm aufmunternd zu.

»Und Sie rufen die Polizei an?«, fragte Jack DiMatteo.

»Ja, morgen.«

»Ich melde mich gleich morgen früh bei Ihnen.«

»Sie können jederzeit mit mir sprechen. Nur ... halten Sie die Ohren steif.«

»Die Ohren steifhalten«, wiederholte Jack.

»Ja.«

»Auf Wiedersehen, Mr. DiMatteo.«

»Auf Wiedersehen.«

6

Gonzalo aß gerade ein Sandwich, das er von dem kleinen Laden an der Ecke geholt hatte, da sah er Jack. Der Amerikaner füllte die gesamte Eingangstür des Reviers aus und verdunkelte kurz das Sonnenlicht. Sein Gesicht lag im Schatten, erst als er eintrat, wurden tiefe Sorgenfalten sichtbar. Gonzalo ging ihm entgegen. »Sr. Searle, willkommen zurück. Gehen wir an meinen Schreibtisch.«

Jack Searle hielt ihm zwei Farbausdrucke hin. »Hier sind die Bilder, die Sie haben wollten.«

»Sehr gut. Hervorragend. Bitte nehmen Sie Platz. Falls Sie Durst haben, dahinten steht ein Getränkeautomat. Oder wir haben Wasser.«

»Ich brauche nichts.«

Jack setzte sich vor den Schreibtisch, Gonzalo dahinter. Er betrachtete die Bilder. Die Mädchen waren jung und hübsch. »Wer ist denn wer?«, fragte er.

»Das ist meine Stieftochter. Das ihre Cousine.«

»Sr. Sigala ist jetzt zu Hause?«

»Ja. Er telefoniert die Freunde seiner Tochter ab, wie Sie geraten haben.«

»Das ist gut. Und Sie? Haben Sie versucht, die Freunde Ihrer Tochter zu erreichen?«

Er sah Jacks Zögern und einen dunklen Schatten über sein Gesicht huschen. »Ich kenne sie nicht«, sagte Jack. »Es gibt eine Liste, aber –«

Gonzalo sprach schnell. »Schon gut. Sicher wird sich bald jemand melden. Es muss nur eine Freundin Ihre Stieftochter erreichen wollen, dann können Sie sie alle kontaktieren.«

»Vielleicht.«

»Waren Sie im Konsulat?«

»Ja.«

»Was hat man Ihnen dort gesagt?«

»Dass Sie Besseres zu tun hätten als vermisste Mädchen zu suchen.« Jack sah Gonzalo direkt an.

Jetzt zögerte Gonzalo. Er war nicht verärgert, wusste aber, dass es in Jacks Ohren so klingen würde. Er atmete ein. »Es überrascht mich nicht, dass man Ihnen das gesagt hat«, erwiderte er schließlich.

»Stimmt es?«

»Nein, es stimmt nicht. Und selbst wenn es für einige Kollegen stimmen mag, für mich nicht.«

»Haben Sie schon mal nach vermissten Personen gesucht?«

»Ja, habe ich. Ich sage es nur ungern, aber Entführungen sind in unserer Stadt nicht selten, auch wenn es meistens nichts Ernstes ist.«

Jack nickte. »Der Mann im Konsulat meinte, Amerikaner sind in Nuevo Laredo nicht sicher. Das bedeutet, niemand ist sicher.«

»Da steckt ein Quäntchen Wahrheit drin. Aber es gibt in der Stadt nicht nur Gewalt, Sr. Searle. Hätten Sie Ihrer Stieftochter sonst erlaubt, alleine herzukommen? Würden Sie selbst die Grenze überqueren?«

»Nein.«

»Man will Ihnen ein schlechtes Gewissen machen«, sagte Gonzalo. »Aber was passiert ist, ist nicht Ihre Schuld. Nuevo Laredo ist eine schöne Stadt voller wunderbarer Menschen. Ja, es geschehen Verbrechen, aber deswegen gibt es ja uns.«

»Was werden Sie jetzt unternehmen?«, fragte Jack.

»Ich werde Kopien von den Fotos machen und sie an alle Kollegen verteilen. Außerdem habe ich bereits die Beschreibung des Wagens Ihrer Stieftochter und das Kennzeichen an die Policía

Municipal und die Policía Federal rausgegeben. Alle halten die Augen offen. Die Bilder werden helfen.«

»Ich würde gerne warten, wenn es Ihnen recht ist«, sagte Jack.

»Wie Sie möchten.«

Gonzalo ging zum Fotokopierer, fertigte von jedem Bild dreißig Abzüge an und legte einen Satz auf den Schreibtisch von Amando Armas. Den Rest gab er dem diensthabenden Beamten, mit der Anweisung, sie an alle Streifenpolizisten zu verteilen, die das Gebäude verließen. Zweimal schaute er zu Jack Searle hinüber, der saß und wartete und im Takt seiner Gedanken mit dem Knie wippte.

Schließlich kehrte Gonzalo an seinen Schreibtisch zurück. »Fertig«, sagt er. »Hier sind die Originale, falls Sie sie noch brauchen.«

»Wie lange wird es dauern, bis alle die Bilder haben?«

»Die Kollegen kommen im Dienst immer wieder aufs Revier zurück. Bis morgen früh sollten alle ein Foto haben. Sie brauchen sich keine Sorgen zu machen.«

»Ich will nur sicher sein, dass etwas unternommen wird.«

»Das verstehe ich. Verstehen *Sie*, dass das im Moment alles ist, was wir tun können?«

Jack senkte den Kopf und nickte. Sein Knie wippte noch immer.

»Ich hole Ihnen eine Cola. Das mache ich gerne.«

Jack sagte nichts. Gonzalo ging zum Getränkeautomaten und zog zwei kleine Flaschen, die bei seiner Rückkehr bereits schwitzten. Eine hielt er Jack hin, der sie wortlos entgegennahm.

»Was hat man Ihnen auf dem Konsulat sonst noch gesagt?«, fragte Gonzalo.

»Dass ich nach Hause fahren und warten soll.«

»Ein guter Rat. Sie haben erst mal alles getan, was möglich ist.«

»Ich bin nicht gut im Nichtstun.«

»Ja, das kann ich mir denken, Mr. Searle. Darf ich fragen, was Sie beruflich machen?«

»Ich bin Handwerker. Renovierungen. Bauarbeiten.«

»Und davor?«

»Habe ich gedient. United States Marines.«

Gonzalo trank einen großen Schluck Cola, ließ den kalten Schaum herunterfließen. »Wir haben in dieser Stadt viel Erfahrung mit der Armee. Es ist Ihnen vielleicht nicht aufgefallen, aber sie ist überall. Und wie Sie steht sie ungern am Rand.«

»Meine Tochter ist verschwunden.«

»Und wir werden sie finden. Aber Sie sollten sich bis dahin nicht allzu sehr sorgen. Fahren Sie nach Hause, *señor*. Sie sind bei mir in guten Händen.«

Jack schälte sich langsam aus dem Stuhl. Gonzalo stand ebenfalls auf und hielt ihm die Hand hin. Jack Searle schüttelte sie fest, aber Gonzalo spürte seine Zweifel. »Ich zähle auf Sie«, sagte Jack.

»Ich werde Sie nicht im Stich lassen.«

»Gut.«

Jack wandte sich ab. Gonzalo sah ihm nach.

7

Auf der Fahrt zu Bernardo wünschte sich Jack nur eins: dass sein Handy klingeln und Marina anrufen würde. Es war alles nur ein riesiges Missverständnis, würde sie sagen. Sie waren zu einer Freundin von Patricia mitgegangen, eine, die Bernardo nicht kannte, und sie hatte aus Versehen das Handy im Auto liegengelassen und es daher nicht klingeln gehört. Sie würde sich entschuldigen und verlegen und kleinlaut bei Bernardo zu Hause auftauchen. Es würden Tränen der Erleichterung fließen, und Jack wäre so dankbar, dass es ihm nicht in den Sinn käme, Marina zu bestrafen.

Aber sein Telefon klingelte nicht, und Marinas Wagen stand nicht vor Bernardos Haus. Die Haustür war nur angelehnt. Jack trat ein und ging ins Wohnzimmer, wo Bernardo allein auf dem Sofa saß und den dunklen Bildschirm des Fernsehers anstarrte. Er schaute Jack mit leerem Blick an. »Wir haben alle angerufen«, sagte er. »Sie sind nirgends.«

»Ich habe mit dem Konsulat und noch mal mit der Polizei gesprochen«, sagte Jack. »Wir haben alles getan, was wir tun können. Jetzt müssen wir abwarten, dass die ihren Job machen.«

Lidia erschien mit Leandra im Schlepptau aus den Tiefen des Flurs. Das kleine Mädchen drückte ihre nackte Puppe an sich, als würde die sie beschützen. Ihre Miene war nicht so leer wie die ihres Vaters, Jack sah Verwirrung und Traurigkeit darin. Vermutlich sah sie genau das Gleiche in ihm.

»Wie geht es dir?«, fragte er Lidia. Ihm fiel nichts Besseres ein.

»Ich habe immer wieder angerufen«, sagte Lidia. »Aber jetzt ist mein Akku alle. Was, wenn sie versucht, mich zurückzurufen?«

»Wir laden dein Handy im Truck auf. Wo ist deine Tante?«

»In der Küche.«

»Bernardo, ich komme gleich wieder. Reina soll wissen, was los ist.«

»Ich habe es ihr schon gesagt.«

»Dann sage ich es ihr noch mal.«

Bernardo machte eine vage Geste, als würde er Jack die Erlaubnis geben, dann starrte er wieder auf den dunklen Fernseher.

»Fahren wir bald?«, fragte Lidia.

»Demnächst.«

»Ich setze mich mit dem Telefon in den Truck.«

»Hier, nimm die Schlüssel mit. Fahr nicht weg.«

Der Witz ging unter. Lidia lächelte nicht. Sie streichelte Leandra kurz über den Kopf und ging zur Haustür. Das kleine Mädchen sah Jack eindringlich an. Er hielt ihren Blick kaum aus.

Reina saß an dem Küchentisch, um den herum sie kürzlich noch alle versammelt gewesen waren. Bernardino trank Kakao durch einen Strohhalm und bewachte seine Mutter. Reina sah mitgenommen aus, mutloser als heute Morgen. Jack vermutete, dass sie bei jedem Satz, mit dem ihr Mann ihr die Neuigkeiten mitgeteilt hatte, ein Stück mehr in sich zusammengefallen war. Das wollte er ihr nicht noch einmal antun.

»Willst du was trinken?«, fragte Reina.

»Was? Nein, schon gut.«

»Setz dich. Du musst müde sein.«

Jack fühlte sich nicht müde, setzte sich aber trotzdem. Reina nahm seine Hand und hielt sie fester, als ihre kleinen, von Arbeit gezeichneten Hände erwarten ließen. Sie riss sich um der Kinder willen zusammen und würde erst Schwäche zeigen, wenn sie alleine war. Bernardo war jetzt schon mit den Nerven am Ende. Würden sie beide sich gehen lassen, wäre das der Untergang.

Er berichtete, wo er gewesen war und was er unternommen

hatte. Reina nickte, ihre Miene blieb unverändert düster. »Bernardo denkt …« Sie warf einen Blick auf Bernardino, bevor sie fortfuhr. »Bernardo denkt, dass ihnen etwas Schreckliches zugestoßen ist. Er sagt es nicht, aber ich weiß, was er denkt, weil ich es auch denke.«

»Ihr müsst beide damit aufhören.«

»Warum?«

»Weil es nichts bringt. Ich möchte lieber glauben, dass irgendetwas passiert ist, das wir einfach noch nicht verstehen. Sie haben sich verfahren oder sich zu irgendwas Blödem überreden lassen, wie es Teenager nun mal machen. Ich will, dass sie uns auslachen, wenn sie zurückkommen. Und sie kommen zurück.«

Reina drückte wieder seine Hand. Ihre Finger waren hart. Sie hatte Arbeiterhände, wie Jack. Und sie war auch innerlich hart, weil man in Mexiko ohne innere Stärke nicht weiterkam. Diese Stärke hielt die Familie zusammen, sorgte für ihr Glück, sicherte ihren Wohlstand. »Wenn du das glaubst, dann will ich das auch glauben«, sagte Reina. »Wenn ich nachher das Abendessen koche, stelle ich Patricias Portion beiseite. Sie hat sicher Hunger, ich mache ihr Lieblingsessen.«

»Das ist gut«, sagte Jack. »Sehr gut.«

»Was macht ihr? Bleibt ihr bei uns?«

»Ich fahre nach Hause. Es ist besser, beide Orte abzudecken. Wenn sie dann kommen, ist auf jeden Fall jemand da.«

»Soll ich dir was zum Mitnehmen machen? Es geht schnell.«

»Nein, schon gut. Lidia und ich holen uns was auf dem Weg.« Er entzog ihr seine Hand und stand auf. Von oben kam sie ihm winzig vor.

Bernardo hatte sich nicht gerührt. Jack stellte sich zwischen ihn und den Fernseher und brach den Bann. Langsam schaute Bernardo auf. »Ist alles erledigt?«, fragte er.

»Ruf mich an, sobald du was hörst«, sagte Jack. »Umgekehrt tue ich das Gleiche.«

»Ich ruf dich an«, versprach Bernardo kraftlos.

Leandra stand immer noch hinten im Flur, die Puppe in einer unauflösbaren Umarmung an sich gepresst. »*Adiós, tío* Jack«, sagte sie plötzlich.

»Wir sehen uns bald«, erwiderte Jack, dann ging er.

8

Sie fuhren schweigend nach Hause. Jack stellte nicht einmal das Radio an. Lidia hielt ihr Handy im Schoß, von dem sich ein schwarzes Kabel zum Zigarettenanzünder ringelte, und außerdem Jacks Telefon, das sie ihm erst zurückgab, als sie auf der Einfahrt hielten. Wortlos gingen sie auseinander. Lidia schloss die Haustür auf und verschwand in ihrem Zimmer.

Jack nahm die Liste von Marinas Freunden vom Kühlschrank und machte sich daran, sie abzutelefonieren. Bei jedem Anruf musste er die gleiche Geschichte erzählen, beim sechsten Mal ertrug er seine eigene Stimme nicht mehr. Niemand wusste etwas.

Er dachte an Bier. Das Verlangen war stark, der Moment richtig. Er verweilte noch ein paar Minuten im Wohnzimmer, dann ging er in die Küche.

Das erste Bier kippte er direkt vor dem offenen Kühlschrank herunter. Das zweite folgte umgehend. Danach zögerte er kurz, griff dann zu dem Pappträger mit den vier Bierflaschen und nahm ihn mit hinaus auf die winzige Terrasse mit dem Klappstuhl.

Es war Abend, aber die Sonne stand noch hoch, in der Nachbarschaft mähte jemand den Rasen. Jack öffnete das dritte Bier und ließ sich nicht viel Zeit damit. Er beschloss, die übrigen drei langsamer zu trinken, und in seinem Kopf meldete sich eine leise Stimme, die sagte, er solle sie in den Kühlschrank zurückstellen und für ein anderes Mal aufheben.

»Es wird mich schon nicht umbringen«, antwortete er der Stimme.

Er holte sein Handy hervor und wählte Marinas Nummer. Es klingelte und klingelte, dann hörte er ihre Stimme sagen: »Hier ist Marina. Hinterlasst eine Nachricht. Bye.«

»Ich bin's noch mal«, sagte Jack. »Lidia und ich sind jetzt zu Hause, wenn du also herkommen willst, tu das ruhig. Ich weiß, dass du einen Haufen Nachrichten hast, aber ich hoffe, du hörst diese hier. Und ... wahrscheinlich glaubst du, wir sind sauer auf dich, aber das stimmt nicht. Wir wollen nur wissen, dass du irgendwo in Sicherheit bist, bei Leuten, denen du vertrauen kannst. Ruf also einfach an, wo immer du bist. Egal um welche Uhrzeit, okay? Ruf an und sag Bescheid, dass es dir gut geht. Tust du mir den Gefallen? Okay, ich leg jetzt auf. Melde dich.«

Jack beendete den Anruf, es kam kein Rückruf. Er starrte das Handy lange an, hielt es in der Hand, das briefmarkengroße Display zeigte die Uhrzeit an, bis der Ruhemodus ansprang und der kleine Bildschirm schwarz wurde.

Noch ein Bier. Mit diesem ließ er sich Zeit, nippte, anstatt zu kippen, genoss die Kühle der Flasche in seiner Hand und die kalte Flüssigkeit auf seiner Zunge und in seiner Kehle. Das waren die Sinneseindrücke, die das Trinken so angenehm, so leicht machten. Für Teenager und junge Leute zählte eher das Gefühl des Betrunkenseins, das war bei Jack anders. Er genoss den Weg, die Schritte zum Abgrund. Dabei konnte er vergessen, was er vergessen wollte, lange bevor es ausgelöscht war. Darin war er Meister, während Vilmas Siechtum hatte er viel Übung bekommen. Und nach ihrem Tod.

Er stellte die leere Flasche neben seinen Stuhl auf den Betonboden, auf dem sich ein dunkler Ring bildete. In seinem Bauch breitete sich eine wohlige Wärme aus, die nach Nachschub verlangte, aber Jack hielt sich zurück. Besser, sich jetzt auf etwas anderes zu konzentrieren, wie dem Geräusch des auf irgendeinem Rasen in der Nachbarschaft seine Bahnen ziehenden Mähers, ein Rattern in der Ferne, das ihn einlullte, ablenkte, umhüllte. Jack dachte an nichts mehr. Genau das wollte er.

9

Als Gonzalo nach Dienstende gegen Mitternacht nach Hause fuhr, hatte er von den Polizeistreifen nichts über die vermissten Mädchen gehört. Hier und da leuchteten Straßenlaternen, die nicht zerstört worden oder kaputtgegangen waren. Militärfahrzeuge kreuzten seinen Weg, rollten langsam durch die verlassenen Straßen. Einmal sah er einen Truck der *Policía Federal* durch eine trübsinnige Wohngegend fahren, das war alles. Städtische Polizisten entdeckte er keine.

Sein Apartment war klein und lag in einem L-förmigen Gebäude, dessen Eingang in einen Hof mit einem stillgelegten Swimmingpool führte. Das Becken war halb gefüllt mit tiefgrünem Wasser. Die Zeit und die Witterung hatten die Fliesen an den Wänden gelockert, viele lagen jetzt versunken auf dem Grund. Der Hausverwalter ließ ab und an verlauten, der Vermieter würde die Renovierung veranlassen, aber seit Gonzalos Einzug vor vier Jahren hatte sich nichts getan. Er hatte keine Ahnung, wie lange es schon so war.

Er betrat sein Apartment. Weil genug Licht durch die Jalousien hereinfiel, ließ er die Lampen aus. Im größten Zimmer befanden sich ein kleines Sofa mit Löchern im Polster und ein Sessel, außerdem ein alter Fernseher, auf dem Gonzalo ausschließlich *fútbol* sah und der wie ein Scherenschnitt vor dem Fenster stand. Die Küche mit dem Linoleumboden lag am anderen Ende des Zimmers und verfügte über einen kleinen Kühlschrank und einen Herd mit nur zwei Kochplatten. Über dem Spülbecken, in dem der Abwasch wartete, hing ein winziger Küchenschrank.

Die Tür des Apartments war mit drei Schlössern und einer

Kette gesichert. Gonzalo verriegelte sie alle. Wer wirklich reinwollte, konnte leicht die Tür eintreten, aber für Gonzalo war das Abschließen ein beruhigendes Ritual. Alle Fenster der Wohnung waren mit Eisenstäben gesichert.

Gonzalo ging ins Schlafzimmer und legte seine Pistole auf den Nachttisch. Er zog sich im Dunkeln aus, hängte sein Jackett auf einen Bügel an der Schranktür, betrat das kleine Badezimmer, wo ein Waschbecken, eine Toilette und eine Duschkabine sich dicht aneinanderdrängten, und putzte seine Zähne. Seine Augen hatten sich inzwischen an die Dunkelheit gewöhnt.

In Unterhose und einem weißen T-Shirt kroch er in das ungemachte Bett, stellte den Wecker auf den späten Vormittag und schlief ohne einen weiteren Gedanken an den vergangenen Tag ein.

Am Sonntagmorgen kitzelte ihn die Sonne wach, noch bevor der Wecker losschepperte. Im Zimmer war es trotz der heruntergelassenen Jalousie hell, die nackten weißen Wände leuchteten. Früher hatte er ein gerahmtes Jesus-Bild über dem Bett hängen gehabt, aber der Draht war durchgebrochen und das Bild ihm im Schlaf auf den Kopf gefallen. Jetzt stand es hinter der Tür und wartete darauf, dass er es zum Rahmen brachte, was er immer wieder vergaß.

Er zog sich an. Wenn er die Waffe ins Holster steckte, bekam er das Gefühl, für alles gewappnet zu sein. Natürlich wusste er, dass eher seine Besonnenheit als die Pistole für seine Sicherheit sorgte. Nur die Policía Federal und die Armee durften schwere Waffen tragen, denn sie standen im Kampf gegen die Drogenkartelle an vorderster Front. Die Policía Municipal war dazu da, den Dreck wegzuräumen, am Rand zu bleiben und den Mund zu halten. Gonzalo wusste, dass er und seine Kollegen gemeinhin als Strafzettelverteiler und Verkehrsregler betrachtet wurden, aber wenn er mit seiner Waffe vor dem Spiegel stand, spürte er immer noch den früheren Kitzel als frischgebackener Polizist vor dem ersten Einsatz. Daran hatte sich nichts geändert.

Gonzalos Dienst begann zwar erst in einer Stunde, trotzdem verließ er das Apartment und machte sich auf den Weg. Im Kopf ging er durch, was auf dem Revier zu tun war, was gestern liegen geblieben war. Jack und seine Stieftochter fielen ihm ein. Vielleicht konnte er ihnen gute Neuigkeiten überbringen.

An einer Kreuzung hielt ihn ein Verkehrsunfall mit Blechschaden auf. Als der Stau sich endlich auflöste, musste Gonzalo sich beeilen, um noch pünktlich aufs Revier zu kommen. Armas saß bereits an seinem Schreibtisch und sah die Berichte der letzten Nacht durch. Er hob grüßend eine Hand.

In seinem Posteingang lag nichts, was die Mädchen betraf. Gonzalo bemühte sich, seine Enttäuschung zu verdrängen. Er würde nachher den Onkel anrufen und sich erkundigen, ob die Mädchen mittlerweile aufgetaucht waren. Im Stillen rechnete er damit. Die meisten dieser Fälle lösten sich von selbst. Es war viel Kopfzerbrechen und Zähneknirschen um nichts.

Gonzalo machte sich an den Papierkram, und als er wieder auf die Uhr sah, war bereits eine Stunde vergangen. Er suchte das Formular mit dem Vermisstenfall heraus, stand auf und ging in das Büro des Wachhabenden. Sargento Ahumada war ein erfahrener Polizist mit fast komplett grauen Haaren und einem Bauch, über dem sich das Uniformhemd spannte. Meistens war er sitzend oder essend anzutreffen, und jetzt gerade tat er beides; während er die dünnen weißen Seiten eines gefaxten Berichtes durchblätterte, biss er in ein Sandwich. »Gonzalo«, sagte er.

»Sargento, ich wollte fragen, ob es was Neues von den Mädchen gibt. Sie erinnern sich? Zwei Mädchen werden vermisst. Ich habe Fotos von ihnen verteilt, und wir müssen Ausschau halten nach einem Auto mit texanischem Kennzeichen.«

Der Sargento grunzte. »Klar, ich hab den Bericht über den Wagen auf Ihren Schreibtisch gelegt.«

»Was? Wann?«

»Vor ein paar Stunden, bei Dienstbeginn. Haben Sie ihn nicht gesehen?«

»Da liegt nichts auf meinem Tisch.«

»Verdammt noch mal, ich weiß doch, dass ich Ihnen das Ding hingelegt habe.« Ahumada verließ sein Büro und zeigte auf einen Schreibtisch, der Pepito Barriga gehörte. »Gleich da drüben.«

»Pepito arbeitet am Wochenende nicht mal!«, rief Gonzalo aus.

»Was kann ich dafür?«

»Sie hätten etwas *sagen* können!«

Gonzalo fand den Bericht auf Pepitos Tisch, eine kurze Notiz in Sargento Ahumadas krakeliger Handschrift. *Fahrzeug gefunden: weißer Mitsubishi Galant, Texas Kennzeichen YRM-273. Sichergestellt.*

Er ging zu Ahumada zurück. »Hier steht, der Wagen wurde sichergestellt. Wo wurde er gefunden?«

»Keine Ahnung. Das müssen Sie den Kollegen fragen, der ihn gemeldet hat.«

»Da steht aber nicht, wer ihn gemeldet hat.«

»Muss ich mich denn um alles kümmern? Die im Abschlepphof haben die Details.«

Gonzalo eilte an seinen Schreibtisch und suchte die Nummer des Abschlepphofs heraus. Die Leitung war besetzt. Er versuchte es noch drei Mal, immer besetzt. »*¡Mierda!*«

»Probleme?«, rief Armas herüber.

»Ich komme nicht durch. Hör mal, kannst du mich vertreten? Ich muss da einer Sache nachgehen.«

»Wie lange bist du weg?«

»Ich weiß nicht. Ein paar Stunden? Es ist wichtig.«

»Ich hab was gut bei dir.«

»Danke, Amando.«

Die Streifenwagen waren den Streifenpolizisten und der Verkehrsregelung vorbehalten, daher nahm Gonzalo sein eigenes Auto und fuhr in der brütenden Mittagshitze einmal quer durch die Stadt. Die Klimaanlage war ausgefallen, auch bei offenen Fenstern schwitzte er heftig. Der Abschlepphof war ein großes Rechteck aus bloßer Erde mit hohem Gras, eingezäunt von Maschen- und Stacheldraht. Die Fahrzeuge standen in Reihen, die allerdings krumm und schief verliefen. Manche waren schon so lange da, dass sie zu rosten begonnen hatten, und wahrscheinlich waren genauso viele fahrtüchtig wie kaputt.

Gonzalo hielt am offenen Tor, neben dem ein würfelförmiges, mit weißer Farbe beklatschtes Wachhäuschen stand. Das Fenster stand offen, der Raum dahinter lag im Dunkeln. Nach einem Moment bewegte sich etwas, dann erschien ein Mann am Fenster. Er trug ein blaues Arbeitshemd mit Schweißflecken, an der Brust hing ein Abzeichen, aber er war kein Polizist, sondern ein *segurata*, ein Mietbulle.

»Inspector Gonzalo Soler, *Policía Municipal*«, stellte Gonzalo sich vor. »Ich habe versucht anzurufen, aber es war immer besetzt.«

»Das Telefon ist kaputt«, sagte der Mann.

»Wie kann man den Abschlepphof dann kontaktieren?«

»Gar nicht.«

»Egal. Ich will mir ein Fahrzeug ansehen, das heute Morgen gebracht wurde.«

»Kommen Sie rein, wir suchen es.«

Der Truck des Mannes stand hinter dem Wachhäuschen, Gonzalo parkte daneben. Als er ausstieg, hatte der Mann eine Kappe mit dem Logo seiner Sicherheitsfirma aufgesetzt. In der Hand hielt er ein Clipboard mit einem dicken Papierstapel und einem mit einem Bindfaden befestigten Kugelschreiber.

»Es geht um einen weißen Mitsubishi Galant«, sagte Gonzalo. »Texanisches Nummernschild.«

»Ah, ja. An den erinnere ich mich. Sie mussten ihn weit hinten abstellen.«

Sie gingen gemeinsam durch die Reihen, ihre Schritte scheuchten Grashüpfer auf. Der Abschlepphof sah eher nach einer Müllhalde aus. Viele Fahrzeuge schienen für die Schrottpresse bestimmt und würden sicher dort enden, andere würden in Auktionen verkauft werden. Auch Gonzalo fuhr einen sichergestellten Wagen, dessen Eigentümer sich nie gemeldet hatte. Er hatte weniger als siebentausend Pesos dafür gezahlt.

»Da drüben.«

Gonzalo sah den Kofferraum des Mitsubishi hinter der Pritsche eines Trucks mit hoher Radaufhängung hervorlugen. Er ging schneller.

Falls er etwas Dramatisches erwartet hatte, wurde er enttäuscht. Die Fenster waren nicht kaputt, was auf einen Diebstahl hingewiesen hätte. Als er den Wagen umrundete, sah er weder Einschusslöcher noch Unfallspuren. Beide Vordertüren waren unverschlossen. Gonzalo öffnete die Beifahrertür, und wurde von einer Hitzewelle überrollt. Er wich zurück, um das Schlimmste vorübergehen zu lassen.

»Wollen Sie die Papiere für das Auto?«, fragte der Mietbulle.

»Ja.«

Er bekam ein gelbes Blatt Papier und las es durch. Die Straße, an der das Auto aufgefunden worden war, kannte er, konnte sich aber an keine besonderen Orte in der Nähe erinnern. Der Polizist, der es entdeckt hatte, hieß Suazo. Es war ihm zuerst am Samstag und dann wieder am Sonntagmorgen aufgefallen, der Strafzettel für unerlaubtes Parken klemmte noch unter dem Scheibenwischer. Suazo hatte den Abschleppdienst gerufen und den Wagen sichergestellt.

Nachdem die unsichtbare Feuerwalze aus dem Inneren des Galant abgezogen war, bückte sich Gonzalo und sah hinein. Es gab keine Blutspuren oder Hinweise auf einen Kampf. Am Rückspiegel baumelte eine CD und warf einen Regenbogen auf das Armaturenbrett. Ein Lufterfrischer verströmte leichten Zimtduft.

»Was sehen Sie?«, wollte der Mietbulle von Gonzalo wissen.

»Nichts«, erwiderte er. »Entschuldigen Sie mich kurz.«

Er rief von seinem Handy aus Armas an und bestellte die Kriminaltechnik auf den Abschlepphof, um den Wagen auf Fingerabdrücke untersuchen zu lassen. »Ist er ein Tatort?«, fragte Armas.

»Ich weiß es nicht.«

»Dem Comandante wird nicht gefallen, wenn du unsere Zeit vergeudest.«

»Dann sag ihm nichts. Ich will nur ein paar Dinge überprüfen.«

»Zum Beispiel?«

»Kann ich nicht sagen, aber irgendwas ist seltsam. Kannst du mal an meinen Schreibtisch gehen? Da liegt eine offene Akte. Ich hab den Namen und die Adresse des Clubs aufgeschrieben, wo die Mädchen auf dem Konzert waren. Gib mir das mal durch.«

Er wartete, während Armas suchte, und schrieb die Informationen in ein kleines Notizbuch, das er immer in der Tasche trug. »Ich muss wohl noch ein bisschen länger für dich einspringen«, sagte Armas.

»Nicht allzu lange. Macht es dir was aus?«

»Nein, kein Problem. Lass dir alle Zeit der Welt.«

»Sei kein Arsch, das passt nicht zu dir.«

»Beeil dich, okay?«

»Ich bin so schnell wie möglich wieder da, versprochen.«

Gonzalo steckte das Telefon ein und wandte sich an den Mietbullen. Er schrieb seine Nummer ins Notizbuch, riss die Seite heraus und gab sie dem Mann. »Es kommt bald ein Polizeiteam, um den Wagen zu untersuchen. Zeigen Sie den Kollegen, wo er zu finden ist, und geben ihnen meine Nummer?«

»Wo wollen Sie hin?«

»Meine Ermittlung fortsetzen.«

»Oh, okay. Hat es ein Verbrechen gegeben?«

»Sie erfahren's als Erster.«

10

Das Konzert hatte in einem alten Tanzlokal stattgefunden, vor dem auch draußen eine Bühne stand. Bei Tag wirkte das Lokal ziemlich heruntergekommen, nachts machte es vermutlich mehr her. Neonröhren umrahmten die Fassade und formten den Namen: Town & Country.

Auf dem großen Parkplatz stand nur ein einziger Wagen, ein auf Hochglanz polierter schwarzer Pick-up-Truck. Gonzalo parkte daneben und sah auf die Uhr. Das Lokal machte erst in einigen Stunden wieder auf.

Die Fensterscheiben des Gebäudes waren von innen schwarz angemalt, die Eingangstür bestand aus solidem Metall. Gonzalo hämmerte eine Weile dagegen, aber es kam niemand. Er ging zu seinem Wagen zurück, holte einen Stadtplan aus dem Handschuhfach, legte ihn auf den heißen Kofferraum, suchte die Straße, die auf dem Sicherstellungsbericht genannt war, und fand sie wenige Blocks entfernt.

Die Tür des Lokals schwang auf, eine Frau erschien. »Warum klopfen Sie? Was wollen Sie?«

»Polizei«, sagte Gonzalo und ging mit seinem Dienstausweis in der Hand zu ihr. »Ich führe eine Ermittlung durch.«

Die Frau wartete, bis Gonzalo vor ihr stand, und beäugte dann eingehend seinen Ausweis. Sie war jung, um die zwanzig, hatte aber einige Kilos zu viel auf den Hüften und ein unfreundliches Gesicht, das sie älter wirken ließ. »Was für eine Ermittlung?«, fragte sie.

»Ein Vermisstenfall.«

»Woher soll ich wissen, dass Sie wirklich Polizist sind?«

»Ich habe Ihnen gerade meinen Dienstausweis gezeigt, oder nicht?«

»Der kann gekauft sein.«

»Wenn Sie das glauben, brauchen wir gar nicht weiter zu reden, oder?«

Die Frau zögerte. »Kommen Sie rein«, sagte sie.

Nach dem grellen Licht auf dem Parkplatz war das Lokal überraschend dunkel. Gonzalo blinzelte, bis er Tische und Sitznischen und eine Bar ausmachen konnte. Am anderen Ende des Raums lag hinter einer großen Tanzfläche eine Bühne. Von der Decke hing eine Discokugel. Die Frau führte ihn zur Theke.

»Sind Sie die Besitzerin?«

»Ich? Oh, nein, ich bin bloß eine der Managerinnen.«

Die Frau ging auf die andere Seite der Bar und stellte sich Gonzalo gegenüber. Er nahm auf einem Lederhocker Platz und legte sein Notizbuch auf die Theke, die mit einer Schicht Plastik überzogen war, darauf Kratzer und Flecken, die sich nicht mehr wegwischen ließen. »Waren Sie Freitagabend hier?«, fragte er.

»Ja, war ich.«

»War es voll?«

»Und wie. Freitags ist es immer voll.«

»Ich zeige Ihnen jetzt ein paar Fotos. Erkennen Sie diese Mädchen?« Gonzalo zog die Bilder von Marina und Patricia hervor und legte sie der Frau hin. »Lassen Sie sich Zeit.«

Sie schüttelte den Kopf. »Die kenne ich nicht.«

»Sie waren hier auf einem Konzert.«

»Da waren jede Menge Leute. Wie gesagt, freitags ist es voll. Vielleicht weiß einer der Barmänner was. Oder Sie können unsere Sicherheitsleute fragen.«

»Wie viele sind das?«

»Drei. Wollen Sie die Namen?«

»Bitte.«

Die Frau verschwand in einem Büro hinter der Bar. Gonzalo wartete und fragte sich, ob die Kriminaltechnik schon auf dem Abschlepphof war, aber er musste sich gedulden, bis sich jemand bei ihm meldete. Und das verdammte Telefon dort funktionierte nicht. Wer war dafür verantwortlich? Grübeln war sinnlos, es ließ sich nicht ändern.

Schließlich kam die Frau mit einer Telefonnummer auf einem gelben Klebezettel zurück. Sie gab ihn Gonzalo, der Klebestreifen hing an seinen Fingern fest. »Ich weiß nicht, ob heute jemand da ist. Ist ja Sonntag.«

»Trotzdem hilfreich. Danke.«

»Was ist mit den Mädchen? Wurden sie ermordet?«

»Nein, sie wurden nicht ermordet«, sagte Gonzalo. »Wir wissen nicht, was passiert ist.«

»Dann wissen Sie also nicht, ob sie ermordet wurden.«

Gonzalo steckte die Fotos ein und nahm das Notizbuch. »Das soll nicht Ihre Sorge sein«, sagte er. »Ich finde allein raus.«

Als er aus dem Lokal trat, stach ihm die Sonne in die Augen, er sehnte sich nach Schatten. Der Stadtplan lag immer noch auf dem Kofferraum ausgebreitet, er sah noch einmal nach, faltete ihn zusammen und steckte ihn weg. Dann rief er die Nummer an, die die Frau ihm gegeben hatte. Es klingelte ein paar Mal, ein Anrufbeantworter sprang an. Gonzalo hinterließ seinen Namen und seine Nummer.

Er verließ den Parkplatz und fuhr zu der Straße, in der das Auto der Mädchen entdeckt worden war. Nur wenige Gebäude hier hatten Hausnummern, Gonzalo musste ein paarmal hin und her fahren, bis er die genaue Stelle gefunden hatte: ein Stück Straße vor einer langen Mauer, die zu irgendeiner Art Geräteladen gehörte. Es gab genug legale Parkplätze hier, nur vor einem verrosteten Feuerhydranten war der Bordstein mit einer gelben Linie durchzogen.

Es war ruhig in der Nachbarschaft, gelegentlich war Kinderlachen zu hören. Gonzalo stieg aus dem Wagen. Hauptsächlich schien dies eine Geschäftsstraße zu sein – eine Autowerkstatt hier, ein Malerbetrieb dort –, aber es gab auch ein paar Apartmenthäuser, vor einem spielten Kinder in einem Hof. Gonzalo faltete wieder den Stadtplan auf und betrachtete ihn eingehend, zog die Wege nach, die zurück in den *Sector Centro* und zum Haus der Sigalas führten.

»Was habt ihr hier verloren gehabt?«, fragte er laut.

Sein Handy klingelte, eine unbekannte Nummer. Als Gonzalo antwortete, erklang die raue Stimme eines Mannes. »Mein Name ist Victor Almazán. Ist da Inspector Soler? Sie haben bei mir im Büro angerufen.«

»Ja, Sr. Almazán. Danke für den schnellen Rückruf.«

»Ich höre alle paar Stunden meine Nachrichten ab. Was will die Polizei von mir?«

»Sie sind Türsteher im Town & Country?«

»Manchmal. Haben die was über mich gesagt?«

»Nein. Darum geht es nicht. Hören Sie, ich bin auf der Suche nach zwei Mädchen, die Freitagabend dort auf einem Konzert waren. Ich würde Ihnen und Ihren Kollegen gerne ein paar Fotos zeigen. Wann können wir uns treffen?«

»In einer Stunde in meinem Büro. Ich versuche, meine Crew bis dahin zusammenzutrommeln.«

Nachdem Gonzalo sich die Adresse notiert hatte, beendeten sie das Gespräch. Die Fahrt zu Almazáns Büro dauerte zwanzig Minuten. Es befand sich in einem kleinen Gebäude mit einem briefmarkengroßen Parkplatz. Gonzalo rief Armas auf dem Revier an.

»Wo treibst du dich jetzt wieder rum?«, fragte der.

»Ich treffe mich mit ein paar Türstehern, die auf dem Konzert gearbeitet haben. Hast du was von der Kriminaltechnik gehört? Ist das Auto untersucht worden?«

»Die Kollegen haben sich gemeldet. Da sie nicht wussten, wonach du suchst, nehmen sie das ganze Auto unter die Lupe. Das wird dauern. Wenn was anderes reinkommt, müssen sie unterbrechen.«

»Die schaffen das. Heute ist mein Glückstag.«

»Wo sind die Mädchen, was glaubst du?«

»Ich weiß es nicht. Aber ich werde es rausfinden.«

»Comandante Peláez hat dich gesucht. Ich hab ihm gesagt, du hättest eine heiße Spur in einem wichtigen Fall. Hoffentlich war das nicht gelogen.«

»Mach dir keinen Kopf.«

»Melde dich wieder, okay?«

»Bis später, Amando.«

Er steckte das Handy ein und wartete in der brütenden Hitze. Das Dach seines Wagens war heiß wie eine Herdplatte. Die Wand des Bürogebäudes, in kühlem Hellgrün gestrichen, warf das Sonnenlicht direkt in Gonzalos Gesicht zurück, brachte das Armaturenbrett zum Glitzern und blendete ihn. Am Ende musste er sein Jackett ausziehen, sonst wäre er geröstet worden.

Almazán traf fast auf die Minute pünktlich in einem silbergrauen SUV ein. Er entpuppte sich beim Aussteigen als Hüne von Mann mit breiter Brust und muskulösem Nacken. Seine beiden Begleiter ähnelten ihm sehr. Die Arme des einen waren voll tätowiert, vom Handgelenk bis zum Ärmel seines T-Shirts. Alle drei hatten nahezu kahlrasierte Schädel.

»Gehen wir hoch in mein Büro«, sagte Almazán zu Gonzalo.

Das stellte sich als winzig heraus: ein einziger Raum mit einem Schreibtisch, einem Stuhl und einem Telefon. Almazán wirkte hinter dem Tisch wie ein Riese, Gonzalo war zwischen den anderen beiden eingeklemmt. Der mit den Tattoos hieß Armando Cosme, der andere Fernando Simón. Sie hatten ausdruckslose Gesichter.

»Sie wollen was über Freitagabend wissen?«, fragte Almazán.

»Ja. Ich möchte Sie bitten, sich diese Fotos anzusehen und mir zu sagen, ob Sie eins der Mädchen erkennen. Wir wissen, dass sie auf dem Konzert waren, aber ich brauche weitere Informationen.«

Die Männer betrachteten nacheinander die Bilder. Almazán stellte einen Ventilator an, der hinter dem Schreibtisch in der Ecke stand und die warme Luft umrührte. Gonzalo nahm die bedrückende Enge des Raums deutlich wahr, war sich bewusst, dass die beiden großen Männer die Tür blockierten und er niemandem gesagt hatte, wo er war.

»Ich kenne sie nicht«, sagte Almazán.

»Ich schon«, sagte Simón.

Gonzalo zog sein Notizbuch hervor. »Welche von beiden haben Sie gesehen?«

»Beide. Sie standen dicht vor der Bühne und haben den Musikern was zugerufen. Sie hatten viel getrunken. Ich hab überlegt, sie rauszuschmeißen, aber der Band schien es nichts auszumachen. Hübsche Mädchen. Sie wissen ja.«

»Haben die beiden mit irgendwem geredet, außer mit der Band?«

»Ich glaube, sie waren mit Freundinnen da.«

»Haben Sie die Mädchen gehen sehen? War jemand bei ihnen? Vielleicht jemand von der Band?«

»Nein, ich weiß noch, dass sie zusammen gegangen und ihre Freundinnen noch eine Weile geblieben sind.«

»Um welche Uhrzeit war das etwa?«

»Weiß ich nicht. Vielleicht Mitternacht? Schwer zu sagen.«

»Schon gut. Das hilft mir sehr. Vielen Dank.«

Almazán meldete sich zu Wort. »Falls den Mädchen was zugestoßen ist, meine Crew hat nichts damit zu tun. Wir waren bis drei Uhr morgens da. Alle.«

»Sie stehen nicht unter Verdacht.«

»Ich wollte es nur gesagt haben. Wir halten uns an die Gesetze.«

»Ich weiß es zu schätzen«, sagte Gonzalo.

»Sind wir fertig?«

»Wir sind fertig.«

Gonzalo folgte den Dreien nach draußen und wartete, bis sie weg waren, bevor er in seinen Wagen stieg und selber losfuhr. Er sah auf die Uhr. Er konnte es zurück zum Abschlepphof schaffen, bevor die Kriminaltechnik mit dem Auto fertig war.

11

Am Montag versuchte Jack es wieder auf Marinas Handy, doch diesmal sprang sofort die Mailbox an. Entweder war der Akku alle, oder es war ausgeschaltet worden. Für Jack war es wie ein Schlag ins Gesicht.

Erst am frühen Nachmittag rief Bernardo an. »Die Polizei hat sich gemeldet«, sagte er. »Sie haben Marinas Wagen gefunden. Wie schnell kannst du hier sein? Wir können ihn uns ansehen.«

»Bin schon auf dem Weg«, sagte Jack.

Lidia saß in ihrem Zimmer vor dem Computer. Jack scheuchte sie in die Schuhe und aus der Tür. Die Fahrt schien viel zu lange zu dauern, jede Verzögerung kam ihm wie eine Ewigkeit vor. Der Wagen rollte fast noch, da war er schon rausgesprungen und rannte zu Bernardos Haustür.

»Ich habe die Adresse des Abschlepphofs«, sagte Bernardo. »Der Inspector erwartet uns dort.«

Sie machten sich auf den Weg. Der Rest der Familie stand mit hoffnungsvollen Gesichtern im Hof und sah ihnen nach. Jack winkte Lidia zu.

Bernardos Angaben führten sie in einen Stadtteil, der Jack völlig unbekannt war. Sie parkten vor dem Tor des Abschlepphofs, wo sie von dem Inspector, Gonzalo Soler, und einem Mann, der wie ein Nachtwächter aussah, erwartet wurden. Sie begrüßten sich, dann folgte Jack den anderen.

Der Wagen stand so versteckt, dass Jack schon fast dachte, man hätte das falsche Auto gefunden, oder es wäre nicht mehr da, wäre wie von Zauberhand nach Laredo versetzt worden, und er würde es auf seiner Einfahrt und Marina zu Hause vorfinden. Als er den

Galant dann doch erblickte, schrumpfte etwas in seiner Brust zusammen.

»Ist das der Wagen Ihrer Stieftochter?«, fragte Gonzalo.

»Ja.«

»Er ist gestern gebracht worden. Ich habe gewartet, bis unsere Kriminaltechnik ihn untersucht hatte, bevor ich angerufen habe. Wenn Sie wollen, können Sie ihn mitnehmen. Die Abschleppgebühr wird erlassen.«

»Hat es ... gibt es Spuren von Gewalt?«, fragte Bernardo.

»Im Auto ist nichts. Es ist nicht abgeschlossen. Schauen Sie nach, ob Ihnen irgendwas ungewöhnlich vorkommt.«

Jack öffnete die Fahrertür. Am Rahmen und auf allen Oberflächen im Inneren klebte schwarzes Pulver, Fingerabdrücke sahen aus wie Schmierflecken. Er suchte nach irgendeinem Zeichen von Marina, fand aber nichts. »Tut mir leid«, sagte er.

»Ich hatte auf ein Portemonnaie oder irgendeinen persönlichen Gegenstand gehofft, der darauf hingedeutet hätte, dass Ihre Stieftochter den Wagen gegen ihren Willen verlassen musste«, sagte Gonzalo. »Aber Sie sehen ja selbst, dass da nichts ist.«

»Haben Sie irgendwas herausfinden können?«, fragte Jack.

»Wir wissen ein paar Dinge: dass Ihre Stieftochter und ihre Cousine wirklich auf dem Konzert waren, dass sie gegen Mitternacht dort aufgebrochen sind ... und dass sie getrunken hatten.«

»Marina ist erst siebzehn«, sagte Jack.

»Wenn sie die Getränke nicht selbst gekauft hat, dann vielleicht ihre Cousine. Ein Zeuge hat ausgesagt, dass sie laut und betrunken waren und alleine gegangen sind.«

»Patricia hat mich angerufen«, sagte Bernardo. »Nach Mitternacht. Vielleicht wollte sie abgeholt werden. Sie ist ein verantwortungsvolles Mädchen und hätte Marina nicht betrunken fahren lassen.«

»Das ist eine Möglichkeit«, sagte Gonzalo.

Bernardo bedeckte das Gesicht mit den Händen. »Ich bin nicht drangegangen!«

Als Bernardo wieder zu weinen begann, wandte Jack sich ab. Während sein Schwager von Gonzalo getröstet wurde, widmete er seine Aufmerksamkeit dem Wagen. Er schob den Fahrersitz nach hinten, stieg ein und legte die Hände aufs Lenkrad. Schwarzes Pulver blieb an seinen Handflächen kleben, das heiße Plastik verbrannte ihm die Finger. Trotzdem stieg er nicht aus.

An diesem strahlend hellen Nachmittag versuchte Jack sich vorzustellen, es wäre dunkel. Er wusste nicht, wo das Auto aufgefunden worden war, und malte sich irgendeine Straße aus. Wohin wollte Marina? Warum hatte sie angehalten? Ihre Hände hatten dort gelegen, wo jetzt seine waren. Wenn er sich konzentrierte, konnte er sie spüren.

Ein Schatten fiel auf ihn. Es war Gonzalo. »Wissen Sie, ob Ihre Stieftochter vielleicht noch andere Freunde in Mexiko hat? Außer ihrer Cousine, meine ich.«

»Nein, sie kennt niemanden. Wir sind nicht oft hier. Einmal im Monat, um die Familie zu besuchen.«

Jack hievte sich aus dem Wagen. Bernardo stand mit düsterer Miene am Kofferraum. Gonzalo ging zu ihm. »Wussten Sie, dass Ihre Tochter verhaftet worden war, Sr. Sigala?«, fragte er.

»Was? Verhaftet? Wann?«

»Sie wurde vor einem Jahr wegen Ladendiebstahls in einem Geschäft im Zentrum festgenommen. Man hat sie danach wieder auf freien Fuß gesetzt, aber ihre Fingerabdrücke sind im System. Wir werden sie mit den Abdrücken im Wagen abgleichen, um sicherzugehen, dass sie im Auto gesessen hat.«

»Was ist mit Marinas Fingerabdrücken?«, fragte Jack.

»Die haben wir nicht. Es wird ein paar Tage dauern, bis der Abgleich gemacht werden kann. Wie Sie sich denken können, hat unsere Kriminaltechnik ziemlich viel zu tun. Haben Sie irgendwo Fingerabdrücke von Ihrer Stieftochter? Ich habe gehört, amerikanische Eltern lassen manchmal die Abdrücke ihrer Kinder nehmen, für den Fall, dass sie verschwinden oder irgendwann mal identifiziert werden müssen.«

»Das gilt für Kleinkinder«, sagte Jack. »Marina ist erwachsen.«

»Ich frage nur, weil es für meine Ermittlung nützlich sein könnte.«

»Tut mir leid, ich kann Ihnen nicht helfen.«

»*Está bien.* Sie sind bereits eine große Hilfe gewesen, Sr. Searle.«

Jack sah Bernardo an. »Ich habe den Ersatzschlüssel für das Auto. Kannst du es zu dir nach Hause zurückfahren? Ich will es lieber nicht hier stehen lassen.«

Bernardo nickte wortlos. Jack löste den Schlüssel aus seinem Bund und gab ihn ihm.

»Könnte ich Sie kurz unter vier Augen sprechen, *señor*?«, fragte Gonzalo Jack.

»Natürlich.«

Sie gingen ein paar Schritte und standen im hohen Gras. Bernardo setzte sich in den Galant und ließ den Motor an. Jack wusste, dass die Klimaanlage auf voller Kraft lospusten würde. Marina liebte das.

»Sie sind sicher enttäuscht«, sagte Gonzalo.

»Ich will nicht lügen und das Gegenteil behaupten.«

»Sie sollen wissen, und können es hoffentlich auch Ihrem *cuñado* vermitteln, dass wir in der kurzen Zeit große Fortschritte gemacht haben. Ich kann die Wege Ihrer Stieftochter bis zu einem gewissen Zeitpunkt und an einen gewissen Ort zurückverfolgen, und schon bald werden wir mehr wissen. Unsere Polizeiteams durchkämmen die Gegend, und mit der *Policía Federal* werde ich noch sprechen. Irgendwer hat die Mädchen mit Sicherheit gesehen. Nuevo Laredo ist keine große Stadt.«

»Wann werden wir mehr wissen?«, fragte Jack.

»Das lässt sich unmöglich sagen. Vielleicht morgen, vielleicht in einer Woche.«

»Je länger sie verschwunden sind, desto wahrscheinlicher ist es, dass ihnen etwas zugestoßen ist«, sagte Jack.

»Nicht unbedingt. Ich habe die Hoffnung noch nicht aufgegeben, dass es eine harmlose Erklärung gibt.«

»Ach, kommen Sie! Sie haben das Auto verlassen gefunden! Warum sollten die Mädchen mitten in der Nacht den Wagen irgendwo stehen lassen? Der Motor läuft, es ist Benzin im Tank.«

Gonzalo blickte ernst. »Ich verstehe Ihre Enttäuschung.«

»Tun Sie das?«

»Ich will versuchen, es Ihnen zu erklären. Diese Stadt führt Krieg gegen sich selbst. Policía Municipal, Policía Federal, die Armee ... wir sind alle nur Figuren in einem viel größeren Spiel. Wir müssen mit den Zetas und den Golfos fertig werden, und es passieren unfassbar schreckliche Dinge in dieser Stadt. Aber das heißt nicht, dass es keine Hoffnung gibt. Es heißt nur, dass wir unsere Probleme mit Geduld und Beharrlichkeit angehen müssen. Vor allem mit Geduld.«

»Aber –«

»Bitte, Sr. Searle, lassen Sie mich aussprechen. In nur zwei Tagen haben wir viel herausgefunden. Wenn der Fingerabdruckbericht aus der Kriminaltechnik kommt, werden wir noch mehr wissen.«

»Versprechen Sie mir, dass Sie mich auf dem Laufenden halten.«

»Das verspreche ich«, sagte Gonzalo. »Bei dieser Ermittlung liegen die Karten offen auf dem Tisch. Wenn nötig, werde ich noch einen Kollegen hinzuziehen. Sie können mir vertrauen.«

Gonzalo streckte die Hand aus. Jack nahm sie, seine eigene war nassgeschwitzt und dreckig. Er warf einen Blick hinüber zu Marinas Galant. Bernardo saß zusammengesunken am Steuer, aber wenigstens weinte er nicht.

»Wenn ich irgendwas tun kann«, sagte Jack, »dann sagen Sie einfach Bescheid. Egal was. Es gibt für mich nichts Wichtigeres als das hier.«

»Nehmen Sie den Wagen Ihrer Stieftochter mit. Beruhigen Sie Ihren Schwager. Bleiben Sie in der Nähe des Telefons.«

»Gut.«

12

Am Ende dauerte es fast eine Woche, bevor die Kriminaltechnik Ergebnisse lieferte. Gonzalo fand den Bericht zu Dienstbeginn auf seinem Schreibtisch, beklebt mit einem gelben Zettel mit den Worten FÜR DICH, als handelte es sich um eine Schachtel Pralinen.

Er sah sich den Bericht nicht gleich an, sondern kümmerte sich erst einmal um andere Dinge auf seinem Schreibtisch. Viel versprach er sich ohnehin nicht davon, außer der Bestätigung, dass sich Patricia Sigala im Wagen aufgehalten hatte. Fingerabdrücke würden den Fall jedenfalls nicht lösen.

Viel lieber wären ihm andere Spuren gewesen. Geholfen hätten neue Informationen oder das Auftauchen irgendeines Zeugen, beides war nicht passiert. Gonzalo hatte mit den Bands gesprochen, die an dem betreffenden Abend gespielt hatten, hatte sie nach den Mädchen befragt, aber nichts erfahren, das er nicht schon wusste: Die Mädchen waren betrunken und laut gewesen und hatten versucht, die Musiker anzumachen, waren aber am Ende alleine gegangen. Es kam Gonzalo in den Sinn, dass die Musiker vielleicht nicht zugeben wollten, Sex mit Minderjährigen gehabt zu haben, aber im Großen und Ganzen entsprach die Geschichte dem, was die Türsteher erzählt hatten. Und führte nicht weiter.

Obwohl es kein Vergnügen war, rief Gonzalo täglich Bernardo Sigala an. Er hoffte auf irgendeine Neuigkeit, die die Suche beenden würde. Nichts passierte. Vier Tage nach Beginn der Ermittlung wurde Gonzalo zu einem Doppelmord in einem Fast-Food-Restaurant gerufen und auf eine komplett andere Bahn gelenkt. Durch dieses Ereignis sah er den Mangel an Fortschritt im Fall der vermissten Mädchen zwar in einem positiveren Licht, konnte aber Bernardo schlecht sagen, dass es nicht voranging. Der Mann klang am Telefon wie ein waidwundes Tier, und Gonzalo wusste, dass ein falsches Wort ihn zusammenbrechen lassen würde.

Vielleicht brachten die Fingerabdrücke endlich einmal eine gute Nachricht. Gonzalo öffnete jetzt die Akte und überflog die erste Seite. Patricia Sigalas Abdrücke entsprachen denen, die auf der Beifahrerseite, am Armaturenbrett und an der Sitzlehne gefunden worden waren. Auf der zweiten Seite war ein nicht identifizierter Abdruck abgebildet, vom Lenkrad und anderen Stellen abgenommen, die die Fahrerin berührt haben musste. Sie stammten aller Wahrscheinlichkeit nach von Marina Cobos.

Dann schlug er die dritte Seite auf. Weitere identifizierte Abdrücke, darunter die des Abschleppdienstfahrers und der Mitarbeiter am Abschlepphof. Und dann noch welche, die am Dach und am Rahmen auf der Fahrerseite gefunden worden waren. Gonzalo las den Namen: Eliseo Guadalupe. Sogar ein Foto lag bei. Es zeigte einen Mann in Polizeiuniform.

Gonzalo legte die Akte auf den Tisch und griff zum Telefon. Beim ersten Mal verwählte er sich, beim zweiten Mal hatte er die richtige Nummer. Eduardo Telles meldete sich. »Hier ist Gonzalo. Ich habe euren Fingerabdruckbericht auf dem Tisch.«

»Welchen?«

»Die verschwundenen Mädchen.«

»Ah, den. Stimmt was nicht?«

»Ihr habt im Wagen Abdrücke genommen, die von einem Polizisten stammen. Wie habt ihr die identifiziert?«

»Wir haben einen von diesen neuen Computern aus den Staaten. Das ganze System wird jetzt auf Computer umgestellt, mit amerikanischen Fördergeldern. Zu Testzwecken haben wir als

Erstes mal Staatsbeamte registriert. Ein Polizist, sagst du? Ich erinnere mich nicht.«

»Eliseo Guadalupe. Ich habe keine Ahnung, wer das ist.«

»Bei mir klingelt da auch nichts.«

»Hör mal, kannst du die Abdrücke zur Sicherheit noch mal durchlaufen lassen?«

»Kann ich, aber wenn der Computer einen Treffer ausgespuckt hat, kannst du dir sicher sein, dass das stimmt. Diese neuen Maschinen sind unglaublich.«

»Hol dir seine Abdrücke und vergleich sie noch mal per Hand«, sagte Gonzalo.

»Das dauert eine Weile.«

»Wie lang?«

»Morgen?«

»Wie wäre es mit heute Nachmittag? Zwei Mädchen werden seit einer Woche vermisst. Möglicherweise stecken sie in echten Schwierigkeiten, wir sollten nicht warten. Bitte zieh es vor, mir zuliebe.«

Telles zögerte. »Ich habe hier viel Arbeit, Gonzalo.«

»Bitte. Tu mir den Gefallen.«

»Also gut. Weil du es bist. Ich ruf dich gegen fünf an. Oder ist das nicht schnell genug für dich?«

»Das wird reichen. Vergiss es nicht, Lalo!«

»Mach ich nicht.«

Gonzalo legte auf und sah sich wieder den Bericht an. Rote Kreise zeigten auf einem Beispielbild eines viertürigen Wagens die Stellen an, an denen Guadalupes Fingerabdrücke genommen worden waren: außen am Auto und am Türrahmen. Ein perfekter Daumen und Zeigefinger. Unverwechselbar, selbst für einen Computer, das wusste Gonzalo, wollte aber trotzdem sichergehen.

Er rief Eliseo Guadalupes Personalakte auf. Guadalupe war siebenunddreißig und schon seit fünfzehn Jahren bei der Policía

Municipal. Einmal war er für hervorragende Dienste ausgezeichnet worden, doch dann war seine Karriere ins Stocken gekommen, und er war geblieben, wo er immer gewesen war: am Steuer eines Streifenwagens. Gonzalo suchte nach Disziplinarmaßnahmen oder anderen Verfehlungen und fand drei, in allen Fällen Verdacht auf Annahme von Schmiergeld. Was aus den Anklagen geworden war, stand da nicht, aber da Guadalupe immer noch Polizist war, ließen sich Vermutungen anstellen. Er hatte vielversprechend begonnen, seinen beruflichen Ehrgeiz aber schnell aufgegeben.

Sein Partner hieß Darío Fregoso. Fregoso hatte bisher keine Auszeichnungen erhalten, war aber auch erst seit fünf Jahren im Dienst. Gonzalo druckte sich Farbfotos der beiden aus, um sie zu erkennen, wenn er ihnen begegnete. Er heftete die Bilder mit einer Büroklammer zusammen.

Armas saß an seinem Schreibtisch. »Amando«, fragte Gonzalo, »hast du je von einem Streifenpolizisten namens Guadalupe gehört?«

»Guadalupe? Möglich.«

Gonzalo zeigte ihm das Bild.

»Oh, ja, klar, den kenne ich. Er arbeitet auf einem anderen Revier, aber ich habe ihn ein paarmal getroffen.«

»Was ist er für ein Typ?«

»Keine Ahnung. Ganz nett. Scheint seinen Job gut zu machen. Warum fragst du?«

»Kann ich nicht sagen. Sein Name ist im Zusammenhang mit einem meiner Fälle aufgetaucht. Meinst du, Ahumada kennt ihn?«

»Fragen schadet nicht. Sargento Ahumada kennt jeden.«

Ahumada saß in seinem Büro und las Zeitung, neben sich einen Stapel von Berichten, die auf Bearbeitung warteten. Als Gonzalo eintrat, hob er kaum den Kopf. »Was wollen Sie?«, fragte er.

»Eliseo Guadalupe. Ein Streifenpolizist, der auf einem anderen Re–«

»Ich weiß, wo er arbeitet. Nicht mein Problem.«

»Was meinen Sie damit?«

»Ich meine, wenn er Mist gebaut hat, will ich nichts davon wissen. Gehen Sie zu seinem Boss.«

Gonzalo trat näher. Ahumada starrte ihn über die Zeitung hinweg böse an und faltete sie dann mit einem frustrierten Grunzen zusammen. »Gerät Guadalupe oft in Schwierigkeiten?«, fragte Gonzalo.

»Wollen Sie wissen, ob er eine so blütenrein weiße Weste hat wie Sie? Die Antwort ist nein. Er ist wie jeder andere Streifenpolizist in dieser Stadt: Er schlägt sich durch.«

»Er lässt sich schmieren?«

»Das hab ich nicht gesagt. Warum sollte ich so was sagen?«

»Sie haben gerade gesagt –«

»Ich sagte, er schlägt sich durch. Sie meinen, sich ein Urteil erlauben zu können, weil Sie nicht mehr wissen, wie das ist, in Uniform, da draußen. Die Kollegen haben es schwer. Werden zwischen Policía Federal und Armee zerrieben. Man kann nicht mal atmen, ohne dass jemand an der Leine zerrt.«

»Ich arbeite ständig mit der Policía Federal zusammen.«

»Bei Ihnen ist das was anderes. Sie tragen ein Jackett und Krawatte.«

»Also, wenn das heißen soll, dass Inspectores und Uniformierte nicht miteinander klarkommen, kann ich Ihnen ein Dutzend Uniformierte nennen, die gern mit mir zusammenarbeiten würden.«

Ahumada schlug theatralisch die Zeitung auf. »Dann weiß ich wohl nicht, wovon ich rede.«

»Verdammt, ich bin hergekommen, um etwas über einen Ihrer Beamten rauszukriegen, und Sie verdrehen alles!«

»Wenn Sie was über Eliseo Guadalupe rauskriegen wollen, bin ich der Falsche.«

»Dann gehe ich den Richtigen fragen.«

»Tun Sie das.«

Gonzalo drehte sich auf dem Absatz und verließ das Büro. Er spürte ein Stechen hinter dem Ohr und merkte, dass er mit den Zähnen knirschte. Seine Finger umklammerten den Bericht.

13

Von seinem Parkplatz am Bordstein aus sah er Darío Fregoso eine halbe Stunde lang dabei zu, wie er den Verkehr regelte. Auf der Kreuzung war viel los, und Fregoso schaffte es, den Verkehr im Fluss zu halten. Gonzalo wusste nicht mehr, wann er zuletzt in eine Trillerpfeife geblasen und Autos und LKWs in ihre Bahnen gelenkt hatte. Gelegentlich warf er einen Blick hinüber zu Guadalupe, der als schattenhafte Gestalt untätig in seinem Streifenwagen saß, einem weißen Pick-up-Truck mit der Aufschrift *POLICÍA MUNICIPAL* an der Seite. Angesichts der spätnachmittäglichen Hitze und Sonne wusste Gonzalo, wer den leichteren Job hatte.

Sein Handy klingelte. »Soler«, sagte er.

»Gonzalo, Lalo hier.«

Er richtete sich auf. »Was hast du für mich?«

»Ich habe mir Guadalupes Fingerabdrücke geholt und sie mit denen aus dem verlassenen Wagen verglichen. Ein Treffer. Ich hab ja gesagt, der Computer irrt sich nie.«

»Du bist absolut sicher?«

»Was habe ich gerade gesagt? Ich habe es selbst überprüft.«

»Vielen Dank, Lalo. Du bist ein echter Freund.«

»Du schuldest mir einen Gefallen.«

»Alles klar. Ich muss jetzt los.«

Gonzalo legte auf. Der Bericht lag neben ihm auf dem Beifahrersitz. Er überlegte, ihn mitzunehmen, ließ ihn dann aber liegen und stieg aus dem Wagen in die Hitze hinaus. Die Sonne schien in genau dem Winkel, dass sie Gonzalo blendete, als er zur Kreuzung ging. Er wartete, bis Fregoso den entgegenkommenden Verkehr stoppte, dann verließ er den Bürgersteig.

»*Señor, señor!* Runter von der Straße!«, brüllte Fregoso.

»Ich bin Polizist.« Gonzalo hielt seinen Dienstausweis hoch.

Weil Fregoso abgelenkt war, wären um ein Haar zwei überladene Transporter kollidiert. Er blies gellend in seine Trillerpfeife und gestikulierte den Fahrern wütend zu. Das Gewirr löste sich auf.

Gonzalo erreichte den Truck und Guadalupe. »Sie stören den Verkehr«, sagte Guadalupe.

»Haben Sie ein paar Minuten?«, fragte Gonzalo.

»Kann es warten?«

»Nicht wirklich. Ich arbeite an einem Fall, bei dem die Zeit drängt.«

Sie musterten sich. Sie waren etwa gleichaltrig, aber Guadalupe sah älter aus, sein Haar war grau meliert. Er stieg aus dem Truck. »Was führt denn einen Inspector zu mir?«, fragte er.

Gonzalo zog die Fotos von Patricia Sigala und Marina Cobos hervor. »Haben Sie diese beiden Mädchen schon mal gesehen?«

Guadalupe betrachtete die Fotos. Gonzalo beobachtete sein Gesicht, aber es gab kein Zeichen des Erkennens. »Nie gesehen«, sagte Guadalupe. »Warum?«

»Letzten Freitagabend waren Sie doch in der Gegend um das Town & Country herum auf Streife? Kennen Sie das Lokal?«

»Klar kenn ich das. Wir fahren da ständig Streife. Und kriegen jede Menge Anrufe rein. Betrunkene Gäste und Prügeleien. Solche Sachen.«

»Sie hatten in der Nacht Dienst«, sagte Gonzalo. »Das weiß ich von Ihrem Sargento. Haben Sie einen weißen Wagen mit texanischem Kennzeichen gesehen?«

»Sollte ich?«

»Er wurde verlassen in Ihrem Revier aufgefunden. Dieses Mädchen hier war die Fahrerin. Das andere die Beifahrerin. Die Fahrerin ist Amerikanerin.«

»Ach ja? Daran würde ich mich auf jeden Fall erinnern.«

Gonzalo sah Guadalupe ins Gesicht, konnte aber nichts darin erkennen. Der Mann starrte ihn ausdruckslos an, wartete auf Gonzalos Fragen, war nicht bereit, von sich aus etwas preiszugeben. Plötzlich bereute Gonzalo es, den Bericht im Wagen liegen gelassen zu haben. *Das sind Ihre Fingerabdrücke*, wollte er sagen. *Wie erklären Sie das?*

»Ist den Mädchen etwas zugestoßen?«, fragte Guadalupe.

»Das wissen wir nicht«, erwiderte Gonzalo. »Sie werden vermisst.«

»Vermisst? Das ist nicht gut.«

»Nein. Die Eltern machen sich Sorgen, das amerikanische Konsulat ist auch involviert. Ich stehe unter Druck und muss Ergebnisse liefern.«

Hupen gellten und Bremsen quietschten. Gonzalo sah auf, ein Auto und ein Truck standen fast Nase an Nase, von Fregoso ineinander gelenkt. Der junge Polizist rannte hin und winkte sie unter Rufen und Trillergepfeife weiter.

»Ich hoffe, Sie finden sie«, sagte Guadalupe, »aber ich glaube, mein Partner braucht Hilfe.«

»Natürlich. Bevor Sie gehen: Sind Sie ganz sicher, dass Sie die Mädchen nicht gesehen haben? Sie sind neunzehn und siebzehn. Sie saßen in einem Wagen mit texanischem Kennzeichen. Das muss doch in der Gegend mitten in der Nacht auffallen.«

Gonzalo hielt ihm noch einmal die Bilder hin, aber Guadalupe warf kaum einen Blick darauf. »Ich bin sicher«, sagte er. »Wenn Sie mich jetzt entschuldigen?«

»Wir sind fertig«, sagte Gonzalo.

Guadalupe ging, blies in seine Trillerpfeife und brachte den Verkehr zum Stillstand. Fregoso hatte Mühe, die verkeilten Wagen auseinander zu dividieren. Gonzalo stand da und sah ihnen bei der Arbeit zu, in seiner Hand die Fotos von Patricia und Marina.

Als er die Straße wieder gefahrlos überqueren konnte, ging er zurück zu seinem Wagen. Der Stau an der Kreuzung löste sich langsam auf, die Fahrer manövrierten unter Guadalupes Anleitung hin und her. Fregoso stand einfach nur da.

Gonzalo ließ den Wagen an und fuhr aus der Parklücke. Er wartete, bis er weitergewunken wurde und hob im Vorbeifahren die Hand. Die beiden Streifenbeamten erwiderten den Gruß nicht.

Eine Weile lang sah er sie noch im Rückspiegel, dann gingen sie im Verkehr unter.

14

Jeden Morgen hielt Jack vor Marinas Zimmer inne und horchte, aber sie war nicht da. Das Ende der Sommerferien rückte näher, bald würde die Schule beginnen, und Jack bestand darauf, dass Lidia ausging und sich mit ihren Freundinnen traf, auch wenn sie lieber zu Hause geblieben wäre. Sie mussten nicht beide zu Einsiedlern werden.

An diesem Abend war sie bei einer Freundin zum Abendessen eingeladen. Jack machte sich auf den Weg zur Brücke nach Nuevo Laredo. Kurz überlegte er, Lidia anzurufen und ihr Bescheid zu geben, dass er eine Weile weg wäre, aber dann würde sie bestimmt mitkommen wollen, und er wollte diesmal allein fahren.

Das Polizeirevier war wie bei seinem ersten Besuch merkwürdig still und praktisch menschenleer. Jack hatte irgendwo gelesen, dass es in Nuevo Laredo nicht genug Polizisten gab, weil sie immer wieder bedroht wurden, und vermutete, dass es damit zu tun hatte. Für eine Stadt im Kriegszustand ging es auf dem Revier regelrecht verschlafen zu. Genau das war das Problem: Man vergaß zu leicht, womit man es zu tun hatte, und dieses Vergessen hatte ihn hierhergeführt.

Gonzalo saß nicht an seinem Schreibtisch, aber ein uniformierter Polizist versicherte Jack, dass er bald zurück sein würde. »Er ist auf einem Einsatz«, erklärte der Mann. »Aber nichts Ernstes.«

»Ist jemand ums Leben gekommen?«, fragte Jack.

»Nein, niemand«, sagte der Polizist hastig. »Es ist keine große Sache.«

Gonzalo kehrte erst über eine Stunde später aufs Revier zurück, sein Gesicht war schweißbedeckt. Er sah Jack sofort und ging mit vorsichtigem Blick auf ihn zu. »Sr. Searle?«, sagte er. »Was machen Sie hier?«

»Ich wollte fragen, ob es was Neues gibt«, sagte Jack, sogar in seinen eigenen Ohren klang es lahm. »Na ja ... nur mal nachfragen.«

»Kommen Sie mit.«

Sie gingen zu seinem Schreibtisch, und Jack bemerkte, dass Gonzalo eine grüne Akte so sorgfältig auf die Seite legte, als wäre sie zerbrechlich. Als er sein Jackett auszog, waren unter den Armen große Schweißflecke zu sehen. Und seine Pistole. »Ich weiß, dass Sie viel zu tun haben«, sagte Jack.

»Kein Problem. Aber Sie hätten einfach anrufen können. Sie brauchen sich nicht die Mühe machen, die Grenze zu überqueren.«

»Ich wollte herkommen.«

»Sie sind natürlich jederzeit willkommen. Kann ich Ihnen etwas anbieten, Sr. Searle?«

»Nein, danke. Und bitte nennen Sie mich Jack. Das *señor* ist nicht nötig.«

»Gut. Dann müssen Sie mich Gonzalo nennen.«

»Gonzalo.«

»Ja. Nun, Jack, leider kann ich Ihnen nicht mehr sagen, als ich Ihrem Schwager bereits mitgeteilt habe. Es gibt ein paar vielversprechende Spuren, aber die müssen noch weiterverfolgt werden. Sie sind wahrscheinlich umsonst hergekommen.«

Jack atmete ein. Kurz hatte er das Gefühl gehabt, als hätte etwas ihn umklammert, ihm die Brust zerquetscht, und er müsste es abschütteln. Auch nachts überkam ihn hin und wieder dieses Gefühl, weckte ihn aus unschönen Träumen und griff in der Dunkelheit nach seinem Herzen. Manchmal drohten Tränen, aber er hatte bisher nicht geweint und würde es auch nicht tun. Das hatte er sich geschworen.

»Sie verstehen das, oder, Jack?«

»Ich verstehe. Wie Sie schon sagten: Die Mühlen der Polizei arbeiten langsam.«

»Sehr langsam. Ich wünschte, es wäre anders.«

»Es ist nur … ich habe das Gefühl, *irgendwas* tun zu müssen. Es reicht nicht, rumzusitzen und auf einen Anruf zu warten.«

Er spürte seinen Ärger und wusste, dass er nichts Gutes bringen würde. Seine Hände ballten sich in seinem Schoß zu festen Fäusten und öffneten sich nur langsam wieder.

Gonzalo sagte: »Jack, haben Sie schon was gegessen? Ich hatte kein Mittagessen und bin ziemlich hungrig.«

»Essen wäre nicht schlecht«, sagte Jack.

Gonzalo erhob sich und zog sein Jackett über. »Gehen wir. Ich kenne in der Nähe ein Lokal.«

Jack folgte ihm aus dem Revier auf die Straße, wo ein heißer, trockener Wind den Straßenstaub aufwirbelte und ihm ins Gesicht blies. »Ich fahre«, sagte er.

Sie gingen zu Jacks Truck. Gonzalo war nicht klein, wirkte aber so, als er in die hohe Fahrerkabine kletterte. Als die Klimaanlange ansprang, seufzte er. »Sie retten mir das Leben«, sagte er und drehte die Lüftungsgitter in seine Richtung.

Jack fuhr, Gonzalo gab die Richtung vor. Sie kamen an einem Burger King und einem McDonald's vorbei, Tür an Tür gelegen, nicht zu unterscheiden von den Filialen auf der texanischen Seite der Grenze, abgesehen von den spanischsprachigen Plakaten an den Fenstern. Je näher man dem Fluss kam, desto ähnlicher schienen sich die beiden Städte zu werden, bis sie plötzlich von einem neunzig Meter breiten, kanalisierten Flussbett und einem hohen rostigen Metallzaun getrennt wurden.

»Sie sagten, es gäbe Spuren«, sagte Jack nach einer Weile. »Was für welche?«

»Ich darf darüber eigentlich nichts sagen«, sagte Gonzalo. »Jedenfalls nichts Konkretes.«

»Wem sollte ich davon erzählen?«

»Das stimmt.«

»Dann können Sie darüber reden«, sagte Jack. »Ich bewahre Ihr Geheimnis.«

Gonzalo schwieg ein paar Minuten, gab lediglich die Anweisung, in eine breite Straße mit Läden und Restaurants abzubiegen, eine normale Straße in einer normalen Stadt. Hier war keine Gewalt zu sehen, es war auch keine Gewalt zu erwarten, nicht einmal Polizei- oder Armeefahrzeuge waren präsent. Jack verstand Nuevo Laredo nicht, hatte es wahrscheinlich noch nie verstanden.

»Ich habe ein paar Zeugen befragt«, sagte Gonzalo schließlich. »Alle haben das Gleiche gesagt: dass Ihre Stieftochter und ihre Cousine getrunken haben, dass sie mit Freunden auf das Konzert gekommen, aber alleine gegangen sind. Niemand hat etwas anderes gesagt.«

»Aber?«

»Wir sind da. Fahren Sie hier rein.«

Jack bog auf den Parkplatz eines kleinen Restaurants namens La Pequeña Cocina ab, die Kleine Küche. Der Truck nahm sich zwischen den anderen Wagen wie ihr großer Bruder aus und warf im Licht des frühen Abends einen langen Schatten. Jack stellte den Motor ab, sie stiegen aus. Es war immer noch heiß, aber nicht mehr so drückend wie zuvor.

In den Ecken des großen Speiseraums drehten sich Ventilatoren, jemand hatte Lametta daran geknüpft, das wie in einem Comic im Luftstrom flatterte. Es duftete nach Chili und gebratenem Fleisch.

Gonzalo führte Jack zu einer Sitznische. Laminierte Speisekarten lehnten an der Wand, gestützt von Flaschen mit scharfer Soße. Jack und Gonzalo nahmen sie und lasen. Obwohl Jack eigentlich keinen Hunger hatte, brachten die Gerüche seinen Magen zum Knurren.

»Der *pescado a la veracruzana* ist hervorragend«, sagte Gonzalo. »Den nehme ich immer, wenn ich hier bin. Aber entscheiden Sie selbst.«

Eine kleine alte Frau erschien an ihrem Tisch und brachte Gläser mit Eiswasser und Zitronenscheiben. Gonzalo begrüßte sie herzlich, und die alte Frau beugte sich vor, damit er sie auf beide Wangen küssen konnte. Jack lächelte und nickte leicht.

Am Ende bestellte Jack *albóndigas*-Suppe, dazu gab es Tortillas zum Stippen. Gonzalo bekam seinen Fisch in einer Eisenpfanne, aus der der Geruch frischer Tomaten aufstieg.

»Sie wollten mir noch erzählen, was bisher unternommen wurde«, sagte Jack.

»Ich hatte gehofft, Sie hätten es vergessen«, sagte Gonzalo. »Das Essen sollte eine Ablenkung sein.«

»Hat funktioniert. Ich bin bis obenhin satt.«

Gonzalo trank sein Glas leer. »Dann werde ich es Ihnen jetzt wohl sagen müssen.«

»Was ist es?«

»Das Problem bei dem Fall ist, dass angeblich niemand mehr die Mädchen gesehen hat, nachdem sie das Konzert verlassen hatten. Zumindest hat sich niemand gemeldet. Warum auch? Die Menschen in dieser Stadt haben gelernt, sich um ihren eigenen Kram zu kümmern.«

»Niemand hat etwas gesagt?«

»Nein«, erwiderte Gonzalo.

Jack hätte am liebsten mit der Faust auf den Tisch gehauen. »Und worin besteht dann das Geheimnis?«

»Es ist möglich, dass jemand Ihre Stieftochter in jener Nacht gesehen hat, es aber verschweigt. Jemand, den wir aufgrund der im Wagen gefundenen Spuren identifizieren konnten. Ich kann Ihnen nicht sagen, um wen es sich handelt, aber ich kann sagen, dass ich mit dem Betreffenden gesprochen und einen Verdacht habe. Das, was er ausgesagt hat, passt nicht zu dem, was ich schon weiß.«

»Und was kommt jetzt als Nächstes?«, fragte Jack. Er hatte sich vorgebeugt, der Tisch knarrte.

»Jetzt mache ich Polizeiarbeit. Ich habe Ihnen ja gleich zu Anfang gesagt, dass manche von uns ihre Arbeit sehr ernst nehmen. Wenn etwas nicht zusammenpasst, ermitteln wir, bis wir wissen, warum.«

»Diese Person hat Marina etwas angetan, stimmt's?« Jack fühlte sich wieder atemlos, als gäbe es in der Nische nicht genug Luft für sie beide.

»Das können wir jetzt noch nicht sagen.«

»Und wann wissen Sie es?«

»Bald, Jack. Sehr bald.«

15

Als er nach Hause kam, wartete Lidia auf ihn. »Wo bist du gewesen?«, fragte sie.

»Ich musste ein paar Leute treffen«, erwiderte Jack nur. Er wollte ihr nichts von dem Gespräch mit Gonzalo erzählen, noch nicht, und wusste, wenn er nicht aufpasste, würde sie ihm alles entlocken.

»Ich hab mir Sorgen gemacht. Sag nächstes Mal Bescheid«, sagte Lidia, und da bemerkte Jack, wie sie ihn ansah, die Dringlichkeit in ihrem Blick und die Anspannung in ihrem Körper. Sie hatte gedacht, er wäre ebenfalls verschwunden, und Angst bekommen. Er hätte ihr Bescheid geben müssen, notfalls etwas erfinden sollen.

»Komm her.« Er streckte die Arme aus. Lidia legte ihre Arme um ihn, drückte ihn, so fest sie konnte, und verbarg ihr Gesicht an seiner Brust, aber weinte nicht. Jack war stolz auf sie. »Ich war nur kurz weg. Ich verspreche, dass ich das nicht wieder mache.«

Als sie losließen, wirkte Lidia erschöpft, als hätte das Warten sie ausgelaugt. »Was hast du jetzt vor?«, fragte sie.

»Ich springe unter die Dusche. Wollen wir fernsehen?«

»Ja.«

Lidia ging ins Wohnzimmer, Jack in sein Schlafzimmer. Er schloss die Tür, zog sich aus und betrat das Badezimmer. Der Staub von Nuevo Laredo klebte an ihm, mit Schweiß vermischt. Es tat gut, alles abzuwaschen.

Er hatte von Gonzalo nicht das bekommen, was er erhofft hatte, aber es musste reichen. Gonzalo riet zu Geduld, und die hatte Jack, allerdings würde sie nicht ewig reichen. Er wollte die

Dinge in die Hand nehmen und so lange zudrücken, bis Marina herausfiel. Was die Polizei in Nuevo Laredo niemals zulassen würde.

Der Duschstrahl wurde plötzlich dünner, dann platzte ein unkontrollierter Wasserschwall in Jacks Gesicht. Etwas Metallenes fiel klirrend in die Duschwanne. Jack tastete blind nach dem Wasserhahn. Der Strahl brach abrupt ab, Jack stand mit Wasser in den Augen tropfnass da.

Er untersuchte den Duschkopf. Das Plastik war gebrochen, wahrscheinlich war schon länger ein Riss darin gewesen, eine tickende Zeitbombe. Jack schlug mit der Faust gegen die Duschwand und fluchte.

Morgen würde er in den Baumarkt fahren und einen neuen Duschkopf besorgen. Er trocknete sich rau ab und zog frische Jeans und ein weißes T-Shirt mit einem Loch im Ärmel an.

Sie schauten eine Fernsehsendung mit lustigen Videos aus dem Internet, dann einige Sitcoms, denen Jack nicht folgen konnte, die Lidia aber zu kennen schien. Ein paar Mal lachte sie sogar, und Jack war froh.

Schließlich sagte sie: »Jack?«

»Ja?«

»Wann wird die Polizei aufhören, sie zu suchen?«

»Noch lange nicht. Sie hat gerade erst angefangen.«

»Aber sie hat da drüben so viel anderes zu tun. Ich habe heute im Internet gelesen, dass es jeden Tag zu Schießereien kommt. Weißt du, wie viele Soldaten und Polizisten es da drüben gibt?«

»Nein, keine Ahnung.«

»Eine Menge. Anderswo ist es angeblich noch schlimmer. Die Kartelle bringen Polizisten um. Die Polizei wird sich nicht ewig mit Marina befassen können.«

»Der Inspector, der sich um den Fall kümmert, ist ein guter Mann, er wird nicht aufgeben. Und ich auch nicht.«

»Woher weißt du, dass du ihm vertrauen kannst? Ich habe gelesen, dass die Polizei da drüben von den Kartellen bestochen wird. Man kann niemandem trauen.«

»Ich vertraue ihm«, sagte Jack. »Mehr kann ich dir nicht sagen. Er ist vertrauenswürdig. Bestimmt gibt es da drüben welche, die sich von den Drogendealern und so schmieren lassen, aber er gehört zu den Guten.«

Lidia standen Tränen in den Augen. »Ich vermisse sie«, sagte sie mit belegter Stimme.

»Ich vermisse sie auch. Wir alle vermissen sie: Onkel Bernardo, Tante Reina, die Kids. Aber wir stehen das durch. Solange du durchhältst, halte ich auch durch, aber du musst stark bleiben. Für Marina.«

Lidia legte die Hand über den Mund, nickte und drängte die Tränen zurück, sie durften nicht fließen. »Okay«, brachte sie heraus.

»Wollen wir ins Bett gehen? Schlaf hilft immer.«

»Ist gut.«

16

Gonzalo hatte einen freien Tag, schlief aus und schaute sich dann im Fernsehen die Wiederholung eines *fútbol*-Spiels an. Mit einem Auge behielt er die Uhr im Blick, um bereit zu sein, wenn es Zeit war.

Der Nachmittag kroch dahin, draußen herrschte brütende Hitze, in den Abendstunden wurde es kühler. Gonzalo zog sich an und nahm seine Pistole. Wieder sah er auf die Uhr. Es war so weit.

Er verließ das Apartment und machte sich auf den Weg. Das Revier, auf dem Eliseo Guadalupe und Darío Fregoso Dienst taten, war viel kleiner als seines, ein Grenzposten am Rand eines der schlechteren Stadtteile, in denen die Drogenkartelle unter den Armen, die sich noch glücklich schätzen konnten, Arbeit zu haben, und den noch Ärmeren, die irgendwie den Kopf über Wasser hielten, tief verwurzelt waren. Trotz des relativ großen Einzugsgebiets standen dem Revier nur wenige Fahrzeuge zur Verfügung. Die Armee und die Policía Federal halfen, die größten Lücken zu füllen, aber oft war von der Staatsgewalt weit und breit nichts zu sehen.

Guadalupes Dienstplan hatte sich durch einen Anruf leicht besorgen lassen. Gonzalo hatte sich als Chef eines anderen Reviers ausgegeben, der Informationen für die Policía Federal zusammenstellen sollte. Der Wachhabende hatte ihm alle benötigten Auskünfte gegeben, unter die Namen und Dienstpläne von Polizisten gemischt, die Gonzalo nicht interessierten. Guadalupe würde es nie erfahren.

Fast hätte er Guadalupe übersehen, als er aus dem Revier kam, denn er war bereits in Zivil. Fregoso fiel eher auf, seine schlanke, drahtige Gestalt erinnerte an eine Gummifigur. Die beiden Männer gingen zu einem kleinen Parkplatz und stiegen in einen Wagen, Guadalupe setzte sich ans Steuer.

Sie fädelten sich durch den abendlichen Verkehr. Gonzalo hielt immer mindestens vier Wagen Abstand zu ihnen.

Schließlich hielt Guadalupe vor einem niedrigen Apartmenthaus. Fregoso stieg aus dem Wagen. Gonzalo warf einen Blick in sein Notizbuch. Hier wohnte Fregoso.

Am liebsten wäre Gonzalo beiden Männern gefolgt, aber Guadalupe interessierte ihn mehr. Er war der Dienstältere und hatte das Sagen. Fregoso war nur Mitläufer, das sah Gonzalo ihm an. Ja, Guadalupe war derjenige, den er im Blick behalten musste.

Fregoso winkte Guadalupe nach und verschwand im Haus. Gonzalo folgte Guadalupe in nordwestliche Richtung. Er wusste, wo Guadalupe wohnte, und dorthin fuhren sie nicht. Während sie das Zentrum durchquerten, blieb er vorsichtig auf Abstand.

Die Schatten wurden länger, die Straßenlaternen leuchteten auf. Als Gonzalo eine bemalte Wand aus Schlackenbetonblöcken sah, war ihm klar, wohin Guadalupe wollte. Die Straße war bereits auf beiden Seiten zugeparkt. Auf der anderen Seite der Mauer flackerten Neonlichter. La Zona. Irgendwo hinter dieser Mauer ging Iris Contreras ihrem Geschäft nach. Für diesen Gedanken war jetzt keine Zeit.

Guadalupe parkte einen halben Kilometer vom Tor zu La Zona entfernt, und Gonzalo musste sich beeilen, selber einen Parkplatz zu finden, bevor Guadalupe außer Sichtweite verschwand. Er rannte ihm nach und entdeckte ihn an einer Kreuzung. Guadalupe schaute nach links und rechts, drehte sich aber nicht um.

Fast zeitgleich, aber einen halben Block auseinander, überquerten sie die Carretera Monterrey. Als Guadalupe das Eingangstor erreichte, musste Gonzalo wieder sprinten.

Aus offenen Türen plärrte laute Musik, bunte Lichter blinkten und lockten. Gonzalo blendete alles aus und konzentrierte sich auf Guadalupe, der sich seinen Weg durch eine nach Lucrecia Borgia benannte Schotterstraße bahnte, die in den westlichsten Teil von La Zona führte. Gonzalo ignorierte die leicht bekleideten Frauen in den offenen Türen. Als er von einem Mann am Ellbogen gepackt und zum Eingang eines Bordells namens La Cosa gezerrt wurde, riss er sich los und fand Guadalupe zum Glück schnell wieder.

Doch plötzlich war er verschwunden. Eben war er noch da gewesen, jetzt war er nicht mehr zu sehen. Gonzalo lief weiter und spähte durch offene Türen in Bars und Clubs. Fast hätte er Guadalupe übersehen, er ging im Dämmerlicht in der Menge unter.

Der Club hieß El Pájaro, an der Wand hing ein grelles Neonschild mit einem bunten Vogel, dessen Flügel zu schwingen schienen. Hinter Plastik waren kleine Poster und verblichene Fotos von Frauen in Gogo-Tänzerinnen-Kostümen ausgestellt. Irgendetwas an ihnen war seltsam, aber Gonzalo kam nicht darauf.

Ein breitschultriger Mann bewachte die Tür. Er trug eine Bauchtasche aus Kunstleder unter seinem dicken Bauch, ein merkwürdiger Anblick. Als Gonzalo an ihm vorbeigehen wollte, streckte er den Arm aus. »Einhundert Pesos.«

»Nur, um mal zu schauen?«, fragte Gonzalo.

»Ich mach die Regeln nicht.«

Gonzalo gab dem Mann einen Zweihundert-Pesos-Schein. Er zog die Bauchtasche auf, holte ein Bündel Geldscheine hervor, zählte sorgfältig zwei Fünfziger ab und gab sie Gonzalo. »Danke«, sagte Gonzalo.

»Viel Spaß.«

Im El Pájaro war es düster, unter den violetten und grünen Lampen waren lediglich Bewegungen auszumachen. Gesichter ließen sich erst erkennen, wenn man direkt vor ihnen stand.

Gonzalo hielt im Schummerlicht Ausschau nach Guadalupe, hoffte, ihn am Umriss zu erkennen, aber er war verschwunden.

In dem verwinkelten Raum standen ungleichmäßig verteilt kleine Tische. Gonzalo machte ein Podest aus, eine quadratische Bühne mit einer Stange in der Mitte, die wie der Rest des Clubs im Halbdunkel lag. Er stieß gegen eine Kellnerin mit einem Tablett voller leerer Gläser. »Entschuldigung«, sagte er.

»Kein Problem«, sagte die Kellnerin mit tiefer Stimme.

Gonzalo umrundete Tische und Menschen, bis er vor einer Reihe von Sitznischen stand. Er tastete sich von einer zur nächsten und hoffte, nicht zufällig auf Guadalupe zu stoßen, als es schlagartig hell wurde.

Auf der Bühne waren Scheinwerfer angegangen, das Licht spiegelte sich auf einem glitzernden Goldvorhang. Gonzalo konnte das Publikum nun deutlich sehen. Der Raum war halb voll, Männer und Frauen richteten die Blicke auf die Bühne, und Gonzalo erkannte, dass die Frauen gar keine Frauen waren, sondern als Frauen verkleidete Männer.

Gonzalo wusste von den *travestido*-Bars in La Zona, war aber noch nie in einer gewesen. Sein Blick fiel auf eine Kellnerin, vielleicht die, mit der er eben zusammengestoßen war, und bei genauerem Hinschauen wurde klar, dass auch sie ein Mann war. Er erstarrte und kam sich plötzlich sehr exponiert vor.

Aus Lautsprechern an der Bar dröhnte laute Musik. Ein Transvestit in einem Gogo-Kostüm wie auf den draußen hängenden Fotos betrat die Bühne und begann zu tanzen. Wenn Gonzalo es inzwischen nicht besser gewusst hätte, hätte er ihn für eine Frau gehalten.

Neben Gonzalo war eine freie Nische, er setzte sich schnell hinein. Zwar platzte ihm von der Musik fast das Trommelfell, aber das Spektakel auf der Bühne faszinierte ihn. Er riss sich von dem Anblick los und musterte das Publikum.

Unvermittelt stand eine Kellnerin vor ihm. »Was zu trinken?«

»Ähm, Wasser«, stotterte Gonzalo.

»Was *Richtiges* zu trinken?«

Gonzalo zögerte, er war sicher, dass dieser als Frau verkleidete Mann ihn bis zu seinem Dienstausweis und der Pistole unter dem Jackett durchschaute. Dass sie genau wusste, weswegen er hier war, und dass sie ihn verraten würde. »Ein Bier«, sagte er.

»Welche Sorte?«

»Irgendeine.«

Die Kellnerin blickte verärgert drein, ging aber glücklicherweise wieder. Gonzalo merkte, dass er schwitzte, obwohl es im Raum kühl war. Die Tänzerin auf der Bühne rieb ihre falschen Brüste – waren das überhaupt falsche Brüste? – an der Stange. Wieder konnte Gonzalo nur mit Mühe den Blick von dieser verstörenden, unwirklichen Szenerie abwenden.

Er suchte den ganzen Raum ab und war frustriert, weil alle von ihm abgewandt standen. Wenn Guadalupe da war, erkannte er ihn vielleicht einfach nicht. Aber er gab nicht auf.

Genau in dem Moment, als er Guadalupe entdeckte, kam die Kellnerin zurück. Sie stellte das schwitzende Bierglas auf eine Serviette und beugte sich vor, um ihm den Preis zu sagen. Gonzalo hielt ihr einen Fünfzig-Pesos-Schein hin und wies das Wechselgeld zurück. Guadalupe saß halb verdeckt in einer Ecknische direkt an der Bühne. Er war nicht allein.

Den anderen Mann kannte Gonzalo nicht. Er trug das Haar nach hinten gegelt, und als er mit seinem Bierglas eine große Geste machte, blitzte an seinem Handgelenk eine dicke Golduhr auf. Er redete auf Guadalupe ein, aber Gonzalo konnte bei dem Lärm natürlich kein Wort verstehen. Einmal drehte er den Kopf, und Gonzalo sah auf seiner Wange ein großes Muttermal.

Als die Tanzshow zu Ende war, die Scheinwerfer erloschen und rot-gelbe Lichtblitze über die Bühne zuckten, winkte der Mann mit der Golduhr die Tänzerin an seinen Tisch. Sie kam und küsste ihn auf den Mund. Guadalupe machte Platz, damit sie sich zwischen die beiden Männer setzen konnte.

Durch die neue Sitzordnung konnte Gonzalo den Mann mit der Golduhr besser sehen. Er trug ein Ralph-Lauren-Polohemd mit dem Aufdruck LONDON neben dem Pferd-und-Reiter-Logo. Die Polizei hatte einen Namen für solche Hemden: »*Narco* Polo«.

Die nächste Tänzerin betrat die Bühne. Gonzalo ließ die drei nicht aus den Augen, die sich angeregt unterhielten und ein Getränk nach dem anderen bestellten. Gonzalos Bier blieb unberührt. Er hätte gern ein Foto von dem Mann mit der Golduhr gemacht, aber das wäre trotz Licht und Musik viel zu auffällig gewesen.

Ein Schatten fiel auf ihn, dann schob sich ein Körper zu ihm in die Nische. Gonzalo zuckte zusammen, als ein Mann mit Perücke, Rock und engem Top sich an ihn schmiegte und mit Alkoholatem sagte: »Hallo, ich bin Celia.«

»Hallo«, sagte Gonzalo. »Hören Sie, ich bin –«

»Du bist nervös«, sagte Celia und legte eine Hand auf seinen Arm. »Ich habe gleich gemerkt, dass du zum ersten Mal hier bist. Du brauchst keine Angst zu haben. Ich hab dich hier allein sitzen gesehen und gedacht, du könntest etwas Gesellschaft gebrauchen.«

Am anderen Tisch hatte sich der Mann mit der Golduhr erhoben und war im Begriff, sich zu verabschieden. Gonzalo versuchte, sich aus Celias Griff zu befreien. »Ich bleibe nicht«, sagte er. »Tut mir leid, Sie müssen mit jemand anderem reden.«

»Möchtest du lieber irgendwohin, wo es ruhig es? Hinten gibt es Zimmer.«

»*Nein!* Ich meine, nein, danke. Sie sind sehr nett, aber ich muss gehen.«

Celias Griff wurde fester. »Hör mal, ich muss heute Abend Geld verdienen. Bist du sicher, dass du nichts willst?«

Der Mann mit der Golduhr war auf dem Weg zum Ausgang. Gonzalo fischte seine Brieftasche heraus und hielt Celia den zweiten Fünfzig-Pesos-Schein hin. »Hier«, sagte er. »Jetzt muss ich gehen.«

»Fünfzig Pesos? Was soll ich denn mit fünfzig scheiß Pesos?«, rief Celia aus. Köpfe drehten sich. »Meine Zeit kostet tausend Pesos!«

»Ich *habe* keine tausend Pesos! Bitte, lassen Sie mich gehen. Ich werde nicht wiederkommen.«

Gonzalo riss sich los und floh aus der Nische. Der Mann mit der Golduhr war fast aus der Tür.

»Fahr zur Hölle!«, schrie Celia. »Ihr *chingadores* seid doch alle gleich! Geh zurück zu deiner Frau, du Feigling!«

Gonzalo sah sich nicht nach Guadalupe um; wenn der ihn erkannt hätte, hätte das alles kaputt gemacht. Unter Celias Gebrüll stolperte Gonzalo zwischen den Tischen hindurch auf den Ausgang zu und schaffte es hinaus in die Freiheit, ohne dass sich ihm jemand in den Weg stellte. Er stieß gegen den dicken Türsteher, wurde von ihm angeschnauzt, sah sich in alle Richtungen nach dem Mann mit der Golduhr um, entdeckte ihn auf der Circunvalación Casanova und folgte ihm in Richtung Lucrecia Borgia.

Der Mann ging zurück zum Tor von La Zona, wandte sich dann nach rechts und lief zu einem etwa hundert Meter entfernt geparkten Mercedes, wo jemand auf ihn wartete. Gonzalos eigener Wagen parkte unerreichbar weit weg. Gonzalo drückte sich so dicht wie möglich an die Mauer und hoffte, nicht aufzufallen.

Die beiden Männer wechselten ein paar Worte und stiegen in den Mercedes. Die Scheinwerfer leuchteten auf, der Wagen fuhr in nördliche Richtung davon, an Gonzalo vorbei. Er zog sein Notizbuch hervor, schrieb sich das Kennzeichen auf und rannte los, quer über die Straße, wo er fast von einem entgegenkommenden Auto erwischt worden wäre.

Mit brennender Lunge sprang er endlich in seinen Wagen und nahm die Verfolgung auf. Das plötzliche Beschleunigen und scharfe Wenden ließen die Reifen quietschen. Gonzalo raste an La Zona vorbei und hoffte, der Mann mit der Golduhr wäre irgendwo aufgehalten worden und noch einzuholen.

Nach ein paar Kilometern wurde er langsamer. Der Mercedes war nirgendwo zu sehen, der Verkehr floss ungehindert. Gonzalo merkte, dass er das Lenkrad umklammerte und entspannte seine Finger, deren Knöchel schon weiß waren.

»*¡Mierda!¡Mierda!¡Mierda!*«, fluchte er laut und schlug mit der Hand gegen das Armaturenbrett. »Wo steckst du?«

Eine Stunde lang fuhr er in immer weiteren Kreisen die Gegend nördlich von La Zona ab, fand aber weder den Mercedes noch den Fahrer oder den Mann mit der Golduhr. Er glaubte zwar nicht an Wunder, aber manchmal hatte ein Polizist ja Glück. Heute Nacht nicht.

Gonzalo überlegte kurz, nach La Zona zurückzukehren und sich wieder an Guadalupes Fersen zu heften, aber der war wahrscheinlich längst nach Hause gegangen. Außerdem konnte sich Gonzalo im El Pájaro nicht zeigen, ohne von Celia aufs Korn genommen zu werden. Der Türsteher würde ihn wahrscheinlich sofort rausschmeißen.

Also machte er sich auf den Heimweg und ließ sich vom Rhythmus der Straßenlampen einlullen. Er parkte vor seinem Apartmenthaus und blieb eine Weile im Wagen sitzen, während der Motor unter leisem Knacken langsam abkühlte. Kein Guadalupe. Kein Mann mit Golduhr.

Gonzalo schlug sein Notizbuch auf und las das Kennzeichen, das er sich aufgeschrieben hatte. Morgen würde er es durch den Computer laufen lassen und einen Namen bekommen. Vielleicht nicht den des Mannes mit der Golduhr, aber auf jeden Fall hätte er dann etwas in der Hand. Und selbst wenn es nichts mit den beiden verschwundenen Mädchen zu tun hätte, wusste er eins jetzt mit Sicherheit: Eliseo Guadalupe war mit *narcos* befreundet. Ihm war nicht zu trauen.

17

Schon auf dem Weg zur Arbeit bemerkte Gonzalo Armeefahrzeuge und Humvees, und als er geparkt hatte und zu Fuß zum Revier ging, sah er überall Soldaten, die lässig ihre Waffen hielten, umherliefen oder mit Zigaretten in der Hand herumstanden. Sie betrachteten ihn mit unverhohlener Verachtung und traten erst aus dem Weg, wenn er ihnen fast auf den Füßen stand. Im Revier hatte er das Gefühl, einen Spießrutenlauf machen zu müssen.

Denn dort tummelten sich noch mehr Soldaten, die die Büros durchsuchten oder auf irgendetwas zu warten schienen. Die Aktenschränke standen offen. Gonzalo ging am unbesetzten Empfangstresen vorbei und sah dann, dass ein Soldat die Papiere auf seinem Schreibtisch durchwühlte. »Hey!«, sagte er. »Was zum Teufel machen Sie da?«

Der Soldat hielt inne und schaute Gonzalo an. In seinem Gesicht lag eine Kälte, die Gonzalo gar nicht gefiel. »Ich überprüfe Ihre offenen Fälle«, sagte er.

»Das ist nicht Aufgabe der Armee! Gehen Sie da weg!«

Der Soldat rührte sich nicht vom Fleck. »Sie sind von Ihren Pflichten entbunden.«

»Einen Scheiß bin ich! Wer ist hier verantwortlich?«

Ein Nicken lenkte Gonzalo zum Büro von Sargento Ahumada. Ein bewaffneter Soldat bewachte die Tür, ein anderer saß zwischen Papierbergen an Ahumadas Tisch. Der Türwächter wollte Gonzalo den Weg versperren, doch der andere Mann sagte: »Lassen Sie ihn rein.«

»Wer zum Teufel sind Sie?«, verlangte Gonzalo zu wissen. »Was geht hier vor sich?«

»Ich bin Capitán Ernesto Alvares«, sagte der Mann. Als er sich erhob, sah Gonzalo, dass er nicht sehr groß, aber breit gebaut war; seine Schultern schienen zu einem viel größeren Mann zu gehören. Seine Uniform war gebügelt, die drei Goldstreifen seines Rangabzeichens poliert. Anstatt eines Bürstenschnitts trug er das Haar nach links gescheitelt, dazu einen Schnurrbart. »Diese Männer stehen unter meinem Kommando.«

»Was haben Sie auf meinem Revier zu suchen?«, fragte Gonzalo.

»Die Policía Municipal ist suspendiert«, sagte Alvares. »Ab jetzt ist für die Verfolgung von Straftaten in Nuevo Laredo und in einundzwanzig anderen Kommunen in Tamaulipas die Armee zuständig. Das Polizeipersonal wird sich Fortbildungsmaßnahmen und Nachschulungen unterziehen müssen, unter der Leitung von Armee und Policía Federal.«

Gonzalo klappte die Kinnlade herunter, er musste sich zwingen, den Mund wieder zuzumachen. »Aber ... aber *wieso*?«

»Wie heißen Sie?«, fragte Alvares.

»Gonzalo Soler. Inspector.«

»Inspector Soler, Sie wissen sicher genauso gut wie ich, dass die Policía Municipal von Korruption und unprofessionellem Verhalten verseucht ist. Streiten Sie es nicht ab. Die Polizei wird von den Kartellen bestochen und drückt beide Augen zu, und das Militär kriegt die Gewalt ab.«

»Das ist nicht wahr«, sagte Gonzalo. »Einige Polizisten mögen korrupt sein, aber das ist kein Grund, die ganze Truppe zu suspendieren! Und wir haben auch Verluste hinnehmen müssen! Wie viele von uns sind in den letzten Jahren ums Leben gekommen? Wir kämpfen an Ihrer Seite!«

Alvares hob die Hand. »Das ist jetzt nicht der Zeitpunkt zum Streiten, Inspector Soler. Darf ich Gonzalo sagen?«

»Sie dürfen Inspector Soler sagen, vielen Dank«, entgegnete Gonzalo.

»Nun gut. Ich werde mich nicht mit Ihnen darüber zanken, wer in dieser Stadt die schwerere Bürde zu tragen hat. Es wurde beschlossen, die Polizei bis auf weiteres von allen Pflichten und Aufgaben zu entbinden.«

»Was ist mit dem Sold?«

»Auch der wurde eingefroren.«

»Und wie zum Teufel soll ich meine Rechnungen bezahlen?«

»Das ist nicht *mein* Problem, Inspector Soler«, sagte Alvares bestimmt. »Mir liegt in diesem Moment nur daran, den Übergang schnell und reibungslos durchzuführen.«

»Und im ersten Schritt besetzen Sie das Revier, wie eine Armee auf Beutezug?«

»Sie sollten sich beruhigen, bevor Sie etwas sagen, das Sie später bereuen könnten, Inspector.«

Gonzalo unterdrückte ein höhnisches Lächeln. »Was wollen Sie denn tun? Mich suspendieren? Sie haben mir doch schon gesagt, dass mein Job nicht mehr existiert.«

»Nur übergangsweise. Der Umschulungsprozess wird in Kürze beginnen, und die besten Polizisten werden so schnell wie möglich in den Dienst zurückkehren. Halten Sie sich für einen der besten Polizisten?«

»Was ist das für eine Frage?«

»Eine ganz einfache. Ich kenne Sie nicht, Inspector. Wir sind uns eben erst begegnet.«

Gonzalo zeigte durch die Tür auf seinen Schreibtisch. »Ich habe Fälle. Ich habe *dringende* Fälle. Wie soll ein normaler Soldat mit meinem Arbeitspensum fertig werden? Hier geht es nicht darum, einen Haufen *narcos* zusammenzuschießen, sondern um echte Ermittlungsarbeit.«

Alvares' Blick war hart. »Ich denke, Sie unterschätzen die Fähigkeiten meiner Leute. Wir sind eine zweihundertfünfzig Mann starke Sondereinheit, speziell für Sicherheitsfragen ausgebildet.

General Santos, unser Befehlshaber, ist ein hochangesehener Mann und nimmt seine neue Rolle sehr ernst.«

»Wie sollen zweihundertfünfzig Mann es schaffen, die ganze Stadt zu kontrollieren?«

»Das ist zu schaffen.«

»So ein Quatsch! Das ist eine Beleidigung, und ich werde nicht schweigen!«

»Soll ich Ihre Beschwerde gleich aufnehmen, oder möchten Sie lieber warten, bis Sie vor die Prüfkommission gerufen werden?«

»Soll das ein Witz sein?«

Gonzalo wandte sich zum Gehen, doch Alvares brachte ihn mit einem Wort zum Stehen: »Stopp!«

»Was wollen Sie noch?«

»Ihre Waffe. Sie müssen sie abgeben.«

»Ich bin Polizist!«

»Bis zu Ihrer Wiedereinsetzung sind Sie effektiv Zivilist und damit nicht befugt, eine Schusswaffe zu tragen. Sie können Sie mir geben. Ich werde dafür sorgen, dass sie sicher verwahrt wird.«

Gonzalo starrte Alvares an, der dem Blick standhielt. Schließlich löste Gonzalo das Holster von seinem Hosenbund und legte die Waffe auf den Tisch. »Wollen Sie auch meine Dienstmarke?«

»Nein, die können Sie behalten.« Alvares legte die Hand auf die Pistole und zog sie zu sich heran. »Ich nehme an, Sie besitzen eine zweite Waffe, von der niemand weiß. In dem Fall rate ich Ihnen, sie irgendwo aufzubewahren, wo sie nicht so leicht gefunden werden kann, denn im Rahmen des Umschulungsprozesses wird auch Ihre Wohnung durchsucht werden.«

»Ihr Typen seid unglaublich«, sagte Gonzalo.

»Wir machen unseren Job, Inspector, genau wie Sie.«

»Nicht mehr. Ich bin jetzt nur noch ein arbeitsloser Zivilist, dem die Armee im Nacken sitzt. Kapieren Sie eigentlich, was Sie hier anrichten? Sie wollen die schlechten Cops loswerden und bestrafen uns alle? Das ist irre.«

»Wenn Sie Vorschläge haben, wie der weitverbreiteten Korruption am Besten beizukommen ist, dann gibt es Leute, an die Sie sich wenden können«, sagte Alvares. »Aber ich gehöre nicht dazu.«

»Nein, natürlich nicht.«

Alvares nahm Gonzalos Waffe und hielt sie in der Hand, als würde er ihr Gewicht schätzen wollen. Wieder war seine Miene völlig ausdruckslos. »Gibt es sonst noch etwas, Inspector Soler? Ich habe sehr viel zu tun, und je länger wir hier miteinander reden, desto länger dauert es, bis meine Männer ihre Aufgaben übernehmen können.«

»Ich bin fertig«, sagte Gonzalo.

»Es war mir ein Vergnügen, Sie kennenzulernen, Inspector. Ich freue mich auf unsere zukünftige Zusammenarbeit.«

Gonzalo verließ wortlos den Raum und kehrte an seinen Schreibtisch zurück, wo der Soldat weiter dabei war, die Akten zu sortieren. Als er Gonzalo kommen sah, hielt er inne. Gonzalo zeigte auf einen Stapel. »Das sind die offenen Fälle. Die da drüben sind abgeschlossen, es müssen aber noch die Berichte geschrieben werden. Verwechseln Sie die beiden nicht, sonst vergeuden Sie nur Zeit. Wenn Sie unsicher sind, schauen Sie nach, ob ein gelber Klebezettel drauf ist. Ich klebe einen auf jede Akte und nehme ihn erst ab, wenn der Fall abgeschlossen ist.«

»Danke«, sagte der Soldat.

»Haben Sie je zuvor als Ermittler gearbeitet?«

»Nein.«

Gonzalo schüttelte den Kopf. »Organisieren Sie alles gut und machen Sie sich viele Notizen. Das kann entscheiden, ob ein Fall gelöst wird oder nicht. Halten Sie die Akten in Ordnung und räumen Sie am Ende Ihrer Schicht alles an seinen Platz. Dann können Sie am nächsten Tag gleich wieder loslegen und verschwenden nicht Ihre Zeit mit Krimskrams, während irgendwo da draußen ein Verbrecher frei rumläuft.«

Der Soldat begann die Akten zu sortieren. Gonzalo fand es lachhaft, wie ein uniformierter Soldat mit dem Gewehr auf dem Rücken die Arbeit eines Ermittlers zu erledigen versuchte. Das Ganze war eine einzige Farce. Gonzalo sah nicht ein bekanntes Gesicht. Überall Soldaten, kein einziger Polizist mehr.

»Ich gebe Ihnen meine Telefonnummer«, sagte er. Er nahm einen Klebezettel, schrieb seinen Namen und die Nummer darauf und klebte den Zettel auf den Schreibtisch. »Wenn Sie Fragen haben oder Rat brauchen, können Sie mich jederzeit erreichen. Ich hab ja nichts Besseres zu tun.«

»Es wird nicht lange dauern«, sagte der Soldat.

»Was meinen Sie damit?«

»Ich meine, Sie werden nicht lange suspendiert sein. Die guten Polizisten werden bald wieder im Dienst sein, und Ihnen bedeutet der Job offensichtlich was. Die, die einfach gehen, das sind diejenigen, die nie zurückkommen werden. Und von denen habe ich heute schon einige gesehen.«

Gonzalo wollte fragen, wen, doch die Frage blieb ihm im Hals stecken. Stattdessen sagte er: »Wie heißen Sie?«

»Gervasio.«

»Gervasio weiter?«

»Gervasio Chaidez.«

»Mein Name ist Gonzalo Soler.« Gonzalo hielt dem Soldaten die Hand hin. »Und ich meine, was ich gesagt habe: Wenn Sie irgendwelche Fragen haben, können Sie mich Tag und Nacht anrufen. Es gibt Menschen, die jetzt auf Sie angewiesen sind. Ich kann ihnen nicht mehr helfen, aber Sie schon.«

Der Soldat blickte ernst. »Ich wollte einfach nur zur Armee«, sagte er.

»Nun, jetzt sind Sie einer von uns. Gewöhnen Sie sich daran.«

Teil 3

PARTNER

1

Jack hatte Kopfschmerzen. Um sie zu vertreiben, legte er sich aufs Bett, fiel in einen traumlosen Schlaf und war beim Aufwachen überrascht, wie viel Zeit vergangen war. Durch die offene Schlafzimmertür drang das leise Rauschen des Fernsehers im Wohnzimmer herein, und draußen sangen die Zikaden.

Sein Handy auf dem Nachttisch vibrierte erst und klingelte dann. Nicht Marinas Klingelton. Jack erkannte die Nummer nicht. Er nahm den Anruf an. »Hallo?«

»Spreche ich mit Jack Searle?«, fragte eine Stimme in stockendem Englisch.

»Ja«, sagte Jack. »Wer ist da?«

Der Anrufer wechselte ins Spanische. »Hier ist Gonzalo Soler. Ich war nicht sicher, ob ich die richtige Nummer habe.«

Jack hielt das Telefon fester. »Gibt es was Neues?«

»Ja und nein. Ich habe keine neuen Informationen über Ihre Stieftochter. Aber es ist etwas passiert, und ich wollte, dass Sie es zuerst von mir erfahren.«

»Was ist los?«

»Die gesamte Policía Municipal ist vorübergehend von ihren Aufgaben entbunden und suspendiert worden. Das gilt für alle, von den Streifenbeamten bis zu den höheren Rängen. Auch für mich.«

Jack suchte nach Worten. Schließlich sagte er: »Was?«

»Ich weiß, dass es schwierig für Sie ist, aber ich habe Ihren Fall nicht mehr in der Hand.«

»Wie ist das möglich? Können die das überhaupt tun?«

Gonzalo seufzte, sein Ton war bitter. »Es gibt anscheinend

Leute, die meinen, die Armee könnte die Stadt besser vor Kriminellen schützen als die Policía Municipal. Ich habe meine Fallakten einem Mitglied des Sicherheitsteams übergeben, das jetzt für unser Gebiet verantwortlich ist.«

»Ich muss mit jemandem sprechen«, sagte Jack. »Das geht so nicht.«

»Ich bin Ihrer Meinung, aber ich habe wenig Einfluss. Ich habe Beschwerde eingereicht. Sie haben sie nicht hören wollen.«

»Mir werden sie zuhören«, sagte Jack. »Ich war auf dem Konsulat. Dort hat man mir versprochen, der Polizei Druck zu machen, damit mein Fall bearbeitet wird. Daran hat sich nichts geändert.«

»Möglicherweise werden Sie feststellen, dass die Armee sich weniger um die Politik schert als meine Vorgesetzten«, sagte Gonzalo. »Die Soldaten sind sehr gut darin, *narcos* aufzustöbern und zu töten, aber diese Sachen ... sind nicht ihr Ding.«

»Wo sind Sie?«

»Zu Hause. Hier muss ich bleiben, bis ich einbestellt werde.«

»Können Sie mich am Revier treffen?«

»Ich glaube nicht, dass das eine gute Idee wäre, Jack.«

Jack zwang sich, nicht zu brüllen. »Können Sie mich am Revier treffen oder nicht?«

»Mir sind die Hände gebunden. Die Armee braucht mich nicht. Wenn Sie meinen, sich Gehör verschaffen zu müssen, dann fahren Sie hin. Aber ich kann Ihnen keine Hilfe sein. Ich bin raus.«

»Ich dachte, der Fall bedeutet Ihnen was.«

»Tut er. Er bedeutet mir sehr viel, aber die haben mir meine Waffe und meine Autorität genommen. Ich bin jetzt ein einfacher Bürger. Möglicherweise darf ich nie wieder den Dienst antreten.«

Jack erhob sich vom Bett und streifte durchs Zimmer. »Ich komme rüber, und irgendwer wird mir zuhören. Und wenn Sie mir nicht helfen wollen, dann verkriechen Sie sich eben.«

»Jack, Sie verstehen nicht. Ich habe denen gesagt, dass sie einen Fehler begehen, aber die Typen hören nicht zu. Im ganzen Bundesstaat passiert das Gleiche: Die Armee übernimmt die Aufgaben der Polizei.«

»Welchen gottverdammten Sinn soll das haben?«, rief Jack aus, und diesmal laut.

Gonzalo schwieg. »In Mexiko ist einiges faul, mein Freund.«

»Kommen Sie mit aufs Revier?«, fragte Jack.

»Das würde eher schaden als nutzen, denke ich.«

»Also nicht.«

»Es ist besser, wenn Sie allein gehen. Nehmen Sie Ihren Schwager mit. Zeigen Sie sich entschlossen. Ich rate davon ab, meinen Namen zu erwähnen. Alle Polizisten stehen unter Generalverdacht. Es ist besser, die glauben, Sie handeln aus eigenem Antrieb. Fragen Sie nach einem Capitán namens Alvares. Er hat das Sagen.«

Jack hörte auf, im Kreis zu laufen. »Die können das wirklich tun, stimmt's?«

»Ich denke, Sie werden herausfinden, dass es nur sehr wenig gibt, das die Armee nicht tun kann.«

»Ich muss los«, sagte Jack.

»*Buena suerte,* Jack. Ich hoffe, Sie finden Ihre Stieftochter.«

»Das werde ich«, erwiderte Jack und legte auf.

Er holte seine Arbeitsschuhe mit den Stahlkappen und zog sie an. Lidia saß mit dem Handy in der Hand vor dem Fernseher. Sie sah auf. »Wer war das?«, fragte sie.

»Hol deine Sachen. Wir fahren rüber.«

Lidia ließ das Handy sinken. »Was ist passiert?«

»Nichts, was du im Moment wissen müsstest. Hol einfach deine Tasche, wir treffen uns am Truck.«

»Hat es was mit Marina zu tun?«

»Ja. Nein. Tu einfach mal, was ich sage, okay?«

»Okay, ich komme.«

Sie ging in ihr Zimmer und überließ es Jack, den Fernseher auszuschalten. Das Bild wurde schwarz, als irgendein Talkshowmoderator gerade irgendein Buch anpries. Jack verließ das Haus und stand auf dem kleinen Asphaltweg in der Sonne, und alles kam ihm seltsam vor, als wäre die Welt plötzlich verschwommen. Er stieg in den Truck, ließ den Motor an, vermied aber, ihn aufheulen zu lassen, obwohl er es gern getan hätte.

Lidia kam mit ihrer Tasche über der Schulter aus der Haustür. Noch bevor sie den Sicherheitsgurt angelegt hatte, fuhr Jack rückwärts von der Einfahrt auf die Straße und gab Gas. Der Motor des Trucks jaulte auf. Jack wusste, dass er viel zu schnell fuhr. »Jack –«, sagte Lidia.

»Jemand wird deine Schwester finden«, sagte Jack. »Jemand wird sie finden.«

2

Er traf zusammen mit Bernardo am Revier ein. Militärfahrzeuge bildeten einen doppelten Schutzwall vor dem Gebäude, und Jack musste einen halben Block entfernt parken und den Rest zu Fuß gehen.

Bewaffnete Soldaten standen am Weg oder starrten ihn von Pick-up-Trucks herab an, die Augen hinter Sonnenbrillen verborgen. Manche trugen trotz der brütenden Hitze schwarze Sturmhauben. Einer drehte sein Maschinengewehr in ihre Richtung, als Jack und Bernardo sich näherten. Die Bewegung war lässig, die Miene des Mannes undurchdringlich.

Jack hielt seinen Pass hoch, Bernardo seinen Ausweis. »Ich bin amerikanischer Staatsbürger«, rief Jack den Soldaten zu. »Dies ist mein *cuñado*. Er ist Mexikaner. Wir müssen hier durch.«

Einer der Soldaten kam auf sie zu. Er hielt sein Sturmgewehr quer vor der Brust, mit der Mündung nach unten. Jack war froh, dass er keine Maske trug, aber sein Gesicht war so ausdruckslos wie das einer Schaufensterpuppe. Er streckte die Hand nach Jacks Pass aus. »Geben Sie her.«

Der Soldat blätterte den Pass durch, verglich mit einem kurzen Blick Jack mit seinem Foto, dann noch einmal, dann gab er das kleine blaue Buch zurück und griff nach Bernardos Ausweis. Auch diesen überprüfte er doppelt.

»Die Polizei ermittelt für uns in einem Vermisstenfall«, erklärte Jack. »Unsere Töchter sind verschwunden. Wir wollen mit Ihrem Befehlshaber sprechen.«

»Kommen Sie ein andermal wieder«, sagte der Soldat. Er hielt Bernardos Ausweis zwischen zwei Fingern, als wollte er ihn wegschnippen. »Hier ist gerade viel los. Morgen haben wir Zeit für Sie.«

Jack ließ nicht locker. »Sie verstehen nicht. Unsere Töchter werden schon eine ganze Weile vermisst. Jeder Tag zählt. Wir können nicht bis morgen warten.«

»Ich hab gesagt, Sie sollen gehen«, erwiderte der Soldat und zog das Gewehr ein Stück höher. Obwohl seine Augen hinter der Sonnenbrille verborgen waren, war ihm anzumerken, dass er gerne auf Jack gezielt hätte. »Dies ist eine Sicherheitszone.«

»Hören Sie –«

»Verschwinden Sie!«, schnauzte der Soldat.

Bernardo zuckte zurück und wandte sich halb ab. Jack hielt ihn fest. »Ich will mit Capitán Alvares reden«, sagte er. »Er hat hier das Sagen, stimmt's? Lassen Sie mich mit Alvares sprechen.«

»Capitán Alvares hat keine Zeit.«

»Sie haben nicht mal gefragt, verdammt!«

Nach diesen Worten hob der Soldat die Waffe noch ein Stück, und Jack spürte seinen Magen zusammenkrampfen. Aber er wich nicht zurück. »Wenn Sie nicht sofort die Straße räumen, verhafte ich Sie«, sagte der Soldat.

»Gut, verhaften Sie mich«, sagte Jack. »Dann müssen Sie mich da reinbringen.«

Der Soldat zögerte und beriet sich dann mit einem Kameraden. Jack hörte sie leise sprechen, verstand aber nichts. Seine Hände zitterten. Er ballte sie zu Fäusten.

Der Soldat kam zurück, der andere lief zum Revier. »Warten Sie hier.«

»Ich gehe bestimmt nicht weg.«

Lange Minuten vergingen. Jack warf Bernardo einen Blick zu. Sein Schwager war blass, er leckte sich immer wieder die Lippen, sein Blick huschte über die Soldaten und deren Waffen.

Schließlich erschien der andere Soldat wieder in der Tür. Wieder eine kurze Beratung mit dem ersten, dann kamen beide auf Jack zu. »Und?«, fragte Jack.

»Sie dürfen rein. Sargento Govea bringt Sie zu Capitán Alvares.«

»*Gracias*«, sagte Jack.

Der Soldat gab keine Antwort.

Sargento Govea bedeutete Jack und Bernardo, ihm zu folgen, und sie schlängelten sich hinter ihm durch die Absperrung. Jack begriff, dass die Fahrzeuge dort standen, um Angriffe abzuwehren. Wie wahrscheinlich mochte ein Anschlag direkt hier vor dem Revier sein? Ein früherer Polizeichef von Nuevo Laredo war an seinem ersten Tag im Amt erschossen worden. Die Kartelle hatten keine Angst vor einem Kampf.

Man brachte sie zu einem Büro, das Jack noch nicht kannte. Hinter dem Schreibtisch saß ein Mann, vermutlich Alvares. Jack fiel auf, dass an den Uniformen keine Namensschilder waren. Auch ohne Sturmhauben blieben alle anonym.

Alvares stand auf und streckte ihnen die Hand entgegen. »Capitán Ernesto Alvares«, sagte er. »Wie heißen Sie, bitte?«

»Jack Searle. Das ist Bernardo Sigala.«

»Sie sind Amerikaner, Sr. Searle?«

»Ganz genau.«

»Haben Sie mit der Polizei zu tun?«

»Was? Nein. Ich bin bloß Handwerker.«

»Und Sie, Sr. Sigala?«

Bernardo schüttelte den Kopf. »Nein, nein.«

»Wer hat Ihnen dann meinen Namen genannt?«, fragte Alvares.

Jack wich der Frage aus. »Wir haben mit einem Fall zu tun, an dem die Polizei gearbeitet hat. Ein Vermisstenfall. Meine Stieftochter und ihre Cousine sind seit über einer Woche verschwunden. Mir wurde gesagt, dass Sie jetzt verantwortlich sind. Also, die Armee.«

»Sie werden verzeihen müssen, aber das ist unser erster Einsatztag«, sagte Alvares. »Wir haben noch keine Zeit gehabt, uns die offenen Fälle anzusehen.«

»Ich kann Ihnen sagen, was wir wissen, auch wenn es nicht viel ist«, sagte Jack.

Alvares machte mit der offenen Hand eine Geste. »Nur zu.«

Jack erzählte die ganze Geschichte von Anfang an, Alvares hörte zu. Als Jack erklärte, wie er Marinas Wagen auf dem Abschlepphof gefunden hatte, zog Alvares die Augenbrauen hoch, sagte aber nichts. Der Bericht endete mit den letzten paar Informationen von Gonzalo.

»Wer war der Inspector, der an diesem Fall gearbeitet hat?«

Jack zögerte. »Gonzalo Soler.«

Alvares nickte kurz. »Ich kenne Inspector Soler. Er wirkt ... sehr bestrebt. Hat er Sie zu mir geschickt?«

»Es war meine Entscheidung«, sagte Jack.

»Natürlich. Und Sie haben alles richtig gemacht. Wenn es um meine Tochter ginge, würde ich mir auch Sorgen machen.«

»Sie können uns also helfen?«, fragte Jack.

»Es wird dauern«, sagte Alvares und legte die Fingerspitzen aneinander. »Unsere Einheit hat den Auftrag bekommen, den öffentlichen Frieden zu wahren, solange es keine richtige Polizei gibt. Wir sind ins kalte Wasser geworfen worden. Ich kann jemanden für den Fall abstellen, aber nicht gleich.«

»Wann?«, fragte Jack.

»In etwa einer Woche.«

»Das kann keine Woche warten.«

»Glauben Sie mir, ich wünschte, ich könnte schneller etwas tun, aber mehr geht nicht.«

»Könnte Inspector Soler nicht helfen? Er kennt den Fall bereits.«

»Leider ist das unmöglich. Alle Mitarbeiter der Policía Municipal müssen umgeschult und genauestens überprüft werden, bevor sie wieder den Dienst antreten dürfen. Sie müssen verstehen, dass die Korruption in Tamaulipas außer Kontrolle geraten ist. Diese Stadt ist nicht die einzige, die betroffen ist.«

Zum ersten Mal meldete sich Bernardo zu Wort. »Bitte, Capitán. Es muss etwas passieren.«

»Und es wird etwas passieren. Sobald ich meine Männer organisiert habe.«

»Inspector Soler hat uns geholfen«, sagte Bernardo. »Er ist ein guter Mann.«

Alvares betrachtete sie und legte dann die Hände auf die Schreibtischunterlage. »Das bleibt abzuwarten. Hat Inspector Soler jemals Geld von Ihnen gefordert?«

»Nein, nie«, sagte Jack.

»Hat er vorgeschlagen, irgendwelche anderen Kanäle anzuzapfen, um die Ermittlung voranzutreiben? Hatte er einen Partner, der kein Polizist war?«

»Nein. Er ist sauber. Er hat sich kategorisch geweigert, Geld anzunehmen, als ich es ihm angeboten habe«, sagte Jack.

Wieder schossen Alvares' Augenbrauen in die Höhe. »Sie haben ihm Schmiergeld angeboten?«

Jack hielt inne. Er merkte, dass Bernardo neben ihm erstarrt war. »Ich wusste nicht, wie es hier drüben läuft«, sagte er vorsichtig. »Ich dachte, es könnte helfen.«

»Aber Sie haben einem Polizisten Geld angeboten.«

»Ja. Ich bin nicht stolz darauf.«

Alvares' Gesicht versteinerte. »Sie werden merken, dass die Armee so etwas nicht toleriert.«

»Hören Sie, es ist nicht meine Art, die Polizei zu bestechen.«

»Nur die mexikanische.«

»So war das nicht!«

»Mäßigen Sie Ihren Ton, Sr. Searle.«

Jack blickte auf seine Hände herab. Sein Gesicht war rot. »Es tut mir leid.«

»Wenn Sie mir Geld angeboten hätten, hätte ich Sie verhaften lassen«, sagte Alvares. »Inspector Soler hat Ihnen einen Gefallen getan, als er das nicht gemacht hat. Die Korruption bringt uns um, *señor.*«

»Ich hab's nicht so gemeint«, sagte Jack.

»Das würde ich Ihnen gerne glauben.«

»Ich will nur unsere Mädchen finden«, sagte Jack. »Das ist alles.«

Alvares schwieg, dann wurde seine Miene weicher. »Ich möchte Ihnen helfen, Sr. Searle. Denken Sie nicht, dass mir der Fall egal ist. Dem ist nicht so.«

»Dann setzen Sie sofort jemanden daran?«, fragte Bernardo.

»Ich tue, was ich kann, aber ich werde nichts versprechen.«

»Danke«, sagte Jack.

»Danken Sie mir noch nicht, Sr. Searle. Davon sind wir noch weit entfernt. Ich bin kein Polizist, wie Inspector Soler, aber ich erkenne, wie schwierig dieser Fall ist. Mit Arbeit und ein bisschen Glück bringen wir Ihnen Ihre Töchter zurück. Aber Sie müssen Geduld haben.«

»Das hat er auch gesagt.«

»Was?«

»Das hat er auch gesagt. Inspector Soler. Was sollen wir jetzt tun?«, fragte Jack.

»Ich möchte Sie bitten, noch mal einen Bericht auszufüllen«, sagte Alvares. »Das haben Sie bestimmt bereits getan, aber damit übernehmen wir offiziell den Fall. Dann werden wir uns Inspector Solers Notizen ansehen und damit weitermachen. Das heißt, sobald ich einen Mann zur Verfügung habe.«

»Wenn wir irgendwas tun können, helfen wir jederzeit«, sagte Jack. »Wir haben es satt, nur rumzusitzen und zu warten. Wir wollen unseren Teil beitragen.«

Alvares schüttelte den Kopf. »Nein, das wird nicht nötig sein. Das ist jetzt Sache der Armee, und Zivilisten würden alles nur erschweren. Außerdem sind Sie amerikanischer Staatsbürger. Wie würde es aussehen, wenn Ihnen unter meiner Verantwortung etwas zustoßen würde? Das kann ich nicht zulassen.«

»Ich habe kein Problem damit, Risiken einzugehen«, sagte Jack. »Das tue ich jedes Mal, wenn ich die Brücke überquere.«

»Nein«, sagte Alvares. »Inspector Soler hatte völlig recht damit, dass Sie zu Hause bei Ihren Familien bleiben sollen. Es ist zu gefährlich, in dieser Stadt Polizei zu spielen, selbst wenn die Armee die Straßen sichert. Sie könnten zu Schaden kommen.«

Damit stand Alvares auf. Jack und Bernardo erhoben sich ebenfalls. Der kleine Mann schüttelte ihnen fest die Hand und erlaubte sich zum ersten Mal ein Lächeln. »Meine Leute leisten sehr gute Arbeit. Zuerst müssen wir uns mal zurechtfinden, aber dann wird die Stadt sicherer sein als je zuvor. Das versprechen wir Ihnen.«

In der Tür blieb Jack noch einmal stehen. »Wir haben uns darauf verlassen, dass Inspector Soler den Fall löst, und jetzt ist er weg. Was passiert, wenn Sie auch gehen?«

»Wir bleiben«, erwiderte Alvares. »Wir sind hier, bis Nuevo Laredo von den *narcos* befreit ist. Melden Sie sich bei dem Mann vorne am Eingang. Er wird Ihnen die richtigen Formulare geben.«

Widerwillig verließ Jack das Büro. Ein Soldat eskortierte sie zu der hohen Holztheke neben dem Eingang, wo bisher immer ein uniformierter Polizist gesessen hatte. Jetzt stand dort ein Soldat im Kampfanzug, die dicke schusssichere Weste ließ ihn hünenhaft wirken. Sein Sturmgewehr lag griffbereit auf dem Tisch.

Alles hatte sich geändert.

3

Als sie im Wagen saßen und das Revier hinter sich ließen, schwieg Bernardo, aber seine Unruhe war deutlich spürbar. Er trommelte nervös mit dem Daumen auf seinem Oberschenkel herum, kurz darauf begann sein Knie zu wippen. Und das ohne Musik.

»Was denkst du?«, fragte Jack schließlich.

»Alles ist schiefgegangen. Hast du ihre Waffen gesehen? Die Fahrzeuge? Alvares kann ja viel versprechen, aber die sind dazu da, die *narcos* zu bekämpfen, nicht den Vätern von verschwundenen Töchtern zu helfen.«

Jack wollte widersprechen, konnte es aber nicht. Er hatte die Waffen und die Kampfmonturen ebenfalls bemerkt, und keiner der vielen Soldaten auf dem Revier hatte im Mindesten wie ein Polizist ausgesehen. Nicht wie Gonzalo, der war ein richtiger Cop, und man hatte ihn kaltgestellt.

»Mit einem hat Alvares recht: Die Polizei in dieser Stadt ist ein Witz«, sagte Bernardo. »Sie unternimmt nichts gegen die *narcos*. Wenn man einen Polizisten braucht, ist nie einer da, und wenn mal einer kommt, hält er als Erstes die Hand auf.«

Jack fuhr ein Stück weiter. Sie mussten an einer Ampel halten, die sehr lange rot blieb. »Ich muss rausfinden, was Gonzalo weiß«, sagte er zu Bernardo. »Und zwar alles, nicht bloß, was er mir erzählt hat. Bei unserem letzten Gespräch hat er irgendwas für sich behalten.«

Bernardo schaute ihn an, und wieder sah Jack die Trostlosigkeit in den Augen seines Schwagers, als hätte er alle Hoffnung fahren lassen und wäre des Lebens überdrüssig. »Und wenn er es dir verrät, was willst du dann tun? Du bist kein Polizist, Jack. Das hier ist kein Film. Das ist Mexiko. Menschen sterben, wenn sie das Falsche sagen, das Falsche tun. Du bist ein *anglo*. Du fällst überall auf, ein falscher Schritt und man wird dich bestrafen.«

»Was soll ich denn deiner Meinung nach tun? Einfach auf meinem Hintern sitzen?«, fragte Jack scharf.

Bernardo senkte den Blick. »Ich weiß es nicht.«

Die Ampel sprang auf grün. Sie fuhren weiter. An der nächsten Kreuzung kreuzte ein Militärtruck ihren Weg und brachte den Verkehr zum Halten. Soldaten standen auf der Ladefläche und hielten sich an dem hohen Metallrahmen fest, die Waffen schussbereit.

»Ich will ja daran glauben«, sagte Bernardo nach langem Schweigen.

»Denk gar nicht erst so«, sagte Jack.

»Ich habe dir nicht gesagt, was ich denke«, erwiderte Bernardo.

»Du hast genug gesagt. Ich weiß, welchen Weg das nimmt, und ich gehe ihn nicht mit. Und du solltest ihn auch nicht einschlagen. Reina und die Kinder zählen darauf, dass du stark bleibst. Wenn du anfängst zu zweifeln, zweifeln sie auch, und dann? Das hilft niemandem.«

»Dann bist du dir sicher?«, fragte Bernardo.

»Ich bin mir sicher«, sagte Jack durch zusammengebissene Zähne und packte das Lenkrad fester. »Ich bin mir sicher.«

»Ich werde nicht mehr daran denken«, sagte Bernardo.

Sie erreichten Bernardos Haus kurz bevor es dunkel wurde. Bernardo nahm Reina beiseite und sprach leise mit ihr. Jack konnte nichts hören, sah aber den Wechsel der Gefühle auf Reinas Gesicht. Er fragte sich, ob er auch so leicht zu durchschauen war und ob Alvares ihm die Verzweiflung darüber angesehen hatte, dass Gonzalo und der Rest der Polizei nicht mehr da waren.

Reinas Miene wurde schließlich trotzig. Sie trug Jack auf, zur Vorbereitung des Abendessens den Reis zu waschen und die

Bohnen einzuweichen. Lidia kam in die Küche, um Jack zu fragen, was es Neues gäbe, aber er schickte sie weg. Später hatten sie noch genug Zeit, um alles zu besprechen.

Bernardo setzte sich an den Computer in Patricias Zimmer und kam mit einem Ausdruck zurück. »Hier«, sagte er zu Jack. »Das ist die Adresse von Inspector Soler.«

Auf dem Papier war der Weg in einen Stadtteil beschrieben, der Jack unbekannt war, außerdem war eine kleine Karte abgebildet. Er würde schon hinfinden. »Ich fahre besser gleich los.«

»Bleibst du nicht zum Essen?«, fragte Reina. »Es ist genug für alle da.«

»Hebt mir was auf«, sagte Jack. »Ich muss Soler schnellstens sprechen.«

»Er ist kein Polizist mehr, was bringt es dir?«, wandte Reina ein.

»Das weiß ich erst, wenn ich mit ihm geredet habe. Passt du auf Lidia auf?«

»Natürlich. Kommst du heute Abend zurück?«

»Ich bin sicher nicht lange weg«, sagte Jack.

Bernardo berührte seinen Arm. »Sei vorsichtig, Jack. Es wird bald dunkel.«

»Ich habe keine Angst vor der Dunkelheit.«

4

Als Jack sein Ziel erreichte, gingen gerade die ersten Straßenlampen an. Er hatte seit einer Weile keine Patrouille mehr gesehen, und je ärmlicher die Gegend wurde, desto mehr hatte er das Gefühl, aufzufallen. Bernardos Worte kamen ihm in den Sinn, er merkte, wie fehl am Platz hier ein großer weißer Truck mit einem großen weißen Mann darin war.

Das Gebäude, in dem Gonzalo wohnte, war ein bröckelnder Steinhaufen von undefinierbarer Farbe. Die Treppe aus Beton und Metall knackte unter Jacks Schritten. Das ganze Haus wirkte instabil, als hätte jahrelange Vernachlässigung die Grundstruktur angenagt und nur gute Absichten würden das Gebäude noch stützen. Dagegen war Bernardos Haus ein Schloss.

Der Lichtschein eines Fernsehers flackerte über die Jalousien, aber Jack hörte keine Geräusche. Er klopfte kräftig.

Er spürte Bewegung hinter der Tür und hörte, wie mehrere Schlüssel gedreht wurden. Die Tür öffnete sich einen Spalt, eine Kette spannte sich zum Rahmen. Gonzalo spähte hindurch. »Was machen Sie denn hier?«

»Ich will reden«, sagte Jack.

Die Tür schloss sich, mit einem Klicken wurde die Kette gelöst. Dann öffnete Gonzalo wieder und stand in Shorts und T-Shirt vor Jack. In der Hand hielt er einen kleinen Revolver. »Kommen Sie rein«, sagte er.

Jacks erster Eindruck war, dass das Apartment zwar klein und ziemlich unaufgeräumt war, aber längst nicht so elend aussah wie der Rest des Gebäudes. Ein langer Riss zog sich von der unteren Ecke einer Wand bis zur Decke hoch, ansonsten wirkte die

Wohnung nicht schlimmer als die, in der Jack früher als Single gewohnt hatte.

Gonzalo stellte den leise laufenden Fernseher aus. »Ich habe nicht mit Besuch gerechnet«, sagte er. »Ich kann Ihnen nichts anbieten.«

»Macht nichts.«

»Bitte setzen Sie sich. Schieben Sie irgendwas beiseite.«

Jack räumte ein paar Zeitschriften von einem Sessel und setzte sich. Die Lehnen waren verschlissen und mit Flicken versehen, die nicht zum Stoff passten, aber die Kissen gaben ihm Halt, und der Sessel war robust. Auch das Sofa war abgenutzt, beide Möbelstücke schienen aus dem Sperrmüll zu stammen oder zweiter oder dritter Hand gekauft worden zu sein. Jack hatte keine Ahnung, was mexikanische Polizisten verdienten. Viel konnte es nicht sein.

Gonzalo nahm auf dem Sofa Platz. Der Revolver war irgendwo verborgen. »Wie haben Sie mich gefunden?«

»Im Internet«, erwiderte Jack.

»Im Internet«, wiederholte Gonzalo. »Da findet man alles.«

»Ich bin hier, weil ich mit der Armee gesprochen habe, wie Sie mir geraten hatten. Ich war bei Alvares.«

»Und was hatte der Capitán zu sagen?«

»Er meinte, er würde sich mit dem Fall befassen, sobald sich alles etwas beruhigt hätte.«

»Glauben Sie ihm?«

»Würden Sie das tun?«, fragte Jack.

»Nein, würde ich nicht.«

»Dann wissen Sie, warum ich hier bin.«

Gonzalo nahm einen Schluck aus seiner Flasche und hielt sie dann zwischen seinen Knien. Jack hatte ihn noch nie so bedrückt gesehen. Vor allem Gonzalos Augen waren voller Schwermut, aber vielleicht lag es auch nur an dem schwachen Licht, das die einzige Lampe im Raum verbreitete. »Wie ich schon sagte: Ich kann Ihnen nicht helfen. Ich bin kein Polizist mehr.«

»Ich schaffe es nicht allein«, sagte Jack.

»Davon kann ich Ihnen auch nur abraten. Sie können nicht auf eigene Faust nach Ihrer Stieftochter suchen, Jack.«

»Das sage ich ja. Ich brauche Sie.«

»Sie brauchen nicht mich. Sie brauchen Alvares' Soldaten.«

»Alvares' Soldaten ist der Fall scheißegal, das wissen Sie. Das haben Sie selbst gesagt.«

Gonzalo rutschte unbehaglich auf dem Sofa hin und her. »Alles, was ich jetzt tue, könnte meine Rückkehr in den Polizeidienst gefährden. Wir stehen alle unter Verdacht. Wenn die rausfinden, dass ich hinter ihrem Rücken mit einem Amerikaner zusammenarbeite, dann ist das für mich das Ende. Ich brauche den Job.«

»Ich bezahle Sie«, sagte Jack.

»Jack –«

»Nein, hören Sie mir zu. Ich bezahle Sie aus eigener Tasche für Ihre Arbeit. Sie sind dann Privatermittler. Was immer Sie verlangen. Hundert Dollar am Tag. Zweihundert Dollar. Ich bin nicht reich, aber ich kann Sie eine Weile lang finanzieren. Und wenn Sie nichts rausfinden, können Sie das Geld trotzdem behalten.«

»Glauben Sie, dass ich so dringend Geld brauche?«

»Nicht? Wie viel verdienen Sie?«

»Im Moment verdiene ich gar nichts. Ich bin auf meine Ersparnisse angewiesen.«

»Dann lassen Sie mich helfen. Ich stelle oft Leute ein. Guter Lohn für gute Arbeit.«

»Sie haben sich alles genau überlegt.«

»So weit wie möglich. Ich weiß, dass es das einzig Richtige ist.«

»Woher wollen Sie wissen, dass ich nicht einfach Ihr Geld nehme und nichts tue?«

Jack beugte sich vor. »Weiß ich nicht, aber das würden Sie nicht tun, oder?«

Gonzalo dachte nach. »Sie kennen mich nicht, Jack. Sie mögen es glauben, aber dem ist nicht so.«

»Ich kenne Sie gut genug, um zu wissen, dass Sie keine *mordida* annehmen würden. Sie haben Charakter. Ich brauche jemanden wie Sie.«

»Eins muss klar sein: Wenn ich die Ermittlung übernehme, kann ich auch jederzeit wieder aufhören. Wenn die Armee dazwischenfunkt oder es zu gefährlich wird. Das müssen Sie akzeptieren. Einverstanden?«

»Ja. Sie wissen etwas über Marina und Patricia, stimmt's?«

»Mir sind ein paar Dinge aufgefallen, die ich noch nicht verstehe.«

»Was für Dinge?«

»Dafür ist es noch zu früh. Wir treffen uns in ein paar Tagen, dann erzähle ich Ihnen, was ich weiß.«

»Warum nicht morgen?«

»Weil ich Bedenkzeit brauche. Sie wissen nicht, was Sie da von mir verlangen, Jack.«

»Ich glaube schon.«

»Da gehen unsere Meinungen auseinander.«

5

Jack und Lidia kehrten erst gegen neun Uhr abends nach Hause zurück. Jack ging ins Wohnzimmer und machte das Licht an. »Ich möchte mit dir reden«, sagte er zu Lidia. »Setz dich bitte.«

Sie nahmen auf dem Sofa Platz. Lidia verkroch sich mit verschränkten Armen in ihrer Ecke. »Was ist los?«, fragte sie.

»Ich weiß, dass du erfahren willst, was alles passiert ist, und jetzt kann ich es dir endlich sagen.«

»Du hast mir noch überhaupt nichts erzählt, Jack. Ich bin kein kleines Kind wie Bernardino oder Leandra. Ich kann damit umgehen!«

»Ich weiß, ich weiß. Ich dachte bloß, solange ich alles für mich behalte, sind die Dinge unter Kontrolle. Sind sie aber nicht. Nicht wirklich.«

Lidia sah ihn unverwandt an. »Was geht da vor sich?«

»Zuerst mal: Wir werden eine Weile drüben wohnen. Du bleibst bei deiner Tante, ich nehme mir irgendwo ein Hotelzimmer. Ich weiß nicht, wie lange wir bleiben werden.«

»Aber die Schule fängt bald wieder an.«

»Das regeln wir dann. Es ist so: Die Polizei kann nicht mehr nach Marina suchen, also müssen wir selber weitermachen.«

»Was soll das heißen, die Polizei sucht nicht mehr nach ihr? *Du* hast gesagt, sie würden weitersuchen!«

»Ich habe mich geirrt!«, rief Jack. »Die ganze verdammte Polizeitruppe wurde suspendiert, und jetzt rennen da lauter Soldaten rum! Die sagen zwar, sie wollen sich um den Fall kümmern, aber ich weiß, dass das nicht stimmt, und ich kann es nicht einfach so hinnehmen! Also habe ich jemanden angeheuert.«

»Wen?«

»Er ist ein Cop. Oder war einer. Er kennt den Fall und ist bereit zu helfen.«

»Aber warum musst du dabei sein?«

»Weil ich mit ihm gehen werde. Wir arbeiten zusammen. Als Partner. Er kennt die Stadt viel besser als ich, aber ich bin entschlossener. Zusammen finden wir sicher was raus.«

Lidia schwieg eine Weile. Dann fragte sie: »Und wenn du verletzt wirst?«

»Mach dir keine Sorgen. Okay? Uns passiert schon nichts. Wir tun endlich, was getan werden muss. So hätte es schon von Anfang an laufen sollen. Ich hätte mich da nie raushalten sollen.«

»Du bist kein Detektiv, Jack.«

»Ich weiß, aber ... ich bin es Marina schuldig, alles Menschenmögliche zu tun, was ich bisher nicht getan habe. Aber jetzt. Wir schaffen das, dieser Mann und ich.«

»Ich will auch etwas tun«, sagte Lidia.

»Nein. Ich habe genug Sorgen, ohne dass du auch noch in Schwierigkeiten gerätst.«

»Du gehst also Räuber und Gendarm spielen, und ich soll mit den kleinen Kindern zu Hause hocken?«

»Ja, weil du ein Kind *bist.*«

»Ich bin dreizehn!«

»Du bist ein Kind!«

»Und was soll ich tun, wenn dir was zustößt, Jack?«

»Ich hab dir gesagt, mir passiert nichts.«

»Und wenn doch? In Nuevo Laredo werden ständig Menschen erschossen. Und wer passt dann auf mich auf, Jack?«

Jack rückte an Lidia heran und öffnete seine Arme. Einen Moment lang sträubte sie sich, doch dann ließ sie die Umarmung zu, ließ sich festhalten. Jack konnte ihren Herzschlag spüren, schnell wie der eines Vogels. »Ich werde auf dich aufpassen«, sagte er.

»Egal, was kommt, ich werde immer auf dich aufpassen. Das habe ich deiner Mutter versprochen, und ich habe das Versprechen noch nie gebrochen, oder?«

»Nein.«

»Ich habe den Fehler gemacht, Marina gehen zu lassen. Aber ich werde sie finden, und ich werde sie nach Hause holen, und wir werden wieder eine Familie sein.«

»Und Patricia?«

»Patricia auch. Es wird alles gut. Du wirst sehen.«

Lidia löste sich von ihm, aber mit einer sanften Bewegung, und ließ zu, dass Jack ihre Hand nahm und festhielt. »Überhaupt nichts ist gut«, sagte sie.

»Ich weiß.«

»Wenn Marina wieder da ist, fahren wir nie wieder über die Brücke.«

»Wenn du es so willst, dann machen wir das so.«

»Ich will es so. Ich hasse Nuevo Laredo.«

»Die Stadt darfst du nicht hassen«, sagte Jack. »Da wohnen gute Menschen. Dein Onkel und deine Tante. Deine Cousins. Und viele andere wie sie. Das Problem sind die vielen Drecksäcke, die da auch rumlaufen, und die muss man ausmerzen, das ist alles.«

»Ist mir egal. Ich gehe diesmal noch mit, aber dann nie wieder.«

»Okay«, sagte Jack.

Lidia stand vom Sofa auf und zog ihre Hand aus seiner. »Ich packe meine Tasche«, sagte sie. »Dann gehe ich ins Bett.«

»In Ordnung. Wir sehen uns morgen früh.«

»Gute Nacht, Jack.«

»Gute Nacht. Ich hab dich lieb.«

Als sie verschwunden war, blieb Jack eine Zeit lang allein auf dem Sofa sitzen. Schließlich stand er auf, machte das Licht aus und ging durch das dunkle Haus in sein Schlafzimmer. Anders als sonst schloss er die Tür hinter sich.

Er knipste die Lampe auf dem Nachttisch an und öffnete die oberste Schublade seiner Kommode. Dort lagen, in ein altes, zerrissenes T-Shirt eingewickelt, seine Pistole und ein Ersatzmagazin. Die Waffe war mattschwarz und hatte einen polierten Holzgriff, eine 9mm Browning Hi-Power, dreißig Jahre alt. Und immer geladen.

Jack faltete das alte T-Shirt auf dem Bett auseinander, nahm das Magazin aus der Pistole, leerte die Ladekammer und zog ein paarmal den Abzug durch. Alles funktionierte. Jack konnte sich nicht erinnern, wann er zum letzten Mal geschossen hatte.

Aus dem Schrank holte er einen grünen Seesack mit seinem Nachnamen und dem Anfangsbuchstaben seines Vornamens und stopfte Klamotten hinein: Jeans und T-Shirts und Unterwäsche. Die Browning und das Ersatzmagazin steckte er mitten dazwischen, damit sie nicht gleich gefunden werden konnten. Er fragte sich, ob Drogenspürhunde auch nach Waffen suchten.

Dann stellte er den Seesack neben die Schlafzimmertür, zog seinen Schlafanzug an, legte sich ins Bett und knipste das Licht aus. Er lag in der Dunkelheit und dachte an die Straßen von Nuevo Laredo mit ihren ganz eigenen Schatten. Er dachte daran, wie es Nacht in ihm geworden war, als Marina verschwand, und dass seitdem das Licht nicht mehr zurückgekehrt war.

6

»Schau mal«, sagte Bernardo. »Die habe ich gestern machen lassen.«

Auf den Flugblättern waren unter dem Wort DESAPARECIDAS in roten Großbuchstaben die Fotos von Marina und Patricia abgedruckt, dazu eine Beschreibung der Mädchen und Informationen über den letzten bekannten Aufenthaltsort. Ganz unten standen Bernardos Telefonnummer und E-Mail-Adresse.

»Wie viele hast du davon?«, fragte Jack.

»Zweihundert. Ich hänge sie überall um den Club herum auf. Dann kann sie niemand übersehen.«

»Die sind gut«, sagte Jack. »Echt gut. Bestimmt ruft jemand an.«

Bernardo nickte heftig, nahm das Flugblatt wieder an sich und betrachtete es mit leuchtenden Augen. Er wirkte energiegeladen, war nicht länger nur ein Trauerkloß. Reina schaute aus der Küchentür heraus, in den Händen ein Spültuch. Auch in ihrem Blick lag Hoffnung.

»Ich hätte das gleich machen sollen«, sagte Bernardo. »Ich war zu verzweifelt, um klar zu denken, aber jetzt weiß ich, was zu tun ist.«

»Sei nicht zu streng mit dir«, sagte Jack.

»Vielleicht hätte sich schon jemand gemeldet, wenn ich die früher aufgehängt hätte«, fuhr Bernardo fort.

»Vielleicht auch nicht. Außerdem, es ist wie es ist.«

Bernardino kam mit einem Stapel Flugblätter hereinmarschiert. »Ich helfe auch«, verkündete er.

»Tust du das?«, fragte Jack und bemerkte im Augenwinkel Lidias düstere Miene. »Wäre es nicht besser, du wartest zu Hause?«

»Nein, ich helfe.«

»Dann kann ich wohl nichts machen«, erwiderte Jack. Lidia stürmte aus dem Zimmer. Jack wusste, dass er später noch von ihr hören würde.

Es war früh am Tag. Jack und Lidia hatten die Brücke vor dem morgendlichen Stoßverkehr überquert. In Bernardos Haus hatte es nach Frühstück geduftet, und Reina hatte alle abgefüttert, ohne sich selbst einmal zu setzen. Jetzt hielt sie sich in Hörweite auf. Jack wusste nicht, wie sie die Ruhe behielt. Vielleicht hob sie alles andere für die Momente auf, in denen sie mit Bernardo allein war. Jetzt wirkte sie wie ein Fels in der Brandung.

»Wo bleibt der Polizist?«, fragte Bernardo.

»Er kommt bald. Ich habe ihm den Weg erklärt.«

»Lass uns draußen warten. Bernardino, zerknick die Flugblätter nicht. Wir gehen bald los.«

»Ja, *Papá.*«

Im Hof hielt sich noch die Kühle der Nacht, aber die Sonne wärmte bereits die Luft. Bernardo setzte sich an den Grill, griff zu dem gewundenen Eisenstab, mit dem er sonst die Kohlen wendete, und stocherte in der Asche herum. »Kommt er wirklich?«, fragte er.

»Er hat es versprochen. Ich glaube nicht, dass er sein Wort bricht.«

»Er will Geld.«

»Ich denke nicht, dass das der einzige Grund ist«, sagte Jack.

Nach diesen Worten verfielen sie in Schweigen, bis sie auf der anderen Seite der Mauer einen Wagen hörten. Der Motor blieb einen Moment im Leerlauf und erstarb dann. Eine Tür wurde geöffnet und geschlossen.

Gonzalo tauchte am Tor auf und klopfte mit dem Autoschlüssel gegen das Metall. »*¿Hola?*«, rief er.

Bernardo beeilte sich, das Tor aufzuschließen, und Gonzalo trat ein. Er war angezogen wie an dem Tag, als Jack ihm zum ersten Mal begegnet war: Baumwollhose, Jackett und Hemd, keine Krawatte. Falls er eine Waffe trug, war sie nicht sichtbar. Jack spürte die Browning im Rücken, sie steckte unter seinem blauen Arbeitshemd im Hosenbund.

»Guten Morgen, guten Morgen«, begrüßte Gonzalo sie. »Ich hoffe, ich habe mich nicht verspätet.«

»Nein, alles gut.« Jack gab ihm die Hand.

»Heute ist unser erster Tag«, sagte Gonzalo. »Ein Neuanfang.«

»Ich habe Flugblätter gemacht«, sagte Bernardo. »Die hänge ich auf, damit die Leute Patricias Gesicht sehen. Wollen Sie mal sehen?«

»Natürlich.«

Bernardo ging ins Haus, Jack und Gonzalo blieben alleine unter dem Dach des Carports zurück, unter das schräge Sonnenstrahlen fielen. »Ich bin froh, dass Sie gekommen sind«, sagte Jack.

»Es gab keine Garantie«, erwiderte Gonzalo. »Ich hab's mir zweimal überlegt. Ich hab's mir dreimal überlegt.«

»Aber jetzt sind Sie da.«

»Ja.«

Bernardo kam mit dem Flugblatt zurück. Gonzalo schaute es sich an und lobte es, dann gingen alle ins Haus und setzten sich ins Wohnzimmer, Gonzalo auf einen Stuhl in der Ecke, Jack und Bernardo auf das Sofa vor dem Fernseher. Reina und die Kinder waren nicht zu sehen.

»Ich habe auf meine Fallakte keinen Zugriff mehr«, sagte Gonzalo, »aber das heißt nicht, dass wir mit leeren Händen dastehen. Ich weiß, was wir bisher herausgefunden haben und was als Nächstes zu tun ist. Ich sage es noch mal, Jack: Bitte kommen Sie nicht mit, wenn ich meine Arbeit mache.«

»Ich komme mit«, sagte Jack.

Gonzalo nickte bedächtig. »Ich werde mich nicht mit Ihnen streiten. Aber Sie müssen versprechen, meine Anweisungen strikt zu befolgen und den Mund zu halten. Es wird schon schwer genug werden, die Leute zum Reden zu bewegen, ohne dass ein Amerikaner Druck macht.«

»Versprochen.«

»Und wir haben ein Problem: Alle in der Stadt wissen, dass die Polizei suspendiert worden ist. Ich werde weder meine Dienstmarke benutzen noch irgendwen verhaften können. Ich bin nur ein Mann, der Fragen stellt. Wir haben keinerlei Schutz.«

Die Browning drückte hart gegen Jacks Rücken. Er nickte. »Ich verstehe.«

»Bernardo, hängen Sie die Flugblätter heute auf?«

»Ja. Überall. *Überall.* Denken Sie, jemand wird sich melden?«, fragte Bernardo.

»Alles ist möglich«, sagte Gonzalo.

»Wann fangen wir an?«, fragte Jack.

»Jetzt sofort. Jack, wir nehmen meinen Wagen. Bernardo, passen Sie auf sich auf. Hoffen wir, dass das Glück uns hold ist. Wir brauchen jede Hilfe, die wir kriegen können.«

7

Vor dem Büro von Ernesto Alvares herrschte rege Betriebsamkeit. Sie gab ihm das Gefühl, dass die Dinge liefen, wie sie sollten: glatt und höchst professionell. Jeder Bürger, der aufs Revier kam, sollte sofort sehen, dass genauso gründlich ermittelt wurde wie vorher. Oder gründlicher. Das war das Ziel.

Auf Alvares' Schreibtisch stapelten sich grüne und blaue Personalakten. Sie waren den Nachnamen der suspendierten Polizisten nach alphabetisch geordnet, aber Alvares hatte eine bestimmte vorgezogen und sie auf der sauberen Schreibtischunterlage vor sich aufgeschlagen. Der Name auf der Akte lautete SOLER, GONZALO.

Das Foto war zu Beginn seiner Dienstzeit aufgenommen worden, heute sah er nicht mehr so glatt und frischgebacken aus, denn inzwischen war Soler fünfundvierzig, sein Gesicht von Falten durchzogen und gealtert. In der Miene des jungen Mannes lag eine Offenheit, die Alvares von den Polizisten, die ihm bisher begegnet waren, nicht kannte. Die Arbeit hatte sie ihnen wohl irgendwann ausgetrieben, vielleicht für immer.

Alvares musste sich eingestehen, dass er neugierig war. Von allen suspendierten Polizisten hatte nur Gonzalo es gewagt, sich vor Alvares hinzustellen und lautstark zu beschweren. Die anderen hatten die Entscheidung stumm hingenommen oder höchstens mit ein paar gemurmelten Worten quittiert. Sie hatten ihre Sachen gepackt und widerstandslos ihre Plätze geräumt. Manche schienen froh zu sein, gehen zu können. Alvares konnte sie teilweise verstehen. Er stammte aus Mexiko-Stadt und mochte die dreckigen kleinen Grenzstädte nicht, die durch die Konkurrenzkämpfe der *narcos* verschandelt wurden. Aber es herrschte Krieg, und ein Soldat hatte keine Wahl. Den Polizisten blieb zumindest ein Ausweg.

An Gonzalos Eintritt in den Polizeidienst war nichts Besonderes: Er hatte die Prüfung abgelegt und war auf der Polizeischule angenommen worden. Er war nicht der beste Schüler in seiner Klasse, aber auch nicht der schlechteste. Danach war er als Streifenpolizist eingesetzt worden, und sein Ausbilder hatte sich positiv geäußert. Schon bald war Gonzalo allein auf Streife gegangen, damals war das noch möglich gewesen.

Als Gonzalo seinen Beruf ergriff, hatten die Kartelle sich noch nicht offen bekriegt, und Nuevo Laredo lebte von Handel und Tourismus. Jetzt wurden in den Fahrzeugen in Richtung Norden oft Drogen über die Grenze geschmuggelt, und die Touristen blieben weg. Die Amerikaner bewachten den Grenzübergang, als würden sie sich im Belagerungszustand befinden. Vielleicht zu Recht.

Alvares stieß auf ein gelbes Blatt Papier in Gonzalos Akte, das auf eine andere Akte über eine Disziplinarmaßnahme verwies, aber keine Einzelheiten nannte. Er überflog die nächsten paar Seiten, suchte nach einem Hinweis, fand nichts. Er schrieb sich das Aktenzeichen auf einen Zettel und nahm sich vor, die Akte so bald wie möglich anzufordern. Erst gab es noch mehr zu lesen.

Gonzalo war Inspector geworden und hatte eine Zeit lang mit einem jungen Ermittler namens Amando Armas ein Team gebildet. Der Name war Alvares bekannt, er fand ihn auf dem Dienstplan. Er schrieb den Namen ebenfalls auf seinen Zettel. Vielleicht lag Armas' Akte schon in irgendeinem der Stapel, falls nicht, würde er sie auftreiben.

Als er sich Gonzalos Akte bis zum Schluss durchgelesen hatte, war Alvares überrascht, dass es keine Überraschungen gab. Gonzalo hatte in seiner ganzen Dienstzeit nie eine Auszeichnung oder irgendeine Belobigung für mehr als reine Pflichterfüllung erhalten. Alvares hatte mehr erwartet, *irgendetwas* erwartet, aber Gonzalo war in jeder Hinsicht unauffällig geblieben. Ein Mann mit einer solchen Leidenschaft muss doch außergewöhnlich sein, dachte Alvares, aber er schien sich geirrt zu haben.

Er riss den Zettel vom Notizblock und verließ das Büro. Am Faxgerät stieß er auf Gervasio Chaidez, der gerade vergeblich versuchte, zu viele Blätter in den Einschub zu laden, und sich verlegen umsah, als Alvares ihm auf die Schulter tippte. »Sie haben doch die Fälle von Inspector Soler übernommen?«

»Wer?«

»Gonzalo Soler.«

»Oh, ja. Ich habe alles gemacht, wie er es gesagt hat.«

»Was soll das heißen?«

Chaidez wirkte bestürzt. »Nichts, nichts. Was brauchen Sie?«

»Besorgen Sie mir diese Akte hier. Vielleicht müssen Sie sie anfordern, aber ich will sie haben, sobald sie da ist.«

»Jawohl.«

Alvares hielt inne. »Woran hat Soler aktuell gearbeitet?«

»An mehreren Dingen.«

»Machen Sie mir eine Liste aller offenen Fälle und legen Sie sie mir vor Dienstschluss auf den Tisch, okay?«

»Jawohl.«

»Haben Sie Teniente Casiano gesehen?«

»Er ist auf Patrouille gegangen und kommt erst gegen Dienstende zurück. Soll ich ihn auch kontaktieren?«

»Nein, schon gut. Ich rede später mit ihm. Machen Sie sich an die Arbeit. Ich will die Sachen so schnell wie möglich.«

Chaidez rannte los. Alvares nahm den Dokumentenstapel, den Chaidez zurückgelassen hatte, und schob eine Seite nach der anderen in das Faxgerät. Als er fertig war, trug er den Stapel zu dem Schreibtisch, an dem Gonzalo Soler früher gesessen hatte, und legte ihn hin.

»Ich bin nicht fertig mit Ihnen, Inspector«, sagte er in den leeren Raum hinein. »Ich werde noch schlau aus Ihnen.«

8

Gonzalo hatte die Fenster unten. Trotzdem schwitzte Jack wie aus Eimern, während sie im Kreis fuhren, aus Gründen, die Gonzalo nicht verraten hatte, die aber wichtig genug zu sein schienen, um immer wieder dieselben Straßen abzufahren.

Schließlich fragte Jack: »Was machen wir hier?«

»Wir wurden verfolgt«, sagte Gonzalo.

Instinktiv drehte Jack sich um, sah aber nur ein anderes Auto und einen Truck, der mit kaputten Möbeln beladen war, festgezurrt mit einem Seil.

Gonzalo nickte. Die Reflexion des Rückspiegels zog einen silbernen Streifen über sein Gesicht. »Nicht sehr lange. Nachdem ich ein paarmal im Kreis gefahren war, hatten sie die Nase voll. Wahrscheinlich Gangster auf der Suche nach leichter Beute. Es kommt hier immer wieder zu Carjackings. Manchmal recht brutal.«

»Scheiße«, sagte Jack.

Sie erreichten eine bereits vertraute Kreuzung, diesmal bog Gonzalo nicht ab, sondern fuhr geradeaus. Ein paar Minuten später hielt er neben einem abgesackten Bordstein vor einer Reihe verstaubter Läden, die Hälfte leer und verbarrikadiert. Gonzalo ließ die Fenster offen, damit das Auto in der Hitze nicht zu einem Backofen wurde, und legte ein Handtuch über das Lenkrad. »Da vorne ist eine Bar«, sagte er. »Da trinken wir ein Bier, und wenn ein gewisser Mann da ist, reden wir mit ihm.«

Sie gingen an schäbigen Schaufenstern und der offenen Tür eines Waschsalons vorbei. In der düsteren *lavanderia* lauerten einige vertrocknet aussehende Frauen und beäugten Jack im Vorbeigehen mit harten Blicken. Er bemühte sich, nicht hinzusehen.

Die Bar war mit schwarz lackierten Holzplanken verkleidet, neben der Tür standen die Worte *bebidas, vino* und *cerveza*. Falls das Lokal einen Namen hatte, gab es ihn nicht preis.

Drinnen stank es nach schalem Bier und Zigaretten. Es gab einen Billardtisch und eine dunkle Jukebox, außerdem ein paar Tische und Sitznischen. Bis auf den Barmann und zwei Gäste war die Bar menschenleer. Ein großes neongelbes Corona-Schild beleuchtete den Kopf des Barmanns wie ein Heiligenschein.

»Hey, *hombre*«, sagte Gonzalo zu ihm. »*¿Que pasa?*«

»Nicht viel«, sagte der Barmann. Er sah Jack über Gonzalos Schulter hinweg an und seine Miene verschloss sich. Plötzlich wünschte Jack, er hätte Gonzalo allein gehen lassen.

»Ein Bier für mich und für meinen Freund«, sagte Gonzalo.

»Der Kühlschrank ist kaputt. Das Bier ist warm.«

»Warmes Bier ist okay. Kommen Sie, Jack, setzen Sie sich.«

Jack nahm neben Gonzalo auf einem Barhocker Platz. Der Barmann füllte die Biergläser. Als er sie vor ihnen abstellte, rannen keine Tropfen am Glas herab, es bildete sich kein Ring auf der Theke. Jack nahm einen Schluck. Es kam ihm vor, als würde er Blut trinken.

»Ich bin auf der Suche nach Aarón«, sagte Gonzalo.

»Sieht nicht so aus, als ob er da ist«, erwiderte der Barmann.

»Verarsch mich nicht«, sagte Gonzalo. »Wo ist er?«

»Wer ist der da?«, fragte der Barmann und zeigte mit dem Daumen auf Jack.

»Ein Freund. Also, weißt du, wo Aarón ist oder nicht?«

Der Barmann trat von der Theke zurück und betrachtete sie beide lange, dann sagte er: »Er ist hinten.«

»Lass mich zahlen.« Gonzalo griff zu seiner Brieftasche.

»Lass gut sein. Für warmes Bier muss niemand zahlen.«

Gonzalo erhob sich vom Hocker. Er nickte Jack zu. »Kommen Sie mit«, sagte er.

Jack folgte ihm einen kurzen Flur entlang, an dem sich die Toilette befand, und dann zu einer Tür mit der Aufschrift *Sólo los Empleados Autorizados* – Nur für Personal. Die Tür war unverschlossen, sie betraten einen überraschend großen Raum mit Regalen voller Bier- und Weinflaschen. An einer Wand standen Bierfässer aufgereiht.

Drei Männer saßen auf Fässern an einem Klapptisch und spielten Karten. Sie waren allesamt erschreckend dürr, der magere Arm des einen war von oben bis unten tätowiert. Als Gonzalo eintrat, wandten sich die Männer um. Einer nahm den Hut ab und legte ihn auf die Karten und Münzen und Geldscheine auf dem Tisch.

Der Tätowierte lächelte. Jack sah, dass ihm die Schneidezähne fehlten. »Gonzalo!«, rief er aus. »Willst du eine Runde spielen?«

Jack erwartete, dass Gonzalo seinen Ausweis oder seine Dienstmarke zeigen würde, aber er ging zum Tisch und stellte sich vor die Männer. »Heute mal kein Spiel, Aarón. Ich will mit dir reden.«

»Ich bin gerade ziemlich beschäftigt.«

»Es dauert nicht lange.«

Aarón sah Gonzalo an, dann Jack, dann wieder Gonzalo. Er legte die Karten weg. »Bin gleich wieder da«, sagte er zu den anderen. »Macht nicht ohne mich weiter.«

»Lass uns draußen reden«, sagte Gonzalo.

Durch eine verbeulte Metalltür traten sie in eine Gasse hinaus. Autos hatten tiefe Furchen hinterlassen, ein einst grauer Müllcontainer war so mit Graffiti beschmiert, dass der Name der Müllfirma verdeckt war. Er schien lange nicht mehr geleert worden zu sein und war mit Kartons gefüllt, auf denen die Namen von Brauereien und Logos von harten Spirituosen zu lesen waren. Leere Bierfässer standen herum wie Grabsteine, manche waren mit einem roten Seil zusammengebunden. Wenigstens war hier im Schatten die Hitze erträglich.

»Tut mir leid, dass ich störe«, sagte Gonzalo zu Aarón.

»Ich zocke die beiden da ab«, sagte Aarón. »Ich lasse sie nur am Anfang erst mal gewinnen.«

»Eliseo Guadalupe«, sagte Gonzalo.

»Guadalupe?« Aarón trat von einem Fuß auf den anderen. Aus der Nähe konnte Jack erkennen, dass die Tätowierungen nicht von einem Fachmann gestochen worden waren.

»Kennst du ihn?«

Aarón warf Jack einen Blick zu. »Dazu sage ich nichts, solange der da dabei ist.«

»Was für einen Unterschied macht es? Er ist bloß irgendwer.«

»Irgendwer«, wiederholte Aarón.

»Ja. Und, kennst du Guadalupe oder nicht?«

Ein Lächeln. Ein breites, zahnloses Lächeln, das Aaróns Augen nicht erreichte. »Klar kenn ich den. Er ist hier oft auf Patrouille. Kommt manchmal auf einen Drink rein, er und sein Partner. Ab und an spielt er auch mal.«

Aaróns nervöses Wippen auf den Fußballen machte auch Jack nervös. Er schwitzte, aber nicht wegen der Hitze, und hatte den säuerlichen Geschmack von warmem Bier im Mund. Aarón wirkte nicht gefährlich, machte aber den Eindruck, als würde er jeden Moment Reißaus nehmen, und dann müssten sie ihm durch die lange, holprige Gasse nachrennen.

»Ich muss wissen, was er macht. Wohin er geht. Wen er trifft«, sagte Gonzalo.

Aarón schüttelte den Kopf. »Da solltet ihr nicht mich fragen.«

»Wen dann?«

»Ramiro.«

»Ramiro wer?«

»Ramiro Veloz.«

Jack konnte den Mund nicht halten. »Kennen Sie den?«, fragte er Gonzalo.

»Ich hab den Namen schon mal gehört«, erwiderte Gonzalo mit ausdrucksloser Stimme. »Bin ihm aber nie begegnet.«

»Ramiro ist euer Mann«, sagte Aarón. »Ich weiß gar nichts.«

»Wo ist er?«, fragte Jack.

Aaróns Blick flackerte zu Gonzalo. »Ich will nicht mit ihm reden.«

»Wo ist er?«, drängte Gonzalo.

»Im Goyo. Da ist er jede Nacht.«

»Bist du sicher?«, fragte Gonzalo.

»Warum sollte ich dich anlügen? Du kannst mir nichts tun. Die Armee hat dir die Eier abgeschnitten.«

»Ich werde nicht ewig Zivilist sein«, sagte Gonzalo.

»Warten wir's ab.«

Aarón kehrte zu seinem Spiel zurück, Gonzalo und Jack gingen durch die Bar auf die helle, heruntergekommene Straße und suchten sich einen Platz im Schatten. »Das war gut«, sagte Gonzalo.

»Ja?«

»Ja, sehr gut. Aarón ist ein Niemand, ein kleiner Fisch, aber er kennt Leute. Die Bar liegt in Guadalupes Revier. Er muss ab und an hier gewesen sein. Alles andere hätte mich sehr überrascht.«

»Wer ist Guadalupe?«, fragte Jack.

Gonzalo zögerte. Jack dachte einen Moment lang, er würde nicht antworten, doch Gonzalo sagte: »Er könnte der Letzte sein, der Ihre Stieftochter gesehen hat.«

»Was? Warum haben Sie mir das nicht gesagt?«

»Weil ich nicht sicher war! Im Wagen Ihrer Stieftochter sind drei verschiedene Fingerabdrücke gefunden worden. Die von Patricia Sigala. Dann welche, die wahrscheinlich von Marina stammen. Und die von Eliseo Guadalupe. Ich habe es doppelt überprüfen lassen.«

Jacks Herz hämmerte. »Was hat das zu bedeuten?«

»Es bedeutet, dass irgendwann an dem Abend, als Ihre Tochter verschwand, Eliseo Guadalupe mit ihrem Wagen in Kontakt gekommen ist. Aber er behauptet, sie und das Fahrzeug nie gesehen zu haben. Warum sollte er lügen, außer, um was zu verbergen? Ich weiß nur, dass wir mehr über Guadalupe herausfinden müssen. Er ist der Schlüssel. Ich weiß es.«

»Warum gehen wir nicht einfach hin zu ihm und holen die Wahrheit aus ihm raus?«

»Kleine Schritte, Jack. Erst brauchen wir Beweise, dann können wir ihn damit konfrontieren. So arbeitet die Polizei. Wenn wir überhastet vorgehen, verlieren wir alles. Können Sie das akzeptieren?«

»In Ordnung«, sagte Jack.

»Bis heute Abend können wir nichts mehr tun. Und ich kann auch alleine gehen.«

»Nein, ich will dabei sein.«

»Wir finden sie. Ich verspreche Ihnen, dass wir sie finden. Aber geben Sie mir Zeit, meine Arbeit zu machen.«

Jack nickte. »Okay.«

9

Sie saßen schweigend im Auto. Plötzlich wurde der Verkehr zäher, vor ihnen leuchteten Bremslichter auf, dann mussten sie halten. Gonzalo reckte den Hals aus dem Fenster.

»Was ist los?«, fragte Jack.

»Straßensperre«, sagte Gonzalo.

»Können wir ausweichen?«

Gonzalo sah in den Rückspiegel. Hinter ihnen stauten sich bereits weitere Wagen und versperrten die Einbahnstraße bis zur nächsten Ecke. »Nein«, sagte er.

Stück für Stück ging es voran, der Motor von Gonzalos Wagen lief im Leerlauf unrund und drohte auszugehen. Das Auto hatte gute 320.000 Kilometer auf dem Buckel, und regelmäßige Wartungen kosteten Geld. Was er konnte, machte Gonzalo selber, der Rest musste warten, bis er genug zusammengespart hatte. Er tätschelte sanft das Armaturenbrett, als wollte er seinem Auto versichern, dass sein Leiden wahrgenommen wurde.

Jack rutschte unruhig im Sitz hin und her, und Gonzalo sah, dass er schwitzte.

»Tut mir leid, dass ich Ihnen keine Klimaanlage bieten kann, Jack«, sagte Gonzalo.

»Alles gut. Was passiert eigentlich an diesen Straßensperren?«

»Sie überprüfen Ausweise und Fahrzeuge, suchen nach Verdächtigen.«

»Sie durchsuchen jeden Wagen?«

Gonzalo sah ihn an. Jack schwitzte jetzt noch heftiger. »Nein, nicht ohne gute Gründe. Was ist los mit Ihnen?«

Die Antwort ließ auf sich warten. Jack rang um Worte, sein

Gesicht wurde immer röter. »Ich muss Ihnen was sagen«, brachte er schließlich heraus.

»Was?«

»Ich habe eine Waffe dabei.«

»Raus«, sagte Gonzalo.

»Halt, hören Sie, ich –«

»Sofort raus aus dem Wagen, bevor jemand Sie sieht«, sagte Gonzalo in scharfem Ton. »Gehe Sie den Weg zurück, den wir gekommen sind. Gehen Sie, bis Sie sich irgendwo hinsetzen können, und bleiben Sie da, bis ich Sie abholen kann. Rufen Sie mich an.«

»Tut mir leid, ich dachte –«

»Kein einziges Wort mehr. Raus aus dem Wagen.«

Jack zögerte, als wollte er noch etwas sagen, dann löste er seinen Sicherheitsgurt, stieg aus dem Wagen, warf die Tür zu und lief los, ohne sich noch einmal umzusehen.

»*Jesús Cristo*«, schnaufte Gonzalo. Sein Herz pochte. Er zog sein Handy hervor, legte es auf den Beifahrersitz und hoffte, dass niemand Jack hatte flüchten sehen und es den Männern an der Straßensperre sagen würde. Er schwitzte inzwischen ebenfalls heftig.

Als fünfzehn Minuten später sein Handy klingelte, war er kaum vorangekommen. Immerhin konnte er jetzt einen Kotflügel des halb auf dem Gehweg geparkten Armeefahrzeugs sehen. »Ich bin in einer *taquería* ungefähr zwei Blocks weiter«, sagte Jack.

»Sie hätten mir das gleich sagen müssen, Jack.«

»Was hätte das gebracht?«

»Es hätte mir die Chance gegeben, Sie davon abzubringen, das Ding mitzunehmen. Herrgott noch mal, Jack, ist Ihnen klar, was passiert wäre, wenn die Armee die Waffe gefunden hätte? Sie wären für Jahre hinter Gitter gewandert, Jack. Für *Jahre*.«

»Ich wollte mich sicherer fühlen.«

Gonzalo schüttelte den Kopf, was Jack allerdings nicht sehen konnte. Die Schlange rückte ein Stück nach vorne. »Was, glauben Sie, kann Ihre Waffe gegen Los Zetas ausrichten?«

»Was meinen Sie mit Los Zetas?«

»Was glauben Sie denn, mit wem wir reden müssen? Den Zetas und den Golfos gehört diese Stadt. Sie haben überall ihre Finger im Spiel, kontrollieren alles. Aarón, Ramiro Veloz ... die sind die unterste Sprosse der Zetas-Leiter.«

»Und diese Leute sind bereit, mit Ihnen zu *reden*?«

»Sie reden mit mir, weil sie wissen, dass ich Ihnen nichts tun kann«, sagte Gonzalo. Er war nahe genug an der Straßensperre, um zu sehen, wie die bewaffneten Soldaten jemanden aus einem Auto zogen, um ihn zu durchsuchen. Wäre das Jack gewesen, wäre jetzt alles vorbei. »Selbst wenn ich noch meinen Dienstausweis hätte, das sind kleine Fische. Die kleinen Fische lässt man schwimmen.«

»Um die größeren zu fangen«, sagte Jack.

»Genau. Ich glaube, Guadalupe weiß viel mehr, als er zugibt«, erwiderte Gonzalo. Von dem *narco* mit der Golduhr, den er in La Zona gesehen hatte, sagte er nichts. Das brauchte Jack noch nicht zu wissen. Es würde ihm nur Angst machen.

Jetzt waren nur noch zwei Wagen vor Gonzalo, der erste wurde nach einem kurzen Blick durchgewinkt. Der Fahrer vor ihm reichte dem Soldaten seinen Ausweis aus dem offenen Fenster. »Ich muss auflegen.«

»Ich warte hier.«

Gonzalo steckte das Handy in die Tasche und fuhr langsam bis zu der Straßensperre vor, zwei sich gegenüberstehende Trucks, die nur eine schmale Lücke für den Verkehr ließen. »*Hola*«, sagte er zu den Soldaten.

»Ausweis.«

Gonzalo zeigte seinen Dienstausweis und den Personalausweis vor. »Ich bin einer von den Guten«, sagte er.

Der Soldat betrachtete das Bild auf dem Personalausweis und verglich es mit Gonzalos Gesicht. »Sind Sie sich da sicher? Soweit ich weiß, machen wir jetzt euren Job.«

»Nur vorübergehend.«

»Ihr Wort in Gottes Ohr«, sagte der Soldat und gab Gonzalo die Ausweise zurück. »Haben Sie sonst noch was im Auto?«

»Nur mich selbst.«

»Also gut, fahren Sie weiter.«

»*Gracias. Buena suerte*«, sagte Gonzalo, aber der Soldat hatte seine Aufmerksamkeit bereits dem nächsten Auto zugewandt. Seine Kameraden standen mit schussbereiten Waffen auf den Trucks. Auf ein Zeichen hin würden sie den Wagen zerfetzen. Gonzalo war froh, ihren Blicken entfliehen zu können.

Er fuhr bis zum Ende des Blocks und bog dann zweimal ab, um auf den Weg zurückzukehren, auf dem sie gekommen waren. Er brauchte ein paar Minuten, um die kleine *taquería* zu finden, die sich zwischen ein vernageltes Schaufenster und ein Kleidergeschäft duckte. Gonzalo wartete im Leerlauf am Bordstein, bis Jack herauskam.

»Es tut mir leid«, sagte Jack, als er einstieg.

»Wir reden nicht mehr darüber. Sie haben sich ein Zimmer gemietet? Ich bringe Sie hin, dann können Sie die Waffe da lassen.«

»Wie schützen wir uns?«, fragte Jack.

»Wie alle anderen auch«, erwiderte Gonzalo. »Durch Beten.«

10

Bernardo parkte vor dem Club, in dem das Konzert stattgefunden hatte, und nahm die Flugblätter. Bernardino begleitete ihn, auch er hatte Flugblätter, den Tacker aber gab sein Vater nicht aus der Hand. Sie hängten an jedem Telefonmast, an dem sie vorbeikamen, zwei Flugblätter auf. Die Masten standen zehn, fünfzehn Meter auseinander. Sie ließen keinen aus.

Nach etwa zwei Stunden merkte Bernardo plötzlich, dass er nicht mehr genau wusste, wo sie sich befanden. Gelegentliches Abbiegen in Seitenstraßen hatte sie in einen Stadtteil geführt, der ihm völlig unbekannt war. Wenn er sich an der Sonne orientierte, würde er schon zurückfinden, aber erst mal war er verloren und wurde bei jedem vorbeifahrenden Wagen nervös, weil er nie wusste, wer am Steuer saß.

»Wir sollten langsam zurückgehen«, sagte er zu seinem Sohn.

»Aber wir haben noch welche übrig!«, protestierte Bernardino. »Noch ein paar Blocks, *Papá*, bitte.«

»Möchtest du nicht mal was trinken? Wir können irgendwo was holen.«

»Wenn wir fertig sind.«

»Also gut.« Bernardo wuschelte dem Jungen durchs Haar. »Du hast mehr Energie als ich.«

»Nur so finden wir Patricia.«

Bernardo betrachtete die noch unbestückten Telefonmasten. »Ja«, sagte er. »Stimmt.«

Sie befanden sich inzwischen in einer Wohngegend. Auf kleinen begrünten Grundstücken standen kleine Häuschen, hier und da auch ein Apartmenthaus. In einer *bodega* durften sie gleich mehrere Flugblätter ins Fenster hängen, sogar Klebeband gab man ihnen. Ein Getränkeladen schickte sie weg, aber direkt vor der Tür stand ein Telefonmast, sodass sie ihr Flugblatt trotzdem aufhängen konnten.

Bernardo wurde von der Reflexion der Windschutzscheibe eines vorbeifahrenden Wagens geblendet und sah die Frau erst nicht, die auf sie zukam und grüßend die Hand hob. Bernardo hielt an und wartete auf sie, sah die grauen Haare und die rundliche Taille, den bunten Farbklecks ihrer Bluse und die saubere, weiße Hose. Sie musste über siebzig sein und setzte ihre Schritte vorsichtig, als hätte sie Angst zu stolpern.

»*Hola*«, sagte sie, als sie ihn und Bernardino erreicht hatte.

»*Hola*«, gab Bernardo zurück.

»Sie hängen diese Poster auf?«

»Ja.« Bernardo hielt der Frau ein Flugblatt hin. »Meine Tochter ist hier in dieser Gegend verschwunden. Haben Sie sie gesehen?«

Die Frau betrachtete eingehend das Foto, Bernardo sah, dass sie beim Lesen des Textes die Lippen bewegte. Schließlich schüttelte sie den Kopf und gab ihm das Flugblatt zurück. »Nein«, sagte sie. »Die kommen mir nicht bekannt vor.«

»Trotzdem danke«, sagte Bernardo.

»Ist das Ihr Sohn?«, fragte die Frau.

»Ja. Sag hallo, Bernardino.«

»*Hola.*«

»Hübscher Junge. Und Ihre Tochter ist auch hübsch. Welche der beiden ist sie?«

»Diese hier. Sie haben sie bestimmt nicht gesehen?«

»Ganz sicher. Daran würde ich mich erinnern.«

Bernardo versuchte, seine Enttäuschung nicht zu zeigen. Er wollte weitergehen, aber als er merkte, dass die Frau etwas sagen wollte, hielt er inne. »Ist sonst noch etwas?«, fragte er.

»Ich frage mich nur, ob es klug ist, die überall aufzuhängen«, sagte die Frau.

»Meine Tochter wurde ganz in der Nähe zum letzten Mal gesehen«, erwiderte Bernardo. »Ich muss alles tun, um sie zu finden.«

»Aber Sie wissen nicht, wer die Poster vielleicht sieht.«

»Wie meinen Sie das?«

Die Frau überlegte und biss sich einen Moment lang auf die Lippe, bevor sie wieder sprach. »Sie kennen die Typen. Sie wissen schon. *Pandillas. Narcos.* Die gibt es auch in unserer Gegend. Sie sind überall.«

»Vor denen darf ich keine Angst haben«, sagte Bernardo.

»Verstehen Sie mich nicht falsch«, sagte die Frau. »Ich will, dass Sie Ihre Tochter finden. Es ist nur, dass wir hier gelernt haben, unsichtbar zu bleiben. Die sehen alles. Die tun Dinge.«

Bernardo merkte, dass Bernardino ihn beobachtete, und richtete sich auf. »Ich habe kein Problem mit den *narcos*, es sei denn, sie stecken dahinter, dass meine Tochter verschwunden ist. Und wenn das der Fall ist ... wird die Armee sich um sie kümmern. Nicht ich.«

»Die Armee!«, rief die Frau aus. »Weiß die von der Sache?«

»Sie ist bereits auf der Suche nach den Mädchen«, sagte Bernardo. »Alle suchen nach meiner Tochter und meiner Nichte. Und sie werden jeden Stein umdrehen, um sie zu finden. Diese Flugblätter sind nur ein kleiner Beitrag.«

Das war natürlich reine Großspurigkeit, aber irgendetwas an der Frau behagte ihm nicht. Sie nervte ihn. Und sie sollte wissen, dass es ihm ernst war. Allerdings lachte sie nicht.

»Ich hoffe, Sie finden sie«, sagte sie schlicht.

»Das werden wir.«

»Dann viel Glück.«

Die Frau wandte sich ab und ging zurück in die Richtung, aus der sie gekommen war. Bernardo und sein Sohn sahen ihr nach. Bernardino zupfte seinen Vater schließlich am Ärmel. »*Papá*.«

»Was ist, mein Sohn?«

»Sie ist nicht die Einzige. Viele Menschen werden die Flugblätter sehen.«

»Ich weiß. Sie hat bloß Angst. Viele haben Angst, aber wir müssen mutig sein.«

»Sollen wir noch mehr aufhängen?«

»Ja, das machen wir«, sagte Bernardo, und sie gingen mit den letzten Flugblättern in der Hand auf den nächsten Telefonmast zu.

11

Das Hotelzimmer war klein und nicht für Besucher gedacht. Jack hockte auf der Bettkante, Gonzalo auf dem einzigen Stuhl. Unter Gonzalos strengem Blick zog Jack die Browning Hi-Power hervor, entlud sie und versteckte sie unter dem Kopfkissen. Gonzalo nickte zufrieden.

Die Straßengeräusche waren hier im dritten Stock kaum zu hören. Motorenbrummen und gelegentliches Hupen drangen nur entfernt durch die Fensterscheibe. Irgendetwas summte im Zimmer leise vor sich hin. Es dauerte eine Weile, bis Jack begriff, dass es die Uhr neben seinem Bett war. Sonst war es still im Raum, keiner sprach.

Gonzalo schien das Schweigen nichts auszumachen, Jack machte es rasend. Er hatte nichts zu lesen mitgebracht, nicht mal eine Zeitschrift, weil er nicht mit langen Stunden des Nichtstuns gerechnet hatte. Er hatte gedacht, auf der Suche zu sein, immerzu unterwegs, zusammen mit Gonzalo, der ihm den Weg zeigte. Das Warten nahm kein Ende, und die Zeiger der Uhr schienen stillzustehen.

Als er die Stille nicht länger ertrug, sagte Jack: »Ich muss hier raus.«

»Wir können im Moment nichts tun. Besser, wir bleiben hier. Planlos durch die Straßen zu laufen, bringt nichts. Warten gehört zur Polizeiarbeit«, sagte Gonzalo.

»Und darf man beim Warten mit dem Partner nicht reden?«

Gonzalo hatte zum Fenster geschaut, jetzt sah er Jack an. Er wirkte seltsam ruhig, vielleicht lag es auch daran, dass Jack so aufgebracht war. »Doch«, sagte er. »Darf man.«

»Dann reden Sie mit mir.«

»Es war verdammt dumm, die Pistole mit ins Land zu bringen«, sagte Gonzalo. »Wäre ich noch im Dienst, hätte ich Sie verhaften müssen.«

»Ein Glück, dass Sie es nicht mehr sind.«

Ein melancholischer Ausdruck huschte über Gonzalos Gesicht, dann wandte er den Blick wieder dem Rechteck aus Sonnenlicht zu. Er nickte bedächtig. »Ja, vermutlich ein Glück«, sagte er schließlich.

Jack setzte sich so, dass er Gonzalo ins Gesicht sehen konnte. Zwischen den beiden war kaum mehr als ein Meter Abstand. »Warum lassen die Sie nicht zurückkommen? Ich habe Alvares gesagt, dass Sie kein Geld von mir nehmen wollten. Wenn Korruption das Problem ist, tragen Sie nicht dazu bei.«

»Im Moment steht jeder unter Verdacht«, sagte Gonzalo, ohne Jack anzusehen.

»Aber ich habe ihnen doch gesagt –«

»*Jeder*, Jack. Ich bin keine Ausnahme.«

Wieder langes Schweigen, bis die Uhr erneut in Jacks Kopf summte. Er fluchte laut. »Sie sind ein guter Cop«, sagte er.

»Und das wissen Sie woher?«

»Wie ich gesagt habe: weil Sie mein Geld nicht nehmen wollten. Weil Ihnen nicht alles egal ist. Weil Sie mir jetzt helfen.«

Gonzalo lächelte ein dünnes, humorloses Lächeln. »Bei dem Gehalt, das Sie mir zahlen, würde ein Dutzend Polizisten nur zu gern meinen Platz einnehmen. Aber das heißt nicht, dass ihnen der Fall etwas bedeutet.«

»Und Ihnen?«

Ihre Blicke trafen sich. »Ja.«

»Wie ist es dazu gekommen?«, fragte Jack. »Was haben die gegen Sie in der Hand?«

»Das möchte ich lieber nicht sagen.«

»Hey, Sie stecken sowieso schon bis zum Hals mit drin wegen der Waffe. Sie können genauso gut ganz eintauchen.«

Gonzalo schwieg eine Weile und holte dann tief Luft. »Als Streifenpolizist war ich mit einem älteren Kollegen unterwegs. Er hieß Leopoldo und war seit Jahrzehnten im Dienst. Obwohl er alt genug für einen Schreibtischjob war, blieb er im Auto auf Patrouille.«

»Warum?«

»Weil das Geld besser war«, sagte Gonzalo.

»Das Geld? Sie meinen das Schmiergeld.«

Gonzalo nickte. »Die *mordida*. Er hat sie überall genommen. Und von allen kassiert. Die Golfos hatten ihn in der Hand, auch wenn es damals noch nicht so schlimm war wie heute. Sie haben ihn bezahlt, und er hat ihre Interessen geschützt.«

»Wie?«

»Ein Polizist kann den *narcos* auf viele Arten nützlich sein. Aber Leopoldo war nicht mehr jung genug, um alles allein machen zu können. Er hatte Geld übrig und bot es Kollegen an, damit sie ihm halfen.«

Jack beobachtete Gonzalo. Er sah, wie schwer es ihm fiel, die Geschichte zu erzählen, seine Stimme klang erstickt, als würde das Sprechen ihm Mühe machen. Gonzalo betrachtete seine offenen Hände. »Er hat Ihnen Geld gegeben?«, fragte Jack.

»Ja.«

»Und Sie haben es genommen?«

»Ja.«

»Wieso?«

»Weil es einfach war. Einfacher, als abzulehnen. Ich habe das *narco*-Geld genommen, und wenn Leopoldo mir auftrug, seinen Freunden einen Gefallen zu tun, habe ich gehorcht. Ein Jahr lang ging das so.«

Jack ließ ihn reden.

»Es war ein gutes Jahr«, sagte Gonzalo. »Ich hatte jede Menge Geld, konnte mir alles leisten und musste nur wenig dafür tun. Damals tobte noch kein Krieg zwischen den Golfos und den Zetas. Die Zetas waren Teil der Golfos, es herrschte Frieden. Jedenfalls in gewisser Weise. Die Polizei musste sie nur ihre Geschäfte ungestört machen lassen, dann zog der Engel des Todes vorüber.

Dann teilte mir Leopoldo mit, dass es eine Schießerei geben würde. Er kannte das Datum und die Uhrzeit. Wenn die Meldung reinkam, sollten wir uns fernhalten, es einfach geschehen lassen. Und dann erfuhren wir an dem Tag über Funk, dass ein Polizeikollege angeschossen worden war. Er forderte Hilfe an, aber niemand ist hingefahren, weil wir alle wussten, was wir zu tun hatten. Er starb.«

Gonzalo brach ab, und Jack begriff nach einer Weile, dass er nicht weiterreden würde. Er starrte wieder seine Hände an.

»Was ist dann passiert?«, fragte Jack.

Gonzalo zuckte zusammen, als hätte er geträumt. Er rieb seine Hände an den Hosenbeinen. »Was dann passiert ist? Die Ermittler haben sich an die Arbeit gemacht, und wir wurden alle vorgeladen, einer nach dem anderen, um Bericht zu erstatten. Wo wir gewesen waren. Warum wir so lange gebraucht hatten. Natürlich wussten alle Bescheid, aber keiner hat die Wahrheit gesagt.«

Jack kam ein Gedanke, er richtete sich auf. »Außer Ihnen«, sagte er.

»Ja.«

»Was haben die mit Ihnen gemacht?«

»Sie haben mich wie alle anderen disziplinarisch bestraft und sind dann hinter Leopoldo her. Es war nicht schwer, etwas zu finden, um ihn anzuklagen. Und in der Verhandlung sollte ich unter Ausschluss der Öffentlichkeit anonym gegen ihn aussagen.«

»Und das haben Sie gemacht?«

»Ja.«

»Herrje. Was ist aus Leopoldo geworden?«

»Er kam ins Gefängnis, und ich bin wieder in meinen Streifenwagen gestiegen. Als sich die Chance ergab, Inspector zu werden, haben mir Freunde in höheren Positionen unter die Arme gegriffen.«

»Weiß irgendwer davon?«

Gonzalo schüttelte den Kopf. »Ich glaube nicht. Leopoldo muss mich im Verdacht gehabt haben, aber er wurde drei Monate nach seiner Verurteilung im Gefängnis erstochen. Ich weiß nicht, ob er je etwas gesagt hat.«

Jack suchte nach Worten. »Kein Wunder, dass Sie mein Geld nicht nehmen wollten«, brachte er heraus.

»Niemals.« Gonzalos Ton war entschieden. »Keinen einzigen *centavo*. Sie bezahlen mich für meine Arbeit, nicht für mein Schweigen.«

»Ich gebe Ihnen ehrlichen Lohn für ehrliche Arbeit«, sagte Jack.

»Ja«, sagte Gonzalo.

»Ich weiß nicht, ob ich Ihre Eier hätte«, gestand Jack.

»Sie halten sich mit einer illegalen Waffe in Mexiko auf und stellen *narcos* Fragen, in einer Stadt, in der es vor Mördern wimmelt«, sagte Gonzalo. »Ihr Mut steht nicht infrage.«

»Ich will bloß meine Tochter finden.«

»Und das werden wir«, sagte Gonzalo. »Das werden wir.«

12

Als es Nacht wurde, fuhr Gonzalo zu einem Lokal namens Goyo. Jack erkannte hier und da einige Orte und schätzte, dass sie nur wenige Minuten Fahrt entfernt waren von Bernardos Haus. Er hatte den ganzen Tag nicht mit Bernardo gesprochen und hätte gerne gewusst, wie es mit den Flugblättern gelaufen war und ob sich jemand gemeldet hatte. Wenn nicht, war es sicher nur eine Frage der Zeit. Die Stadt hatte Augen.

Das Flachdach des Goyo war mit Weihnachtslichterketten geschmückt. Auf dem großen unbefestigten Parkplatz standen ein paar leere Autos und Trucks. Gonzalo parkte daneben.

»Was für ein Lokal ist das?«, fragte Jack beim Aussteigen. Der Boden gab immer noch Wärme ab, die Luft war kaum abgekühlt, aber nach der Hitze des Tages trotzdem erträglicher. »Eine Bar?«

»So was in der Art. Man trinkt, aber es gibt auch Mädchen«, sagte Gonzalo.

»Also ein Puff.«

»Nein, man kauft den Mädchen Drinks, und sie tanzen mit einem. Und wenn man sie anfassen will, ist das auch okay.«

Jack runzelte die Stirn. »Alle sind käuflich.«

»Wie bitte?«

»Nichts. Gehen wir.«

Schon durch die geschlossene Tür hörte er die Musik: die hellen Töne von Blechbläsern und den wummernden Bass der *norteño*-Musik und die Stimmen von zwei Sängern, die ihre Liebe für dieselbe Frau beschworen. Jack und Gonzalo betraten die schwach erleuchtete Bar und rochen den frischen Zigarettenqualm, der sich in Schwaden langsam unter der Decke drehte, angetrieben von mehreren gemächlich rotierenden Deckenventilatoren.

Jack sah, dass die Mädchen zur Auswahl an der Bar aufgereiht standen. Sie trugen Shorts und hatten nackte Arme, und aus der Entfernung war ihr Alter schwer zu schätzen. Auf einer Tanzfläche wiegte sich ein Paar, der Mann hielt die Frau umklammert.

Weitere Paare saßen an Tischen, sie schmiegten sich aneinander, der Mann und die Frau am nächststehenden Tisch hatten die Hände im Schoß des jeweils anderen und bewegten sie in einem gleichmäßigen Rhythmus.

Gonzalo führte Jack an die Bar. Keine Hocker. Beim Trinken konnte man den Fuß auf die Leiste an der Bar stellen, aber sitzen konnte man nur an den Tischen. Aus dem Augenwinkel bemerkte Jack, dass die Mädchen sich in Position brachten, mit geschmeidigen Bewegungen, die von viel Übung zeugten.

»*Hola, señor*«, sagte Gonzalo zu dem Mann hinter der Bar. »Zwei Bier für mich und meinen Freund.«

Der Barmann betrachtete sie. »Sie müssen auch den Mädchen Drinks kaufen.«

»Jetzt noch nicht. Erst mal nur für uns.«

»Ich mache die Regeln nicht.«

»Wie wäre es, wenn wir für die Biere einfach das Doppelte bezahlen?«, fragte Jack.

»Entweder Getränke für die Mädchen oder gar nichts.«

Gonzalo hob die Hand. »*Está bien.* Wir kaufen was für die Mädchen.«

Der Barmann winkte den Frauen zu, sofort waren Jack und Gonzalo umringt. Jack hielt den Atem an. Einige waren älter, aber die meisten waren sehr jung und sahen ihn aus dunklen Augen an, die müde und sehnsüchtig zugleich waren. Das Lächeln um ihre Münder erreichte nicht ihre Augen, und eine strich Jack sanft über die Brust und sagte auf Englisch: »Hallo, Baby.«

»Ich nehme die da«, sagte Gonzalo und zeigte auf eine der Frauen.

Der Rest der Gruppe drängte sich um Jack, aber ihn hielt das Gesicht des Mädchens gefangen, das Englisch gesprochen hatte. Sie war schlank, ihre feinen Gesichtszüge mit zu viel Schminke übertüncht. Ihre Haare waren lang und fielen in Wellen über ihre Schultern. Sie konnte nicht älter als achtzehn sein.

»Jack?«, fragte Gonzalo.

»Die da«, zwang Jack sich zu sagen, und das Mädchen trat so dicht an ihn heran, dass er ihr Parfüm riechen konnte und spürte, wie ihre Hüfte ihn berührte.

»Bier«, bestellte sie beim Barmann.

Die Frau, die Gonzalo ausgesucht hatte, war unauffällig und pummelig. Er gab ihr den Drink, den er bezahlt hatte, und ignorierte sie dann komplett. Jack konnte die Augen nicht von dem jungen Mädchen an seiner Seite abwenden, auch nicht, als das Bier kam. Seine Kehle war so eng, dass er keinen Schluck herunterbrachte.

»Wie heißt du?«, fragte das Mädchen.

»Jack«, sagte er heiser.

»Das ist ein schöner Name. Wie Jack Daniel. Ich bin Ercilia.«

Gonzalo sprach mit dem Barmann, Jack bekam nichts mit. Der Barmann zeigte auf etwas, und Gonzalo gab ihm einen Hundert-Pesos-Schein. »Bin gleich wieder da«, sagte er zu Jack, dann ging er mit der Frau davon.

»Gefalle ich dir, Jack?«, fragte Ercilia.

»Ich kenne dich nicht.«

»Möchtest du tanzen?«

»Vielleicht später.«

Verzweifelt nahm Jack einen Schluck von seinem Bier, billige, bitter schmeckende Plörre, aber es hielt ihn davon ab, das Mädchen anzustarren. Er spürte ihre Finger auf seinem Arm und zuckte zurück. Auch ohne den Kopf zu drehen, war er sich ihrer Nähe bewusst. Wieder rieb sie ihre Hüfte an ihm.

»Du sprichst gut Spanisch«, sagte Ercilia.

»Danke.«

»Aber du bist Amerikaner, stimmt's?«

»Ja.«

»Wir haben nicht oft Amerikaner hier. Immer nur Einheimische. Das ist eine schöne Abwechslung.«

Jack sah sich suchend nach Gonzalo um und entdeckte ihn mit der Frau und einem anderen Mann an einem Tisch sitzen. Er und der Mann waren ins Gespräch vertieft, die Köpfe gesenkt, und die Frau starrte gleichgültig ins Leere. Jack hätte zu gerne bei ihnen gesessen.

Ercilia berührte ihn, und obwohl er nicht wollte, musste er sie einfach ansehen. Sie stand mit dem Rücken zur Bar und zog die Schultern nach hinten, sodass er ihre kleinen Brüste sehen konnte. »Und du bist sicher, dass du nicht tanzen willst?«, fragte sie. »Es macht nichts, wenn du nicht weißt, wie das geht. Wir können langsam machen.«

»Ich will einfach bloß mein Bier trinken«, sagte Jack. Und fragte dann: »Wie alt bist du?«

Das Mädchen runzelte die Stirn. »Was für eine Frage ist das denn?«

»Ich bin nur neugierig«, sagte Jack schnell.

»Ich bin neunzehn, wenn du es genau wissen willst.« Ercilia nahm einen Schluck von ihrem Bier und betrachtete Jack über den Rand des Glases hinweg. »Bist du hier, um mich zu retten?«

»Was? Nein. Nein, es war bloß eine Frage.«

»Dann fass mich an.«

»Schon gut«, sagte Jack.

Ercilia setzte das Bierglas ab und sprach mit leiser Stimme. »Fass mich an. Bist du etwa schüchtern?«

»Ich bin nicht schüchtern. Mein Freund und ich sind bloß hier, um jemanden zu treffen, das ist alles.«

Das Mädchen schmiegte sich an ihn. »Eigentlich darf man nur anfassen, aber für fünfhundert Pesos kannst du machen, was du willst. Ich weiß, wo wir hinkönnen. Du musst nur fragen.«

Sie berührte ihn wieder, legte ihre Hand in seinen Schritt, und Jack schreckte hoch. Er griff nach seiner Brieftasche und zog einen Zwanzig-Dollar-Schein heraus, den er ihr in die Hand drückte, dabei murmelte er so etwas wie »Nein, danke« und stolperte in Richtung Ausgang. Als er die Tür aufstieß, strömte klare Luft herein, dann war er im Freien. Die Tür fiel zu, die Musik wurde leiser, und das Mädchen war verschwunden.

Jack atmete schnell und flach und stützte sich an der Wand ab. Punkte tanzten vor seinen Augen und verblassten. Er ging zu Gonzalos Wagen und zog an der Beifahrertür. Sie war unverschlossen.

Er saß im Auto, bis irgendwann Gonzalo kam. »Jack, was ist passiert?«

»Nichts«, sagte Jack.

»Sie waren plötzlich verschwunden.«

»Ich hab gesagt, es war nichts.«

Gonzalo musterte ihn. »Sie hätten nicht mitkommen sollen«, sagte er schließlich.

»Ich wollte mit. Es geht mir gut.«

Ein Auto hielt neben ihnen, zwei Männer stiegen aus und redeten laut. Gonzalo wartete, bis sie gegangen waren, dann fragte er: »Ist es wegen der Mädchen?«

»Nein.«

»Wirklich nicht?«

Jack zögerte und nickte dann. »Marina ist in dem Alter. Sie ist fast so alt wie das Mädchen da.«

»Jack, Sie müssen eins begreifen ... das ist ihr Job.«

»Sie hat mir angeboten, sie zu ficken! Ein Kind!«

»In La Zona ist es schlimmer«, sagte Gonzalo. »Das hier ist noch harmlos. Wer auf junge Mädchen steht, wird in La Zona fündig, und muss nicht erst einen Drink ausgeben, bevor man machen kann, wonach immer einem der Sinn steht.«

Jack wischte sich mit dem Rücken seiner zitternden Hand über den Mund. »Ich hatte nicht damit gerechnet. Ich bin nicht dumm, ich weiß, was vor sich geht, aber ... sie ist noch ein Kind.«

»Ich mache heute Nacht besser alleine weiter«, sagte Gonzalo.

»Nein, ich halte durch.«

»Wollen Sie da noch mal reingehen? Denn das müssten Sie. Ramiro ist noch nicht da, er kommt erst nach Mitternacht.«

»Ich warte hier draußen.«

»Nein, tun Sie nicht. Ich bringe Sie ins Hotel zurück. Sie gehen schlafen, und wir sehen uns morgen früh.«

Jack öffnete den Mund, um zu widersprechen, schwieg dann aber. Als Gonzalo den Wagen anließ, erhob er keine Einwände, und auf der Fahrt sprachen sie kein Wort.

13

Das Hotelzimmer kam ihm vor wie ein Gefängnis. Jack stieg angespannt die Treppe hoch, betrat widerstrebend sein Zimmer und schloss hinter sich die Tür ab. Die Warterei tagsüber war schon kaum auszuhalten gewesen, aber da hatte er zumindest Gesellschaft gehabt. Jetzt war er mit seinen Gedanken alleine, und das war nicht gut.

Auf dem Nachttisch lag sein Handy. Trotz der späten Stunde rief er Bernardo an, der sofort abnahm, als hätte er neben dem Telefon gesessen und nur auf den Anruf gewartet. »Was hast du rausgefunden?«, fragte er.

»Nicht viel«, musste Jack gestehen.

»Die Flugblätter sind alle aufgehängt«, berichtete Bernardo. »Überall sieht man Patricias Gesicht.«

»Das ist gut. Das ist wirklich gut.«

»Ich hatte gehofft, jemand würde sich melden«, sagte Bernardo, und Jack hörte die Enttäuschung in seiner Stimme, »aber bisher ... nichts.«

»Es wird sich jemand melden«, sagte Jack.

»Hoffentlich. Reina hat in der Kirche eine Kerze angezündet und sagt, sie hat Gottes Gegenwart gespürt. Er wird jemanden zu uns führen.«

Jack schwieg dazu. Gott hatte ihm schon viele Hindernisse in den Weg gelegt. Es sah Ihm nicht ähnlich, sie wieder wegzuräumen. Schließlich fragte er: »Wie geht es Lidia?«

»Sie schläft. Die Kinder haben sie auf Trab gehalten.«

»Das ist gut. Sie braucht Ablenkung.«

»Bei ihren Freundinnen zu Hause wäre sie besser aufgehoben«, sagte Bernardo. »Wir können ihr nichts als unsere vier Wände bieten. Drüben kann sie so tun, als wäre nichts geschehen. Zumindest zeitweise.«

»Wenn es vorbei ist, fahren wir wieder nach Hause«, sagte Jack. »Sie wird es überleben. Sie ist stark, wie ihre Mutter. Wie Marina. Sie hält es eine Weile ohne ihre Freunde aus.«

»Du weißt, dass sie immer willkommen ist«, sagte Bernardo. »Aber für sie wäre es leichter.«

»In dieser Situation ist nichts leicht. Ich werde nicht so tun, als wäre es anders.«

»Ist alles okay bei dir, Jack?«

»Alles gut. Mach dir um mich keine Sorgen. Hör zu, wir sollten jetzt auflegen, falls jemand versucht, dich anzurufen. Sag mir Bescheid, wenn du was hörst.«

»Mache ich, Jack. Du erfährst es als Erster.«

»Gute Nacht, Bernardo.«

»Gute Nacht.«

Jack legte das Handy weg, schlug die Decke auf und legte sich ins Bett. Nachdem er das Licht ausgemacht hatte, fiel von der Straße her nur noch ein gespenstischer oranger Schimmer herein. Das Summen der elektrischen Uhr bohrte sich wieder in sein Ohr und trug ihn hinüber in einen seltsamen und unruhigen Traum, in dem er verloren auf einer einsamen Straße stand und niemand da war, um ihm den Weg zu zeigen.

14

Das Mädchen hieß Mónica, und Gonzalo versorgte sie mit Bier, bis er sicher war, dass sie nicht mehr aufstehen konnte. Er fühlte sich mies dabei, aber in regelmäßigen Abständen kam ein untersetzter Mann in einem schwarzen T-Shirt an den Tischen vorbei und forderte die Gäste unmissverständlich auf, entweder weitere Getränke zu kaufen oder zu verschwinden. Gonzalos eigenes Bier blieb unberührt und wurde allmählich schal, aber der Tisch war voller Flaschen, die Mónica ausgetrunken hatte.

Sie schien froh zu sein, nicht für die Drinks tanzen zu müssen, und stattdessen mit Gonzalo reden zu können. Er erfuhr von ihrer Kindheit in Chiapas und dass sie mit vierzehn mit ihrem Vater nach Norden gekommen war. Sie hatte fünf Geschwister, alle älter. Die meisten waren in Chiapas geblieben und hielten sich gerade so über Wasser, sie war die Verdienerin der Familie. Jede Woche schickte sie einen Teil ihres Lohns nach Hause. Ohne sie würde die Familie nicht überleben.

Iris Contreras hatte kein Geld nach Hause geschickt, aber es vielleicht vorgehabt. Wahrscheinlich hätte ihr Vater ein solches Geschenk nicht angenommen, weil es auf schmutzige Weise verdient worden war. Gonzalo hatte ähnliche Geschichten schon Hunderte Male gehört, nur die Details unterschieden sich. Manchmal war die Frau, die sie erzählte, am Ende tot, durch die Hand eines Freiers oder den Stich einer Nadel oder den grausamen Schutz eines *chulo*. Was mochte Iris heute Nacht erleben?

Während er diesen Gedanken nachhing, ließ er Mónica reden, aber ihre Geschichte prallte an ihm ab. Sie half ihm, die Zeit zu überbrücken, und zum Glück zeigte sie keinerlei Interesse an ihm. Er hätte ihr auch nichts von sich erzählt.

Wann immer jemand das Lokal betrat, warf Gonzalo seinem Kontaktmann, der Luis hieß, einen Blick zu. Er hatte keine Ahnung, wie Ramiro Veloz aussah. Luis schüttelte bei jedem Neuankömmling den Kopf. Es ging auf Mitternacht zu, die Bar füllte sich stetig. Inzwischen drehten sich ein halbes Dutzend Männer auf der Tanzfläche, begrabbelten die Mädchen und bewegten sich unrhythmisch zur Musik.

Um halb eins kamen zwei neue Gäste herein, beide trugen Polohemden, der eine ein rotes, der andere ein blaues. Gonzalo sah Luis an. Luis nickte.

Mónica erzählte gerade, wie sie von ihrem Freund verlassen worden war, als Gonzalo aufstand. Sie hielt verwirrt inne und versuchte, sich zu erheben, aber ihre Beine wollten nicht wie sie, und sie plumpste zurück auf den Stuhl. »Ganz kurz nur«, lallte sie. »Ich komm gleich.«

»Bleib, wo du bist«, sagte Gonzalo. »Wir sind hier fertig.«

»Aber wir haben nicht getanzt!«

»Wir tanzen ein andermal.«

Sie klammerte sich an Gonzalos Ärmel und sagte weinerlich: »Verlass mich nicht.«

Gonzalo befreite sich sanft und legte einen Fünfhundert-Pesos-Schein auf den Tisch. Mit Mühe fokussierte sie ihren Blick darauf. »Das sollte für den Rest der Nacht reichen«, sagte Gonzalo. »Sag's deinem Boss, okay?«

Der Geldschein verschwand in Mónicas Händen. Sie sah Gonzalo aus glasigen Augen an. »*Gracias*«, sagte sie. »Du bist ein guter Mann.«

»Pass auf dich auf«, sagte Gonzalo.

Er brauchte ein paar Minuten, um die beiden Männer in der Menge vor der Theke wiederzufinden. Der Barmann, der inzwischen von einem zweiten Mann unterstützt wurde, stellte ihnen gerade ein Bier hin. Die Auswahl an Mädchen war geschrumpft, die Übriggebliebenen drängten sich um die beiden, flirteten und balzten.

Als Gonzalo zu den Männern trat, hatten sie gerade die Arme um ihre Auserwählten gelegt. Da er nicht wusste, wer wer war, fragte er: »Ramiro Veloz?«

Der Mann im blauen Polohemd zog die Augenbrauen zusammen. Er war schlank, hatte strähniges Haar und einen sorgfältig gestutzten Stoppelbart. Aus der Nähe sah Gonzalo, dass sein Hemd kein echtes Ralph Lauren war, sondern eine Fälschung. Der Aufschlag seiner Hose war ausgefranst, er trug einfache Tennisschuhe. »Wer bist du?«, fragte der Mann.

»Mein Name ist Soler. Aarón hat mir gesagt, wo ich dich finden kann.«

Ramiro lächelte, und Gonzalo sah, dass er einen Goldzahn hatte. Er boxte seinem Kumpel gegen die Schulter. »Er ist ein Cop«, sagte er. »Vermutlich hat man ihm nicht gesagt, dass es keine Cops mehr gibt.«

»Ich will nur reden. Fünf Minuten.«

»Ich bin hier, um mit den Mädels zu trinken.«

»Ich will nur fünf Minuten.«

Das Lächeln des Mannes verwandelte sich in ein Stirnrunzeln, er trank einen Schluck Bier. Das Mädchen in seinem Arm streichelte seine Brust und blickte gelangweilt drein. Gonzalo fragte sich, ob sie auch eine lange Geschichte zu erzählen hätte.

»Wie sieht's aus?«

»Also gut, fünf Minuten.«

»Gehen wir nach draußen.«

Ramiro flüsterte dem Mädchen etwas ins Ohr und ließ sie los. Sein Kumpel blickte misstrauisch, versuchte aber nicht, Ramiro aufzuhalten. Er wandte sich dem Ausgang zu, Gonzalo folgte.

Die Nacht war klar, der Halbmond schien. Die Lichter der Stadt erhellten den Himmel, Sterne waren nicht zu sehen. Sie stellten sich unter einen Baum, Ramiro zog eine Zigarettenschachtel hervor und hielt sie Gonzalo hin. Der winkte ab.

Ramiro steckte sich umständlich eine Zigarette in den Mund und zündete sie mit einem Metallfeuerzeug an. Er blies eine Rauchwolke aus. »Was will die Polizei von mir?«, fragte er.

»Eliseo Guadalupe«, erwiderte Gonzalo. »Aarón sagt, du kennst ihn?«

»Hab den Namen gehört. Auch ein Cop.«

»Vor einiger Zeit hat er nachts einen Wagen angehalten. Mit zwei Mädchen. Was ist mit ihnen passiert?«

»Wieso glaubst du, ich weiß was darüber?«

»Ich frage bloß«, sagte Gonzalo.

»Guadalupe macht nichts anderes, als sein Geld zu nehmen und beide Augen zuzudrücken. Von Mädchen weiß ich nichts. Was für Mädchen sind das?«

»Wer würde es wissen?«

Ramiro pulte einen Tabakkrümel von seiner Zunge und schnippte ihn weg. »Den Weg willst du nicht gehen.«

»Ich weiß, dass Guadalupe mit den *narcos* zusammenarbeitet«, sagte Gonzalo. »Wer sagt ihm, was er zu tun hat?«

»Was springt für mich dabei raus?«

»Du willst Geld?«, fragte Gonzalo.

»Natürlich will ich Geld! Wie viel hast du?«

Gonzalo zog seine Brieftasche hervor. »Nicht viel.«

»Gib mir alles.«

»Sag mir erst, was ich wissen will.«

»*¡Dame el dinero!*«, blaffte Ramiro und streckte die Hand aus.

Gonzalo nahm einen Haufen Scheine aus der Brieftasche und legte ihn in Ramiros offene Hand. Er überschlug den Verlust im Kopf und knirschte mit den Zähnen. »Mehr hab ich nicht.«

Ramiro zählte schnell nach. »Scheiße. Bullen haben nie Geld.«
»Sag mir, wer Guadalupe seine Aufträge gibt. Bitte.«
Ramiro warf ihm einen bösen Blick zu. »Kannst du mir mehr Geld besorgen?«
»Ich habe keinen *Job*«, sagte Gonzalo. »Wie soll ich dir mehr Geld besorgen?«
»Was du da von mir willst, das ist gefährlich.«
»Und du meinst, ich kann nicht gefährlich sein?«
»Was soll das heißen?«
Gonzalo funkelte ihn an. »Irgendwann wird die Polizei wieder im Dienst sein. Dann können wir dir das Leben leicht oder schwer machen. Und bei Verhaftungen kommt es immer mal wieder zu Unfällen.«
Ramiro betrachtete ihn vorsichtig. »Ihr Cops seid alle korrupt.«
»So heißt es.«
»Aber ihr könnt nicht überall sein. Nicht mal die Armee ist überall.«
»Mein Freund, wenn du mir nicht sagst, was ich wissen will, werde ich es mir zur Aufgabe machen, dir immer im Nacken zu sitzen. Du wirst dich nicht mal rasieren können, ohne mich hinter dir im Spiegel zu sehen.«
»Das wär dir zuzutrauen.«
»Also sag's mir.«
»Gut, ich sag's dir, aber von mir hast du es nicht. Mein Name darf nie erwähnt werden.«
»Versprochen.«
»Okay.«
»Wer sagt Guadalupe, was er zu tun hat?«, fragte Gonzalo wieder.
»Águila.«
»Wer ist Águila?«
»Er kümmert sich um die Cops.«

»Ist er ein Zeta? Oder ein Golfo?«

»Was glaubst du?«

»Ein Zeta«, sagte Gonzalo. »Wie sieht er aus?«

»Keine Ahnung. Meine Größe, bisschen schwerer. Er hat ein Muttermal auf der Wange.«

Ein Zittern lief durch Gonzalos Rückenmark. Der Mann mit der Golduhr. »Wo finde ich ihn?«

Ramiro hielt die Geldscheine hoch. »Dafür reicht das nicht. Frag Guadalupe.«

»Ich frage *dich*«, sagte Gonzalo.

»Tja, ich sage nichts mehr.«

Der Mann wandte sich zum Gehen, Gonzalo packte ihn am Arm. »Hör zu –«

»Nimm die Hände weg, *coño*«, sagte Ramiro. Sein Tonfall war messerscharf.

Gonzalo lockerte den Griff. »Weiß Águila was von den Mädchen?«

»Frag Guadalupe.«

Ramiro drehte Gonzalo den Rücken zu und ging zurück in die Bar. Musik, Stimmen und Rauch drangen durch die offene Tür heraus, die sich gleich wieder schloss. Gonzalo ließ die Arme hängen. »Frag Guadalupe«, sagte er zu sich selber. »Frag scheiß Guadalupe.«

Er ging zu seinem Auto und fuhr los.

15

Gonzalo wachte mit dem Gedanken an Guadalupe auf und kam auch beim Duschen und Frühstücken nicht davon los. Er überlegte, Jack anzurufen, war aber nicht sicher, was er ihm sagen sollte. Und wusste es immer noch nicht, als er angezogen und bereit zum Gehen war.

Er öffnete die Wohnungstür, als sie gerade anklopfen wollten: zwei bewaffnete Soldaten in Uniform, die Augen hinter Sonnenbrillen verborgen. Der eine stellte sich vor: »Ich bin Teniente Casiano. Sie sollen mit uns kommen.«

»Was habe ich getan?«, fragte Gonzalo.

»Sie werden alles erfahren.«

Gonzalo blieb zögernd im Flur stehen und war versucht, Teniente Casiano die Tür vor der Nase zuzuschlagen, wusste aber, dass das unklug wäre. Als er sah, dass der zweite Soldat Nylon-Handschellen in der Hand hatte, bekam er weiche Knie. »Können Sie mir sagen, worum es geht?«

»Bitte, Inspector, kommen Sie einfach unauffällig mit.«

»Ich muss ein paar Dinge holen.«

»Sie werden nichts benötigen.«

»Ich muss einen Anruf machen.«

»Dazu werden Sie später Gelegenheit haben«, sagte Teniente Casiano ausdrucklos. »Und wenn Sie mir bitte Ihr Handy geben ...?«

»Warum wollen Sie mein Handy?«

Der zweite Soldat trat nach vorne, aber Casiano gebot ihm mit einer Geste Einhalt. Er nahm die Sonnenbrille ab, und Gonzalo sah, dass sie nach langen Stunden in der Sonne helle Linien um die Augen und quer über dem Nasenrücken hinterlassen hatte. »Capitán Alvares bittet Sie aufs Revier, um ein paar Fragen zu beantworten. Es muss nicht kompliziert werden. Also ... Ihr Handy, bitte.«

Gonzalo fischte das Telefon aus seiner Tasche und gab es Casiano. Er reichte es weiter an den anderen Soldaten, der es einsteckte.

Sie führten Gonzalo auf den kleinen Parkplatz vor dem Haus. Hier warteten mit laufenden Motoren zwei Armeetrucks, jeder mit etwa zehn Soldaten besetzt, von denen die meisten hinten auf der offenen Pritsche standen. Das dritte Fahrzeug war ein SUV, in dem es angenehm kühl war.

Teniente Casiano setzte sich neben Gonzalo auf die Rückbank. Mit dem SUV an der Spitze bog der kleine Konvoi auf die Straße ab und machte sich auf in Richtung Zentrum. Im Radio plärrte Militärmusik, und die Einheiten zwitscherten über Funk miteinander wie Singvögel.

»Bin ich der Einzige, der abgeholt wird?«, fragte Gonzalo, nachdem sie eine Weile unterwegs waren.

»Das kann ich Ihnen leider nicht sagen, Inspector«, erwiderte Teniente Casiano.

»Können Sie mir irgendetwas sagen?«

»Sie werden alles erfahren.«

Gonzalo schwieg zwei Blocks lang, dann sagte er: »Ich habe seit meiner Suspendierung privat gearbeitet. Wenn es darum geht, kann ich Ihnen versichern, dass ich nichts Illegales getan habe.«

»Ich weiß wirklich nichts«, entgegnete Casiano. »Entspannen Sie sich und genießen Sie die Fahrt.«

Als sie endlich am Revier ankamen, zwang Gonzalo sich, tief zu atmen. Seine Handflächen waren nass, die Hosenbeine, auf denen sie lagen, wurden trotz der Klimaanlage feucht. Unter seinem Hemd perlten Schweißtropfen in den Achseln.

Die Fahrzeuge, die als Blockaden vor dem Eingang gestanden hatten, waren durch Sandsäcke und Betonklötze ersetzt worden, die Tür wurde von Soldaten bewacht. Der Konvoi schlängelte sich an den Sperren vorbei und hielt vor dem Gebäude. Teniente Casiano stieg aus, suchte mit der Hand an der Waffe die Häuserdächer ab und gab dann Gonzalo ein Zeichen, auszusteigen.

Gonzalo wurde eilig durch die Tür, am Empfang und seinem alten Schreibtisch vorbei und zur Hintertreppe geführt. Sie gingen in den zweiten Stock hinauf und durch einen ihm vertrauten Korridor, an dessen Ende eine Tür lag. Casiano öffnete sie und ließ Gonzalo eintreten.

Der kleine Befragungsraum bot kaum genug Platz für einen abgenutzten Holztisch und drei Plastikstühle. Gonzalo wusste nicht, was er erwartet hatte.

»Capitán Alvares wird gleich kommen«, sagte Casiano und schloss die Tür.

Gonzalo sah sich um. Eine Überwachungskamera schaute auf ihn herab. Die Bilder wurden in einen Nebenraum übertragen und gespeichert. Als Vernehmender hätte sich Gonzalo mit dem Rücken zur Kamera gesetzt, jetzt nahm er so Platz, dass sein Gesicht erkennbar war.

Das Zimmer war klein und stickig. Es gab weder eine Uhr noch Fenster. Die Wände waren mit Schaumgummi beklebt, der die Geräusche dämpfte. Der Raum wurde immer enger. Gonzalo schwitzte heftig, sein Mund war trocken.

Er hatte keine Ahnung, wie viel Zeit vergangen war, als Alvares die Tür öffnete. Der Capitán trug einige Akten unter dem Arm und sah in seiner kurzärmeligen Uniform sehr frisch aus. »Guten Morgen«, wünschte er und setzte sich Gonzalo gegenüber. Sein Rücken war der Kamera zugewandt.

»Warum bin ich hier?«, fragte Gonzalo.

Alvares legte die Akten auf den Tisch und schob sie ordentlich übereinander. »Alle Polizisten müssen sich im Rahmen der Überprüfung Befragungen unterziehen«, sagte er. »Sagen wir, dies ist Ihr erster Termin.«

»Sie hätten dafür nicht die halbe Armee schicken müssen.«

»Ich wollte Ihnen zu verstehen geben, wie ernst wir das Ganze nehmen.«

»Geht es darum, dass ich Ihnen gegenüber laut geworden bin? Dafür entschuldige ich mich. Ich war aufgebracht und habe unüberlegt gehandelt.«

Alvares sah Gonzalo unverwandt an. »Nein, damit hat es nichts zu tun.«

»Oh.« Gonzalo fiel nichts weiter ein.

Alvares schlug die erste Seite auf. »Ich bin Ihre Akten durchgegangen«, sagte er. »Und fand sie sehr interessant. Vor allem den Teil über Leopoldo Sisneros.«

Gonzalo erstarrte. »Das sollte eigentlich nicht in meiner normalen Personalakte stehen.«

»Tat es auch nicht. Wir mussten suchen.«

»Dann wissen Sie alles«, sagte Gonzalo.

»Ja.«

Sie sahen einander lange an, obwohl Gonzalo nicht wusste, wie lange. »Was haben Sie jetzt mit mir vor?«, fragte er.

»Was sollten wir denn mit Ihnen vorhaben?«

»Ich bin nicht mehr der Polizist, der ich damals war. Ich habe geschworen, mich zu ändern, und mich daran gehalten.«

Alvares nickte. »Ich glaube Ihnen.«

»Ich verstehe nicht.«

»Ich glaube Ihnen. Ich denke nicht, dass Sie noch Schmiergeld nehmen. Ich denke nicht, dass Sie von den *narcos* gekauft sind. Ich halte Sie für einen ehrlichen Polizisten und werde das in meine Beurteilung schreiben.«

»Warum dann –?«

»Dazu komme ich gleich. Wie gesagt, ich habe mir Ihre Akten durchgesehen, auch die Fälle, an denen Sie gearbeitet haben, als Sie suspendiert wurden. Über einen im Besonderen würde ich gerne mit Ihnen reden. Wenn ich darf.«

Gonzalo sagte nichts.

Alvares klappte die Akte zu und legte sie beiseite. Er öffnete die zweite. »Ich habe einen meiner Männer mit Ihren Fällen betraut, Gervasio Chaidez. Leider muss ich zugeben, dass er kein besonders guter Ersatz für Sie ist. Sie hatten recht, als Sie sagten, wir seien für den Kampf gegen die *narcos* besser geeignet als für Polizeiarbeit. Bei diesem speziellen Fall geht es um zwei vermisste Mädchen, eine davon Amerikanerin. Ich glaube, Sie wissen, was ich meine.«

»Ja.«

»Das dachte ich mir, da Sie mit dem Vater der Amerikanerin in der Stadt gesehen wurden.«

»Das kann ich erklären«, sagte Gonzalo.

»Heben Sie sich das für später auf. Wir sind zwar keine guten Polizisten, verfügen aber über einige Ressourcen. Außerdem haben wir Ihre Notizen. Was wissen Sie über Eliseo Guadalupe?«

Gonzalos Mund öffnete sich. »Er ist ein Polizeikollege«, brachte er heraus. »Er arbeitet in der Gegend, wo die Mädchen zuletzt gesehen wurden.«

»Und am Wagen der Mädchen wurden seine Fingerabdrücke gefunden«, ergänzte Alvares.

»Ja.«

»Was ist da passiert, glauben Sie?«

»Ich weiß nicht, was da passiert ist«, sagte Gonzalo.

»Aber Sie haben einen Verdacht.«

»Keinen, den ich beweisen könnte.«

»Und wenn Sie Gelegenheit bekämen, ihn zu beweisen?«

»Was wollen Sie damit sagen?«

Alvares schlug die Akte zu und schob sie über den Tisch. »Nehmen Sie«, sagte er.

Gonzalo gehorchte. Nervös hielt er die Akte, spürte, wie leicht sie war. Aus Mangel an Beweisen und konkreten Spuren. Er dachte an Jack.

»Ich habe mir auch Eliseo Guadalupes Akte angesehen. Er ist nicht so ehrlich wie Sie. Drei Mal war er wegen Korruption angeklagt, drei Mal hat er es geschafft, einer Bestrafung zu entgehen. Das sind drei Mal zu viel.«

»Was soll ich tun?«, fragte Gonzalo.

»Ich will, dass Sie Guadalupe vernehmen. Hier. In diesem Raum.«

»Wegen der vermissten Mädchen?«

»Auch. Und wegen des Verdachts von Bestechlichkeit. Und allem anderen, dessen er verdächtigt wird.«

»Warum erlauben Sie das?«

Alvares faltete die Hände auf dem Tisch und beugte sich vor. »Ich bin hier, um in dieser Stadt aufzuräumen, und Polizisten wie Guadalupe sind Teil des Problems. Wenn er mit den Mädchen nichts zu tun hat, hat er anderen Dreck am Stecken. Sie sind Polizist, machen Sie Ihre Arbeit. Tun Sie das für mich.«

»Was wollen Sie dafür?«

»Darüber können wir später sprechen.«

»Wann soll die Vernehmung stattfinden?«

»Ist morgen früh genug?«, fragte Alvares.

Gonzalo legte die Akte auf den Tisch. Seine Hände zitterten, aber nicht aus Angst. Er schluckte. »Ich bin bloß Inspector, kein Inquisitor«, sagte er. »Ich kann nichts garantieren.«

Alvares lächelte. »Geben Sie einfach Ihr Bestes. Ich bin sicher, das ist gut genug.«

16

Gonzalo anzurufen brachte nichts, er nahm nicht ab. Das Handy klingelte, bis die Mailbox ansprang, und obwohl Jack schon mehrere Nachrichten hinterlassen hatte, kam kein Rückruf.

Das Hotelzimmer konnte er auch nicht verlassen, denn er wollte nicht riskieren, Gonzalo zu verpassen. Aber die Stunden vergingen, ohne dass Gonzalo erschien. Zwei ältere Männer, Gäste des Hotels, schlurften in die Lobby hinunter und brachten sich vor dem Fernseher in Position. Sie wechselten kein Wort und starrten aufmerksam auf den Bildschirm. Jack hatte sie gestern schon gesehen. Sie würden den ganzen Tag hier hocken.

Gegen Mittag rief er Bernardo an. »Hast du was von Gonzalo gehört?«, fragte er.

»Nein, niemand hat angerufen«, sagte Bernardo müde. Wahrscheinlich war er die ganze Nacht wach gewesen und hatte darauf gewartet, dass sein Telefon klingeln und der alles entscheidende Hinweis eingehen würde. Er klang verzweifelt.

»Er geht nicht ans Telefon«, sagte Jack.

»Vielleicht ist etwas dazwischengekommen.«

»Er ist allein losgegangen«, sagte Jack. »Er hat mich hier sitzen lassen, verdammt noch mal.«

»Selbst wenn dem so wäre, hätte er dich angerufen«, sagte Bernardo.

»Nein, er hält Informationen zurück«, sagte Jack und war in dem Moment überzeugt, dass Gonzalo ihn im Goyo hatte loswerden wollen, um alleine weitermachen zu können. Erst hatte er Jack entwaffnet, jetzt schob er ihn aus dem Weg.

»Er wird schon kommen«, sagte Bernardo.

Auf der Straße blitzte etwas Metallenes in der Sonne auf, und Jack sah Gonzalos Wagen vor dem Hotel halten. Sein Herz machte einen Satz. »Er ist da«, sagte er.

»Jack, hör zu –«

»Ich muss los.« Jack beendete den Anruf und lief auf die Straße. Beinahe hätte er Gonzalo angebrüllt, der Frust der letzten Stunden kochte über. »Wo zum Teufel sind Sie gewesen?«

Gonzalo blieb ungerührt. »Steigen Sie ein«, sagte er.

Jack setzte sich auf den Beifahrersitz und knallte mit Schwung die Tür zu. »Ich habe versucht, Sie zu erreichen.«

Gonzalo fuhr los. »Es ist etwas Wichtiges passiert, und Sie müssen mir jetzt genau zuhören.«

»Lassen Sie mich nie wieder so hängen«, sagte Jack. »Nie wieder.«

»Keine Versprechungen, Jack. Es geht im Moment Schlag auf Schlag, und vielleicht ist keine Zeit, um Sie über jeden Schritt auf dem Laufenden zu halten.«

»Was ist los?«

»Ich bin auf Guadalupe angesetzt. *Offiziell.*«

»Was? Wieso?«

Gonzalo machte eine abwehrende Geste. »Das ist schwer zu erklären. Wichtig ist, dass ich morgen früh Guadalupe gegenübersitzen werde und Antworten verlangen kann. Das ist ein Riesendurchbruch. Sie können sich freuen.«

Jack sah auf die Straße. Er hatte keine Ahnung, wohin sie fuhren. »Ich würde mich noch mehr freuen, wenn ich wüsste, was er mit der Sache zu tun hat.«

»Genau das will ich ja rausfinden«, sagte Gonzalo. »Wo er sich in der fraglichen Nacht aufgehalten hat. Was er getan hat. Warum er mich angelogen hat, als er behauptete, die Mädchen nicht gesehen zu haben.«

»Glauben Sie, er hat ihnen was angetan?«, fragte Jack.

»Darauf habe ich keine Antwort, Jack. Aber wir werden es bald wissen. Ich habe den Auftrag von Capitán Alvares. Guadalupe wird reden.«

»Wieso sind Sie so sicher?«

»Er ist überführt«, sagte Gonzalo. »Es wäre was anderes, wenn ich ihn nicht mit dem Wagen Ihrer Stieftochter in Verbindung bringen könnte, aber das kann ich. Ich kann beweisen, dass er den Mädchen in jener Nacht begegnet ist.«

»Er wird leugnen.«

»Soll er leugnen. Ich habe den Beweis. Und ich habe noch andere Dinge herausgefunden.«

»Was denn?«

»Das möchte ich lieber nicht sagen. Zu Ihrem eigenen Schutz, Jack. Wenn Sie der falschen Person das Falsche sagen, kann das schlimme Folgen haben, und das wünsche ich Ihnen nicht.«

»Sagen Sie's mir«, beharrte Jack.

»Es hat mit den Zetas zu tun, aber ich bin noch dabei, das Puzzle zusammenzusetzen.«

»Die Zetas sind involviert?«

»Ich weiß es noch nicht, und wenn ich es wüsste, würde ich es Ihnen wahrscheinlich nicht sagen.«

»Wo fahren wir hin?«

»Ich bringe Sie zu Ihrem Schwager«, sagte Gonzalo. »Ich möchte, dass Sie mit Ihrer jüngeren Tochter so schnell wie möglich die Stadt verlassen.«

Jack schüttelte heftig den Kopf. »Ich gehe nirgendwohin.«

»Bitte, Jack. Es ist sicherer, wenn Sie mich alleine weitermachen lassen.«

»Ich hab *gewusst*, dass Sie mich loswerden wollen!«, rief Jack aus. »Ich hab's gewusst!«

»Das stimmt nicht. Die Situation ... es geht hier nicht nur um einen korrupten Polizisten. Sie wissen, was in der Stadt los ist.

Wenn Sie mit mir gesehen werden, kann Sie das in Gefahr bringen. Sogar die Armee weiß, dass wir zusammen unterwegs waren und Fragen gestellt haben.«

»*Sie* stecken da mitten drin.«

»Das ist das Risiko, das ich als Polizist eingehen muss.«

»Dann ist es das Risiko, das ich eingehe.«

Gonzalo sah Jack von der Seite an. »Sie sind ein Dickkopf, Jack Searle.«

»Ich will einfach nur meine Tochter wiederhaben«, sagte Jack. »Das ist alles.«

»Das will ich auch«, erwiderte Gonzalo. »Sie mögen Ihre Zweifel haben, aber ich war von Anfang an auf Ihrer Seite.«

»Dann schicken Sie mich nicht weg«, sagte Jack.

Gonzalo seufzte und zuckte die Achseln. »Bleiben Sie wenigstens heute bei Ihrem Schwager. Bleiben Sie bei Ihrer Familie. Morgen machen wir weiter.«

17

Bernardo hatte die ganze Nacht kein Auge zugetan. Nach dem Telefonat mit Jack spürte er eine bleierne Müdigkeit, die seine Augenlider nach unten zog. Der Sessel, in dem er saß, war plötzlich sehr bequem, und als er aufstehen wollte, machte sein Körper nicht mit. Er musste sich zwingen, auf die Beine zu kommen.

Die Kinder spielten in ihren Zimmern, Reina war zur Arbeit gegangen. Bernardo war froh, dass Lidia da war und sich mit den Kleinen beschäftigte, weil er zu nichts zu gebrauchen war, außer auf das Klingeln des Telefons zu warten. Er ging in die Küche, holte *limonada* aus dem Kühlschrank und setzte sich an den großen, leeren Tisch, um nachzudenken. Als aus Leandras Zimmer plötzlich fröhliches Kichern ertönte, musste er einen Moment lang fast lächeln.

Er hielt das Telefon ständig in der Hand, hatte es sogar im Bett umklammert, um bloß keinen Anruf zu verpassen. Jetzt vibrierte es, dann durchbrach ein munterer Klingelton die Stille. Bernardo schaute aufs Display, erkannte die Nummer nicht und nahm den Anruf an. »*Bueno*«, sagte er.

Schweigen am anderen Ende, aber die Verbindung war hergestellt. Bernardo meinte, jemanden leise atmen zu hören, das Geräusch war sehr schwach. Die Stille dauerte so lange an, dass er glaubte, der Anrufer würde wieder auflegen, doch dann kam ein Räuspern, und die leise Stimme eines Mannes erklang. »Sind Sie das, der die Flugblätter aufgehängt hat? Wegen der vermissten Mädchen?«

»Ja. Das sind meine Tochter und meine Nichte.«

Wieder eine lange Pause, diesmal war das Atmen lauter. »Gibt es für Informationen eine Belohnung?«

»Ich bin nicht reich«, sagte Bernardo, »aber wenn die Informationen gut sind, kann ich Ihnen vielleicht was dafür geben. Wissen Sie etwas?«

»*Sí.*«

»Was wissen Sie?«

Wieder herrschte so lange Stille, dass Bernardo nachsah, ob die Verbindung noch bestand. Schließlich sagte der Mann: »Ich hab's gesehen.«

Alle Müdigkeit verflog, Bernardo plötzlich so voller Energie, dass sein Körper kribbelte. Er richtete sich auf. Die Hand am Telefon zitterte. »Was haben Sie gesehen?«

»Zwei Mädchen in einem weißen Auto. Es war spät, und sie fuhren so langsam, als würden sie den Weg suchen. Zu langsam, verstehen Sie? Sie wurden angehalten.«

Bernardo stellte die nächste Frage mit großer Behutsamkeit, er hatte Angst, den Anrufer zu verschrecken und dann nichts mehr zu erfahren. »Wer hat sie angehalten?«

»Ich weiß nicht, ob ich das sagen sollte. Wenn jemand erfährt, was ich Ihnen gesagt hab ... dann hätte das schlimme Folgen für mich.«

»Bitte«, sagte Bernardo. »Ich muss es wissen. Meine Tochter ist seit Wochen verschwunden. Ihre Mutter muss wissen, was mit ihr passiert ist. Und ihr Bruder und ihre Schwester auch. Bitte sagen Sie mir etwas. Irgendetwas.«

»Vielleicht sollte ich warten, bis Sie mir eine Belohnung geben.«

»Was immer Sie wollen«, sagte Bernardo.

Er meinte, im Hintergrund ein Auto hupen zu hören. Er malte sich aus, dass der Mann irgendwo an einer Straße in einen Hauseingang gedrängt stand, wo ihn niemand sehen konnte. Vielleicht hatte er miterlebt, was passiert war. Vielleicht stand er jetzt an genau derselben Stelle.

»Sind Sie noch da?«, fragte Bernardo.

»Ich bin noch da«, sagte der Anrufer.

»Sagen Sie mir, was Sie wissen?«

»Sie müssen mir glauben«, sagte der Mann, »dass ich nichts damit zu tun hatte. Ich war zufällig in der Nähe. Ich war betrunken, aber das heißt nicht, dass ich nichts mitbekommen hätte.«

»Was haben Sie gesehen?«, fragte Bernardo wieder.

»Es waren zwei. Zwei Polizisten. Sie haben die Mädchen gestoppt.«

Bernardo merkte, dass er die Luft anhielt. Er atmete aus. »Polizisten«, sagte er.

»Ja. Sie haben mich nicht gesehen, aber ich sie. Ich *kenne* sie. Sie kommen ständig in die Gegend. Als sie die Mädchen angehalten haben, hab ich mich versteckt und alles beobachtet.«

»Wie heißen die beiden?«, fragte Bernardo. »Kennen Sie ihre Namen?«

»Nein. Ich kenne die Gesichter. Und ich weiß, dass sie zu Los Zetas gehören. Viele andere Polizisten auch, aber diese beiden ganz sicher.«

Bei der Erwähnung der Zetas überfiel Bernardo nackte Panik, er konnte kaum noch das Telefon halten. Er fühlte sich benommen und musste sich wieder zwingen zu atmen. »Was haben sie dann getan?«

»Sie haben das Auto angehalten. Und die Mädchen aussteigen lassen. Sie durchsucht.«

»Und dann?«

»Dann haben sie sie mitgenommen.«

»Was meinen Sie damit, sie haben sie mitgenommen?«, fragte Bernardo.

»Sie haben ihnen Handschellen angelegt und sie hinten in ihr Auto gesetzt. Die Mädchen haben laut protestiert, aber sie haben sie ignoriert. Sie haben sie ins Auto gesetzt und mitgenommen.«

»Wohin?«

»Das weiß ich nicht!«, brach es plötzlich aus dem Anrufer heraus. »Habe ich Ihnen nicht schon genug erzählt? Ich bin ja nicht mitgefahren! Ich habe weiter nichts gesehen!«

Bernardo leckte sich über die trockenen Lippen. »Die Information ist gut. Ich werde dafür zahlen. So viel ich aufbringen kann. Sie können uns sagen, wie die Polizisten ausgesehen haben.«

»Ich sage Ihnen gar nichts mehr.«

»Wollen Sie keine Belohnung? Ich hab doch gesagt, ich gebe Ihnen Geld.«

»Ich hab's mir anders überlegt. Die Typen gehören zu den Zetas. Ich muss verrückt sein, dass ich Sie angerufen habe.«

»Nein, nein!«, sagte Bernardo. »Es ist gut, dass Sie angerufen haben! Bitte, wissen Sie sonst noch was? Haben Sie die Nummer des Polizeiwagens? In welche Richtung sind sie gefahren?«

Der Anrufer machte ein wütendes Geräusch. »Mehr weiß ich nicht! Und wenn Sie schlau sind, hören Sie auf, nach den Mädchen zu suchen! Das führt zu nichts Gutem. Sie sind weg.«

»Bitte –«, sagte Bernardo, aber es klickte, und er sprach ins Leere hinein. Wieder fing er an zu zittern und musste das Telefon mit beiden Händen festhalten, um es nicht fallen zu lassen. In seinem Kopf drehte sich alles.

Am Gartentor klingelte die Glocke.

18

Gonzalo hörte sich Bernardos Bericht mit höchster Konzentration an, als wäre jedes einzelne Wort entscheidend. Vermutlich war es das auch. Jack sah, wie mitgenommen Bernardo war, wahrscheinlich sah er ähnlich aus. Sein Magen war ein Knoten.

Als Bernardo geendet hatte, stellte Gonzalo ihm Fragen. Wie der Anrufer geklungen hatte, von wo aus er angerufen haben mochte, alles, das ihnen einen Hinweis auf seine Identität hätte geben können, aber da war nichts. Als Bernardo die Nummer des Anrufers zurückrief, klingelte es nur endlos.

»Morgen lasse ich die Nummer durchs System laufen«, sagte Gonzalo. »Wenn ein Name auftaucht, haben wir einen Zeugen.«

»Die beiden Polizisten«, sagte Jack, »das waren Guadalupe und sein Partner. Sie haben die Beweise. Es müssen die beiden gewesen sein.«

Gonzalo nickte langsam. »Vermutlich.«

»Wie finden wir es heraus?«

»Wenn wir den Zeugen identifizieren und ihn überreden können, mit Alvares zu reden, dann haben wir etwas in der Hand«, sagte Gonzalo.

»Es muss doch möglich sein, das auch so zu verwenden.«

»Ist es auch. Guadalupe weiß nicht, dass die Aussage anonym gemacht wurde. Ich kann ihn damit konfrontieren, dass er in der Nacht mit den Mädchen gesehen wurde. Und ich kann es anhand der Fingerabdrücke beweisen. Ich kann seine Disziplinarverfahren gegen ihn verwenden. Er ist korrupt, und wenn er in Panik gerät, dann redet er vielleicht.«

»Was ist mit Los Zetas?«, fragte Jack.

Bernardo hatte sich die zitternde Hand vor den Mund gehalten. Jetzt nahm er sie weg. »Der Anrufer hat gesagt, die beiden Polizisten würden zu den Zetas gehören.«

Gonzalos Miene verdüsterte sich. »Das ist etwas anderes.«

»Was meinen Sie damit?«

»Es ist eine Sache, einen korrupten Polizisten dazu kriegen, dass er zugibt, bestochen worden zu sein, aber eine ganz andere, ihn der Zusammenarbeit mit den Kartellen zu beschuldigen.«

»Aber Sie glauben, dass es wahr ist«, sagte Jack. »Sie haben gesagt –«

»Ich habe ein paar Dinge herausgefunden, die sich noch nicht beweisen lassen, aber ich mache mir Sorgen. Darum habe ich Sie gebeten, nach Hause zu fahren, Jack. Vielleicht wird Ihnen jetzt endlich klar, womit wir es in dieser Stadt zu tun haben. Die Kartelle bieten Polizisten, die sie kaufen wollen, genau zwei Optionen: *plata o plomo.*«

»Silber oder Blei?«

»Polizisten, die sich nicht bestechen lassen, bekommen die Kugel«, sagte Gonzalo. »Unter diesem Druck knicken sogar die guten Polizisten ein.«

»Guadalupe ist kein guter Polizist«, sagte Jack.

»Nein. Er ist Opportunist. Und wir müssen hoffen, dass er außerdem ein Feigling ist, weil er Alvares und seine Männer mehr fürchten muss als die Zetas. Das ist nicht so einfach. Die Zetas kommen überallhin.«

»Ich verstehe nicht, warum er sie mitgenommen hat«, brach es aus Bernardo heraus. Seine Finger zuckten heftig. Er hielt das Telefon immer noch so fest umklammert, dass die Knöchel weiß hervortraten. »Warum nimmt er sie mitten in der Nacht mit?«

Gonzalo sprach in beruhigendem Ton. »Darüber sollten Sie sich im Moment keine Gedanken machen, Sr. Sigala. Wichtig ist, dass er ihnen nichts getan hat. Er hat sie verhaftet, aber sie waren am Leben, als der Zeuge sie gesehen hat. Konzentrieren Sie sich darauf.«

»Sie haben niemandem etwas getan!«

Jack legte die Hand auf Bernardos Schulter. Er spürte die verspannten Muskeln, das unsichtbare Zittern, das durch Bernardos Körper lief und in den Füßen und Händen zum Ausdruck kam. Er hätte Bernardo gern umarmt, spürte aber, dass er sich gewehrt hätte. »Es wird alles gut«, sagte Jack, und es klang auch in seinen eigenen Ohren nicht überzeugend.

»Versprechen Sie mir, dass Sie die Wahrheit aus ihm rausbekommen, Inspector Soler«, sagte Bernardo. »Bringen Sie ihn dazu, zu gestehen, wohin er unsere Mädchen gebracht hat. Es ist nicht zu spät. Vielleicht geht es ihnen gut.«

»Ich werde tun, was ich kann, um herauszufinden, was in jener Nacht passiert ist«, sagte Gonzalo.

Bernardo nickte zitternd. »In Ordnung.«

»Jack, kann ich Sie alleine sprechen?«, fragte Gonzalo.

»Sicher. Gehen wir nach draußen.«

Sie stellten sich neben den kalten, aschebedeckten Grill im Vorderhof. Gonzalos Mund war ein schmaler Strich, seine Augen dunkel.

»Was ist los?«, fragte Jack.

»Ich habe Ihrem Schwager absichtlich nicht alles gesagt, damit er nicht völlig zusammenbricht«, sagte Gonzalo. »Sie sehen ja, in welchem Zustand er ist, seit die Worte Los Zetas gefallen sind.«

»Was soll ich tun?«

»Versuchen Sie, ihm da durchzuhelfen, und lassen Sie mich entscheiden, was ich ihm sage, wenn wir irgendwas Neues herausfinden. Ich weiß, er ist Ihr Schwager, aber für mich wäre es besser, Informationen zurückhalten zu können, falls nötig.«

»Ich will ihn nicht im Dunkeln tappen lassen.«

»Es ist in seinem eigenen Interesse, Jack. Bernardo hat Familie und muss für sie da sein. Das kann er nicht, wenn er in blinder Panik ist.«

Jack überlegte. »In Ordnung, aber versuchen Sie nicht mehr, mich kaltzustellen. Ich habe mehr zu verlieren als Sie und will dabei sein. Schicken Sie mich nicht zurück über die Brücke.«

»Vielleicht ist das gar nicht meine Entscheidung. Wenn Alvares meint, dass Sie eine laufende Ermittlung behindern, kann er Sie ausweisen lassen. Er hat die Macht dazu.«

»Dann werde ich mich an meine Regierung wenden und Beschwerde einlegen«, sagte Jack.

»Und in der Zwischenzeit läuft es so, wie Alvares will. Bis die Mühlen der Bürokratie angelaufen sind, können Wochen oder Monate vergehen. Diese Stadt gehört jetzt der Armee. Und der Policía Federal. Wir können keinen Schritt mehr machen, ohne gestoppt zu werden.«

»Kapieren die nicht, dass ich einfach nur helfen will?«, fragte Jack.

»Sie sind Zivilist. Kein Polizist. Kein Soldat. In deren Augen sind Sie bestenfalls ein Hindernis für eine saubere Ermittlung, im schlimmsten Fall ein Risiko. Und wenn die wüssten, dass Sie eine Waffe ins Land geschmuggelt haben, würden sie Sie wie einen Kriminellen behandeln. Bisher hat man Sie mit Samthandschuhen angefasst. Liefern Sie ihnen keinen Grund, die auszuziehen.«

19

Am nächsten Morgen gab sich Gonzalo besondere Mühe, präsentabel auszusehen. Er holte das Bügeleisen aus dem Schrank und bügelte sein Hemd und die Hose, band sich eine neue Krawatte um und zog sein bestes Jackett über. Außerdem rasierte er sich mit aller Sorgfalt und bedauerte es, keine Gelegenheit zu einem Friseurbesuch gehabt zu haben. Als er in den Spiegel sah, blickte ihm das Inbild eines Polizeiinspektors entgegen. Nur die Waffe fehlte.

Alvares hatte ihm einen Termin gemacht, und Gonzalo fuhr in aller Frühe zum Revier, um sich vorzubereiten. Erfreut stellte er fest, dass der Soldat, Gervasio Chaidez, seine Anweisungen zur Kennzeichnung der Fallakten befolgt hatte und er nicht lange nach den richtigen Mappen suchen musste. Damit zog er sich allein in den Verhörraum zurück, brütete über den wenigen Informationen, die er hatte, machte sich am Rand Notizen und schrieb eine ganze Seite mit neuen Erkenntnissen auf.

Der schallschluckende Schaum verhinderte, dass er Guadalupe und seine Eskorte kommen hörte, aber irgendwie spürte er, dass sie im Anmarsch waren. Er warf einen schnellen Blick in Richtung Kamera und winkte demjenigen zu, der ihn da beobachtete. Schlüssel klapperten, dann ging die Tür auf.

Guadalupe trug zivil, ein verknittertes Hemd, das aussah, als hätte er es aus der Dreckwäsche geholt, zerschlissene Turnschuhe und keine Krawatte. Bei Gonzalos Anblick wirkte er kurz überrascht, dann verzog sich seine Miene in offener Abneigung.

Die Soldaten hatten ihm keine Handschellen angelegt. Sie schoben ihn in den Raum und schlossen die Tür. Gonzalo gab

Guadalupe weder die Hand, noch begrüßte er ihn. Sie sahen sich einfach lange stumm an.

Gonzalo sprach als Erster. »Setzen Sie sich.«

»Was machen Sie denn hier?«, fragte Guadalupe.

»Setzen Sie sich. Bitte.«

Widerwillig folgte Guadalupe der Aufforderung und nahm gegenüber von Gonzalo an dem winzigen Tisch Platz. Sein Blick huschte über die Papiere und Notizen, die Gonzalo vor sich liegen hatte. Gonzalo hoffte auf Anzeichen von Nervosität, fand aber keine.

»Bin ich verhaftet?«, fragte Guadalupe.

»Soweit ich weiß, nicht«, entgegnete Gonzalo. »Was hat man Ihnen gesagt, als Sie hergebracht wurden?«

»Dass ich Fragen beantworten soll, wegen der Rückkehr in den Dienst. Ich habe mit einer Hintergrundüberprüfung gerechnet, aber nicht mit so was. Sind Sie nicht wie alle anderen auch suspendiert?«

»Ich habe eine Sondererlaubnis, um mit Ihnen zu sprechen«, erwiderte Gonzalo.

»Haben Sie irgendeinen Deal gemacht?«

»Nichts dergleichen. Ich unterstütze eine Ermittlung.«

»Was für eine Ermittlung?«

Gonzalo suchte die Fotos von Marina Cobos und Patricia Sigala heraus und legte sie vor Guadalupe auf den Tisch. Er ließ dem Mann Zeit, sie zu betrachten, und sagte dann: »Diese Mädchen werden vermisst. Ich habe Sie schon einmal danach gefragt.«

»Und ich hab gesagt, dass ich sie nie gesehen habe.«

»Wollen Sie bei dieser Antwort bleiben?«, fragte Gonzalo.

»Es ist die Wahrheit.«

Gonzalo ließ die Bilder liegen und blätterte durch die Akte, bis er die Fingerabdruckergebnisse vor sich hatte. Ein Schwarzweißausdruck zeigte Guadalupes Abdrücke aus seiner Personalakte, daneben die am Wagen gefundenen. Die Übereinstimmungen waren rot umkreist. »Bevor wir weitermachen«, sagte Gonzalo, »muss ich Sie warnen, dass unser Gespräch Ihre Polizeitätigkeit beeinflussen könnte.«

»Was soll das denn heißen?«

»Dass Sie möglicherweise endgültig aus dem Dienst entlassen werden.«

»Ich habe nichts zu verbergen.«

»Dann können Sie mir sicher erklären, wie die Abdrücke Ihres Daumens und Zeigefingers an das Fahrzeug gelangt sind, in dem die Mädchen in der Nacht ihres Verschwindens unterwegs waren.«

Gonzalo meinte ein Flackern in Guadalupes Blick zu sehen, aber es war sofort wieder verschwunden, übrig blieb nur schwelende Abneigung. Guadalupe stieß sich vom Tisch ab, doch sein Stuhl knallte gegen die Wand, sodass er wieder nach vorne rutschen musste. Die Enge im Vernehmungsraum war Absicht. Sie machte Ausflüchte unmöglich.

»Können Sie erklären, wie Ihre Abdrücke dahin gekommen sind?«, fragte Gonzalo.

»Woher weiß ich, dass das überhaupt stimmt?«

»Ich habe den Bericht, Sie können ihn sich ansehen. Möchten Sie?«

»Nein, nicht nötig.«

»Dann geben Sie zu, mit den beiden Mädchen Kontakt gehabt zu haben.«

»Ich gebe gar nichts zu«, erwiderte Guadalupe. »Wenn Sie sagen, dass da meine Fingerabdrücke sind, kann ich nichts dagegen machen. Vielleicht hab ich das Auto irgendwann mal angehalten. Vielleicht in jener Nacht, vielleicht auch irgendwann anders.«

»Sie haben mir beim letzten Mal gesagt, dass Sie das von mir beschriebene Fahrzeug nie gesehen hätten. Ein weißer Galant. Mit einem Kennzeichen aus Texas.«

»Ich halte jede Mengen Wagen mit texanischen Kennzeichen an«, sagte Guadalupe. »Die kommen hier rüber und fahren, als würde die Straße ihnen gehören. Sie besitzen keine diplomatische Immunität. Wir halten sie an und verteilen Strafzettel, wie bei allen anderen auch.«

»Und manchmal bezahlen sie, um den Strafzettel zu vermeiden«, sagte Gonzalo.

»Wollen Sie mir irgendwas vorwerfen?«

»Mir ist in Ihrer Personalakte nur aufgefallen, dass Sie drei Mal wegen Bestechlichkeit angeklagt waren.«

»Und es ist nie was daraus geworden«, gab Guadalupe zurück. »Was ist mit Ihnen? Hat man Ihnen nie vorgeworfen, *mordida* zu nehmen?«

Gonzalo senkte den Blick, bevor Guadalupe noch etwas sah, das er nicht zeigen wollte. Stattdessen blätterte er durch die Akte, als würde er etwas Bestimmtes suchen, dabei war seine nächste Frage schon vorformuliert. »Ist es möglich, dass Sie die Mädchen in jener Nacht wegen irgendeiner Verfehlung angehalten und versucht haben, Geld von ihnen zu erpressen?«

»Wenn ich darauf antworten würde, wäre ich doch echt blöd«, sagte Guadalupe.

»Dann lassen Sie mich anders fragen. Ist es möglich, dass Sie den Wagen angehalten haben und das einfach vergessen hatten, als Sie danach gefragt wurden? Aus welchem Grund auch immer.«

Guadalupe antwortete mit Bedacht. »Das wäre vielleicht möglich.«

»Das würde die Fingerabdrücke am Wagen erklären. Sie haben mitten in der Nacht eine Routinekontrolle durchgeführt. Und vielleicht die Hand an die Tür gelegt, als Sie mit der Fahrerin sprachen.«

»Vielleicht«, sagte Guadalupe vorsichtig.

»Man kann also davon ausgehen, dass Sie, wenn Sie die Mädchen angehalten haben, auch einen Strafzettel ausgestellt haben?«

Guadalupe sagte nichts.

»Sie haben sicher einen Beleg für diesen Strafzettel, nicht wahr?«, fragte Guadalupe. »Den Sie mir zeigen können.«

»Worauf wollen Sie hinaus?«, fragte Guadalupe.

»Ich stelle nur eine Frage.«

»Also gut, sagen wir, ich habe sie angehalten«, sagte Guadalupe. »Sagen wir, ich habe die Fahrerin ermahnt. Das bedeutet nicht, dass ich einen Strafzettel geschrieben habe. Ich hätte sie mit einer Verwarnung davonkommen lassen können.«

»Haben Sie?«

»Ich gebe nicht zu, dass ich sie überhaupt angehalten habe.«

Gonzalo schlug so hart mit der offenen Hand auf den Tisch, dass Guadalupe zusammenzuckte. »Schluss mit dem Mist! Wenn Sie das Auto angehalten haben, dann will ich das wissen. *Jetzt.*«

Sie starrten einander an, und einen langen Moment dachte Gonzalo, Guadalupe würde schweigen, doch dann wandte der Mann den Blick ab. »Okay, ich habe sie angehalten«, sagte er. »Na und? Ich hab ihnen nichts getan.«

Gonzalo atmete aus. Sein Herz hämmerte. Mit dem Finger schob er die Fotos der Mädchen dichter an Guadalupe heran. »Ich wusste die ganze Zeit, dass Sie den Wagen angehalten hatten«, sagte er. »Wollen Sie wissen, woher?«

»Woher?«, fragte Guadalupe.

»Es gibt einen Zeugen, der es gesehen hat.«

»Was für einen Zeugen? Es war niemand da.«

»Ein Zeuge hat Sie und Ihren Partner identifiziert«, sagte Gonzalo. Dass das nur halb wahr war, wusste Guadalupe nicht. »Er sagt, Sie haben den Wagen angehalten und die Mädchen gezwungen, auszusteigen.«

»Das ist nie passiert.«

»Und dann haben Sie ihnen Handschellen angelegt.«

»Das ist eine Lüge!«, brüllte Guadalupe.

»Und dann haben Sie die Mädchen auf den Rücksitz des Polizeiwagens gesetzt«, sagte Gonzalo mit lauter Stimme. »Der Zeuge hat alles von Anfang bis Ende gesehen, und wenn Sie weiter leugnen, schaden Sie sich nur selbst.«

»Ich habe in der Nacht niemanden verhaftet«, sagte Guadalupe.

»Mein Zeuge behauptet das Gegenteil.«

»Ihr Zeuge erzählt Scheiße! Lesen Sie die Berichte! Haben Sie sie gelesen? Ich habe niemanden verhaftet.«

»Was würde Ihr Partner sagen, wenn ich ihn befrage?«

»Das Gleiche! Ich gebe zu, sie angehalten zu haben, aber nur, um sie zu verwarnen. Sie waren zu langsam und in Schlangenlinien gefahren. Als die Fahrerin das Fenster geöffnet hat, konnte ich riechen, dass sie getrunken hatte.«

»Wenn sie betrunken war, *warum* haben Sie sie nicht verhaftet?«

»Ich habe es nicht für so schlimm gehalten. Sie war jung und hübsch, vielleicht wollte ich nicht, dass sie wegen so was Ärger bekommt.«

»Das war sehr rücksichtsvoll von Ihnen.«

»Zur Hölle mit Ihnen! Ich werde diese Fragen nicht mehr beantworten.«

Guadalupe macht Anstalten aufzustehen, doch Gonzalos Tonfall brachte ihn zum Erstarren. »Sie bleiben sitzen! Sie gehen, wenn ich es sage, und keine Sekunde früher!«

Guadalupe plumpste zurück auf den Stuhl und lächelte bitter. »Sind Sie ja ein ganz schön harter Bursche, wie, Inspector? Härter als ich?«

»Ich muss Ihnen nichts beweisen«, sagte Gonzalo. »Sie sind ein Lügner, und ich glaube Ihnen kein Wort, wenn Sie behaupten, kein Geld zu nehmen. Was ich wissen will: Haben die Mädchen sich geweigert zu zahlen, oder hatten Sie von vorneherein vor, sie zu verhaften?«

»Wie ich gesagt habe: Ich habe niemanden verhaftet. Wer immer das behauptet, lügt.« Damit verschränkte Guadalupe die Arme vor der Brust und sah Gonzalo mit eiserner Miene an.

Gonzalo ließ ihn starren. Er schob sorgfältig die Papiere in die Mappe und schloss den Deckel. Dann faltete er die Hände auf der grün marmorierten Pappe zusammen. »Erzählen Sie mir von Águila.«

Guadalupe fiel vor Überraschung die Kinnlade herunter. Seine Arme spannten sich an, er rutschte unruhig auf dem Stuhl hin und her. »Ich kenne keinen Águila.«

»Haben Sie nicht inzwischen kapiert, dass ich keine Fragen stelle, auf die ich nicht schon die Antwort weiß?«, fragte Gonzalo. »Sie können gerne versuchen, mich in die Irre zu führen, aber am Ende kriege ich die Antworten, die ich haben will. Ich muss nirgendwo hin und habe nichts anderes vor. Ich bin suspendiert, erinnern Sie sich? Also helfen wir Ihrer Erinnerung mal auf die Sprünge: Sie und Águila im El Pájaro in La Zona. Zusammen. *Ich war da.*«

Gonzalo sah das Flackern in Guadalupes Augen und spürte, dass er plötzlich angreifbar geworden war. Guadalupe hörte nicht auf zu zappeln und steckte die Hände unter die Achseln. Er schaute nach links und rechts, aber da waren nur der enge Raum, sie beide und die Kamera, die sie beobachtete.

»Ich werde nichts weiter sagen«, brachte er schließlich heraus.

»Sagen Sie mir bloß, wie tief Sie in Águilas Tasche stecken.«

»Lassen Sie mich hier raus.«

»Noch ist Zeit für einen Deal«, drängte Gonzalo. »Sagen Sie mir, was Sie wissen, und Sie können Ihre Haut retten.«

Guadalupe löste die Arme und schwenkte die Hände, als würde er Gonzalo abwehren wollen. »Nein, nein, nein! Ich sage nichts mehr.«

»Wollen Sie Águila schützen?«

Guadalupe sah Gonzalo mit glänzenden Augen an. Seine Großspurigkeit war verflogen, übrig war nackte Angst. Er sprach mit zitternder Stimme. »Sie haben keine Ahnung, was Sie da verlangen. Jetzt lassen Sie mich hier raus.«

»Eliseo –« Zum ersten Mal nannte Gonzalo Guadalupe beim Vornamen.

»Lassen Sie mich raus!«

Gonzalo sah ihn lange an, aber Guadalupe nahm den Blick nicht wahr, er hatte sich völlig in sich zurückgezogen und die Arme wieder vor dem Körper verschränkt. Er wirkte, als würde er gleich vom Stuhl hochfahren und die Tür eintreten. Gonzalo seufzte. Er drehte sich zur Kamera um. »Lassen Sie ihn raus. Wir sind hier fertig.«

20

»Wer ist dieser Águila?«, wollte Alvares wissen.

»Ich kann Ihnen nur sagen, was ich herausgefunden habe, und das ist sehr wenig«, erwiderte Gonzalo.

»Ein *narco*«, sagte Alvares schlicht.

»Ja. Ein Zeta. Ich weiß nicht, wie weit oben in der Hierarchie, und keiner will reden. In der Nacht, als ich ihn gesehen habe, konnte ich mir sein Kennzeichen aufschreiben, aber die Nummernschilder waren gestohlen. Eine Sackgasse.«

Sie saßen in Alvares' Büro. Durch die offene Tür drang geschäftiger Lärm herein, jemand beschwerte sich lautstark über eine eingeschlagene Schaufensterscheibe. Die Policía Municipal wäre auch dieser Bagatelle nachgegangen, doch Gonzalo glaubte nicht, dass die Armee sich darum kümmern würde.

»Wir nehmen Guadalupes Leben auseinander«, sagte Alvares. »Alles, von seinen Telefonverbindungen bis zu seinen Finanzen. Nichts bleibt unangetastet. Was wir nicht selber übernehmen können, geben wir an die Kollegen von der Policía Federal weiter. Es macht nichts, dass er nicht reden will. Wenn wir fertig sind, ist das nicht mehr nötig.«

Gonzalo nickte, war aber in Gedanken woanders, in dem kleinen Vernehmungsraum und bei dem Gespräch mit Guadalupe, der so viel gesagt und so wenig zugegeben hatte. Er dachte an den Mann mit der Golduhr, Águila, mit dem Ralph-Lauren-Hemd und dem schwarzen Mercedes, an die grellen Lichter und die plötzlichen Schatten im El Pájaro. Er dachte an den Moment, als ihm zum ersten Mal der Verdacht gekommen war, dass Guadalupe log, und wie wenig er seitdem weitergekommen war.

»Inspector Soler?«

»Was? Tut mir leid, können Sie das wiederholen?«

»Ich habe gesagt, dass ich Ihnen für Ihre Unterstützung danken möchte. Sie machen der Policía Municipal Ehre. Wenn es so weit ist, können Sie mit meiner uneingeschränkten Zustimmung zu Ihrer Rückkehr in den Dienst rechnen.«

»Danke, Capitán.«

»Was werden Sie Ihrem amerikanischen Freund sagen?«

»Die Wahrheit«, erwiderte Gonzalo. »Er will die Ermittlungen in Bezug auf das Verschwinden seiner Tochter unbedingt fortsetzen, aber die Sache ist in den Händen der Armee und Policía Federal am besten aufgehoben.«

»Das klingt vernünftig. Für einen Zivilisten ist das viel zu gefährlich. Er soll nach Hause fahren und abwarten.«

»Das sage ich ihm schon die ganze Zeit. Vielleicht hört er jetzt auf mich.«

»Und was werden Sie tun?«

Gonzalo versuchte zu lächeln. »Ich werde versuchen, meine Ersparnisse so lange wie möglich zu strecken. Auch mit Ihrer Empfehlung wird das Ganze noch dauern, und ich will nicht verhungern.«

»Tut mir leid, dass Sie da reingeraten sind«, sagte Alvares. »Es sind Typen wie Guadalupe, die wir ausmerzen wollen, nicht Polizisten wie Sie. Wenn es nach mir ginge, würde alles anders laufen. Da draußen herrscht Chaos.«

Gonzalo erhob sich. »Ich gehe besser. Danke für die Chance, Capitán Alvares.«

Alvares stand auf und hielt Gonzalo die Hand hin. »Sobald es etwas Neues gibt, melden wir uns. Sie können dann den Eltern Bescheid geben.«

»Das werden sie sicher zu schätzen wissen«, sagte Gonzalo. »Noch mal danke, Capitán.«

Alvares kritzelte etwas auf einen Zettel und reichte ihn Gonzalo. »Hier ist meine Privatnummer. Wenn Sie irgendetwas brauchen, rufen Sie mich jederzeit an.«

»Das mache ich. Auf Wiedersehen.«

Gonzalo verließ das Revier und wählte dann Jacks Nummer. Jack meldete sich sofort. »Wie ist es gelaufen?«, fragte er.

»Ein Geständnis habe ich nicht bekommen«, sagte Gonzalo, »aber einiges herausgefunden. Guadalupe war vor Ort und hat Ihre Tochter im Polizeiwagen mitgenommen. Mehr gibt er nicht zu, aus Angst, sich selber zu belasten.«

»Und was machen wir jetzt?«

»Ich glaube nicht, dass Guadalupe irgendetwas tun wird, das ihn in noch größere Gefahr bringen würde. Damit bleibt uns die zweite Option: Fregoso.«

»Fregoso. Der Partner?«

»Ja. Bisher hat ihn niemand im Blick, das könnte uns nützlich sein. Guadalupe wird Kontakt mit ihm aufnehmen, um die Aussagen abzusprechen. Wenn Fregoso es dann mit der Angst bekommt, wie ich vermute, tut er vielleicht was Dummes.«

»Als da wäre?«

Gonzalo hatte sein Auto erreicht. Da es drinnen brüllend heiß war, öffnete er die Tür. »Ich weiß den Namen eines Zetas, den Guadalupe gut kennt: Águila.«

»Wer ist das?«

»Das gehört zu den Dingen, die ich noch nicht weiß, Jack. Aber als ich Guadalupe nach ihm gefragt habe, ist er panisch geworden. Fregoso steckt mit Guadalupe zumindest teilweise unter einer Decke. Ich vermute, wenn einer Águila um Hilfe oder Schutz bittet, dann der Partner, den niemand auf dem Schirm hat. Fregoso wird uns zu ihm führen.«

21

Am nächsten Tag machte sich Jack auf den Weg an den von Gonzalo genannten Ort. Gonzalos Wagen stand an dem abgesackten Bordstein einer verschlafenen Straße. Es war noch früh, nur wenige Läden waren schon geöffnet. Jack parkte direkt hinter Gonzalo und stieg mit einer Thermoskanne Kaffee und einer Tüte *churros* zu ihm ins Auto.

»*Buenos días*«, sagte Gonzalo. Er war unrasiert und übernächtigt. Als er sich in dem kleinen Auto zu strecken versuchte, knackte es in seiner Schulter.

»Haben Sie im Auto übernachtet?«, fragte Jack.

»Ich habe gar nicht geschlafen«, erwiderte Gonzalo. Er kramte einen Styroporbecher hervor, Jack goss Kaffee hinein und legte die *churros* auf das Armaturenbrett. Er stippte sie gern in seinen Kaffee.

»Sie hätten mir sagen sollen, dass Sie Verstärkung brauchen«, sagte er.

»Dann wären wir jetzt beide müde. Ist schon gut so.«

»Wo wohnt Fregoso?«

»Da.« Gonzalo zeigte auf ein türkisfarbenes Apartmenthaus, das quer zur Straße stand. Aus diesem Winkel waren im zweiten Stock eine Tür und ein Teil eines Fensters erkennbar.

»Ist er unterwegs gewesen?«

»Nicht, seit er gestern Abend nach Hause gekommen ist.«

»Was macht er da drinnen?«

»Wahrscheinlich schlafen. Er kam spät.«

»Hat er sich mit Guadalupe getroffen?«

»Nein.«

Sie aßen und tranken, Jack füllte Gonzalos Becher nach, es duftete nach Zimt und Kaffee. Ein paar Autos rollten langsam die Straße entlang, alles war ruhig und entspannt. *So sollte es sein*, dachte Jack. Keine *narcos*. Keine Soldaten. Keine Waffen.

»Wieso glauben Sie, dass Guadalupe noch kommt?«, fragte er.

»Er wird nicht das Telefon benutzen wollen, aus Angst, abgehört zu werden. Bestimmt will er Fregoso unter vier Augen sprechen. Ich dachte ja, sie würden sich in irgendeiner Bar treffen, aber Fregoso war die ganze Nacht allein. Vielleicht wollte Guadalupe kein Risiko eingehen, weil er denkt, es könnte ihm jemand vom Revier aus gefolgt sein.«

»Beispielsweise Sie«, sagte Jack.

»Genau. Die Armee würde so nicht vorgehen. Die haben keine Geduld für solche Wartespielchen. Mein Anblick hat Guadalupe verunsichert, er weiß nicht, ob ich und andere jetzt vielleicht für die Armee arbeiten.«

»Wird Alvares weitere Leute anfordern?«

»Ich weiß es nicht. Aber ich bezweifle es. Er macht für Sie und mich eine Ausnahme. Unwahrscheinlich, dass er das auch für andere tun würde.«

Die *churros* waren aufgegessen. Jack knüllte die Tüte zusammen und schob den Papierball unter seinen Oberschenkel. Die Thermoskanne war fast leer. Er trank den letzten Schluck.

Die Morgensonne kroch über die Dächer und fiel auf die Straße herab, der Asphalt sah aus wie geschmolzenes Gold. Die angenehme Nachtkühle löste sich auf, Jack spürte, dass ihm warm wurde.

Der große Zeiger an seiner Armbanduhr drehte sich immer wieder im Kreis. Während er auf dem unbequemen Sitz hin und her rutschte, saß Gonzalo regungslos da und wandte den Blick nicht von Fregosos Apartment ab. Jack wollte ihn nicht durch Fragen ablenken.

Fregoso blieb im Haus, Guadalupe erschien nicht. Schließlich meldete Jacks knurrender Magen, dass es Mittagszeit war.

»Vielleicht kommt er nicht«, sagte Jack.

»Er wird kommen.«

»Vielleicht hat er doch angerufen. Wenn er keine Angst hat, das Telefon zu benutzen, dann könnte er sich bereits mit Fregoso in Verbindung gesetzt haben, und wir sitzen hier für nichts und wieder nichts.«

Zum ersten Mal seit Stunden wandte Gonzalo den Blick von Fregosos Apartment ab und sah Jack an. »Denken Sie das etwa? Dass wir unsere Zeit verschwenden?«

»Der Gedanke ist mir gekommen. Was haben wir denn bisher in der Hand? Ein Geständnis, das keins ist, einen Zeugen, der sich nicht zu erkennen gibt, und den Namen eines *narcos*, den es vielleicht nicht mal gibt.«

»Es gibt ihn«, sagte Gonzalo.

»Wir sollten uns Fregoso vorknöpfen. Ihn zwingen, uns zu sagen, was er weiß.«

»Ich bin gegen Selbstjustiz, Jack. Und Sie?«

Jack sah finster drein. »Keine Ahnung. Ich mache einfach alles mit.«

»Ich tue, was ich kann.«

»Es kommt mir nur vor, als würden wir uns jeden Tag weiter vom Ziel entfernen.«

Gonzalo nickte. »Das kann ich verstehen. Aber Sie müssen daran glauben, dass wir Marina finden werden. Und Patricia.«

»Warum machen Sie das überhaupt?«, fragte Jack. »Schlagen sich die Nacht im Auto um die Ohren, halten den Kopf hin ... was springt für Sie dabei raus?«

»Sie bezahlen mich, Jack.«

»Aber Sie waren auch schon vorher an dem Fall dran. Von Anfang an. In der Stadt wimmelt es von Drogenhändlern und

Mördern und weiß Gott was, aber Sie entscheiden sich, nach Marina zu suchen.«

Gonzalo wandte den Blick ab und kratzte sich nachdenklich im Nacken. »Das ist schwer in Worte zu fassen, die Sie verstehen würden. Sie sind kein Polizist. Sie sind nicht mal Mexikaner.«

»Versuchen Sie's.«

Jack wartete. Als er schon dachte, Gonzalo würde schweigen, sagte der: »Der Grund ist, dass ich nicht stolz bin auf das, was aus dieser Stadt geworden ist. Jeder kümmert sich nur noch um sich selbst, keiner um die anderen. Polizisten sollten anders sein. Unser Job ist es, erst für andere zu sorgen und dann für uns. Aber so sind wir nicht. Wir sind wie Guadalupe und Fregoso. Deswegen sind jetzt Alvares und seine Männer da: weil wir versagt haben.«

Es folgte längeres Schweigen. Gonzalo nahm wieder seine wachsame Haltung ein, und Jack befreite seinen verschwitzten Rücken von dem Kunstfaserbezug des Sitzes, an dem er festklebte.

»In meinem Fall haben Sie nicht versagt«, sagte Jack.

»Danke, dass Sie das sagen. Ich weiß, wie schwierig es für Sie ist.«

»Solange wir vorankommen.«

»Das kann ich versprechen. Wir kommen immer voran.«

»Was wollen Sie tun, wenn Guadalupe und Fregoso auftauchen?«, fragte Jack, um das Thema zu wechseln.

»Ich werde Fregoso weitere vierundzwanzig Stunden lang beobachten. Wenn er mich zu Águila führt, habe ich die Verbindung. Wenn nicht, bitte ich Alvares, Fregoso vernehmen zu dürfen.«

»Das ist alles?«

»Was soll ich denn Ihrer Meinung nach tun?«

»Wie wär's mit Fortschritten?«

»Das sind Fortschritte, Jack.«

Jack verkniff sich die Worte, die ihm auf der Zunge lagen. Sein

Blick wanderte zum Apartment hinüber. Die Tür stand offen, Fregoso war herausgekommen. Gonzalo richtete sich abrupt auf. »Er ist in Bewegung.«

Fregoso schloss die Tür hinter sich und verschwand außer Sichtweite. Jack reckte den Hals aus dem offenen Fenster. »Wo will er hin?«

»Neben dem Gebäude ist ein kleiner Parkplatz«, sagte Gonzalo. »Er fährt einen goldenen Camry.«

Nach einer langen Minute bog der goldene Camry um die Ecke des Gebäudes, fuhr auf die Straße und kam in schnellem Tempo auf sie zu. Gonzalo ließ den Wagen an.

Jack wollte sich schon ducken, aber Fregoso warf im Vorbeifahren keinen Blick in ihre Richtung. Gonzalo trat aufs Gas und wendete den schlingernden Wagen mitten auf der Straße. »Ihren Truck müssen wir später holen«, sagte er.

Fregoso fuhr um einiges über dem Tempolimit und überholte langsamere Autos, ohne zu blinken. Gonzalo hatte Mühe, mitzuhalten, fast hätte er ihn an einer roten Ampel verloren und musste Vollgas geben, um ihn wieder einzuholen. Ein paar Blocks weiter bog Fregoso auf den Parkplatz einer *taquería* ab, deren Tische auf einer überdachten Terrasse standen. Gonzalo hielt in unmittelbarer Nähe. Jack befürchtete, Fregoso könnte sie entdecken, wenn er sich umschaute.

»Da ist Guadalupe«, sagte Gonzalo.

Guadalupe saß an einem der Tische und winkte Fregoso zu. Der setzte sich zu ihm, sie aßen etwas aus einem Plastikkörbchen und redeten unhörbar. Jack wünschte sich irgendein Hightech-Abhörgerät herbei, wie es die Cops im Fernsehen immer benutzten. Oder Lippen lesen zu können.

»Was sagt er wohl?«, fragte er.

»Bestimmt berichtet er ihm alles. Was wir wissen. Was wir nicht wissen.«

»Fregoso wird jetzt auf der Hut sein.«

»Damit müssen wir rechnen.«

Die beiden Polizisten berieten sich noch eine Weile und verabschiedeten sich dann. Jack sah Guadalupe den Müll wegwerfen und zu seinem Wagen gehen. Es drängte ihn, ihm zu folgen. »Ich hätte meinen Truck nehmen sollen.«

»Der wäre zu auffällig gewesen«, sagte Gonzalo.

»Was, wenn Sie sich irren? Was, wenn Guadalupe zu Águila fährt und nicht Fregoso?«

»Wir haben uns entschieden, Jack. Da: Fregoso macht sich auf den Weg.«

Fregoso fuhr vom Parkplatz, Gonzalo folgte ihm. Diesmal hielt sich Fregoso an die Geschwindigkeitsbegrenzung, nahm aber seltsame Wege, bog immer wieder ab und überfuhr mehrmals Stoppschilder. Jack stand der Schweiß auf der Stirn. Gonzalos Knöchel am Lenkrad waren weiß, er biss sich auf die Lippe.

Schließlich erkannte Jack, dass sie sich Fregosos Apartment aus einer anderen Richtung näherten. Fregoso bog abrupt auf den Parkplatz neben seinem Haus ab, Gonzalo fuhr weiter. Jack atmete hörbar aus.

Gonzalo parkte an einer Stelle, von der aus sie wieder das Apartment beobachten konnten. Fregoso stand inzwischen vor der Haustür, sah sich noch einmal um und verschwand in seiner Wohnung.

»Was jetzt? Wieder warten?«, fragte Jack.

»Wie gesagt, wir müssen sehen, was er als Nächstes tut«, erwiderte Gonzalo.

»Und Guadalupe rennt frei herum, ohne dass jemand ein Auge auf ihn hat.«

»Das weiß er aber nicht«, sagte Gonzalo. »Es wird Fregoso sein, Jack. Fregoso ist ein Nachtmensch, wahrscheinlich unternimmt er erst heute Abend etwas. Und dann sind wir dabei.«

»Noch mal sechs oder sieben Stunden hier im Auto eingesperrt zu sitzen, halte ich nicht aus«, sagte Jack.

»Wenn Sie wollen, rufe ich Sie an, wenn er sich auf den Weg macht. Sie müssen hier nicht sitzen. Kümmern Sie sich um Ihre Stieftochter. Die Situation muss schwer für sie sein.«

Jack dachte an Lidia und verdrängte dunkle Schuldgefühle. Er hatte sie zu lange bei Bernardo und seiner Familie allein gelassen, ihr nichts gesagt. Er wusste selbst nicht genau, warum er das getan hatte, denn Lidia war intelligent und stark, und wenn jemand mit dem Ganzen fertig werden konnte, dann sie. Aber sie war erst dreizehn, und er wollte sie nicht mehr als nötig belasten. »Sie schafft das«, sagte er zu Gonzalo.

»Dennoch sollten Sie nicht ständig mit mir zusammen hocken, Jack. Das tut Ihnen nicht gut. Ich habe Ihnen gesagt, warum ich das mache, es ist keine Routinesache für mich.«

»Für mich auch nicht«, sagte Jack. »Marina steckt in Schwierigkeiten, weil ich sie habe gehen lassen. Das ist für mich nicht irgendein Job, den ich delegieren kann. Ich will die Arbeit selber machen.«

»Dann müssen Sie eine Entscheidung treffen«, sagte Gonzalo.

Jack sah hinüber zu Fregosos Apartment. Er hatte das Gefühl, seit einer Ewigkeit dorthin zu starren. Der Anblick hatte sich in ihm eingebrannt. »Gut, ich gehe«, sagte er. »Aber heute Abend komme ich wieder. Sie haben seit gestern nicht geschlafen. Sie brauchen Verstärkung.«

»Ich weiß es zu schätzen, Jack.«

»Ich tue nur, was ich tun muss.«

22

Sie saßen um Bernardos und Reinas großen Küchentisch herum. Diesmal blieb noch Platz, denn zwei Familienmitglieder fehlten. Bernardino hatte für die verschwundenen Mädchen mitgedeckt, sodass ihre Abwesenheit erst recht auffiel. Bernardo versuchte, sie zu ignorieren, weil er fürchtete, beim Anblick der leeren Stühle wieder weinen zu müssen, und das wollte er unter allen Umständen vermeiden.

Reina hatte *birria* gemacht und löffelte den schweren, würzigen Ziegeneintopf in die Schüsseln, zuletzt in ihre eigene. Dann kam das Tischgebet. Dafür fasste die Familie sich an den Händen, wobei die beiden leeren Stühle überbrückt werden mussten, was die Lücken noch spürbarer machte. Bernardo fehlten die Worte. Er überließ es seiner Frau, das Gebet zu sprechen.

Maistortillas wurde herumgereicht. Bernardo nahm eine und tunkte sie in die *birria*. »Was feiern wir?«, fragte er und war überrascht, wie tonlos er klang.

»Es gibt immer einen Grund, das Leben zu feiern.« Reinas Gesichtsausdruck schloss jeglichen Widerspruch aus.

Bernardo wandte sich an Jack. »Wann gehst du heute Abend los?«

»Bald.«

»Ich wünschte, ich könnte mit.«

»Es ist besser, du bleibst hier.«

Lidia war in sich zurückgezogen und hatte in den letzten Tagen nur wenig gesprochen. Sie kümmerte sich um die Kinder, vor allem um Leandra, und war bei den Mahlzeiten innerlich abwesend. Jetzt hob sie den Kopf und sah Jack lange an, bevor sie fragte: »Meinst du, das bringt irgendwas?«

Jack senkte den Blick und konzentrierte sich auf sein Essen. »Das müssen wir hoffen. Eine andere Lösung gibt es nicht.«

»Und der Typ knöpft dir nicht einfach nur das Geld ab?«

»Nein. Nein, er tut, was er kann.«

»Iss deine *birria*, Lidia«, sagte Bernardo. »Bevor sie kalt wird.«

Danach aßen sie schweigend, allein das Klirren der Löffel in den Schüsseln störte die Stille. Bernardo hoffte, dass Jack bald gehen würde, damit er ohne schlechtes Gewissen wieder zu seinem Bier zurückkehren konnte. »Das war lecker«, sagte Jack schließlich und stand auf. »Ich muss los.«

Bernardo war erleichtert. »Ich bringe dich zur Tür.«

Jack gab Lidia einen Kuss auf den Kopf und umarmte sie kurz, dann verließ er mit Bernardo die Küche und ging zur Haustür. Sie standen in der Abendluft und verabschiedeten sich. »Ich bin irgendwann morgen wieder da«, sagte Jack.

»Lidia wird auf dich warten.«

»Ich kann sie nicht mehr lange bei euch lassen. Die Schule fängt bald an. Wir müssen zurück nach Laredo.«

»Und der Polizist?«

Jack sah zu Boden. »Der muss dann ohne mich weitermachen.«

Bernardo legte die Hand auf Jacks Schulter. »Sei vorsichtig heute Nacht, Jack.«

»Versprochen.«

Bernardo verriegelte hinter Jack das Tor und kehrte widerstrebend ins Haus zurück. Er setzte sich auf die Couch, öffnete ein Bier und war für dessen Geruch und Geschmack dankbar.

»*Papá?*«

Als plötzlich Bernardino im flackernden Licht des Fernsehers neben der Couch stand, zuckte Bernardo zusammen.

»Was ist denn, Bernardino?«

»Findet *tío* Jack heute Nacht Patricia?«

»Du hast ihn noch nie *tío* genannt.«

»Er ist der Vater von Marina und Lidia.«

»Ihr Stiefvater.«

»Das macht keinen Unterschied.«

Bernardo wurde plötzlich schrecklich traurig, er umarmte Bernardino und hielt ihn fest. »Du bist ein sehr kluger Junge«, sagte er. »Es macht wirklich keinen Unterschied.«

»Also wird er sie finden?«

»Ich hoffe es. Ich hoffe es sehr.«

»Gute Nacht, *Papá*.«

»Gute Nacht.«

Bernardo wischte sich eine Träne aus dem Auge. Der nächste Schluck Bier schmeckte nicht mehr so frisch, Bernardo verzog das Gesicht. Im Fernsehen lief irgendein Blödsinn, missmutig wechselte er das Programm.

Reina war in der Küche fertig und kam leise ins Wohnzimmer. Sie stand eine Weile schweigend da, Bernardo spürte, dass sie sich zurückhielt. Schließlich sagte sie: »Ich gehe ins Bett.«

»Ich komme bald.«

»Wie viel willst du noch trinken?«

»Zählst du jetzt mit?«

»Du machst nichts. Du hilfst Jack nicht. Du sitzt nur vor dem Fernseher und trinkst.«

»Ich warte!«, sagte Bernardo scharf.

»Wir warten alle«, sagte Reina.

»Was soll ich denn tun?«

Reina hielt inne. Sie seufzte. »Nichts. Tu nichts.«

Sie verschwand. Bernardo war versucht, ihr irgendetwas hinterherzurufen, ließ es aber. Lieber öffnete er die nächste Flasche Bier und betrachtete das sinnlose Geflimmer auf der Mattscheibe. Er war froh, dass Reina gegangen war.

Irgendwann nach Mitternacht dämmerte er ein und schreckte zweimal aus dem Schlaf hoch. Die leeren Bierflaschen standen zu seinen Füßen auf dem Boden, er zählte nicht nach. Er seufzte, weil er den Gang ins Bett nicht länger hinauszögern konnte. Reina nörgelte sogar noch im Schlaf an ihm herum.

Es klingelte am Tor. Bernardo sah auf die Uhr. Fast zwei Uhr nachts.

Er erhob sich von der Couch und ging zur Haustür. »Jack?«, fragte er laut.

Mit steifen Fingern öffnete er die Schlösser, zog die Tür ein Stück auf und spähte hinaus. Und sah sie.

Im kleinen Hof vor dem Haus standen vier Männer, schwarze Gestalten im Schatten der Mauer. Bernardo versuchte gar nicht erst zu erkennen, ob sie bewaffnet waren, es war ihm sofort klar. Im Bruchteil einer Sekunde hatte er begriffen und stieß mit aller Kraft die Tür zu.

Jemand warf sich von der anderen Seite dagegen. Bernardo fummelte an den Schlössern herum, verriegelte das erste, machte sich an das nächste. Er konnte kaum atmen, aber zwang sich, seine Lungen zu füllen und zu brüllen: »Reina! Reina!«

Hinten im Haus ging Licht an, Reina erschien im Nachthemd auf dem Flur. Bernardo konnte gerade noch die Kette vorlegen, dann traf der nächste Schlag die Tür. Die Kinder kamen blinzelnd und schlaftrunken aus den Zimmern, begriffen schlagartig die Gefahr und rissen Augen und Münder auf.

»Bernardo, was ist da los?«, rief Reina.

»Bring die Kinder raus! Durch die Hintertür. Beeil dich!«

»Was hast du vor?«

»Ich halte sie auf!«

Leandra begann zu weinen, Reina drückte sie an sich. Bernardino schien wie erstarrt, sein Mund stand offen, er reagierte nicht, als Lidia seine Hand nahm. »*Papá!*«, schrie er.

»Geht! Raus!«

Die Schläge trafen die Tür immer schneller, ließen das Holz

vibrieren. Bernardo konnte nichts tun, als sich dagegenzustemmen. Wenn sie aufsprang, gab es keine Möglichkeit zur Flucht mehr.

Die Kinder und Reina verschwanden durch die Küchentür. Reina sah sich noch einmal nach Bernardo um. Er nickte ihr zu. »Mach dir keine Sorgen um mich«, sagte er. Seine Stimme klang viel ruhiger, als er sich fühlte.

Reina ging. Sie würden durch die Hintertür auf die Seitengasse gelangen, in die die Nachbarn den Müll zur Abholung stellten. Dann wären sie in Sicherheit, falls die Männer nicht auch dort jemanden postiert hatten.

Durch einen besonders kräftigen Schlag zersplitterte der Türrahmen direkt am Riegel. Bernardo schwitzte am ganzen Körper, mit rutschigen Händen drückte er gegen die Tür. Und wenn sie das Fenster einschlugen und einfach so reinkamen? Dann konnte er nichts mehr tun.

Mindestens zwei Männer traten in unregelmäßigem Rhythmus auf die Tür ein, Bernardo spürte die Erschütterungen. Er lehnte sich mit seinem ganzen Gewicht gegen die Tür, seine nackten Füße rutschten über den Boden. Noch ein bisschen länger. Reina und die Kinder würden jetzt das Ende der Gasse erreicht haben. Und weiterrennen, damit niemand sie einholte. Sie würden bei den Nachbarn klopfen und Einlass finden. Sie wären in Sicherheit.

Nie zuvor hatte er sich gewünscht, dass die Armee an seinem Haus vorbei patrouillieren würde, jetzt hoffte er nichts sehnlicher. Die Soldaten kamen in Trucks und Humvees und beleuchteten die Häuserfronten mit Scheinwerfern. Sie würden sofort sehen, was los war. Bernardo wäre gerettet.

»*Papá?*«

Bernardo hatte vor Anstrengung die Augen zugekniffen. Jetzt riss er sie auf. Vor ihm stand Bernardino in seinem Spiderman-Schlafanzug. Seine Augen waren dunkel, er zitterte.

»Was zum Teufel machst du hier?«, brüllte Bernardo. »Ich hab gesagt, geh mit deiner Mutter! Geh! Schnell!«

»Ich helfe dir«, sagte sein Sohn und drückte seinen kleinen Körper unter Bernardos Arm gegen die Tür. »Wir halten sie zusammen auf.«

Schweiß brannte in Bernardos Augen. »Du musst gehen, *hijo*«, sagte er. »Das bringt nichts.«

»Ich bleibe!«

»Bitte geh!«

Die Schlösser gaben alle gleichzeitig nach, Bernardo wurde nach hinten geschleudert, stolperte über seine eigenen Füße und fiel mit Bernardino zusammen hin. Männer stürmten durch die offene Tür, die Gesichter mit schwarzen Masken verhüllt, wie sie Polizei und Armee oft trugen. Sie hielten Waffen in den Händen.

Während die Männer sie umringten, schloss Bernardo seinen Sohn fest in die Arme. »Nein, lasst den Jungen in Ruhe! Lasst ihn in Ruhe!«

Bernardino wurde ihm entrissen, dann traf ihn etwas Hartes, Metallisches seitlich am Kopf. Der Flur verschwamm. Er wurde auf die Knie gezerrt, starke Hände hielten seine Schultern. Auch Bernardino musste sich hinknien, und Bernardo sah seine eigene Angst im Gesicht seines Sohnes gespiegelt.

Er blutete am Kopf. Jemand packte ihn an den Haaren und hielt ihm ein Stück Papier vor die Augen. Er sah die Großbuchstaben: DESAPARECIDO.

»Ist das von dir?«, fragte einer der Maskierten.

Bernardo nickte schlaff. Der Mann schmiss das Flugblatt auf den Boden.

»Du bist dumm, du hast keine Ahnung, was du tust«, sagte der Maskierte. Er hatte eine Pistole in der Hand. »Wenn Leute dumm sind, passiert das hier.«

Die Pistole berührte gerade Bernardinos Kopf, als sie abgefeuert wurde. Der Schädel nahm den Schuss auf und knickte weg, als wäre der Hals gebrochen. Ein Auge war sofort rot verfärbt, das andere rollte weiß nach hinten. Der Mann, der Bernardino festgehalten hatte, ließ los.

Bernardo stieß einen Laut aus, der ihm völlig fremd war, weder Wort noch Schrei, eher ein schmerzvolles Klagen, das aus ihm herausbrach und die Männer abzuwehren schien, wenigstens für einen Moment. Er war blind vor Tränen, die sich in seinen Augen glühend heiß anfühlten und seine Haut verbrannten. Als der Maskierte die Pistole auf ihn richtete, war für Angst kein Platz mehr. Bernardino war tot.

Teil 4

ENTFESSELT

1

Das Klopfen an der Tür drang in seinen Schlaf ein, erreichte sein Bewusstsein und zog ihn in einen Zustand der Wachheit hinauf. Als ihm wieder einfiel, wo er war, warf Jack die dünne Decke von sich und stand auf. Bevor er die Tür öffnete, fragte er: »*¿Quién es?*«

»Sr. Jack Searle? Mein Name ist Teniente Patricio Casiano. Ich stehe unter dem Kommando von Capitán Alvares.«

Jack öffnete die Tür nicht. »Was wollen Sie?«

»Capitán Alvares möchte Sie dringend sprechen. Es kann nicht warten.«

»Geben Sie mir eine Minute.«

Jacks Jeans hingen über dem einzigen Stuhl im Raum. Er zog sie an und suchte ein sauberes T-Shirt heraus, über das er das Arbeitshemd von gestern knöpfte.

Als er die Tür öffnete, erblickte er einen kleinen Mann und einen zweiten Soldaten. Der Kleinere streckte ohne zu lächeln die Hand aus. »Sr. Searle«, sagte er.

»Worum geht es?«

»Es ist etwas Schreckliches geschehen. Capitán Alvares muss Sie sofort sprechen.«

»Ist Gonzalo etwas zugestoßen?«

»Nein, *señor*. Es geht um Ihre Familie.«

Jacks Knie wurden weich. Er suchte am Türrahmen Halt. »Meine Stieftochter?«

Casianos Miene war versteinert. »Ihre Stieftochter heißt Lidia Cobos?«

»Ja. Ist alles in Ordnung mit ihr?«

»Es geht ihr gut. Aber es hat letzte Nacht einen Überfall gegeben, und sie war in großer Gefahr. Ich wollte Ihnen das eigentlich nicht sagen, aber Bernardo Sigala ist tot. Soweit ich weiß, war er Ihr Schwager?«

»Was ist ... was ist mit Bernardos Familie?«

»Sr. Sigalas Sohn wurde ebenfalls getötet.«

»O mein Gott.«

»Bitte, Sr. Searle. Kommen Sie mit uns.«

Jack merkte kaum, dass er die Tür abschloss und den Soldaten die Treppe hinunter nach draußen folgte. Nachdem man ihn auf den Rücksitz eines von zwei bewaffneten Männern gesicherten Pick-up-Trucks geschoben hatte, fuhren sie quer durch die Stadt, doch er sah und hörte nichts. Als sie das Polizeirevier erreichten, kam er sich vor, als würde er mit offenen Augen in einem Albtraum feststecken.

Teniente Casiano brachte ihn in Capitán Alvares' Büro. Alvares' Miene war düster. Er erhob sich, ging auf Jack zu und hielt ihn an beiden Armen fest. »Sr. Searle«, sagte er, »Sie haben mein tiefstes Mitgefühl.«

»Wie ist es passiert?«, fragte Jack. Seine Stimme schien aus weiter Entfernung zu kommen.

»Setzen Sie sich. Ich erzähle Ihnen alles, was wir wissen.«

»Ich würde lieber stehen.«

»Wie Sie möchten.« Alvares kehrte zu seinem Stuhl zurück. Auf dem Schreibtisch vor ihm lagen mehrere Fotos. Jack vermied es, genauer hinzusehen, denn er erkannte die Gestalt eines Mannes und das leuchtende Rot von Blut. Er wollte Bernardos Leiche nicht sehen. Er wollte Bernardinos Leiche nicht sehen.

»Wo ist Lidia?«, fragte er.

»Sie ist oben. Wir haben ein paar Zimmer, in denen die Offiziere zwischen den Schichten schlafen können. Wir machen es ihr und der Familie so erträglich wie möglich.«

»Ich möchte sie sehen.«

»Gleich.«

Jack hatte keine Kraft zum Streiten.

»Letzte Nacht haben mehrere Männer das Haus Ihres Schwagers angegriffen«, sagte Alvares. »Sr. Sigala war geistesgegenwärtig und kräftig genug, sie aufzuhalten, bis der Rest der Familie fliehen konnte. Aus irgendeinem Grund hat sich der Junge von der Mutter losgerissen und ist zurückgelaufen. Als die Männer ins Haus eingedrungen waren ... haben sie sie getötet.«

»Mussten sie leiden?«, fragte Jack. Kaum waren die Worte ausgesprochen, kam er sich vor wie ein Voyeur.

»Ihnen wurde aus geringer Entfernung in den Kopf geschossen. Ich bezweifle, dass sie es gemerkt haben. Aber ihr Schwager wurde nach dem Tod verstümmelt. Die Eindringlinge haben seinen Kopf mitgenommen. Wir wissen nicht, wohin.«

»Herr im Himmel.«

»Es tut mir leid, dass ich Ihnen das sagen muss. Ich wünschte, es wäre anders.«

»Haben sie dem Jungen was angetan?«

»Nein. Der Körper ist unversehrt.«

»Jetzt muss ich mich doch setzen«, sagte Jack und ließ sich auf einen Stuhl fallen. Sein ganzer Körper fühlte sich schwer an.

»Wir haben bei den Toten eins der Flugblätter gefunden, die Ihr Schwager in der Gegend verteilt hatte, wo seine Tochter verschwunden ist. Wussten Sie von den Flugblättern?«

»Ja, er hat ein paar Hundert davon aufgehängt.«

»Im Moment gehen wir davon aus, dass er deswegen zur Zielscheibe wurde.«

»Zielscheibe für wen?«

»Da gibt es in dieser Stadt mehrere Möglichkeiten, aber am wahrscheinlichsten sind die Zetas. Sie wissen Bescheid über Los Zetas?«

Jack nickte stumm.

»Die Zetas gehen auf jeden los, der ihnen in die Quere kommt«, fuhr Alvares fort. »Wenn die Flugblätter in einer von ihnen kontrollierten Gegend aufgehängt wurden, dann sollte das wahrscheinlich eine Warnung sein.«

»Es ist wegen der Mädchen«, stieß Jack hervor.

»Was meinen Sie damit?«

»Dieser Polizist, Guadalupe, und sein Partner stecken mit den Zetas unter einer Decke. Sie wissen, dass wir ihnen auf den Fersen sind. Sie wollen uns zum Schweigen bringen.«

Alvares sammelte die Fotos sorgfältig ein und legte sie in eine Akte. Falls er vorgehabt hatte, sie Jack zu zeigen, schien er sich anders entschieden zu haben, und Jack war dankbar dafür. »Das wissen wir nicht mit Bestimmtheit«, sagte Alvares.

»Was soll es denn sonst sein?«

»In Mexiko sterben Menschen aus allen möglichen Gründen. Wir dürfen keine voreiligen Schlüsse ziehen.«

»Sie haben Bernardo umgebracht, damit wir aufhören zu suchen!«, sagte Jack vehement. »Das ist das Einzige, was Sinn ergibt! Herrgott noch mal, kapieren Sie das nicht? Sie sind genauso schlimm wie Gonzalo!«

»Ich verstehe nicht, was Sie meinen«, sagte Alvares.

»Ich dachte, Sie und Ihre Leute sollen hier Krieg führen! Das waren *Ihre* Feinde. Sie haben Bernardo und seinen Sohn umgebracht und hätten auch die anderen getötet, wenn sie gekonnt hätten. Meine eine Tochter wird vermisst, die andere könnte jetzt tot sein!«

»Sr. Searle, bitte beruhigen Sie sich.«

»Was soll ich tun, einfach rumsitzen und darauf warten, dass ihr endlich kapiert? Wer muss denn noch alles sterben, bevor irgendjemand etwas tut?«

»Wir tun –«

»Sie drehen Däumchen, während die Verbrecher mit Mord davonkommen! Wo ist Lidia? Ich will meine Familie sehen!«

Auf ein Zeichen von Alvares hin erschien Casiano in der Tür. »Bringen Sie Sr. Searle zu seiner Familie«, sagte Alvares. »Und, Sr. Searle?«

Jack hielt in der Tür inne. »Was?«

»Wenn Sie mit Ihrer Stieftochter und der Familie gesprochen haben, wird man Sie ins Hotel zurückbringen. Dort packen Sie Ihre Sachen zusammen, dann wird man Sie und Ihre Stieftochter zur Grenze eskortieren. Es ist zu gefährlich für Sie, noch länger hierzubleiben.«

Wut und Übelkeit drohten Jack den Magen umzudrehen. Er wollte brüllen, sagte aber nur: »Das macht es Ihnen einfacher. Wenn wir weg sind.«

»Es geht um Ihre Sicherheit, Sr. Searle, und nichts anderes.«

»Das glauben Sie ja selbst nicht.«

Teniente Casiano ging voraus. Jack blickte nicht zurück.

2

Der Armeetruck, der sie vom Polizeirevier zum Hotel begleitet hatte, folgte ihnen bis zur Brücke. Er klebte an Jacks hinterer Stoßstange, bis er sich in den dichten Verkehr vor dem Grenzübergang eingefädelt hatte, drehte dann umständlich um und fuhr zurück in die Stadt. Auch als er außer Sichtweite war, war Jack sicher, noch beobachtet zu werden.

Lidia saß schweigend neben ihm. Sie knetete ihre Hände, erst die linke in der rechten, dann umgekehrt, und hatte seit der Abfahrt vom Revier kaum ein Wort gesagt. Als Jack auf dem Handy Gonzalos Nummer wählte, meckerte sie nicht, weil er am Steuer telefonierte. Fast wünschte er, sie würde es tun.

Gonzalo klang bedrückt. »Ich habe es gehört«, sagte er, und Jack war froh, nicht alles wiederholen zu müssen. Nicht mit Lidia neben ihm.

»Ich gebe nicht auf«, sagte Jack. »Wir haben eine Abmachung.«

»Die Latte liegt jetzt viel höher, Jack«, erwiderte Gonzalo. »Menschen wurden ermordet. Die Armee bekommt sicher Druck, den Fall schnell aufzuklären. Für uns ist da kein Platz mehr.«

»Ich will, dass Sie an Guadalupe und Fregoso dranbleiben, nicht ... dass Sie Bernardos Mörder finden.«

»Ich weiß nicht, was die Armee tolerieren wird.«

»Dann finden Sie es raus! Ich bezahle Sie schließlich!«

»Ich habe Fregoso im Auge behalten.«

»Und?«

»Bisher nichts.«

Jack warf Lidia einen Blick zu. Er wollte in ihrer Gegenwart nicht laut werden. Er hielt das Handy so fest, dass das Plastik knirschte. »Sie haben gesagt, die beiden wären unsere beste Chance«, sagte er ruhig. »Sie haben gesagt, dass wir eine Antwort bekommen, wenn wir sie beobachten. Das haben Sie gesagt.«

»Es tut mir leid, Jack. Ich habe das für die richtige Vorgehensweise gehalten. Vielleicht habe ich mich geirrt.«

»Und was jetzt? Sie wollen die Sache fallen lassen? Die Armee will sie ganz sicher fallen lassen.«

Gonzalo schwieg lange. »Vielleicht wäre es das Beste.«

»Ist denn allen egal, was passiert ist?«, fragte Jack und wurde jetzt doch laut. Lidia sah ihn an. »Gibt es keinen, der die Wahrheit wissen will?«

»Jack, niemand möchte das so sehr wie ich. Ich habe alles getan, was Sie wollten, und mehr.«

»Aber nicht genug.«

»Mir sind die Hände gebunden«, sagte Gonzalo.

»Gut«, sagte Jack. »Sitzen Sie die Sache aus. Sie müssen an Ihren Job denken. Und ich hocke für den Rest meines Lebens zu Hause und frage mich, was Marina zugestoßen ist, was allen anderen scheißegal ist, weil alle ihren eigenen Arsch retten müssen!«

»Jack, so ist es nicht.«

»Und das soll ich glauben?«

Jack beendete das Gespräch und steckte das Handy in den Becherhalter zwischen den Sitzen.

»Es ist also vorbei?«, fragte Lidia plötzlich.

Er wollte nicht antworten, aber sie drehte sich zu ihm um, und obwohl er sie nicht anschaute, spürte er ihren bohrenden Blick. Er knirschte mit den Zähnen. »Niemand hilft uns mehr«, sagte er.

»Wir werden nie erfahren, was passiert ist.«

Es war keine Frage. Jack wusste keine Antwort.

»Du hast dein Bestes getan, Jack.«

»Einen Scheißdreck hab ich getan. Ich habe andere die Arbeit machen lassen und bloß dagesessen und gehofft, wenn ich mich an die Regeln halte, kommt am Ende die Belohnung. Ich bekomme einen Goldstern.«

Lidia legte ihm die Hand aufs Bein. Sie war leicht wie eine Feder und so klein. Lidia war dreizehn, ein Kind. Sein Kind. »Wir müssen loslassen«, sagte sie.

»Ich wollte ein Held sein«, erwiderte Jack.

»Ist schon gut, Jack. Du musst kein Held mehr sein.«

3

Er ließ die Tage verstreichen, wie sie wollten. Er stand morgens auf, bereitete für Lidia Mahlzeiten zu und ging abends ins Bett. Die Stunden dazwischen waren verschwommen, formlos, und er tat nichts. Er hatte einen Auftrag angenommen und würde bald arbeiten müssen, aber er bereitete nichts vor.

Lidia war wie ein Geist, sie kam und ging und verbrachte die meiste Zeit bis zum Schulbeginn bei Freunden. Jack setzte durch, dass sie immer eine Telefonnummer hinterließ und er genau wusste, wohin sie ging. Falls ihr das nicht gefiel, zeigte sie es nicht. Sie kam immer pünktlich zum Abendessen nach Hause, sie aßen schweigend.

An manchen Tagen hockte Jack mit der Browning Hi-Power in der Hand auf der Bettkante. Er betrachtete sie nur, verspürte keinen Drang, sie an seinen Schädel zu halten, aber in ihm lauerte etwas, dem er keine Form und keinen Namen geben konnte. Irgendwie wusste er, dass etwas passieren würde.

Als er wieder einigermaßen klar denken konnte, fuhr er zum Home Depot, um die erste Ladung Material für den nächsten Auftrag zu besorgen. Er übertrieb und lud seinen Truck voll mit teuren Dingen, die er sonst nicht gekauft hätte.

Im Supermarkt streifte er planlos durch die Gänge, legte in den Wagen, was immer ihm unter die Augen kam, bis der Korb bis oben hin voll war. Anstatt darauf zu warten, dass der Teenager an der Kasse die Einkäufe einpackte, stopfte er alles selber in Tüten, schleppte sie zum Truck und fuhr nach Hause. Die Vorratsschränke waren gefüllt, der Kühlschrank platzte aus allen Nähten.

Er ging in Marinas Zimmer und setzte sich an den Schreibtisch. Auf dem Bett wollte er nicht sitzen, es wäre ihm falsch vorgekommen, die Decke zu zerwühlen. Als er ihren PC einschaltete, öffnete sich direkt das E-Mail-Programm, und er überflog die Nachrichten, die seit ihrem Verschwinden eingegangen waren. Falls er gehofft hatte, etwas zu finden, wurde er enttäuscht. Alle machten sich Sorgen um sie. Das wusste er bereits.

Schlafen. Aufwachen. Ein weiterer Tag.

Es überraschte ihn nicht, dass er weder von Gonzalo noch von Alvares hörte. Auf der anderen Seite der Grenze war er unsichtbar, sie hatten dort alle ihr eigenes Leben zu führen. Eines Sonntags rief er Reina an und erfuhr, dass sie nur ins Haus zurückging, um das Nötigste zu holen, und sonst mit Leandra bei ihrer Schwester wohnte. Die Polizei könne nicht sagen, ob die *sicarios* zurückkommen würden. Besser, das Haus stand leer und war dunkel. Vielleicht würden sie nie mehr dorthin zurückkehren.

In der Nacht, in der er den Traum hatte, aß Jack wie immer stumm mit Lidia zu Abend und ging früh ins Bett. Er erinnerte sich nicht daran, eingeschlafen zu sein, aber auf einmal waren das Bett und die Dunkelheit verschwunden und er fuhr einen Schotterweg entlang. Wie er dahin gekommen war, wusste er nicht.

»Du bist fast da«, sagte Gonzalo zu ihm. Sie saßen gemeinsam im Truck, eben noch war Jack allein gewesen. »Fahr einfach weiter.«

»Da kommt eine Straßensperre«, sagte Jack.

»Die halten dich nicht auf.«

Eine Wand aus dreißig Meter hohen Armeetrucks versperrte den Weg, die Soldaten, die daneben Wache standen, waren Riesen. Jack gab Gas und raste auf sie zu, und sie lösten sich auf wie eine Fata Morgana.

Sie kamen an ein Haus, von einer Mauer umgeben, aber es war gar kein Haus, sondern ein Dorf mitten in der Stadt, dessen Tor fest verschlossen war. Schon war Jack aus dem Wagen, und er hatte seine Waffe. Er trat gegen das Tor, es schwang auf. Die Dorfbewohner rannten in alle Richtungen davon.

Er ging von Tür zu Tür, spähte in kleine Räume, wie die Zimmer eines Puppenhauses, sah kleine kauernde Menschen, denn auch er war jetzt ein Riese. Und vor ihm war Licht, ein Glühen wie von Hunderten von Kerzen, und mittendrin die Gestalt einer Frau.

»Marina«, sagte Jack.

»Sie ist da«, flüsterte Gonzalo ihm ins Ohr.

Marina war hinter mehreren Schichten aus Vorhängen verborgen, die in Wellen herabfielen, im Licht war nur ihr Umriss zu erkennen. Jack zerfetzte die Vorhänge mit den Händen, kämpfte sich durch die aufgerissenen Löcher und wurde eingehüllt von kaputten Tüchern, die sich im Wind bauschten.

Dann spürte er Marina in seinen Händen, zog sie aus dem Lichtkern heraus. Er fühlte die Festigkeit von echtem Fleisch, die Wärme der Haut. Ihr Gesicht war verborgen, sie war immer noch gefangen, er zog und zog, bis sie plötzlich befreit war und er sie wegtragen konnte. »Ich bin da, ich bin da«, sagte er.

Und dann wachte er auf. Das erste Licht des Morgens fiel durch das Schlafzimmerfenster. Er umklammerte seine Bettdecke und war schweißgebadet.

Die Bilder verflüchtigten sich nur langsam, obwohl er sie unter der Dusche wegzuspülen versuchte. Er trocknete sich ab, zog sich an, nahm die Browning Hi-Power aus der Nachttischschublade und hielt sie so lange in der Hand, bis die Sonne ihm auf den Rücken schien.

Als er seinen Seesack hervorholte und Kleidung hineinstopfte, hatte er das Gefühl, ein Déjà-vu zu erleben. Aus einem leeren Erdnussbutterglas im Küchenschrank nahm er tausend Dollar in bar. Die Hälfte steckte er ein, die andere stellte er im Glas auf den Tisch. Er schrieb eine Nachricht – *Lidia, es tut mir leid* – und legte sie unter das Glas.

Kurz überlegte er, den Truck zu entladen, aber er wollte keinen Aufschub. Lidia könnte aufwachen, dann wäre alles vorbei. Er setzte von der Einfahrt auf die stille Straße zurück. Als er losfuhr und das Haus hinter sich ließ, blickte er nicht zurück.

4

Auf der amerikanischen Seite war die Brücke quasi menschenleer. Jack zeigte an der Grenzkontrolle seinen Pass vor und erklärte, dass er mexikanischen Freunden Baumaterialien bringen wollte. Der Zollbeamte warf einen flüchtigen Blick auf die Pritsche und winkte ihn weiter. Die Mexikaner stellten überhaupt keine Fragen.

Es dauerte eine Weile, bis er sich in der Stadt zurechtfand. Bei jeder Begegnung mit einer Polizeipatrouille verkrampften sich seine Finger ums Lenkrad, aber die Policía Federal war an seinem Truck nicht interessiert und fuhr einfach an ihm vorbei. Zweimal wusste er nicht mehr, wo er war, aber am Ende fand er sein Ziel.

Er parkte fast an derselben Stelle wie damals Gonzalo, als sie Fregosos Apartment observiert hatten. Dann holte er eine Handvoll schwarze Kabelbinder von der Pritsche und stopfte sie in die Hosentasche. Er sah sich um, auf der Straße war kaum etwas los, niemand schenkte ihm Beachtung.

Aus der Nähe erwies sich das türkisfarbene Wohnhaus als noch heruntergekommener. Tiefe Risse zogen sich durch die Fassade, die Metalltreppe war verrostet. Im Schatten des Gebäudes stieg Jack leise die Stufen hinauf, bis er ein Fenster von Fregosos Apartment erreichte.

Die Gardinen waren vorgezogen, ließen aber eine Lücke, und Jack konnte in das vollgestopfte, dreckige Zimmer hineinschauen. Fregoso war weder auf der Couch noch sonst irgendwo zu sehen. Das war gut.

Die Tür aufzubrechen, war einfacher, als er gedacht hatte. Er trat einmal zu, dann ein zweites Mal, ein Stück des Rahmens riss ab, die Tür sprang auf. Jack zog die Pistole hervor und stürmte ins Zimmer.

Drinnen war es heiß. Zwei Türen führten aus dem Wohnraum ab, der zugleich Küche war. Hinter der einen lag das Badezimmer. Aus dem anderen kamen die Geräusche eines Mannes, der aus dem Schlaf aufgeschreckt worden war.

Jack rannte in das Schlafzimmer. Fregoso bekam keine Gelegenheit mehr, zu einem in der Ecke lehnenden Baseballschläger zu greifen. Jack schlug ihm mit der Browning dreimal hart ins Gesicht, bis er sicher war, ihm die Nase zertrümmert zu haben, und zerrte ihn am Nacken aus dem Schlafzimmer.

»*¿Qué carajo?*«, brachte Fregoso heraus. Bis auf eine Unterhose war er nackt. Jack stieß ihn zu Boden, band einen Kabelbinder um sein eines Handgelenk und drückte ihm den Fuß auf den Bauch. Ein zweiter Kabelbinder schloss sich ums andere Handgelenk, ein dritter verband die zwei.

Jack atmete schwer, vor seinen Augen tanzten helle Funken. Er atmete bewusst langsamer und nahm wieder die Pistole. »Du hältst deine Fresse, bis ich dich was frage«, befahl er und setzte die Browning hinter Fregosos Ohr an. »Hast du mich verstanden?«

»*Sí, sí, lo entiendo*«, sagte Fregoso. »Bitte töten Sie mich nicht. Ich bin Polizist! Bitte nicht töten!«

»Steh auf!«

Fregoso ließ sich auf die Füße ziehen. Jack schubste ihn unsanft ins Badezimmer, Fregoso stolperte gegen die Toilette und stieß mit dem Kopf gegen die Wand. Aus seiner Nase floss bereits Blut, jetzt platzte noch eine Wunde über dem Auge auf.

Jack machte das Licht an, setzte dann den Stöpsel in die Badewanne und drehte das Wasser auf.

Fregoso schaffte es, sich auf den Toilettendeckel zu setzen. Blut lief ihm ins Auge, er blinzelte. Auf seiner Stirn stand Schweiß. Auch Jack schwitzte.

»Wenn Sie Geld wollen, viel hab ich nicht, aber das können Sie haben«, sagte Fregoso.

»Ich hab gesagt, Maul halten.« Jack trat gegen Fregosos nackte Brust. Sein Arbeitsstiefel hinterließ einen tiefen Abdruck.

»Bitte, *señor*, ich bin niemand. Sie müssen mich nicht töten.«

»Mach noch einmal den Mund auf, und du fängst dir eine Kugel ein.«

Fregoso schwieg. Nur noch die keuchenden Atemzüge der beiden Männer und das Rauschen des Wassers in der Wanne waren zu hören. Dampf stieg auf und beschlug den winzigen Rasierspiegel an der Wand.

Als die Wanne fast voll war, drehte Jack den Hahn zu und zeigte mit der Pistole auf Fregoso. »Auf die Knie«, befahl er. »Genau da. Runter auf die Knie.«

»Nicht schießen«, sagte Fregoso.

»Runter auf die verdammten Knie!«

Fregoso gehorchte. Er kniete sich vor die Wanne, als wollte er beten, nur dass seine Hände hinter dem Rücken gefesselt waren. Er vermied es, Jack direkt anzusehen, aber sein Blick wanderte immer wieder in dessen Richtung und huschte dann schnell wieder weg.

Jack steckte die Pistole ein. »Ich stelle dir Fragen«, sagte er. »Und du gibst mir Antworten.«

»Alles, was Sie wollen.«

»Zwei Mädchen in einem weißen Wagen mit texanischem Kennzeichen. Dein Partner Guadalupe hat sie eines Nachts angehalten. Erinnerst du dich?«

»Was? Ich weiß nicht –«

Jack packte Fregoso am Handgelenk und im Nacken und drückte ihn über den Rand der Badewanne. Fregosos Kopf verschwand im Wasser, sein Körper zuckte, seine Beine traten nach hinten aus und trafen die Wand in dem engen Raum. Jack hielt ihn zehn Sekunden lang fest und zog ihn dann aus dem Wasser. Fregoso rang nach Luft.

»Zwei Mädchen. Ein weißer Wagen. Ihr habt ihn angehalten«, sagte Jack.

»Ich erinnere mich nicht!«

Diesmal tauchte Jack Fregoso fast eine halbe Minute lang, bis der so heftig strampelte, dass Jack ihn kaum noch halten konnte. Als er ihn hochzog, war sein Gesicht verbrüht. Er würgte und spuckte Wasser aus.

»Ich frage dich noch einmal«, sagte Jack, »und diesmal ist mir scheißegal, ob du ersäufst. Zwei Mädchen. Ein weißes Auto.«

»*Bitte!*«

5

Gonzalo beendete gerade sein Frühstück, als das Telefon klingelte. Er sah die Nummer. »Hallo, Jack.«

»Wir müssen uns treffen.«

Jacks Stimme war völlig emotionslos. Gonzalo spürte ein inneres Zittern. Er meinte, Jack atmen zu hören. »Ich kann jetzt nicht sofort nach Laredo kommen«, sagte Gonzalo.

»Nicht nötig. Ich bin in der Stadt.«

»Jack, was tun Sie? Sie wissen, dass Sie nicht hier sein dürfen. Capitán Alvares hat gesagt –«

»Alvares soll sich ins Knie ficken. Ich bin hier.«

Jack schwieg, Gonzalo hörte seine flachen Atemzüge. Er leckte sich über die Lippen. »Wo genau sind Sie, Jack?«

»In Fregosos Wohnung.«

Gonzalo spürte eine Welle aus Entsetzen und Panik durch sich hindurchziehen. Er saß wie festgewachsen auf dem Stuhl, das Telefon am Ohr, und konnte sich nicht rühren. »Was machen Sie da?«

»Ihren verdammten Job.«

Gonzalo nahm sich zusammen, bevor er antwortete. »Jack«, sagte er vorsichtig, »ist Fregoso am Leben?«

»Er lebt«, sagte Jack.

Gonzalo atmete erleichtert auf. »Ich komme hin«, sagte er. »Tun Sie nichts, bis ich da bin.«

»Ich versuche es.«

Gonzalo legte auf und verschränkte die Hände, um das Zittern zu stoppen. Er saß einen Moment lang regungslos da, dann ging er ins Schlafzimmer und zog sich an. Zuletzt holte er den Revolver aus seinem Versteck und steckte ihn in das Holster am Fußgelenk.

Die Fahrt zu Fregosos Apartment schien kein Ende zu nehmen. Jede Ampel war rot, überall stockte der Verkehr. Gonzalo saß zusammengesunken am Steuer, die Anspannung kroch ihm in den Rücken. Jedes Auto, das seinen Weg kreuzte, wurde laut verflucht.

Als er Jacks Truck vor Fregosos Wohnhaus stehen sah, hoffte er sofort, dass keine Patrouillen vorbeigekommen waren. In dieser Gegend fiel ein texanisches Kennzeichen auf. Was immer passieren würde, es war besser, die Armee und die Polizei bekamen nichts davon mit.

Gonzalo parkte um die Ecke und beobachtete vor dem Aussteigen ein paar Minuten lang die Straße, sah aber nur eine Frau mit einer Einkaufskarre und ein Auto, das in die entgegengesetzte Richtung fuhr. Als beide verschwunden waren, lief er zu Fregosos Apartment.

Die Wohnungstür war geschlossen, der Schaden aber deutlich sichtbar. Dahinter herrschte ominöse Stille. Gonzalo zog seinen Revolver aus dem Holster und schob vorsichtig die Tür auf.

Mitten in dem chaotischen Wohnzimmer saß Jack auf einem Metallstuhl mit gerader Lehne. Seine Hände ruhten in seinem Schoß. Gonzalo sah eine Pistole, es war die Pistole, die er ihm verboten hatte zu tragen. Er konnte nicht erkennen, ob sie gesichert war.

»Wollen Sie mich erschießen?«, fragte Jack.

»Das könnte ich Sie auch fragen«, erwiderte Gonzalo.

»Ich weiß, wo Sie wohnen. Wenn ich Sie töten wollte, wären Sie tot.«

Gonzalo senkte die Waffe. »Wo ist Fregoso?«

Jack zeigte mit dem Daumen nach hinten. »Im Schlafzimmer.«

Gonzalo ging an Jack vorbei ins Schlafzimmer. Fregoso lag mit dem Gesicht nach unten auf dem Bett, die Füße mit einem zerrissenen Laken gefesselt, die Hände mit Kabelbindern so fest zusammengebunden, dass sie dunkelrot waren. Zuerst dachte

Gonzalo, Fregoso wäre bewusstlos, aber er drehte den Kopf, und Gonzalo sah das Blut und die Angst. In seinem Mund steckte eine Socke.

Gonzalo ging zu Jack zurück. »Was haben Sie mit ihm vor?«

»Ich lasse ihn da liegen, bis ihn jemand findet.«

»Das könnte lange dauern.«

»Tja.«

Gonzalos Hände hatten wieder zu zittern begonnen. Er holte einen Stuhl aus der Küche und setzte sich zu Jack. Jack sah ihn nicht an. »Was haben Sie mit ihm gemacht?«, fragte Gonzalo.

»Was ich von Anfang an hätte tun sollen.«

»Er blutet.«

»Gut.«

»Was *tun* Sie, Jack? Ist Ihnen klar, was passiert, wenn rauskommt, dass Sie das waren? Unsere Gefängnisse sind kein Ort für einen Mann wie Sie. Wer weiß, dass Sie hier sind?«

»Niemand.«

»*Mierda*«, sagte Gonzalo. »Und jetzt haben Sie mich mit reingezogen.«

»Er hat mir alles gesagt, was er weiß«, sagte Jack. »Wollen Sie es nicht erfahren?«

Gonzalo zögerte. »Doch.«

»Es ist genau, wie wir vermutet haben. Guadalupe hat die Mädchen in jener Nacht angehalten und verhaftet. Er hat keinen Bericht geschrieben, aber er hat sie in die Arrestzelle gebracht. Fregoso hat ihm geholfen.«

»Warum? Wieso hat Guadalupe das getan?«

»Fregoso sagt, Guadalupe hat Ausschau nach einer Frau gehalten. Nach jemand Hübschem. Er war anscheinend ganz heiß darauf. Und zwei waren natürlich noch besser.«

»Was ist aus den Mädchen geworden?«

Zum ersten Mal runzelte Jack die Stirn. »Er weiß es nicht.

Guadalupe hat ihm gesagt, er soll früher Feierabend machen, er würde den Rest erledigen.«

»Welchen Rest?«

»Ich hab doch gesagt, er weiß es nicht«, sagte Jack scharf. »Wenn er es wüsste, hätte er es mir gesagt.«

»Sie müssen weg«, sagte Gonzalo. »Raus aus Mexiko.«

»Ich habe keine Angst vor der Polizei.«

»Die Polizei ist Ihre kleinste Sorge. Sobald Fregoso die Chance bekommt, wird er Guadalupe erzählen, was passiert ist, und dann werden Guadalupes Freunde hinter Ihnen her sein. Was Sie da getan haben, Jack, ist nicht bloß kriminell, es ist Selbstmord. Denken Sie an Sr. Sigala und seinen Sohn.«

Jack sah Gonzalo wütend an. »Lassen Sie das.«

»Man wird Sie töten, Jack. Die werden Sie töten, und dann kümmert sich niemand mehr um das Kind, das Sie noch haben. Wollen Sie das?«

»Ich will Guadalupes Adresse. Bleibt Ihnen überlassen, ob Sie mitbekommen wollen, was passiert.«

»Das ist *Irrsinn!*«

Jack fuhr hoch und stieß dabei den Stuhl um, der nach hinten umkippte. »Dieses ganze verdammte Land ist irre! Das ganze Observieren und Befragen, und ich habe dieselben Informationen in der Hälfte der Zeit rausbekommen! Kein Wunder, dass Sie keine funktionierende Polizeitruppe auf die Beine stellen können, wenn Sie nicht mal korrupte Cops drankriegen und zur Rechenschaft ziehen können! Die beiden haben Marina und Patricia in eine Ihrer Polizeistationen gebracht! Kapieren Sie das nicht?«

»Ich lasse nicht zu, dass Sie Guadalupe foltern«, erwiderte Gonzalo. »Andere würden es vielleicht tun, aber ich nicht. Ich werde Ihnen nicht sagen, wo Sie ihn finden.«

»Sie werden mir sagen, was ich wissen will«, sagte Jack, und wieder war seine Stimme völlig ausdruckslos.

Gonzalo zitterte. »Wollen Sie die Information etwa aus mir rausprügeln?«

»Wenn es nötig ist.«

»Sie haben den Verstand verloren.«

»Ich will meine Tochter finden!«

»Das wollen wir beide! Denken Sie, dass ich nicht alles tun würde, um die Mädchen zurückzubekommen? Haben Sie mir überhaupt zugehört?«

Jack hob die Pistole und zielte auf Gonzalos Gesicht. Ein Beben kroch durch Gonzalos Rückgrat und breitete sich als heftiges Zittern am ganzen Körper aus. Als er aufstand und seine eigene Waffe auf Jack richtete, fühlten sich seine Hände kraftlos an.

»Sie werden mir sagen, wo Guadalupe ist«, sagte Jack.

»*Sie* werden Mexiko verlassen und den Fall den Behörden überlassen.«

»Verdammt noch mal, Gonzalo, ich bringe Sie um.«

»Das glaube ich Ihnen«, sagte Gonzalo, und der Lauf seines Revolvers zitterte.

Er sah, dass sich Jacks Finger am Abzug krümmte, dann blieb die Zeit stehen. Er stellte sich vor, wie die Kugel aus dem Lauf schoss, in sein Fleisch eindrang, den Schmerz. Er atmete nicht.

Jack senkte die Pistole. »Ich werde es nicht tun.«

Gonzalo ließ die Arme sinken und hielt mit letzter Kraft den Revolver fest. Er nahm einen schwachen Atemzug, der ihm nur wenig neue Energie gab. »Verlassen Sie das Land, Jack?«

»Nein. Ich werde ihn finden, auch ohne Sie.«

Jack steckte die Pistole ein und machte einen Schritt in Richtung Tür.

Gonzalo hob eine Hand, die Jack mit Leichtigkeit hätte wegschlagen können, aber er hielt abrupt inne, und Gonzalo bekam schon wieder keine Luft. »Das können Sie nicht machen«, stieß er hervor.

»Es ist zu viel Blut geflossen, ich kann nicht aufhören«, sagte Jack.

»Wenn ich Sie nicht zu ihm bringe, kommen Sie um bei dem Versuch, ihn zu finden.«

»So groß ist die Stadt nicht.«

»Für Sie schon.«

»Sie helfen mir also?«

»Ich weiß nicht, ob ich das kann.«

»Es ist der einzige Weg«, erwiderte Jack.

Gonzalo stellte einen Fuß auf den Stuhl und steckte den Revolver ins Holster. Auf der Straße röhrte der Motor eines vorbeifahrenden Lastwagens. Fregoso hörte bestimmt zu.

»Sie bringen mich zu ihm?«, fragte Jack.

Noch ein Atemzug, er fiel Gonzalo etwas leichter. Das Zimmer drehte sich nicht mehr. »Ich bringe Sie hin.«

Jack nickte. »Jetzt müssen wir uns was für Fregoso überlegen.«

»Was?«

»Glauben Sie, er kann die Fesseln alleine lösen?«

»Keine Ahnung. Vielleicht, irgendwann.«

»Wir lassen ihn hier. Wenn wir mit Guadalupe fertig sind, können wir die Armee anrufen, die können ihn dann befreien.«

»Und was, wenn er denen alles sagt, Jack?«

»Er kennt mich nicht. Ich bin bloß irgendein Weißer aus den Staaten.«

»Er hat mein Gesicht gesehen. Er weiß, wer ich bin. Mit der Information wird Alvares nicht lange brauchen, um darauf zu kommen, wer da Fragen über zwei vermisste Mädchen gestellt hat. Sie hätten das niemals tun dürfen, Jack. Die einzige Lösung ist ...« Gonzalo ließ es ungesagt.

Jack zog die Pistole. Gonzalo wich das Blut aus den Händen, sein Gesicht wurde kalt. »Ich mache es schnell«, sagte Jack.

Gonzalo wusste nicht, was er sagen sollte. Jack ging ins Schlafzimmer.

Gonzalo rannte aus der Wohnung, zog die kaputte Tür hinter sich zu und klammerte sich an das Metallgeländer der Treppe, bis seine Hände brannten. Obwohl er darauf gewartet hatte, zuckte er bei dem gedämpften Knall des Schusses zusammen. »Was hast du getan?«, flüsterte Gonzalo. »Was hast du getan?«

Jack erschien. »Haben Sie da drinnen irgendwas angefasst?«, fragte er.

»Den Stuhl.«

»Wischen Sie ihn ab. Meine Fingerabdrücke können sie gerne finden, aber Sie sollten sich schützen.«

Sie gingen zusammen zurück in die Wohnung, wo die Luft bleiern schien. Gonzalo nahm die totale Stille im Schlafzimmer wahr, fühlte noch das Leben, das dort ausgelöscht worden war. Ein Teil von ihm wollte hingehen, aber er hatte schon genug Leichen gesehen, eine weitere würde ihm nicht guttun.

Mit einem Taschentuch wischte er sorgfältig den Stuhl ab, den er benutzt hatte, von der Lehne bis zu den Beinen, obwohl er die nie angefasst hatte. Es schien wichtig zu sein, alles sauber zu machen. Als er fertig war, trocknete er seine schweißnassen Hände ab und wischte sich mit dem Ärmel über die Stirn.

Er traf Jack unten an Fregosos Wagen wieder, der dort als einziger parkte. Das Gebäude wirkte verlassen. Würde überhaupt jemand die kaputte Tür und die Leiche dahinter bemerken?

»Ich folge Ihnen«, sagte Jack. »In Ordnung?«

Gonzalo nickte benommen. »In Ordnung.«

6

Nachdem Jack Gonzalo gute zwanzig Minuten hinterhergefahren war, begann er zu glauben, dass der ihn in die Irre führen wollte. Gonzalo bog immer wieder ab und fuhr einmal sogar im Kreis. Ein schneller Anruf auf dem Handy brachte Klarheit, Gonzalo gab sich Mühe, eventuelle Verfolger abzuschütteln. Jack hätte nicht mal gewusst, worauf er hätte achten müssen. Nuevo Laredo hatte überall Augen.

Als Gonzalo endlich hielt, fuhr Jack an ihm vorbei und einmal um den Block, bevor er einen Parkplatz fand. Keiner der beiden Männer hatte es eilig, aus dem Wagen zu steigen. Hier waren viel mehr Passanten unterwegs als in der Gegend, in der Fregoso wohnte, und auf der anderen Straßenseite lag eine *bodega*, vor deren Auslagen sich Kunden drängten, um Obst und Gemüse zu kaufen. Jack fiel hier auf.

Gonzalo stieg aus und ging auf ein schmuckloses Gebäude zu. Jack folgte ihm und sah sich vorsichtig um. Gonzalo wartete vor dem Gebäude auf ihn.

Neben einer Glastür war eine Metallplatte an der Wand angebracht, darauf kleine weiße Namensschilder, viele verblichen, manche unleserlich. Ein verbeultes Drahtgitter bedeckte einen Lautsprecher.

»Wo wohnt Guadalupe?«, fragte Jack.

»Das ist seine Klingel, aber er wird uns nicht die Tür öffnen. Hoffen wir, dass irgendein Nachbar zu Hause ist.«

Gonzalo drückte nacheinander alle Knöpfe außer Guadalupes. Bei den meisten kam keine Antwort, aber schließlich schepperte die Stimme einer Frau aus dem Lautsprecher. »*¿Quién es?*«

»Wir haben ein Päckchen für –«, Gonzalo betrachtete den gekrakelten Namen an der Klingel, »Sra. Saravia. Sind Sie das?«

»Von wem kommt es?«

»Da steht nichts, tut mir leid. Abgeschickt wurde es in Sonora.«

»Sonora? Ich kenne niemanden ... kommen Sie rauf, damit ich mir das ansehen kann.«

»*Gracias, señora.*«

Es gab ein hässliches schnarrendes Geräusch, dann sprang die Verriegelung auf. Sie traten ein. Hinter der ersten Tür befand sich eine zweite, die unverschlossen war und in ein überraschend kühles Foyer führte. Aus einem Fenster fiel Licht auf Messingbriefkästen mit den Nummern der Wohnungen.

»Die Frau sollte vorsichtiger sein«, sagte Gonzalo. »Wir könnten Einbrecher oder Schlimmeres sein.«

»Wir sind Schlimmeres«, sagte Jack.

»Vierter Stock.«

Da es keinen Aufzug gab, nahmen sie die Treppe, die sich um die offene Mitte herumwand. Die warme Luft konnte so nach oben steigen, und das Gebäude blieb kühl. Irgendwo lief klappernd eine Lüftung, die die schlimmste Hitze nach außen ableitete. Aus den Wohnungen waren Geräusche zu hören. Ein Fernseher. Eine gedämpfte Unterhaltung. Das Haus war voller Menschen, sie würden viel vorsichtiger sein müssen als bei Fregoso. Hier würden die Leute die Polizei rufen, wenn sie einen Schuss hörten.

»Hier«, sagte Gonzalo, als sie den vierten Stock erreicht hatten.

Die Tür war schlicht und braun, der Aufkleber mit der Nummer drohte abzufallen. Eine Klingel war nicht vorhanden, zum Glück auch kein Türspion.

»Klopfen Sie«, sagte Jack. Er sah den Schweiß auf Gonzalos Oberlippe. »Bringen Sie ihn dazu, die Tür zu öffnen.«

Er zog die Browning, hielt sie neben seinen Oberschenkel und ließ Gonzalo nicht aus den Augen.

»Los, klopfen.«

Gonzalo hob die Hand, zögerte einen Moment und klopfte dann. Ein hohles Geräusch. Wenn nötig, konnten sie die Tür wahrscheinlich aufbrechen, aber dann hätte Guadalupe Zeit, seine Waffe zu holen, Hilfe zu rufen, zu fliehen.

Hinter der Tür war nichts zu hören. Jack packte die Browning fester. Man musste immer mit allem rechnen, aber vielleicht traf auch die einfachste Erklärung zu: dass Eliseo Guadalupe nicht zu Hause war.

Gonzalo klopfte ein zweites Mal.

Sekunden der Stille sammelten sich zu einer Minute an, Jack merkte, dass er mit den Zähnen knirschte. Als er gerade etwas sagen wollte, war hinter der Tür ein kratzendes Geräusch zu hören, und Guadalupe rief: »Wer ist da?«

»*Hermano, soy yo*«, sagte Gonzalo mit rauer, verstellter Stimme.

»Ich kenne Sie nicht. Was wollen Sie?«

»Ich hab eine Nachricht für dich«, sagte Gonzalo. »Komm schon, es ist wichtig.«

»Ich hab hier eine Knarre, die ich dir direkt in den Arsch stecke, wenn du mich bescheißt«, sagte Guadalupe hinter der Tür. »Ich bin Polizist.«

»Mach einfach auf.«

Als die Schlösser klickten, hielt Jack die Luft an. Er hörte, dass eine Kette beiseite geschoben wurde, dann ging die Tür auf. Jack warf sich dagegen.

Der Schwung schob Guadalupe in einen kurzen Flur zurück. Er stolperte gegen einen kleinen Tisch mit Post, der umkippte. In der rechten Hand hielt er einen kleinen Revolver. Jack packte sein Handgelenk und stieß ihm so heftig den Lauf der Browning in die Rippen, dass er keine Luft mehr bekam.

Beide stürzten im Wohnzimmer auf die Couch. Jacks Hand lag jetzt auf Guadalupes Waffe, mit dem Finger umklammerte er den

Hammer, um das Durchladen zu verhindern. Er rammte Guadalupe so lange das Knie in die Eier, bis der sich unter ihm zusammenkrümmte und nach Luft rang. Eine Lampe fiel vom Beistelltisch.

Jack bekam mit einem Auge mit, dass Gonzalo die Wohnungstür geschlossen hatte und neben ihm stand, dann spürte er, dass Gonzalo Guadalupe den Revolver aus den Fingern wand.

Guadalupe wehrte sich, wurde aber durch Jacks Gewicht auf dem Sofa gehalten. Jack schlug ihn ins Gesicht, packte ihn an den Haaren, zog seinen Kopf nach hinten und hielt ihm die Browning vor die Augen. Guadalupe erschlaffte. Der Kampf war vorbei.

»Kennst du mich?«, fragte Jack. »Erkennst du mich wieder?«

Aber Guadalupe sah Jack nicht an, sondern schielte zu Gonzalo hinüber. »Du Hurensohn«, sagte er. »Du verdammter Hurensohn!«

»Hey.« Jack schlug Guadalupe gegen den Kopf. »Sieh mich an.«

»Du legst dich mit dem Falschen an, *pendejo*! Na los, erschieß mich doch! Knall mich ab!«

»Noch nicht.«

Jack ließ von Guadalupe ab und setzte sich in einen Sessel, der zur Couch passte. Guadalupes Wohnung war überraschend groß und aufgeräumt, abgesehen von der kaputten Lampe auf dem Boden und den Briefen, die sich überall verteilt hatten. Die Küche war vom Wohnraum durch einen Tresen getrennt, vor dem drei Barhocker standen. An den Wänden hing Kunst, die Regale waren voller Bücher. Der Fernseher war neu.

Gonzalo stand über Guadalupe. »Du solltest keinem die Tür öffnen, den du nicht kennst.«

»Fahr zur Hölle! Wenn du glaubst, dass du damit durchkommst, bist du verrückt!«

»Schon passiert«, sagte Jack. Die Browning war immer noch auf Guadalupe gerichtet.

»Was jetzt, Jack?«, fragte Gonzalo.

»Wir fesseln ihn.«

»Hast du Stricke mitgebracht, *cabrón?*«, fragte Guadalupe.

»Wir finden schon was«, sagte Jack. »Ich habe Kabelbinder dabei.«

Gonzalo ging in der Küche suchen. Jack stand auf. »Dreh dich auf den Bauch«, sagte er zu Guadalupe.

»Du wirst mich nicht umbringen. Du bringst keinen Polizisten um.«

»Ich sag's nicht noch mal.«

Guadalupe gehorchte, und Jack fesselte ihn wie zuvor schon Fregoso, legte Kabelbinder um beide Handgelenke und verband sie mit einem dritten. Diesmal zog er sie nicht ganz so fest, auch wenn ihm egal war, ob Guadalupe die Hände abfielen. Als er fertig war, hievte er Guadalupe in eine sitzende Haltung, er hockte steif da.

Gonzalo kam zurück. »Mehr habe ich nicht gefunden«, sagte er und hielt eine Rolle blaues Isolierband hoch.

»Dann fessel ihm damit die Füße. Damit er uns nicht wegläuft.«

Die Hälfte der Rolle verwandelte Guadalupes Beine von den Knöcheln bis zu den Knien in die einer Mumie. Guadalupe starrte Gonzalo wütend an, schielte aber immer wieder zu Jack und der Waffe hinüber.

»Ich bin bei Fregoso gewesen«, sagte Jack zu Guadalupe. »Er hat mir alles erzählt.«

»Dann brauch ich ja nichts mehr zu sagen.«

»Er hat mir alles erzählt, was *er* wusste. Nicht das, was *du* weißt.«

»*Vete a la chingada*«, sagte Guadalupe.

Jack schoss aus dem Sessel hoch und schlug Guadalupe mit der Pistole hart gegen den Kopf. Im Augenwinkel sah er Gonzalo zusammenzucken.

»Wir wissen Bescheid über die Mädchen. Dass du sie in die

Arrestzelle gebracht hast«, warf Gonzalo ein. »Du tust dir selber keinen Gefallen.«

»Was kümmert mich, was ihr wisst? Sobald ihr hier raus seid, mache ich einen Anruf, und ihr beide seid tot! *Tot!* Du schaffst es nicht mal bis zur Brücke zurück. Ihr seid beide tot!«

Jack verspürte eine schreckliche Ruhe. »Du bist derjenige, der sterben wird.«

Guadalupe sah etwas in Jacks Augen, das ihn verstummen ließ. Er wand sich auf der Couch, aber nur halbherzig. Bei jeder Bewegung zogen sich die Kabelbinder fester zusammen.

»Ich will wissen, was du mit meiner Tochter gemacht hast«, sagte Jack. »Nachdem du sie in die Arrestzelle gebracht hast, was ist dann passiert? Du hast Fregoso nach Hause geschickt. Warum?«

»Fregoso ist ein Idiot«, erklärte Guadalupe. »Du bist ein Idiot.«

»Ich bin der mit der Waffe.«

»Fick die Waffe!«

Jack sprang auf, wollte wieder zuschlagen, tat es aber nicht. Er schaute zu Gonzalo hinüber. »Stell den Fernseher an. Dreh ihn laut. Ich bin gleich wieder da.«

Er ging in die Küche. In der dritten Schublade, die er durchsuchte, entdeckte er billige Steakmesser mit bedruckten Plastikgriffen. Er legte die Browning weg, nahm eins der Messer und kehrte zu Guadalupe zurück.

»Was zum Teufel hast du vor?«, fragte Guadalupe.

Jack packte ihn am Hals und kippte ihn auf den Bauch. Guadalupes gefesselte Arme ragten hinter dem Rücken nach oben, die Hände waren zu Fäusten geballt. Jack versuchte erst, sie mit seinen Fingern zu öffnen, dann nahm er das Steakmesser zu Hilfe. Aus Guadalupes Handfläche quoll Blut.

»Jack, was machst du da?«, fragte Gonzalo.

»Dreh den Fernseher lauter!«

Es war jetzt leichter, einen Finger geradezubiegen und ruhig zu halten. Jack setzte das Messer am zweiten Knöchel an und sägte in das Gelenk hinein.

Schon beim ersten Schnitt brüllte Guadalupe. Jack kniete sich auf seinen Rücken und drückte sein Gesicht in die Kissen. Im Fernseher plärrte eine Talkshow, die Gäste diskutierten preiswerte Alternativen zu teuren Kosmetika. Reines Blabla.

Das Messer war nicht so scharf, wie Jack gedacht hatte, und die Sehnen und Knorpel erwiesen sich als zäher als übergartes Fleisch. Jack bog den Finger um, bis er entlang der Schnittlinie brach, und ging dann mit der gezackten Schneide das klaffende Gewebe an. Guadalupe weinte, aber über das Hämmern seines eigenen Herzschlags in seinen Ohren hinweg hörte Jack ihn nicht.

Gonzalo rannte ins Badezimmer und übergab sich.

Es schien ewig zu dauern, bis der Finger abgetrennt in Jacks Hand lag. Das Sofa war vollgesogen mit Blut, das unaufhörlich aus dem Fingerstumpf floss. Jack schmiss das Messer weg und zerrte Guadalupe an der Gurgel nach oben. »*Was ist mit den Mädchen passiert?*«

Gonzalo kam zurück und sagte mit schwacher Stimme: »Jack, um Himmels willen.«

»Schnauze! Sag's mir! Sag's mir jetzt!« Eine Schaumblase blähte sich in Guadalupes Nasenflügel auf und platzte. Sein Gesicht war tränenüberströmt, die Worte kamen abgehackt und zusammenhanglos aus seinem Mund. Jack schlug ihm mit der offenen Hand ins Gesicht, bis Blut aus seinem Mund lief. »Ich schwöre bei Gott, wenn du nicht redest, schneide ich den nächsten Finger ab!«

»Ich hab sie verkauft«, sagte Guadalupe. Seine Lippen waren geschwollen und aufgeplatzt.

»Was?«

»Ich habe sie verkauft!«

»An wen hast du sie verkauft, du Hurensohn? Wo sind sie?«

»Ich hab sie an Águila verkauft«, sagte Guadalupe, dann sackte er in sich zusammen. Jack roch Urin.

»Águila?«, fragte er. »Der Zeta? Águila der Zeta?«

»Lass ihn, Jack«, sagte Gonzalo. »Hör auf damit.«

»Nein! Sag's mir: Was ist passiert? Du hast sie an Águila verkauft. Hat er sie selber abgeholt?«

Guadalupe schüttelte den Kopf. »Er hat seine Männer geschickt. Die haben mich bezahlt.«

»Wo haben sie die Mädchen hingebracht?«

»La Zona.«

Jack packte Guadalupes Gesicht und zwang ihn gewaltsam, den Mund zu öffnen, seine Finger waren glitschig vor Blut. Er steckte Guadalupe den abgetrennten Finger zwischen die Zähne und klappte seine Kiefer zusammen. »Du ...«, sagte er. »Du ...«

»Jack, er hat es dir gesagt!«

Jack suchte nach dem Steakmesser und entdeckte es auf den verteilt liegenden Briefen. Er hob es auf und ging damit auf Guadalupe los, stieß es ihm in die Brust, immer wieder, während sich sein Opfer in den Fesseln wand. Gonzalos Hände packten ihn, wollten ihn wegzerren, aber er stach weiter zu, bis das Messer zwischen den Rippen stecken blieb und sich nicht mehr herausziehen ließ. Erst dann ließ er zu, dass Gonzalo ihn wegzog.

»Jack«, sagte Gonzalo, »komm weg. Komm weg. Es ist vorbei. Er ist tot.«

Jack riss sich von Gonzalo los, stolperte in den Flur, fand das Bad und sah sich selbst im Spiegel, Gesicht und Oberkörper mit Blut bespritzt, die Hände rot. Er wusch sie mit heißem Wasser ab und spritzte sich Wasser ins Gesicht. Seine Augen waren rotgerändert.

Als er ins Wohnzimmer zurückkehrte, fand er Gonzalo vor Guadalupes Leiche stehen. Gonzalos Miene was ausdruckslos, er hielt die Hände vor sich gestreckt, als wüsste er nicht, was er damit tun sollte. Auf dem Fernseher waren Blutspritzer. »Mein Gott, Jack«, sagte Gonzalo.

»Wir müssen hier weg«, sagte Jack undeutlich. Er kam sich vor, als wäre er betrunken, und konnte sich kaum auf den Beinen halten. Der letzte Rest Adrenalin strömte aus ihm heraus.

»An dir ist überall Blut«, sagte Gonzalo. »Jemand wird es sehen.«

»Ich schaue nach, ob ich eine Jacke von ihm finde.«

Jack ging ins Schlafzimmer und fand eine Windjacke im Schrank. Sie war viel zu klein, aber wenn er sie vor der Brust zusammenhielt, bedeckte sie die schlimmsten Flecken. Als er ins Wohnzimmer zurückkam, hatte sich Gonzalo nicht bewegt.

»So, wie du aussiehst, kommst du niemals an der Policía Federal vorbei«, sagte er.

»Wir lassen uns was einfallen«, erwiderte Jack. »Gehen wir.«

»Und lassen Guadalupe so zurück?«

Jack warf einen letzten Blick auf die Leiche, in deren Oberkörper das Messer steckte. Er fühlte nichts. »Er merkt's nicht mehr.«

7

Jack gab Gonzalo Geld, damit er in einen kleinen Laden gehen und Kleidung kaufen konnte. Gonzalo kam mit einem blauen Arbeitshemd und einem Paket weißer Unterhemden zurück. Jack zog sich im Truck um, wickelte die blutigen Sachen in Guadalupes Jacke ein und stopfte alles unter den Vordersitz. »Lass uns irgendwo was essen gehen«, sagte er zu Gonzalo.

Sie hielten an einem Restaurant, auf dessen Fensterscheibe ein Kaktus gemalt war, und suchten sich einen Tisch in einer Ecke aus. Jack bestellte Käse-Enchiladas, Gonzalo nahm Tamale und Reis. Jack merkte, dass er völlig ausgehungert war, und fiel über seinen Teller her. Gonzalo stocherte in seinem Essen nur herum.

»Denkst du über die ganze Sache nach?«, fragte Jack nach einer Weile.

»Ja.«

»Lass es. Ich werde keinen Gedanken mehr an diese *cabrones* verschwenden. Sie haben es nicht besser verdient.«

Gonzalo säbelte mit der Gabel das Ende der Tamale ab, spießte das Stück auf, stippte es in die Soße und hob es zum Mund. Er sah Jack nicht an. »Ich habe Beihilfe zu zwei Morden geleistet«, sagte er. »Heute Morgen war ich noch Polizist. Jetzt bin ich ein Verbrecher.«

»Sprich doch noch ein bisschen lauter«, erwiderte Jack.

»Es ist mir ernst, Jack.«

»Ich weiß. Aber du hast eine Entscheidung getroffen und musst jetzt damit leben. Wie ich.«

»Ich sage es noch einmal: Es ist für dich nicht zu spät, noch heil aus der Sache rauszukommen. Steig in deinen Truck, fahr über die

Brücke und komm nie wieder nach Mexiko zurück. Ich tue hier auf meiner Seite, was ich kann, um dich zu schützen. Sie können mich der Beihilfe verdächtigen, aber sie haben keine Beweise.«

Jack schaufelte gebratene Bohnen und Reis auf seine Tortilla. »Wenn Guadalupe und Fregoso da so tief dringesteckt haben, wie du sagst, dann kommen jede Menge andere Täter infrage. Vielleicht wird es als Drogenmord abgehakt.«

»Da bin ich mir nicht so sicher.«

»Verdammt, was erwartest du von mir?«, fauchte Jack, hob aber nicht die Stimme. Keiner der anderen Gäste im Restaurant drehte den Kopf. »Ich musste rausfinden, was sie wussten, und dann musste ich sie zum Schweigen bringen. Es war der einzige Weg. Wenn wir auf deine Art vorgegangen wären, hätten wir Wochen gebraucht. Vielleicht Monate. Kapierst du nicht? Marina und Patricia waren am Leben, als Guadalupe sie zum letzten Mal gesehen hat. Das bedeutet, dass sie auf uns *warten*. Wir können uns keine Spielchen mehr leisten.«

Gonzalo aß lustlos ein paar Bissen und legte dann die Gabel weg. »Ich habe das nie als Spiel gesehen, Jack. Ich habe getan, was ich tun musste, weil es so nun mal läuft. Wir sind hier nicht im Wilden Westen. Es gibt in Mexiko Gesetze. Die werden vielleicht nicht immer umgesetzt, aber wir müssen es wenigstens versuchen, sonst versinken wir in Anarchie.«

Jack kaute, anstatt zu antworten. Gonzalo saß wie ein Häufchen Elend zusammengesunken auf seinem Stuhl, hob kaum den Kopf und stocherte in seinem Essen herum. Jack hätte ihm am liebsten die Gabel aus der Hand geschlagen. Er zwang sich, mit ruhiger Stimme zu sprechen. »In dem Moment, als du für die Arbeit an diesem Fall mein Geld genommen hast, hast du eine Linie übertreten. Das hier ist auch nichts anderes. Außerdem sind deine Hände sauber. Ich bin es, der die beiden umgebracht hat, und ich würde es wieder tun.«

»Wie viele Menschen willst du noch töten?«
»So viele wie nötig.«
»Bist du auch bereit zu sterben?«
»Das bin ich schon, seit Marina verschwunden ist. Du verstehst das nicht, oder? Sie ist vielleicht nicht mein eigen Fleisch und Blut, aber sie ist *meine Tochter*. Du hast keine Kinder, du weißt nicht wie das ist, wenn sie in Schwierigkeiten stecken. Du würdest alles tun, alles sagen, um sie da rauszuholen. Mein einziger Fehler ist, dass ich so lange gewartet habe, und wenn sich rausstellt, dass es zu spät ist, werde ich mir niemals verzeihen.«
»Niemand zweifelt an deiner Liebe zu Marina«, sagte Gonzalo.
»Du zweifelst nur an mir.«
Jetzt sah Gonzalo Jack direkt an. Er machte eine Geste mit der Gabel. »Sollte ich etwa nicht an dir zweifeln? Du bist ein Mörder, Jack. Ich bin dein Komplize. Wir sitzen hier und essen, dabei könnte ich dich zu Alvares schleifen und würde dafür beglückwünscht werden. Ich habe jedes Recht, an dir zu zweifeln. Ich muss verrückt sein!«
»Du bist nicht verrückt. Du bist völlig klar. Zum ersten Mal laufen die Dinge so, wie sie sollten.«
Gonzalo schüttelte den Kopf. »Ich *bin* irre. Komplett irre. Kein Zweifel. Was haben wir getan?«
Jacks Teller war leer. Er gab der jungen Kellnerin, kaum älter als Marina, ein Zeichen und bestellte Eistee nach. Gonzalo sah ihn an, sein Blick war unstet. »Okay«, sagte Jack. »Es tut mir leid. Lass mich verhaften.«
»Sei nicht albern. Du würdest ins Gefängnis wandern und ich dir auf dem Fuße folgen. Ich bin genauso schuldig wie du. Das Schlimmste ist, dass ich es zugelassen habe, weil ich im fraglichen Moment nichts dagegen sagen konnte.«
»Warum nicht?«
Gonzalo fuhr sich mit den Fingern durch die Haare und seufzte.

»Weil ich wusste, dass es der einzige Weg ist. Ich wusste es seit dem Augenblick, als ich suspendiert wurde. Es gab keine Alternative. Etwas anderes zu denken, wäre dumm gewesen.«

»Dann ist es, wie es ist«, sagte Jack. »Wir stecken drin.«

»Wir müssen besprechen, wie wir weiter vorgehen«, sagte Gonzalo. »Wir sind jetzt auf unbekanntem Terrain. Fregoso und Guadalupe, das war leicht. Sie waren schwach. Ab jetzt haben wir es mit Los Zetas zu tun, und die sind härter, als du dir vorstellen kannst.«

Der Eistee kam, das leere Glas wurde mitgenommen. Jack dankte dem Mädchen. Als sie gegangen war, sagte er: »Marina wurde nach La Zona gebracht. Das grenzt die Möglichkeiten ein, wo sie sein kann. Wir müssen mit den Leuten dort reden.«

»Das übernehme ich«, sagte Gonzalo. »Ein paar Dinge haben sich trotz allem nicht geändert: Du fällst auf, und der erste Mensch, mit dem du redest, wird die Nachricht in alle Winde verstreuen.«

»Ich werde nicht wieder auf der Ersatzbank sitzen«, sagte Jack.

»Wirst du nicht. Du bleibst in meiner Nähe, aber ich werde den Ton angeben. La Zona ist nicht groß, die Zahl der Orte, wo die Mädchen sein könnten, ist beschränkt. Es hilft, dass wir Águilas Namen kennen. Das wird es leichter machen, etwas herauszubekommen.«

»Wenn die Leute reden.«

»Ja, wenn sie reden. Und sie werden reden, weil du mir amerikanische Dollar geben wirst, die ich verteilen kann. In La Zona dreht sich alles um Geld. Alles andere wird dann nebensächlich.«

»Mit wem willst du reden? Anderen Zetas?«

»La Zona ist neutrales Gebiet«, sagte Gonzalo. »Jeder nimmt von jedem. Es gibt viele Augen und Ohren, auch ohne die Zetas und ihre Verbündeten.«

»Weißt du schon, wo du anfangen willst?«

Gonzalo nickte. »Ich habe Guadalupe und Águila zum ersten Mal dort in einem Club zusammen gesehen, in dem man sie kannte. Irgendwer wird mir was über Águila sagen können.«

»Wenn ich ihn finde, töte ich ihn«, sagte Jack.

»Erst, wenn er uns gesagt hat, wo die Mädchen sind«, sagte Gonzalo. »Ich weiß nicht, wie weit oben Águila in der Hierarchie steht. Er kann Befehlsempfänger von jemandem sein, den wir noch nicht kennen. Wenn er zu früh stirbt, kriegen wir vielleicht nie eine Antwort. Außerdem, willst du, dass das Blut von noch einem Menschen an deinen Händen klebt?«

»Von diesem Menschen«, sagte Jack.

Gonzalo legte die Gabel weg und schob seinen Teller beiseite. Er hatte das Essen kaum angerührt. »Lass uns eins klarstellen: Bei willkürlichem Abschlachten mache ich nicht mit. Wenn du vorhast, jeden Zeta zu töten, der uns über den Weg läuft, musst du dir einen anderen Partner suchen. Meine Priorität sind die Mädchen. Wo sind sie? Sind sie in Sicherheit? Alles andere ist zweitrangig.«

»Ich habe mich unter Kontrolle«, sagte Jack.

»Du hast dich in Guadalupes Wohnung nicht gesehen.«

»Ich sage dir, ich bin ganz ruhig.«

»Es hat sowieso keinen Sinn, irgendwas zu übereilen«, sagte Gonzalo. »Wir haben Águila noch nicht gefunden und wissen auch nicht, wo er sich aufhalten könnte. In La Zona bekommen wir Antworten, da bin ich sicher.«

Jacks Handy vibrierte in der Tasche und klingelte dann. Er blickte aufs Display, erkannte die Nummer nicht, eine mexikanische Vorwahl. Er nahm an. »Hallo?«

»Sr. Searle? Hier ist Capitán Alvares.«

Instinktiv wollte sich Jack umdrehen. Bestimmt stand auf der Straße vor dem Restaurant ein Humvee der Armee. »Capitán«, sagte er. »Ich hatte nicht erwartet, von Ihnen zu hören.«

Gonzalo erstarrte. Jack gab ihm ein Zeichen zu schweigen.

»Ich wollte fragen, wie es Ihnen geht«, sagte Alvares. »Ob es Ihnen und Ihrer Stieftochter gut geht.«

»Haben … haben Sie etwas über Marina herausgefunden?«, stotterte Jack.

Alvares' Ton war ernst. »Leider nein. Aber wir sind immer noch dran.«

»Danke«, sagte Jack.

»Nicht nötig. Ich wollte Ihnen außerdem mitteilen, dass wir die fehlenden sterblichen Überreste Ihres Schwagers gefunden haben. Hat die Familie ihn schon bestatten lassen?«

»Nein. Nein, noch nicht. Sie haben … den Kopf gefunden?«

»Ja. Er wurde an einem Straßenschrein für *La Santísima Muerte* entdeckt, kurz hinter der Stadtgrenze. Die Identifizierung hat ein wenig gedauert.«

»Ein Schrein?«, fragte Jack.

»Die *narcos* haben überall Schreine, die dem Tod gewidmet sind. Sie bringen dort Opfergaben dar, zum Schutz und als Glücksbringer, und zünden Gebetskerzen an … und manchmal hinterlassen sie Trophäen. Es tut mir sehr leid.«

»Sie können nichts dafür.«

»Kommen Sie zur Beerdigung nach Nuevo Laredo?«

»Ja, ich denke schon.«

»Leider werde ich nicht teilnehmen können, aber ich möchte Ihnen und Ihrer Familie mein tiefstes Beileid aussprechen. Es ist immer schlimm, einen geliebten Menschen zu verlieren, aber diese Art ist besonders furchtbar.«

»Danke, dass Sie angerufen haben«, sagte Jack mechanisch.

»Bis zum nächsten Mal, Sr. Searle. *Adiós.*«

Jack beendete den Anruf und legte das Handy neben den leeren Teller auf den Tisch. »Sie haben Bernardos Kopf gefunden.«

»Weiß Alvares, dass du hier bist?«

»Wenn ja, hat er nichts gesagt.«

»Dann bleibt uns noch Zeit. Wir müssen irgendwo untertauchen, bis es dunkel wird. La Zona erwacht erst nachts zum Leben.«

»Ich weiß, wo«, sagte Jack und rief nach der Rechnung.

8

Niemand hatte sich darum gekümmert, die kaputte Tür von Bernardos Haus reparieren zu lassen. Jack öffnete das Tor und parkte im Carport, Gonzalo ließ seinen Wagen an der Straße stehen. Alles war so, wie Polizei und Armee es hinterlassen hatten: Neben dem Sofa standen die leeren Bierflaschen, der Boden war mit Blutflecken besudelt.

Jack wollte das Blut nicht sehen, aber sein Blick wanderte immer wieder dorthin. Es waren zwei deutliche Lachen, eine große, eine sehr viel kleinere. Guadalupe zu erstechen, hatte Jack nichts ausgemacht, aber bei der Vorstellung, dass hier Bernardino gestorben war, wurde ihm übel. Er floh in die Küche.

Der Kühlschrank war noch gefüllt, Jack und Gonzalo teilten sich Reinas *limonada.* »Wann wird die Beerdigung für deinen Schwager und seinen Sohn stattfinden?«, fragte Gonzalo.

Jack musste überlegen. »In ein paar Tagen. Sie mussten warten, bis die Gerichtsmedizin die Leichen freigegeben hatte. Keine Ahnung, warum das so lange gedauert hat. Die Todesursache war ja klar.«

»Hier geht alles langsamer.«

»Sag bloß.«

Sie vertrieben sich die Zeit am Küchentisch, bis die Sonne nicht mehr durch das Fenster über der Spüle schien. Ohne recht zu wissen, warum, wusch Jack die benutzten Gläser ab und stellte sie ins Trockengestell. Irgendwann würden Reina und Leandra zurückkommen. Dann sollte alles aufgeräumt sein. Jack fragte sich, ob Reina selbst das Blut ihres Mannes und Sohnes würde aufwischen müssen.

»Wir nehmen meinen Wagen«, sagte Gonzalo.

Als sie La Zona erreichten, war es schon dunkel, die Straßenlampen brannten. Sie passierten das kleine Polizeirevier am Eingang, und Jack bemerkte den dort geparkten Armeetruck. Soldaten sah er keine, aber hinter dem Truck stand ein Fahrzeug der Policía Federal, und in den vergitterten Fenstern des Reviers brannte Licht.

Gonzalo parkte direkt vor einem Club, der Glücksspiel und Frauen anpries. Westlich von hier lagen die Häuser mit den kleinen Zimmern, in denen die Prostituierten ihrer Arbeit nachgingen, so wie Iris Contreras. Viele der Frauen standen bereits vor den Türen und hielten nach Freiern Ausschau. Sie zeigten so viel nackte Haut wie möglich, was in La Zona eine Menge war. Iris war zum Glück nicht zu sehen, obwohl sie nicht weit sein konnte.

»El Pájaro«, sagte Gonzalo zu Jack. »Das liegt da am Ende des Blocks. Ich muss dich warnen: Es ist ein Transenclub.«

»Muss ich mich umziehen?«

»Nein, du nicht«, sagte Gonzalo.

Sie gingen die Straße entlang, die Prostituierten berührten Jack am Arm oder stellten sich ihm direkt in den Weg, bis klar war, dass er nicht stehenbleiben würde. Die meisten waren jung, andere schon älter, und viele sahen durchschnittlich aus. Wenn sie sich von Gonzalo und Jack abgewandt hatten, versuchten sie sogleich andere Männer auf der Straße oder in den vorbeifahrenden Autos anzulocken. Manche hielten an und feilschten mit den Frauen. Jack war noch nie in Boy's Town gewesen. Er hatte es sich anders vorgestellt. Die Straßen waren nicht mal asphaltiert, das Ganze wirkte wie eine Westernstadt.

Als sie El Pájaro erreichten, hatte Jack die Anmache und Berührungen satt und hätte die letzte Frau, die ihn mitziehen wollte, beinahe weggeschubst. Zum Glück lagen die Stundenzimmer und damit das Schlimmste hinter ihnen. Jetzt standen in den Türen der Bars und Bordelle nur noch Männer, die die Vorzüge ihrer Etablissements lautstark anpriesen.

Die Musik im El Pájaro war ohrenbetäubend, Jack spürte die Beats schon auf der Straße. Ein untersetzter Mann in einem schwarzen T-Shirt sah Gonzalo seltsam an, als käme er ihm irgendwie bekannt vor, trat aber beiseite und ließ sie ungehindert eintreten.

Gonzalo zog Jack an sich heran, sodass er ihm direkt ins Ohr brüllen konnte. »Ich muss rumgehen und mit ein paar Leuten sprechen. Bleib an der Bar, geh da nicht weg. Die Mädchen werden versuchen, dich zum Mitkommen zu überreden. Gib ihnen ein Trinkgeld und sag, im Moment nicht.«

»Wie lange wirst du brauchen?«, brüllte Jack zurück.

»Keine Ahnung. Hab Geduld, ich gehe nicht ohne dich.«

Jack ließ Gonzalo ziehen, er verschwand im Schatten. Der Raum wurde immer wieder durch Lichtblitze aufgerissen, auf der Bühne gab ein Transvestit eine Tanznummer zum Besten. An der Bar war ein freier Hocker. Ein Mann, der fast genau wie eine Frau aussah, nahm Jacks Bestellung auf: ein Bier. Jack sah sich um und konnte Gonzalo nirgends entdecken.

9

Gonzalo hatte nicht damit gerechnet, noch einmal hierherzukommen, war aber weder nervös noch ängstlich. Nach der Sache mit Fregoso und Guadalupe war das El Pájaro fast normale Polizeiarbeit. Er konnte die Menschen und das, was sie taten, einschätzen. Und er hatte heute schon zu viele innere Grenzen überschritten, da machte ihm das hier nichts mehr aus.

Durch das ständige Lichtgeflacker war er geblendet und konnte nur die Menschen sehen, die sich im Schein des Bühnenlichts aufhielten. Einige waren schwer zu erkennen, denn auf ihren Schößen hockten als Frauen verkleidete Männer. Aber Gonzalo war nicht an den Gästen interessiert, was die Suche eingrenzte.

Er wusste genau, wen er suchte. Er erinnerte sich an das Gogo-Tänzer-Kostüm, an die wallenden roten Haare und die großen Brüste. Er erinnerte sich, wie die Tänzerin Águila geküsst hatte, der für Gonzalo damals nur der Mann mit der Golduhr gewesen war. Die Tänzerin würde ihm weiterhelfen können.

Jemand stellte sich ihm in den Weg. Er sah eine Silhouette, goldblondes Haar leuchtete auf. Ein Transvestit, ein bekanntes Gesicht. »Ich kenne dich«, sagte sie, und Gonzalo kannte sie auch. Eine Woge aus Angst und Anspannung trug einen Namen heran.

»Celia«, sagte Gonzalo.

»Bist du wieder nur da zum Gucken ohne Anfassen?«, fragte Celia.

Sie stand so breitbeinig da, dass er nicht um sie herumkam. Zu beiden Seiten versperrten Tische den Weg. Celia war angezogen wie eine amerikanische Cheerleaderin, allerdings ohne Pompoms. »Ich suche jemanden«, sagte Gonzalo.

»Warum nicht mich? Ich hab gerade Zeit.«

Bei ihrer letzten Begegnung hatte Celias Gezeter ihm die Aufmerksamkeit des halben Ladens beschert. Das wollte er unter allen Umständen vermeiden. Er musste die Tänzerin mit dem Go-go-Kostüm finden, einen Rauswurf konnte er nicht riskieren.

»Und?«, drängte Celia.

»Okay«, sagte Gonzalo.

»Zeig mir erst dein Geld.«

Gonzalo zog seine Brieftasche hervor. Seinen Dienstausweis ließ er stecken. Das würde nichts bringen, und man würde sich nur an ihn erinnern. Er zeigte Celia einen Fünfzig-Dollar-Schein. »Reicht das?«

»Willst du nach hinten gehen?«

Er sah sich langsam um. Die Technomusik war anstrengend, er war schon halb taub. Die Go-go-Tänzerin war nicht zu sehen. »Ja«, sagte er.

Celia nahm seine Hand und führte ihn an der Bühne vorbei. Dort befand sich im Schatten ein Torbogen, schwarz angestrichen und mit einem Vorhang verhängt und somit praktisch unsichtbar. Celia schob den Vorhang beiseite, sie gingen hindurch.

Dahinter war der Lärm etwas gedämpfter, obwohl die Bässe sich durch den Boden und die Wände übertrugen. Sie standen in einem Korridor, zu beiden Seiten lagen Türen, am anderen Ende eine Treppe. Einige Türen standen offen, dahinter waren winzige Räume mit Betten zu sehen, die für Kinder gemacht zu sein schienen. Celia wählte irgendeins aus, ließ Gonzalo eintreten und schloss die Tür hinter sich.

Das Zimmer war eng wie ein Schrank, das Bett nahm den Großteil des Raums ein. Fuß- und Kopfende waren weiß gestrichen, am Kopfende rosa Rosen aufgemalt. Eine nackte Birne an der Decke erhellte den Raum.

»Fünfzig US-Dollar reichen für einmal Blasen, aber wenn du

mich ficken willst, wird es teurer«, informierte Celia ihn geradeheraus.

»Ich will dich nicht ficken«, sagte Gonzalo.

»Okay. Gib mir zuerst das Geld.«

Sie standen so dicht voreinander, dass Gonzalo Celias Schweiß und Parfüm riechen konnte. Unter der Glühbirne sah ihr Haar zwar blondiert, aber echt aus. Es war lang und zu einem Pferdeschwanz gebunden. Außerdem war unschwer zu erkennen, dass sie keine Frau war. Ihre Gesichtszüge waren zu grob, der Adamsapfel verriet sie. Allerdings hatte sie kleine Hände und Füße, wie eine Frau.

»*Das Geld.*«

»Moment«, sagte Gonzalo. Er holte wieder seine Brieftasche hervor und nahm einen von Jacks Fünfzig-Dollar-Scheinen heraus. Als Celia danach greifen wollte, zog er ihn weg. Sie sah ihn böse an. »Moment, hab ich gesagt.«

»Wenn du mich hier verarschen willst, hol ich jemanden, der dich windelweich prügelt«, sagte Celia. »Verstanden, *imbécil?* Gib mir das Geld.«

»Ich bin nicht schwul«, sagte Gonzalo.

»Natürlich nicht. Gib her!«

»Ich bin nicht wegen einer *mamada* hier.«

Celia wandte sich zur Tür. »Das reicht, du legst dich mit der Falschen an!«

Gonzalo hielt ihre Hand fest, die schon auf dem Türgriff lag. Einen Moment lang kämpften sie miteinander, während Celia versuchte, den Knauf zu drehen. »Beruhig dich«, sagte Gonzalo. »Du kannst das Geld haben.«

»Lass mich los!«

Gonzalo gab Celias Hand frei und hielt ihr den Geldschein hin. »Hier«, sagte er. »Nimm.«

Celia riss ihm das Geld aus den Fingern und steckte es in den

Bund ihres kurzen Cheerleaderröckchens. Ihre Miene war finster. »Wenn du nichts von mir willst, wofür ist dann das Geld? Willst du dir bloß einen runterholen?«

»Ich suche jemanden, der hier arbeitet. Vielleicht kannst du mir sagen, wer sie ist«, erklärte Gonzalo.

»Bist du Bulle?«

»Würde das einen Unterschied machen?«

»Vermutlich nicht. Wen suchst du?«

Gonzalo beschrieb Celia die Tänzerin im Go-go-Kostüm so genau, wie er konnte. Er war noch nicht fertig, als ihre Augen aufleuchteten. »Kennst du sie?«, fragte er.

»Angélica.«

»Arbeitet sie heute Nacht?«

»Nein.«

Gonzalo biss sich auf die Lippe, um nicht laut zu fluchen. »Wann arbeitet sie wieder?«

»Keine Ahnung. Sie ist seit Tagen nicht da gewesen. Manchmal kommen die Mädchen nicht wieder. Sie arbeiten dann in den Stundenzimmern oder machen was ganz anderes.«

»Ist sie der Typ, der was anderes machen würde?«

»Angélica? Oh nein. Sie verdient fette Kohle.«

»Setz dich«, sagte Gonzalo.

»Wenn du sonst nichts willst, gehe ich wieder an die Arbeit«, sagte Celia.

»Ich bezahle für deine Zeit«, erwiderte Gonzalo. »Du kannst fünf Minuten lang mit mir reden.«

»Okay.«

Celia setzte sich, und Gonzalo lehnte sich gegen die geschlossene Tür. Er legte sich die Hand über die Augen und merkte, dass sich tief in seinem Schädel bohrende Kopfschmerzen zusammenbrauten. Er seufzte. Dieser Tag würde nie zu Ende gehen.

»Was willst du von Angélica?«

Gonzalo nahm die Hand weg und sah Celia an. »Ich will etwas über einen ihrer Kunden herausfinden. Vielleicht hast du ihn schon mal gesehen. Ungefähr so groß wie ich, Locken, trägt eine Golduhr und Ralph-Lauren-Poloshirts.«

»Águila«, sagte Celia.

Gonzalos Herz machte einen Satz. »Du kennst ihn?«

»Er kommt oft her. Und gibt viel aus. Mit dem willst du nichts zu tun haben.«

»Warum?«

»Er ist ein Zeta. Die fickt man besser nicht. Niemals.«

»Hat er Anteile an dem Laden hier?«, fragte Gonzalo.

»Nein, er kommt nur gerne her. Er hat schon jedes Mädchen gevögelt.«

»Haben die Zetas denn kein Problem damit, dass er Männer vögelt?«

Celias Miene verdunkelte sich. »Er fickt *Mädchen*. So Typen wie du sehen das nicht, aber er schon. Und viele andere auch. Was glaubst du eigentlich, was ich bin?«

»Ich weiß nicht«, sagte Gonzalo. »Ich habe noch nie darüber nachgedacht.«

»Ich bin *Frau, señor.* Und nicht irgendwas, auf das du treten und dir dann vom Absatz kratzen kannst.«

»Schon gut«, sagte Gonzalo. »Dann bist du eben eine Frau. Tut mir leid. Ihr seid alle Frauen. Aber hat er eine Vorliebe? Diese Angélica, mag er die am liebsten?«

»Vielleicht.«

»*No me jodas*«, sagte Gonzalo. »Ist sie sein Liebling oder nicht?«

»Okay, sie ist sein Liebling. Na und? Es gibt auch *chicos*, die nur wegen mir herkommen. Das heißt nichts.«

»Würdest du mir vielleicht Angélicas Nummer besorgen, wenn ich dich darum bitte? Ihre Adresse? Irgendwas, damit ich sie finden kann?«

»Wir dürfen solche Informationen nicht rausgeben. Das ist gefährlich.«

Gonzalo holte wieder seine Brieftasche hervor und brachte den nächsten Fünfziger zum Vorschein. »Der gehört dir, wenn du mich in Kontakt mit ihr bringst. Ich brauche nicht viel. Eine Nummer reicht.«

»Gib mir erst das Geld.«

»Hinterher.«

»Gib's mir jetzt, sonst gibt's gar nichts von mir.«

Gonzalo reichte ihr den Schein. Er verschwand außer Sichtweite. Celia stand auf. Gonzalo streckte die Hand aus. »Wo willst du hin?«

»Soll ich was für dich rausfinden oder nicht? Ich bin nicht allwissend. Ich muss fragen. Warte hier.«

»Ich warne dich: Verarsch mich nicht«, sagte Gonzalo.

»Mach ich nicht. Bleib hier. Ich bin gleich wieder da.«

Celia verließ das Zimmer und schloss die Tür hinter sich. Gonzalo ließ sich auf das Bett nieder. Die Matratze war hart und steif und zu kurz, um sich darauf auszustrecken, aber wahrscheinlich legte sich niemand zum Schlafen darauf. Draußen im Korridor lachte jemand in einer seltsamen Tonhöhe: nicht ganz Mann, aber auch nicht ganz Frau.

Er betrachtete seine Hände. Fast erwartete er, Blut daran zu sehen, aber sie waren sauber. Wenn er die Augen schloss, sah er Jack vor sich, wie er immer wieder das Messer in Guadalupes Brust stieß. Gonzalo war in dem Moment völlig außer sich gewesen und konnte auch jetzt kaum klar denken. Er verstand, was er tat, aber nur schwer den Grund dafür.

Eigentlich hätte er Jack schon nach dem Mord an Fregoso verhaften müssen. Der Gonzalo, der ihm vertraut war, hätte zum Telefon gegriffen und Alvares angerufen. Vielleicht wäre Jack geflohen, aber er wäre nicht über die Brücke gekommen, die Policía

Federal oder die Armee hätten ihn vorher geschnappt. Und dann wäre Eliseo Guadalupe noch am Leben.

Guadalupe tat ihm nicht leid. Das wäre zu einfach. Er hatte Guadalupe gehasst für das, was er gewesen war, und hasste ihn seit seinem Geständnis noch mehr, aber der Teil von Gonzalo Soler, der für Recht und Gesetz stand, konnte niemanden zum Tode verurteilen.

Seine Hände hatten aufgehört zu zittern, was ihn überraschte, weil er sich kein bisschen sicherer, nicht weniger ängstlich fühlte. Er war sich über die Konsequenzen völlig im Klaren, sollte die Verbindung zwischen ihm und Jack auffliegen. Jack würde für den Rest seines Lebens im Gefängnis landen, und er selber hätte auch keine Gnade zu erwarten.

Ein Polizist würde in einem mexikanischen Gefängnis nicht lange überleben.

Er wartete. Mit jeder Minute schoben sich die Wände enger zusammen. Er stellte sich Águila vor, in diesem Raum, das Röckchen von Celias Cheerleaderkostüm nach oben gezogen, Celia über das Bett gebeugt ... »Schluss«, sagte er laut.

Vor der Tür waren Schritte zu hören, dann ging sie auf. Celia war zurück und gab Gonzalo einen Zettel. »Hier ist ihre Nummer«, sagte sie.

Gonzalo stand auf. »Danke für deine Hilfe.«

»Was hast du mit ihr vor?«

»Wie meinst du das?«

»Bringst du sie um?«

»Nein. Wie kommst du darauf?«

»Dein Gesicht. Ich hab's in deinem Gesicht gesehen.«

Gonzalo schüttelte den Kopf. »Ich werde sie nicht töten. Mach dir keine Sorgen.«

10

Erleichtert sah Jack Gonzalo durch Rauchschwaden und Flackerlicht auf sich zukommen. Halb hatte er damit gerechnet, Gonzalo würde abhauen, wenn er ihn auch nur eine Minute aus den Augen ließe. Dann wäre ihm nur die Flucht über die Brücke geblieben, und er hätte nie wieder nach Nuevo Laredo zurückkehren können. Und das wäre unerträglich gewesen. Dafür war er zu weit gegangen.

Die Biere, die er getrunken hatte, waren wirkungslos geblieben. Sie konnten den Adrenalinrausch nicht dämpfen, der dafür sorgte, dass ihm alles zu laut, zu grell, zu voll vorkam. Wenn die Transvestiten auf ihn zukamen, tat er, was Gonzalo gesagt hatte, gab ihnen Geld und schickte sie weg. Sie schienen nichts dagegen zu haben, Geld ohne Gegenleistung zu bekommen, und beschwerten sich nicht.

Gonzalo stand neben ihm. »Was hast du rausgefunden?«, schrie Jack ihm ins Ohr.

»Lass uns rausgehen«, sagte Gonzalo.

Seine Ohren waren nach dem Lärm der Musik und der Brüllerei auch draußen noch halb taub. Es waren mehr Menschen unterwegs, die engen Straßen von Boy's Town füllten sich mit langsam dahinrollenden Autos und Trucks, deren Fahrer einen Parkplatz suchten oder einen Blick auf die Mädchen erhaschen wollten. Gonzalo nahm Jack am Arm und zog ihn weg vom El Pájaro.

»Erzähl schon«, sagte Jack.

»Ich hatte gehofft, wir würden Águila antreffen, aber er ist nicht da«, berichtete Gonzalo. »Ich habe mit einer der … Frauen gesprochen, die meinte, er hat einen Liebling. Ihr Name ist Angélica. Ich habe ihre Telefonnummer.«

»Und was soll sie uns sagen?«

»Vielleicht hat Águila mit ihr geredet. Ihr erzählt, wo er gerne hingeht. Vielleicht hat er sie sogar mal mit zu sich nach Hause genommen. Das wissen wir, wenn wir sie anrufen.«

»Worauf wartest du?«

Sie gingen an einer Reihe von *cantinas* vorbei, die aussahen, als wären sie von irgendwo anders in der Stadt hierher verpflanzt worden. Keine Schmuddelbilder, keine lauernden Anwerber. In der plötzlichen Ruhe merkte Jack, wie schnell er sich an das Gedränge gewöhnt hatte.

»Ruf sie an«, drängte er.

»Ich mach ja schon«, erwiderte Gonzalo. Er zog sein Handy hervor, wählte die Nummer auf dem Zettel und hob den Finger. »Es klingelt.«

In Jacks Tasche vibrierte sein Telefon. Er hatte den Ton abgestellt, aber vergessen, es stumm zu schalten. Als er die Nummer sah, zog sich das Blut am Ende seines Rückgrats zusammen.

Er nahm an. »Hallo, Lidia.«

Sie hatte geweint. Jack hörte noch die Tränen in ihrer Stimme, den hohen Ton aus ihrer zugeschnürten Kehle. »Was tust du, Jack?«, fragte sie.

»Ich muss etwas erledigen.«

»Ich wollte d-dich nicht anrufen, weil ich dachte, vielleicht kommst du nach Hause, aber du bist nicht nach Hause gekommen. Warum bist du da drüben, Jack?«

Jack warf Gonzalo einen Blick zu. Er stand halb abgewandt, telefonierte und bekam nichts mit. Jack entfernte sich einige Schritte. »Ich muss das tun.«

»Ich dachte, wir hatten entschieden, dass du bei *mir* bleibst«, sagte Lidia. »Du kannst Marina nicht helfen, Jack. Das muss die Polizei tun.«

»Liebes, ich hab dir doch gesagt, dass es keine Polizei mehr gibt.

Und die Armee unternimmt rein gar nichts. Ich muss selber etwas tun.«

Lidia schwieg, Jack hörte sie leise weinen. Wenn ich genau hinhöre, dachte er, kann ich ihre Tränen fallen hören. Der Schmerz in seiner Kehle ließ sich nicht herunterschlucken.

»Lidia –«

»Du wirst *sterben*, Jack«, unterbrach ihn Lidia. »Sie werden dich finden, und dann bringen sie dich um!«

»Das wird nicht passieren.«

»*Woher willst du das wissen?*«

Jack sah sich um, aber es gab keinen Ausweg. Am Ende des Blocks kam langsam ein dunkler SUV um die Ecke, die Fenster waren heruntergelassen, der Beifahrer hatte den Arm aus dem Fenster gehängt, zwischen seinen Fingern steckte eine Zigarette. Merkwürdig, was einem alles auffiel, wenn man viel lieber woanders wäre. »Ich weiß es einfach«, sagte Jack zu Lidia. »Ich lasse es nicht zu.«

»Du hast keine Wahl! Meinst du etwa, *tío* Bernardo hatte eine Wahl?«

»Ich kann nicht mit dir diskutieren«, sagte Jack. »Ich muss jetzt los.«

»Wohin?«

»Es ist besser, wenn du nichts weißt.«

»Wem soll ich denn was sagen, Jack? Ich bin *alleine*. Es ist *niemand* da.«

»Ich lege jetzt auf«, sagte Jack.

»Bitte, komm nach Hause«, sagte Lidia hastig. »Komm nach Hause und vergiss das Ganze. Wir haben nur noch uns. Es gibt nur noch dich und mich. Wenn du nicht wiederkommst, was wird dann aus mir? Was wird dann aus mir, Dad?«

Dad. Der Schmerz in Jacks Kehle wurde immer stärker. Noch waren seine Augen trocken, aber er wusste, dass er bald weinen würde. Seine Knie zitterten. »Ich muss gehen«, sagte er heiser. »Ich ruf dich an.«

»Leg nicht auf! Leg nicht einfach auf!«

»Mach's gut«, sagte Jack.

Er beendete den Anruf. Mit dem Daumen stellte er das Handy auf stumm. Falls Lidia wieder anrief, würde er es nicht mitbekommen. Es war besser so.

»Gibt's ein Problem?«

Jack wandte sich um zu Gonzalo. »Nein, kein Problem«, sagte er.

»Gut, weil –«

»*¡Oye, gilipollas!*«

Sie drehten zeitgleich die Köpfe, und Jack sah, dass der schwarze SUV sie fast erreicht hatte. Der Mann mit der Zigarette hing halb aus dem Fenster. Er nahm einen Zug, die Zigarette glühte auf, dann blies er eine Rauchwolke aus.

»Ignorier die«, sagte Gonzalo. »Gehen wir.«

Jack lief neben Gonzalo an den *cantinas* vorbei, aber der SUV rollte neben ihnen her. Er spürte die Blicke des Mannes mit der Zigarette auf sich und nahm ihn im Augenwinkel wahr. »Was ist mit dem Mädchen?«, fragte er Gonzalo.

»Hey, ich rede mit euch beiden Schwuchteln!«, rief der Mann mit der Zigarette.

Gonzalo hielt an. »Hör zu, wir laufen hier nur rum. Wir wollen keinen Ärger.«

»Seid ihr beide Liebhaber oder so?«

Zwei Männer kamen aus einer *cantina*, sahen den SUV und machten auf dem Absatz kehrt. Der SUV hatte auf gleicher Höhe mit Jack und Gonzalo gehalten. Der Mann schnippte die Kippe weg, sie schlug auf dem Dach eines geparkten Autos Funken und verschwand in der Dunkelheit.

»Wie mein Freund hier sagt, wir wollen keinen Ärger«, sagte Jack.

Das Gesicht des Mannes war so mager, dass es einer Ledermaske glich. Seine Augen waren schwarz. »Du scheinst dich verlaufen zu haben, *hombre.*«

»Wir schauen uns nur um.«

Die hinteren Türen des SUV gingen auf, drei Männer sprangen auf die Straße. Jack machte sich bereit, spürte die Pistole im Hosenbund und wusste genau, dass er sie nicht ziehen konnte. Gonzalo stand dicht neben ihm.

»Renn«, sagte Gonzalo leise.

Die drei Männer drängten sich zwischen einem alten Malibu und einem orangen Camry am Straßenrand durch. Jack wich zurück.

»Renn!«, schrie Gonzalo, und dann rannten sie. Die drei Männer folgten ihnen, Jack hörte den Motor des SUV aufbrausen. Die Prostituierten, die auf der anderen Straßenseite vor den Türen standen, riefen ihnen nach, und eine lachte.

Später war sich Jack nicht sicher, was genau passiert war, aber sie kamen an eine Biegung in der Schotterstraße, wo an einem Wendekreis ein paar zählebige Sommerbäume standen, und irgendwie gelang es einem der Männer, Jack ein Bein zu stellen und ihn zu Fall zu bringen. Er schürfte sich beide Handflächen auf und bekam keine Luft mehr. Gonzalo landete Sekunden später neben ihm, und dann standen die drei Männer über ihnen.

Jack bekam etwas Schwarzes über den Kopf gezogen und hatte einen Moment lang das Gefühl zu ersticken, aber es war keine Plastiktüte. Mit Mühe bekam er Luft, auf seinem Rücken kniete ein Mann. Der Dürre mit der Zigarette rief: »Beeilt euch, beeilt euch!«

Kaltes Metall um die Handgelenke. Sie fesselten seine Hände hinter dem Rücken und drückten die Handschellen eng. Unsichtbare Hände tasteten seinen Hosenbund ab, dann wurde ihm die Pistole abgenommen.

Als sie ihn hochhoben, machte Jack sich absichtlich schwer. Doch die Männer waren kräftig, sie schleiften ihn zu dem schwarzen SUV, der mit laufendem Motor am Straßenrand stand. Unerwartet wurde Jack nach vorne gestoßen, seine Schienbeine prallten gegen etwas Hartes, er fiel auf einen kratzigen Fußbodenbelag und begriff, dass er auf dem Boden des SUV lag. Gonzalo wurde neben ihn geschoben, Jacks Knie drückten gegen Gonzalos Brust. Er hörte Gonzalo schnell atmen, wie ein Kaninchen.

Türen knallten. Es war kalt im SUV, die Klimaanlage lief auf voller Kraft. Der Fahrer trat aufs Gaspedal, und Jack wurde gegen etwas Hartes geschleudert. Der Sack über seinem Kopf klebte an seinen Lippen, er spuckte trocken, um sie zu befreien.

»Pass auf die Soldaten auf!«, sagte jemand.

Der SUV bog mit quietschenden Reifen scharf ab, dann noch einmal. Sie hatten Boy's Town verlassen, fuhren auf einer asphaltierten Straße und wurden immer schneller. Der Motor röhrte. Jack hatte keine Ahnung, welche Richtung sie eingeschlagen hatten.

»Jack.« Gonzalo atmete nicht mehr so hastig, das Wort kam flüsternd.

»Nicht reden«, sagte Jack.

»Bist du okay?«

»Hey, Schnauze da hinten!«, rief einer der Männer von vorne. »Noch ein verdammtes Wort, und ihr landet tot auf der Müllkippe!«

Jacks Kopf drückte gegen das weiche Material eines Vordersitzes, die Drahtfedern darunter piekten ihn, wenn der SUV über eine Unebenheit fuhr. Sie bogen noch ein paarmal ab, wurden langsamer, und Jack hatte nach wie vor keine Ahnung, in welche Richtung sie fuhren oder wie weit sie schon gekommen waren. Im Fernsehen sah es immer so einfach aus, aber in seinem Kopf tauchten nur Bilder von Straßen mit Bäumen und endlosen Häuserblöcken auf, die sich nicht zusammenfügen ließen.

Er versuchte, die Handgelenke zu bewegen. Er lag auf ihnen, die Handschellen schnitten ihm ins Fleisch. Durch die Bewegung bohrten sich seine Knie in Gonzalos Brust, und Gonzalo stöhnte. Jack wartete angespannt auf einen weiteren Wutausbruch von seinen Entführern, aber es kam keiner.

Jemand stellte das Radio an, Tex-Mex-Klänge füllten die Stille. Ein Jingle ertönte. Sie hörten den Sender KJBZ aus Laredo. Als das nächste Lied einsetzte, sang einer der Männer mit. Andere stimmten ein, und der SUV fuhr immer weiter.

11

Zeit und Raum lösten sich auf. Irgendwann wurde der SUV langsamer und hielt auf Kies. Die Männer stiegen aus, Jack hörte sie miteinander sprechen.

Die Autotür, hinter der er und Gonzalo lagen, wurde geöffnet, sodass sie etwas mehr Platz hatten. Gonzalo konnte sich drehen und seine Brust vom Druck befreien, in Jacks Beine floss endlich wieder Blut. Durch die angezogenen Knie waren seine Unterschenkel genauso taub geworden wie die Hände in den Handschellen.

Jemand packte ihn und zog ihn aus dem Wagen. Als er schwankte, hielt man ihn fest, damit er nicht fiel. Er spürte scharfe Steine und Erde unter den Sohlen seiner Stiefel. Es war still, und er dachte, vielleicht hatten sie die Stadt verlassen und waren jetzt irgendwo, wo weder Policía Federal noch die Armee je hinkamen.

»Vorwärts«, sagte eine Stimme in seiner Nähe. Jack machte ein paar Schritte und stolperte über eine Kante, die sich wie Beton anfühlte. Eine Veranda oder irgendeine Art erhöhter Weg. Die Hand an seinem Arm ließ nicht locker. Vor ihm war das Geräusch einer sich öffnenden Tür zu hören, ein Fernseher lief. Männer grüßten einander, ohne sich beim Namen zu nennen. An der Türschwelle stolperte Jack erneut.

Er wurde über einen Teppich zu einer zweiten Tür geführt, die beim Öffnen quietschte. Diesmal sagte der Mann an seinem Arm: »Jetzt geht es runter.« Jack tastete mit der Fußspitze nach der Stufe und behielt das Gleichgewicht. Seine Schritte klangen hohl, er roch Betonstaub. Er wusste, wie ein halb fertig gebauter Raum klang.

»Setzen.«

Von hinten wurde ihm ein Stuhl in die Kniekehlen geschoben. Jemand löste die Handschellen und fesselte ihn dann damit an den Stuhl, nicht ganz so fest, aber fest genug, um die Hände nicht herausziehen zu können. In der Nähe waren ein Klicken und ein Ratschen zu hören. Sie machten das Gleiche mit Gonzalo.

Jacks Herz schlug schnell, aber er war nicht mehr vor Angst überwältigt. Panisch war er gewesen, als sie ihn gejagt hatten, als ihm der Sack über den Kopf gezogen wurde, doch auf der Fahrt war er abgestumpft. Halb rechnete er damit, den Lauf einer Waffe am Kopf zu spüren und dann ewige Dunkelheit, aber je länger das Ganze dauerte, desto mehr hoffte er, dass es nicht so enden würde. Er beschloss, die Hoffnung nicht aufzugeben.

»Ist er schon da?«, fragte jemand.

»Nein, noch nicht.«

»Ich brauch was zu trinken.«

»Na, dann komm.«

Plastik knisterte, Schritte scharrten über den Betonboden, und Jack spürte, dass sie allein waren. Er zählte bis hundert, dann erst wagte er zu sprechen. »Gonzalo.«

»Ich bin hier.«

»Wer sind die?«

Gonzalo antwortete erst nach einer Pause. »Zetas.«

Jetzt drückte Jack die Angst kalt in den Magen, und seine sorgfältig gehütete Hoffnung zersprang. Er zitterte am ganzen Körper.

»Woher weißt du das?«, fragte er.

»Ich weiß es.«

Jack wollte etwas erwidern, aber da er Schritte hörte, schwieg er. Wieder knisterte Plastik, dann spürte er die Anwesenheit eines Menschen. Ein Mann sagte: »Quatscht ihr zwei etwa?«

Sie blieben stumm.

»Ich hab euch reden gehört«, sagte der Mann. »Und ich hab

euch schon mal gesagt: Ein Wort, und ich knall euch ab und schmeiße eure Leichen auf den Müll. Habt ihr *vergessen*, was ich gesagt habe? Antwortet!«

12

Jack verschränkte seine Finger hinter dem Rücken. Wenn er richtig festhielt, würde er nicht zittern. Sein Mund war trocken. »Ich habe es nicht vergessen.«

Ein Hammer klickte. Etwas Hartes, Metallenes drückte gegen seine Schläfe. Auf diesen Moment hatte er gewartet. Hoffentlich ging es jetzt schnell, und dann würde er nichts mehr wissen. Und sie konnten ihn nicht mehr foltern. »Und warum quatschst du dann?«

»Wird nicht wieder vorkommen.«

»Besser nicht, *idiota*. Du hast keine Ahnung, mit wem du dich anlegst.«

Die Waffe verschwand. Jack hatte die Luft angehalten, jetzt atmete er aus. In seinen Eingeweiden rumorte es. Das war die Angst. Die alles durchdringende Angst, die sich nicht durch optimistische Gedanken vertreiben ließ.

»Also, noch einen Mucks, und ich schieße, *entiendes*?«

Jack nickte. Hoffentlich konnte der Mann es sehen.

»Gut. Also haltet die Klappe und wartet ab. Es dauert nicht lange.«

Jack hörte den Mann gehen. Im anderen Raum wurde murmelnd eine Frage gestellt, der Mann antwortete, aber Jack verstand nicht, was er sagte. Am deutlichsten war der Fernseher zu hören, klar wie eine Glocke. Jack hatte nie gedacht, dass er zu den Klängen einer *Chespirito*-Wiederholung sterben würde.

Nach scheinbar einer Ewigkeit wurde der Fernseher abgestellt. Jack spitzte die Ohren. Plötzlich herrschte Totenstille, als hätte nur der Fernseher den Anschein von Leben erweckt und die Männer wären alle verschwunden. Jack hörte sein Herz schlagen.

Kurz darauf waren die Schritte der Männer zu vernehmen. Jack versuchte herauszuhören, wie viele da kamen, aber es war unmöglich. Es hätten wenige oder viele sein können, alles klang gleich. Er fragte sich, ob Gonzalo für solche Sachen ausgebildet war. Er hätte ihn gerne gefragt, hielt aber den Mund und presste die Kiefer zusammen, bis es wehtat.

Jemand stieß ihm etwas Stumpfes und Hartes in die Rippen. »Wie heißt du?«, fragte eine Stimme.

»Jack.«

»Sind wir etwa Freunde? Dein ganzer Name.«

»Jack Searle.«

»Und du, *cabrón*?«

»Gonzalo Soler.«

»Okay«, sagte die Stimme.

Jack versuchte, sich ein Gesicht vorzustellen. War der Mann klein oder groß? Dick oder dünn? Er konnte nicht einmal sagen, ob die Stimme eher alt oder jung klang. Wieso hatte er geglaubt, er könnte das durchziehen? Was hatte er sich dabei gedacht, einfach über den Fluss zu fahren?

»Würde es euch überraschen, wenn ich eure Namen schon kenne?«, fragte die Stimme. »Ihr könnt antworten.«

»Nein«, sagte Jack.

»Sollte es auch nicht. Nuevo Laredo ist nicht sehr groß. Alles spricht sich rum. Vor allem, wenn ein mexikanischer Polizist und ein Amerikaner zusammenarbeiten. Ihr beide seid wie zwei große, dumme Tanzbären, und der Zirkus gehört uns. Bären auf Fahrrädern, das kennt ihr? Und alle schauen zu, wie sie was machen, was sie nicht können. Und alle lachen.«

Jemand zog Jack den Sack vom Kopf. Er war vom Licht geblendet, seine Augen begannen zu tränen. Instinktiv wollte er die Hände heben, aber sie waren gefesselt. Eine Träne rann über seine Wange.

Gonzalo saß ihm gegenüber, auch bei ihm wurde der Sack weggenommen. Um sie herum standen sieben Männer, alle trugen Waffen, manche hatten sie in den Hosenbünden stecken, andere hielten sie lässig in der Hand. Der Raum war ziemlich geräumig, etwa so groß wie eine Garage, und hatte nackte Trockenmauern. Der Boden war aus Beton, aber mit einer blauen Plastikplane ausgelegt.

Gonzalos Augen waren aufgerissen, sein Haar zerzaust. Er wirkte panisch, Jack hätte ihn gerne beruhigt. Er versuchte, Gonzalos Aufmerksamkeit auf sich zu lenken, aber der hatte nur Augen für die Männer.

Einer trat einen Schritt nach vorn. Er war ein bisschen älter als die anderen, eher Mitte dreißig als Anfang zwanzig, und sein Gesicht von Falten durchzogen. Seine Pistole hatte einen Perlmuttgriff, der hinter einer großen silbernen und türkisen Gürtelschnalle herausragte. Er trug Cowboystiefel und ein rotes Hemd. Die anderen sahen zerlumpter aus, trugen T-Shirts oder Ralph-Lauren-Fälschungen. »Willkommen«, sagte der Mann.

»Sie sind Águila«, sagte Jack.

Ein Mann trat aus dem Kreis und schlug Jack hart auf den Hinterkopf. Jack erkannte die Stimme, die sagte: »Halt den Mund, es sei denn, du sollst eine Frage beantworten!«

»Schon gut«, sagte der Ältere. Er winkte den anderen zurück und sah ausdruckslos auf Jack herab. »Nein, ich bin nicht Águila.«

Jemand kam mit einer Videokamera in den Raum. »Ich hab sie gefunden«, sagte er.

»Dann beeil dich und fang an. Zuerst die Gesichter.«

Der Mann mit der Kamera trat zwischen Jack und Gonzalo und nahm erst Gonzalos Gesicht auf, dann Jacks. Danach brachte er sie zusammen ins Bild. Das kleine rote Aufnahmelicht leuchtete. Der Mann hielt die Kamera so tief, dass die anderen Männer nicht erkannt werden konnten.

»Wofür ist das?«, fragte Jack.

»Damit sich meine Leute später einen Eindruck verschaffen können«, sagte der Ältere. »Sie wollen wissen, ob ich meinen Job gut mache. Ob ich die richtigen Fragen stelle. Ob ihr die richtigen Antworten gebt. Es gibt Leute, die sehr gespannt auf euch sind.«

»Ich bin nicht besonders interessant«, sagte Jack.

»Oh, doch. Du hast ja keine Ahnung.«

»Jack, sag nichts«, warf Gonzalo ein. Sein Blick war immer noch unstet.

»Hör nicht auf deinen Freund. Wenn du redest, kann sich für dich noch alles zum Guten wenden. Wenn nicht, kann ich für nichts garantieren. Solche Videos werden im Internet von allen möglichen Menschen gesehen. Wenn genug Blut fließt.«

»Wenn ihr uns umbringen wollt, dann bringt uns doch einfach um«, sagte Jack mit gespielter Lässigkeit. »Ich bin bereit.«

»Das glaube ich kaum.«

»Jack ...«, sagte Gonzalo.

»Was wollen Sie wissen?«, fragte Jack den Älteren.

Der Mann lächelte dünn. Jack sah, dass ihm ein Zahn fehlte. Das konnte der Polizei später helfen, ihn zu identifizieren, nur, dass es nie einen Bericht geben und die Polizei nie wissen würde, was aus ihnen geworden war. Jack fühlte sich sehr einsam.

»Was wollen Sie wissen?«, wiederholte er.

»Fangen wir noch mal an«, sagte der ältere Mann. »Ich werde dir meinen Namen sagen, auch wenn ich nicht so heiße. Du kannst mich Guadarrama nennen, und ich sage Jack zu dir. Deinen Polizistenfreund werden wir *señor* nennen, weil Polizisten wichtig sind.«

Jacks Blick huschte zu Gonzalo hinüber. »Er arbeitet für mich, nicht für die Polizei.«

»Ich weiß. Aber wir mögen Polizisten hier sehr. Stimmt's, *cabrón*?«

Die Männer lachten. Gonzalo schwieg, aber Jack sah, dass er zitterte. In dem Moment hatte er mehr Angst um Gonzalo als um sich. Ob es umgekehrt auch so war? Er würde es wohl nie erfahren.

»Was immer Sie wissen wollen«, sagte er rasch. »Ich sage alles.«

»Also gut«, sagte Guadarrama. »Fangen wir an.«

13

»Ihr wisst nicht, was ich schon weiß«, sagte Guadarrama. »Wenn ihr also lügt, und ich merke es, ist das schlecht für euch.«

»Ich werde nicht lügen.«

»Lass uns mit was Einfachem anfangen: Du sagst, dein Freund hier, Inspector Soler, würde nicht für die Polizei arbeiten. Sondern für dich?«

»Ja, ich bezahle ihn.«

»Wofür bezahlst du ihn?«

»Um meine Stieftochter und ihre Cousine zu finden.«

Guadarrama griff in eine Tasche und zog einen Zettel hervor. Er faltete das Flugblatt langsam auseinander und hielt es Jack vors Gesicht. »Sind das die Mädchen?«

Jack wandte den Blick ab. »Ja.«

»Wie lange sind sie jetzt verschwunden?«

»Seit einem Monat«, sagte Jack.

»Und die Armee tut nichts? Die Policía Federal tut nichts? Du musst jemanden von der Policía Municipal anheuern, um dir zu helfen? Jeder von denen bis runter zum letzten Streifenbeamten ist korrupt. Du wärst schockiert, wenn ich dir sage, wie viele von denen wir in der Tasche haben.«

Jack sah, dass Gonzalo den Kopf senkte. Er versuchte, seinen Blick aufzufangen. »Gonzalo gehört nicht dazu. Er ist ein ehrlicher Mann.«

»Der letzte ehrliche Mann in Mexiko«, sagte Guadarrama.

»Ich vertraue ihm«, sagte Jack. Gonzalo sah auf. Jack nickte ihm zu. Er wollte lächeln, aber seine Lippen gehorchten nicht.

»Und was hat dieser Spitzenpolizist rausgefunden, Jack? Hat er dir gesagt, wo die Mädchen sind?«

»Nein. Noch nicht.«

»So ist das mit der Polizei. Sie verspricht viel und hält wenig. Zum Glück sind die jetzt alle kaltgestellt worden. Die nächsten werden kaum besser sein, aber die alten waren völlig unfähig.«

»Er hat herausgefunden, dass ihr sie mitgenommen habt«, sagte Jack scharf.

Guadarrama sah verwirrt aus. »Wir?«

»Ihre Leute. Ihr Zetas. Ihr habt sie entführt.«

Jetzt lächelte Guadarrama breit, die Zahnlücke prangte in seinem Mund. Er stieß seinen Nebenmann an, der ebenfalls lächelte, und plötzlich kicherten und glucksten alle im Raum.

»Du hast echt überhaupt keine Ahnung, wie?«, fragte Guadarrama.

Jack sah, dass Gonzalo sich aufrichtete. »Ihr seid Golfos«, sagte Gonzalo.

»Inspector Soler ist ja doch nicht so unfähig!«, rief Guadarrama aus.

Jack versuchte sich in Erinnerung zu rufen, was er über das Golf-Kartell wusste, aber ihm wollte nichts einfallen. In den Nachrichten waren immer die Zetas für alle Verbrechen verantwortlich. Schießereien. Entführungen. Erpressungen. Die Golfos waren nicht besser, kamen aber nicht in die Schlagzeilen.

»Du siehst verwirrt aus, Jack«, sagte Guadarrama.

»Águila ist ein Zeta. Er ist keiner von euch.«

»Ganz genau.«

»Was kümmern euch die Mädchen? Sie haben nichts mit euch zu tun.«

»Du willst Águila töten, weil er sie entführt hat.«

»Ich will einfach nur meine Stieftochter und ihre Cousine nach Hause holen.«

Guadarrama schüttelte den Kopf. »Jack, die beiden Mädchen sind tot.«

Jack sackte in sich zusammen, aus seinen innersten Tiefen schob sich eine schwarze Wand in sein Bewusstsein. In seinen Ohren rauschte das Blut. Der Raum schien zu kippen, nur mit Mühe brachte er ihn wieder ins Gleichgewicht. Er wusste, dass Guadarrama ihn beobachtete. Er wollte sich nichts anmerken lassen.

Marina. Marina.

Jacks Mund war wie Watte, es fiel ihm schwer, Worte zu formen. »Das glaube ich nicht«, brachte er heraus. »Sie haben keine Beweise.«

»Ich brauche keine Beweise«, sagte Guadarrama. »Ich kenne die Zetas besser als jeder andere, und ich sage dir, dass sie nicht mehr am Leben sind. Águila hat sie getötet.«

»Das ist nicht wahr.«

»Dann sag mir eins, Jack: Wo sind sie? Wo sind sie hin?«

»Das werde ich rausfinden.«

»Du willst die Wahrheit aus Águila herausholen«, sagte Guadarrama.

»Ja.«

»Und wie willst du das machen? Glaubst du, ein Mann wie Águila lässt sich leicht finden?« Guadarrama beugte sich zu Jack herunter und sah ihm in die Augen. »Águila findet man nur, wenn er gefunden werden will. Und das will er nicht.«

»Was wisst ihr über Águila?«, fragte Gonzalo.

»Was willst du wissen? Sein Alter? Seine Lieblingsfarbe?«

»Ihr wisst, wo er zu finden ist.«

Guadarrama klopfte Jack auf die Schulter. »Du solltest auf deinen Freund hören. Er stellt sich als richtig cleveres Kerlchen heraus.«

Jack sah Guadarrama an. Der schreckliche Druck in seiner Brust ließ nach. »Stimmt das?«

»Ja, es stimmt. Wo er sich jetzt in diesem Moment aufhält,

weiß ich nicht, aber ich weiß, wo er in drei Tagen sein wird. Das ist fast genauso gut, oder?«

»Sagen Sie's mir«, verlangte Jack.

»Selbst wenn, wieso glaubst du, du könntest was unternehmen?«, fragte Guadarrama. »Du bist unser Gefangener. Ein Wort, und du verschwindest für alle Ewigkeit. Niemand wird je erfahren, dass du hier gewesen bist.«

»Ihr habt mich wegen Águila hierhergebracht«, sagte Jack. »Ich soll es erfahren.«

»Unter einer Bedingung«, sagte Guadarrama. »Du musst ihn töten.«

»Erst muss ich die Wahrheit rauskriegen.«

»Ich hab dir die Wahrheit gesagt: Die Mädchen sind tot. Dir bleibt nur die Rache an ihrem Entführer. Willst du Rache?«

Beim zweiten Mal tat es weniger weh, als würde ein Phantomschmerz erwachen. Jack zögerte. »Ja, will ich.«

Guadarrama beugte sich dicht zu ihm heran. »Wenn ich dir sage, was du wissen willst, dann muss ich sicher sein, dass du den Job erledigst. Águila muss sterben. Egal was kommt, er muss sterben. Sonst holen wir dich hierher zurück und drehen einen neuen Film. Dafür brauchen wir die Plastikplane.«

Jack hielt seinem Blick stand. »Sagt mir einfach, wo er ist.«

14

Auf der Rückfahrt hatten sie wieder die Säcke über den Köpfen, saßen aber aufrecht auf der Rückbank. Jack spürte die Kälte aus der Klimaanlage auf der Haut. Gonzalo saß neben ihm, einer der Männer auf der anderen Seite. Guadarrama war nicht dabei, er hatte sich verabschiedet und ihnen *buena suerte* gewünscht, nachdem man ihnen die Augen verbunden und sie aus dem Haus geführt hatte. Jack wusste, dass er Guadarrama nie wiedersehen würde.

Auf der Fahrt ließ er sich Guadarramas Worte wieder und wieder durch den Kopf gehen. Was er gesagt hatte, und was unausgesprochen geblieben war. Der Schock saß tief, wurde nur durch brodelnde Wut gemildert. Die Wut, die bereits einmal übergekocht war und Guadalupe und Fregoso vernichtet hatte. Jetzt würde er sie gegen Águila richten, aber erst würde er die Wahrheit erfahren.

Der SUV rollte über holprigen Kiesboden, von draußen war Musik zu hören. Sie waren zurück in Boy's Town. »Mach dich bereit«, sagte der eine Mann zum anderen.

Der SUV hielt an, die Türen wurden aufgestoßen. Jemand packte Jack am Arm und zerrte ihn hinaus in die Nachtluft, die ihm nach der Klimaanlage trocken und heiß vorkam. Er wurde unsanft umgedreht und spürte, dass die Handschellen geöffnet wurden, dann war er frei. Der Sack wurde von seinem Kopf gezogen. »Seht uns nicht nach«, sagte eine Stimme neben seinem Ohr.

Jack hörte die Tür zuknallen, der SUV raste davon. Erst als Jack ihn nicht mehr hören konnte, sah er zu Gonzalo hinüber und wagte es dann, sich umzudrehen. Sie waren genau da, wo man sie entführt hatte. Und sie waren allein.

»Ist alles in Ordnung mit dir?«, fragte Gonzalo.

»Wird wieder.« Jack rieb sich die Handgelenke. Die Haut war abgeschürft.

»Ich dachte, es ... es wäre alles vorbei«, sagte Gonzalo, stützte die Hände auf die Knie und schwankte leicht.

Jack legte ihm die Hand auf den Rücken. »Hey, hey, hey. Jetzt klapp mir bloß nicht zusammen. Wir haben's geschafft. Wir leben.«

»Du hast keine Ahnung, wie knapp das war, Jack.«

»Doch«, sagte Jack. Er schaute sich um. Einige der *cantinas* waren geschlossen. Er sah auf dem Handy nach, es war fast vier Uhr morgens. Außerdem hatte er acht verpasste Anrufe und mehrere Nachrichten. Er ignorierte sie.

Weiter unten auf der Straße bewegten sich zwei Gestalten Arm in Arm langsam durch den Lichtkegel einer einsamen Straßenlampe. Aus der Entfernung boten Gonzalo und Jack sicher einen ähnlichen Anblick.

Gonzalo richtete sich langsam auf, war aber noch unsicher auf den Beinen. »Wir müssen hier weg«, sagte er.

»Die kommen nicht wieder«, sagte Jack.

»Um *die* mache ich mir keine Sorgen. Aber wenn die Golfos so viel über uns wissen, dann wissen es die Zetas auch. Und *wir* wissen nur, dass sie uns noch nicht gefunden haben, was sich aber schnell ändern kann. Vielleicht observieren sie schon meine Wohnung. Vielleicht überwachen sie die Straßen zur Grenze.«

»Ich laufe nicht weg«, sagte Jack. »Wir wissen, wo Águila sein wird. Er wird mir die Wahrheit sagen.«

»Glaubst du das wirklich, Jack?«

»Du nicht?«

Gonzalo senkte den Blick. »Ich weiß nicht, was ich glaube. Die Golfos haben keinen Grund zu lügen. Wenn sie sagen, dass die Mädchen tot sind, dann solltest du wenigstens die Möglichkeit in Betracht ziehen, dass sie tot sind.«

»Sie sind *nicht* tot!«, gab Jack schroff zurück.

»Jack –«

»Guadalupe hat sie an Águila verkauft. Er hat sie hierhergebracht. *Hierher*. Wie viele Verstecke kann es in Boy's Town schon geben? Marina könnte keine hundert Meter weg von hier sein, und sie ist allein und hat Angst, aber sie weiß, dass ich nach ihr suche. Ich suche sie! Und wenn der Mistkerl mir nicht sagt, wohin er sie gebracht hat, dann war das, was ich mit den anderen beiden Drecksäcken gemacht habe, noch gar nichts. Hast du verstanden?«

Gonzalo sagte leise: »Ich habe verstanden.«

»Wir übernachten heute in Bernardos Haus. Morgen kannst du zu deiner Wohnung fahren und nachsehen, ob sich da jemand rumtreibt. Wir müssen einfach warten. Drei Tage.«

»Jack ...«, sagte Gonzalo.

»Was?«

»Nichts. Gehen wir.«

Sie schleppten sich über den Schotterweg. Die Prostituierten hatten Feierabend, die meisten Bordelle waren geschlossen. Die letzten würden auch bald zumachen, und dann war Boy's Town tot.

Gonzalos Auto stand, wo sie es geparkt hatten, ansonsten war die Straße jetzt leer. Jack setzte sich auf den Beifahrersitz, Gonzalo ans Steuer. Der Motor sprang erst nach drei Versuchen an.

Jack schaute im Vorbeifahren zum Polizeirevier hinüber. Es wirkte genauso ruhig wie am frühen Abend, als in La Zona Hochbetrieb geherrscht hatte. Vielleicht war es verlassen. Vielleicht sah in Mexiko so die Polizeiarbeit aus: leere Gebäude, leere Uniformen, die jeder überziehen konnte, der gerade des Weges kam. Er spürte Wut auf Guadalupe und Fregoso aufsteigen, aber sie waren tot und würden nie wieder eine Dienstmarke tragen. Eine leise Stimme in ihm sagte, dass er Gewissensbisse haben müsste, aber er hatte keine. So war es eben.

»Mach mal ein bisschen Musik an«, sagte er.
»Das Radio ist kaputt«, sagte Gonzalo.
»War klar.«

15

Jack schlief in Bernardos Bett, Gonzalo in Patricias. Jack war schon am frühen Vormittag wieder wach und suchte in der Küche nach Zutaten für irgendeine Form von Mahlzeit. Er hatte das Gefühl, seit Tagen nichts gegessen zu haben.

»Kaffee?«, fragte er Gonzalo.

»Bitte.«

»Ich mache Eier, Speck ist auch noch da.«

Sie aßen schweigend, schließlich durchbrach Gonzalo die Stille. »Es wäre am besten, wenn du hier versteckt bleibst«, sagte er. »Je weniger du in der Öffentlichkeit gesehen wirst, desto weniger kann passieren.«

»Du meinst, desto geringer ist die Chance, dass mich irgendein Zeta erschießt.«

»Genau.«

»Wann meldest du dich wieder?«

»Wir haben drei Tage«, sagte Gonzalo. »Es besteht keine Eile.«

Er stand auf, Jack musterte ihn. »Du bringst das doch mit mir zu Ende, oder?«, fragte Jack.

»Ja.«

»Weil ich irgendwie das Gefühl habe, du würdest lieber einen Strich unter das Ganze ziehen.«

Gonzalo sah ihn nicht an. »Nach gestern Nacht kannst du das vielleicht verstehen. Von *narcos* entführt zu werden ...«

»Wir haben überlebt.«

»Reines Glück, das hatte nichts mit Planung zu tun«, sagte Gonzalo. »Wenn das Águilas Leute gewesen wäre, würden wir hier nicht sitzen. Sondern an irgendeiner Überführung baumeln.

Und es wäre ein Wunder, wenn wir noch alle Gliedmaßen hätten.«

»Die Golfos sind auf unserer Seite«, sagte Jack.

»Die Golfos benutzen dich«, gab Gonzalo zurück. »Wenn du Águila tötest, ist das für sie ein Gewinn. Wenn er dich tötet, verlieren sie nichts und können es noch mal versuchen. Sie haben dir nicht aus reiner Menschenfreundlichkeit geholfen. Für sie ist das ein Spaß. Ein Spiel.«

»Für mich ist es kein Spaß«, sagte Jack.

»Und genau das finden sie so spaßig.«

Gonzalo verließ die Küche, Jack folgte ihm. »Weißt du was, mir ist völlig egal, warum sie das getan haben. Ich freue mich darauf, Águila zu töten. Wenn mich das zum Handlanger der Golfos macht, dann sei's drum.«

»Auf Wiedersehen, Jack.«

»Verdammt noch mal, du kannst hier nicht einfach so rausspazieren!«, brüllte Jack. Er hielt immer noch seinen Teller in der Hand und fuchtelte damit herum, als wollte er ihn auf dem Boden zertrümmern. »Die Golfos haben mir ein *Geschenk* gemacht, und ich nehme es gerne an!«

Gonzalo drehte sich um. »Prima, Jack! Dann machen wir das! Wir erledigen Águila und finden die Mädchen, und dann ist alles wieder gut! Du kannst dann in dein heiles Leben in Texas zurückkehren, und ich muss hier mit den Konsequenzen leben.«

»Hast du Angst? Ist es das?«

»*Natürlich* habe ich Angst! Ich bin außer mir vor Angst! Wo warst du letzte Nacht? Du hast alles gehört, was sie gesagt haben, und nichts kapiert. Du bist überzeugt, dass alles so laufen wird, wie du glaubst, aber das hier ist kein Wunschkonzert, Jack. Wünschen bringt gar nichts.«

»Warum hilfst du mir dann überhaupt?«, fragte Jack. »Und erzähl mir nicht diesen Mist, dass Mexikaner sich gegenseitig helfen müssen! Ich bin kein Mexikaner, und du bist mir nicht verpflichtet.«

»Weil –« Gonzalo brach ab. Er bewegte seine Hände, als wollte er nach Worten greifen. »Du weißt nicht, wie das ist, Jack. Du lebst in Laredo und liest über uns in der Zeitung, aber du weißt *nichts*. Ich will genau wie du, dass die Sache gut ausgeht. Ich will deine Stieftochter und ihre Cousine finden, und ich will, dass wenigstens eine Familie mal zur Ruhe kommt. Stattdessen passiert dann das hier.« Gonzalo zeigte auf die eingetrockneten Blutlachen auf dem Boden und das rot getränkte Flugblatt, das auf den Fliesen klebte.

Jacks Wut verflog. Er hielt den Teller in beiden Händen und schämte sich plötzlich für seinen Ausbruch. Er wurde rot. »Es wird so sein«, sagte er leise. »Wir bekommen unser Happy End.«

»Dafür ist es schon zu spät«, sagte Gonzalo düster. Er wandte sich ab.

»Gonzalo, wir kriegen das hin«, rief Jack ihm nach. »Irgendwie kriegen wir das hin.«

Gonzalo hob zum Abschied die Hand, sagte aber nichts und schaute nicht zurück. Er trat nach draußen und zog die kaputte Tür hinter sich zu.

16

Ein kräftiges Klopfen an der Wohnungstür schreckte Gonzalo aus dem Schlaf auf. Auf dem Nachttisch lag seine Waffe, er tastete danach und war erleichtert, als er sie in der Hand hielt. Er setzte sich auf, wartete, es klopfte erneut.

Leise ging er durch das Wohnzimmer zur Tür und schaute durch den Spion. In dem Glasrund stand Teniente Casiano.

Gonzalo versteckte die Waffe unter einem Sofakissen und rief: »Ich komme.«

Er öffnete die Tür. Casiano war allein und grinste leicht, als er Gonzalo in Shorts und T-Shirt sah. »Ausgeschlafen?«, fragte er.

Gonzalo wusste nicht einmal, wie spät es war. »Ich habe nichts Besseres zu tun.«

»Jetzt schon. Capitán Alvares möchte Sie sehen.«

»Weswegen?«

»Darf ich reinkommen?«

»Natürlich«, sagte Gonzalo. Casiano trat ein und machte in dem unaufgeräumten Wohnzimmer einen äußerst ordentlichen Eindruck. Gonzalo war verlegen. »Ich ziehe mir mal was an«, sagte er.

»Gute Idee.«

Gonzalo ging ins Schlafzimmer und zog seine Berufskleidung aus Baumwollhose, Hemd und Jackett an. Dazu wählte er eine grüne Krawatte. Er wusch sich im Bad das Gesicht und kämmte sich mit nassen Fingern durch die Haare. Als er ins Wohnzimmer zurückkam, stand Casiano auf derselben Stelle wie zuvor. »Fertig«, sagte Gonzalo.

»Folgen Sie mir.«

Casiano hatte zwar allein vor der Tür gestanden, war aber in Begleitung gekommen. Auf der Straße wartete ein Humvee mit einem aufmontierten Maschinengewehr. Casiano hielt Gonzalo die hintere Tür auf. Gonzalo gehorchte. Casiano stieg vorne ein. Zwischen den hinteren Sitzen stand der Soldat mit dem Maschinengewehr.

Sie fuhren los. Die Stoßdämpfer des Humvee waren grauenhaft steif, jede Delle und Rille im Asphalt übertrug sich direkt in Gonzalos Steißbein. Der Soldat schwenkte das Gewehr nach rechts und links und engte den Platz auf dem Rücksitz so sehr ein, dass Gonzalo sich gegen die Tür drücken musste.

»Sie haben mir immer noch nicht gesagt, worum es geht«, sagte er zu Casiano.

»Es hat neue Entwicklungen gegeben. Der Capitán möchte Sie darüber informieren.«

Mehr war aus Casiano nicht herauszubekommen. Es war heiß in dem rumpelnden Wagen, endlich erreichten sie das Zentrum, dann kam das Revier in Sicht. Der Humvee hielt mit quietschenden Bremsen an der Absperrung.

Casiano war ausgestiegen und hatte die hintere Tür geöffnet, bevor Gonzalo auch nur die Hand nach dem Griff ausstrecken konnte, als säße er in einer Limousine und Casiano wäre der Chauffeur.

Capitán Alvares saß wie immer in seinem Büro. Der Schreibtisch war jetzt nicht mehr ganz so übersichtlich, Akten und Papierkram hatten sich zu einer kleinen Mauer aufgetürmt, die den Raum noch kleiner machte. Alvares stand auf, schüttelte Gonzalo die Hand und bot ihm einen Stuhl an. »Schön, Sie zu sehen«, sagte er.

»Ich weiß nicht genau, warum ich hier bin«, sagte Gonzalo.

»Ich habe gute Neuigkeiten«, erwiderte Alvares. »Es wird Sie freuen zu hören, dass ich Ihre Rehabilitierung vorangetrieben habe. Sie stehen ganz oben auf der Liste für die Umschulung. Außerdem hat man mir gestattet, Ihnen einen kleinen Sold zukommen zu lassen. Es entspricht nicht einem ganzen Gehalt, ist aber immerhin etwas.«

Gonzalo hatte die Hände in den Schoß gelegt. »Warum ich? Was habe ich getan?«

»Sie haben mich beeindruckt. Das habe ich meinen Vorgesetzten gesagt.«

»Ich habe wenig beigetragen. Nur, was Sie mir erlaubt haben.«

»Und dann ist da noch das.« Alvares reichte eine dünne Akte über die Mauer. »Schauen Sie.«

Gonzalo schlug die Akte auf. Fast wäre sie ihm aus der Hand gerutscht, Fotos fielen zu Boden. Er beeilte sich, sie aufzusammeln, aber das erste Bild hatte sich in seinen Kopf eingebrannt: Guadalupe, mit Klebeband an den Füßen gefesselt, die Arme hinter dem Rücken verschnürt, sein Oberkörper eine blutige Fleischmasse, aus der ein Messer herausragt.

Und weitere Fotos. Fregoso im Bett mit einer Schusswunde im Kopf, das Kissen darunter blutgetränkt. Gonzalo klappte die Akte zu. »Guadalupe und Fregoso«, sagte er mit belegter Stimme.

»Ja. Ermordet. Die Leichen wurden gestern entdeckt. Guadalupe war teilweise verstümmelt.«

»Irgendwelche Verdächtigen?«, fragte Gonzalo.

»Natürlich *narcos*. Dieser Águila, von dem Sie gesprochen hatten. Er hat wohl rausgefunden, dass Sie Guadalupe befragt haben, und hat ihn beseitigt. Und seinen Partner gleich mit. Sie hatten recht mit Ihrem Korruptionsverdacht. Die beiden sind in dieser Stadt nicht länger ein Problem.«

Gonzalo schluckte. »Ich glaube kaum, dass ich ein Verbrechen der *narcos* für mich beanspruchen sollte.«

»Sie haben die beiden ausgeräuchert.«

»Aber ich habe die Mädchen nicht gefunden.«

»Ja, das ist wahr«, sagte Alvares verdrossen. »Jetzt werden wie nie herausfinden, was aus ihnen geworden ist.«

Gonzalo gab ihm die Akte zurück, Alvares legte sie weg.

»Danke für Ihr Vertrauen, Capitán«, sagte Gonzalo. »Ich hoffe, ich enttäusche Sie nicht.«

»Wenn Sie Ihre Karten richtig ausspielen, werden Sie der erste Polizist sein, der wieder in den Dienst zurückkehrt. Das wird Ihrer Karriere sehr förderlich sein. Und Sie haben meine persönliche Empfehlung.«

»Ich weiß nicht, was ich sagen soll.«

»Versprechen Sie, dass Sie mir helfen, diesen Águila zu finden, sobald Sie wieder im Dienst sind. Zwei Morde und zwei Entführungen gehen auf sein Konto. Und wer weiß, was sonst noch?«

»Da bin ich gerne dabei«, sagte Gonzalo.

»Man sollte immer auf der richtigen Seite des Gesetzes stehen«, sagte Alvares. »Guadalupe und Fregoso haben erfahren, was passiert, wenn man auf der falschen steht.«

Gonzalo wischte seine Handflächen an den Hosenbeinen ab. »Ja, Capitán«, sagte er. »Das haben sie.«

17

Das Telefon klingelte. Es war Gonzalo. »Ich habe mich schon gefragt, wann du anrufst«, sagte Jack.

»Wo bist du, Jack?«

»Immer noch im Haus. Ich drehe langsam durch.«

»Du darfst auf keinen Fall in der Stadt gesehen werden«, sagte Gonzalo. »Bleib, wo du bist.«

»Und wo bist du?«

»Zu Hause. Ich komme gerade von einem Gespräch mit Capitán Alvares zurück.«

»Alvares? Was wollte er?«

»Mir sagen, dass Guadalupe und Fregoso tot sind.«

Jack atmete ein. Dann sagte er: »Was hast du ihm erzählt?«

»Nichts. Alvares geht davon aus, dass Águila für die Morde verantwortlich ist.«

»Das ist gut«, sagte Jack.

»Aber nur bis auch Águila tot aufgefunden wird. Wie soll sich das erklären lassen?«

Jack stand in Bernardos Schlafzimmer und schaute durch das dreckige Fenster auf die Gasse hinaus. Eine Ratte huschte unter der verbeulten Mülltonne der Nachbarn hervor und verschwand. Nachts waren die Katzen auf Jagd, er hörte sie miauen und kämpfen. Die Gasse war wie die Stadt. »Bis irgendwer dahinterkommt, was passiert ist, sind Marina und ich auf der anderen Seite der Brücke.«

»Und wenn sie dann Patricia Sigala fragen, wie sie wieder nach Hause gekommen ist? Was wird sie sagen? Dass ein paar gutmütige *narcos* ihren Entführer umgebracht und sie gerettet haben? Denk doch mal nach, Jack.«

»Versuch nicht, mich davon abzuhalten. Wenn du die Sache nicht zu Ende bringen willst, verstehe ich das. Ich schaffe es auch alleine«, sagte Jack.

»Nein, schaffst du nicht.«

»Dann bist du dabei?«

»Ich könnte mich rausziehen, Jack. Einfach so. Sie halten mir meinen Job vor die Nase. Ich muss nur zugreifen. Dann ist alles wieder wie vorher. Wie früher.«

»Du weißt genau, dass das scheiße war.«

»Ja.«

»Ich muss Gewissheit haben, Gonzalo. Ich muss wissen, dass du dabei bist. Ich kann nicht planen, wenn du schon halb zur Tür raus bist. Ich brauche einen *Partner*.«

Gonzalo seufzte tief, und einen Moment lang dachte Jack, er würde das Gespräch beenden. Dann sagte Gonzalo: »Wenn ich nicht mit dir gehe, stirbst du. Das kann ich nicht zulassen.«

Jack verspürte unerwartete Erleichterung. Plötzlich konnte er wieder frei atmen, und seine Lippen waren nicht trocken. »Wie gesagt: Wir kriegen das hin.«

»Da ist noch was, Jack.«

»Was?«

»Was, wenn wir nicht finden, was wir suchen?«

In Jacks Wange zuckte ein Muskel. »Du meinst, was, wenn sie tot sind«, sagte er.

»Ja.«

»Sie sind nicht tot. All das hat eine Bedeutung. Sie sind am Leben.«

»Also gut. Ich glaube dir. Wir treffen uns morgen«, sagte Gonzalo. »Wir knöpfen uns Águila gemeinsam vor.«

»Danke, Gonzalo.«

»*De nada.* Ruh dich aus. Wir sprechen uns morgen früh.«

»Bis dann.«

Jack hielt das Telefon noch lange in der Hand und blieb in dem Viereck aus Licht stehen, das durch das Fenster fiel, ohne sich zu rühren oder zu denken oder irgendetwas zu hören außer seinen eigenen Atemzügen. Er befand sich an einem anderen Ort, auf einer Straße vor irgendeiner namenlosen *cantina*.

Als der Tagtraum verflog und er wieder in der Realität ankam, setzte er sich auf die Bettkante und wählte aus dem Kopf eine Nummer. Nach langem Klingeln sprang die Mailbox an. Insgeheim war er erleichtert. »Lidia«, sagte er, »ich bin's. Ich wollte mit dir reden, aber du willst wohl nicht ans Telefon gehen. Das ist okay, weil ich viel zu sagen habe, und ich glaube, es bringt nichts, wenn wir uns nur im Kreis drehen. Hör mir zu. Ich weiß, wie schlimm es ist, dass ich dir nicht gesagt habe, warum ich hier bin und was ich mache, aber wenn ich sage, dass es keinen anderen Weg gibt, musst du mir vertrauen. Und es geht nicht darum, dass ich den Helden spiele. Es geht darum, dass ich Vater bin. Mir ist egal, was andere sagen, ich bin dein Vater, und ich bin auch Marinas Vater. Väter müssen manchmal schwierige Dinge tun. Morgen rede ich mit einem Mann, der mir sagen wird, wo Marina und Patricia sind. Er wird es mir sagen, ob er will oder nicht. Aber ich werde nicht lügen und behaupten, dass es nicht gefährlich wäre, es ist gefährlich. Wenn ich nicht ... nicht zurückkomme, dann sollst du wissen, dass ich dich liebe. Ich habe ein Testament gemacht, und du und Marina, ihr bekommt alles, auch das Haus. Ich habe nach dem Tod deiner Mutter auch eine Lebensversicherung abgeschlossen. Die gehört dir. Ich weiß nicht, was der Staat macht, wenn man keine Eltern mehr hat, aber ich weiß, dass man sich um dich kümmern wird. Du bist ein cleveres Mädchen, und du wirst mit all dem fertig werden.«

Jack hielt inne und atmete ein paarmal tief durch, um die Tränen zurückzudrängen, die sich anbahnten und ihn zu überwältigen drohten. Er würde nicht weinen. Oder erst, wenn er aufgelegt hatte, aber Lidia sollte ihn nicht weinen hören.

»Ich muss jetzt auflegen. Ich wünschte, ich könnte dich noch mal sehen, aber du bist da drüben in Sicherheit. Versprich mir, dass du auf dich aufpasst, egal was passiert, und vergiss nicht, dass ich dich liebe wie meine eigene Tochter. Dich und Marina. Vergiss das nie. Mach's gut.«

Er beendete den Anruf, verbarg das Gesicht in den Händen und weinte. Heftiges Schluchzen schüttelte seinen Körper, und einen Moment lang dachte er daran, einfach loszufahren, über die Brücke und zurück nach Hause zu Lidia, aber der Impuls verschwand. Er ertränkte ihn in Tränen, dann war nur noch die Entschlossenheit übrig, dass er den Fluss erst wieder überqueren würde, wenn er Marina bei sich hatte.

»Es tut mir leid, Liebes«, sagte er in das leere Schlafzimmer hinein. »Gott weiß, es tut mir leid.«

18

Gonzalo war schon oft an der Kirche vorbeigekommen, aber noch nie hineingegangen. Er war katholisch aufgewachsen und empfand in großen Gotteshäusern vor allem Furcht, aber als Erwachsener hatte er gemerkt, dass diese Furcht ihn nicht mehr zum Beten anhielt, sondern ihn eher abschreckte. Die letzte Kirche, die er betreten hatte, war die gewesen, die seine Mutter in den Jahren nach dem Tod seines Vaters besucht hatte, und zwar zu ihrer Beerdigung. Wildfremde Menschen hatten ihm die Hand geschüttelt, und der Priester schien die Messe so schnell wie möglich hinter sich bringen zu wollen.

An diesem Morgen hatte sich Gonzalo angezogen, als hätte er einen Termin beim Chef der Polizeibehörde. Alles war sauber und frisch gebügelt, fast noch warm auf der Haut. Seine Dienstmarke und den Ausweis steckte er in die Jacketttasche, wo sie hingehörten. Dann legte er das Fußholster mit der Pistole an.

Obwohl er eigentlich keinen Hunger hatte, frühstückte er in einem kleinen Restaurant in der Nähe seines Apartments und hinterließ ein großzügiges Trinkgeld. Er hatte geplant, direkt zu Jack zu fahren, doch dann war er an der Kirche vorbeigekommen, und bevor er sich versah, hatte er den Wagen geparkt.

Es gab sicher größere und beeindruckendere Kirchen in der Stadt, beispielsweise die Kathedrale mit dem Buntglas-Turm und dem weißen Kreuz darauf. Das war wahrhaft majestätisch. Diese Kirche hier wirkte im Gegensatz dazu ältlich, sie hatte die schäbige Eleganz eines lange vernachlässigten, aber nie ganz aufgegebenen Gebäudes. Die Goldfarbe war angelaufen. Hier und da hingen Spinnweben.

In einer Ecke konnten die Gläubigen Opferkerzen entzünden und beten. Dorthin ging Gonzalo, aber als er kniete und das brennende Streichholz hielt, fehlten ihm die Worte, auch im Inneren. Er vergrub den Streichholzkopf in einem kleinen Sandbottich.

»Willkommen.«

Gonzalo drehte sich um und sah, dass er von einem schlanken jungen Mann beobachtet wurde. Ein weißes Rechteck am Adamsapfel zeigte an, dass es sich um einen Priester handelte, obwohl der Mann kaum alt genug schien, um sich rasieren zu müssen.

»Tut mir leid, wenn ich störe«, sagte der Priester. »So früh am Morgen haben wir nur selten Besucher.«

»Ich wollte gerade gehen.« Gonzalo stand auf.

»Bitte nicht«, sagte der Priester. »Ich meine, natürlich können Sie jederzeit gehen, aber da Sie nun schon mal da sind und ich auch, können wir doch auch ein bisschen reden?«

Gonzalo sah zum Ausgang hinüber, dann wieder den Priester an. »Warum nicht?«, sagte er.

»Kommen Sie, setzen wir uns.«

Sie setzten sich auf eine Kirchenbank. Der Priester hatte eine kleine, ledergebundene Bibel in den Händen, die er liebevoll auf seine Knie legte. »Ich bin Pater Salomon«, sagte er.

»Seien Sie mir nicht böse, Pater, aber wie alt sind Sie?«

Pater Salomon lachte. »Ich bin hier nicht der Vorsteher, wenn Sie das meinen. Pater Anselmo entspricht Ihren Vorstellungen wahrscheinlich eher: graue Haare, viele Falten. Aber er versteht auch weniger Spaß.«

»Sie sollten wissen, dass ich nicht religiös bin.«

»Ich maße mir kein Urteil an.«

Gonzalo legte die Fingerspitzen aneinander und verschränkte sie, als würde er darin seine Sorgen wie in einem Netz einfangen wollen. »Ich möchte Sie was fragen«, sagte er.

»Ja?«

»Ist es möglich, Vergebung zu finden, auch wenn man etwas Schreckliches getan hat?«

Pater Salomon sah ihn ernst an. »Sie sind nicht der Erste Ihrer Art, der mich das fragt.«

»Welcher Art?«

»Das möchte ich nicht sagen. Wir sind in einem Gotteshaus, hier haben Anschuldigungen keinen Platz.«

Gonzalo richtete sich auf. »Sie halten mich für einen *narco*?«

»Sind Sie keiner?«

Jetzt lachte Gonzalo. Er griff in seine Jacketttasche und zog seinen Ausweis hervor. »Ich bin Polizist«, sagte er. »Inspector.«

Pater Salomon wurde rot. »Tut mir leid. Als Sie mich fragten ... habe ich angenommen ...«

»Sie brauchen sich nicht zu entschuldigen.«

»Das ist mir sehr unangenehm.«

»Ich weiß, dass die Menschen in dieser Stadt nicht immer einen Unterschied machen zwischen der Polizei und den *narcos*. Und sie haben recht. Wir haben nicht besonders viel dafür getan, um Respekt zu verdienen.«

»Dann frage ich mich: Wenn Sie Polizist sind, was können Sie Schreckliches getan haben?«

Das Lachen verging Gonzalo, er senkte den Blick. »Das ist nicht so leicht zu beantworten.«

»Ich höre zu, das ist mein Job.«

»Ich habe Dinge getan, die im Widerspruch zu meinen Überzeugungen stehen. Mit manchen muss ich schon sehr lange leben.«

»Wie heißen Sie?«, fragte Pater Salomon.

»Gonzalo.«

»Gonzalo, sind Sie hergekommen, um Absolution zu erbitten?«

»Ich habe keine Ahnung, was ich hier mache.«

»Wie lange ist es her, dass Sie gebeichtet haben?«
»Eine Ewigkeit.«
»Möchten Sie jetzt die Beichte ablegen?«
Gonzalo erwiderte Pater Salomons eindringlichen Blick. »Nein.«
»Was kann ich dann für Sie tun? Ich möchte Sie Ihre Last nicht alleine tragen lassen. Ich nehme meine Aufgabe sehr ernst.«
»Wenn ich Ihnen etwas sage, bleibt es dann unter uns?«, fragte Gonzalo.
»Manche sagen, dass unsere Gespräche immer dem Beichtgeheimnis unterliegen, auch ohne den Ritus.«
»Und das bedeutet, dass Sie es niemandem erzählen dürfen? Egal, was passiert?«
Pater Salomon nickte langsam, aber Gonzalo sah die Zweifel in seinen Augen.
»Vor ein paar Tagen habe ich danebengestanden, als zwei Menschen ermordet wurden. Und heute wird ein dritter Mann sterben. Ich werde nichts dagegen tun. Ich werde sogar helfen.«
»Wer waren die Männer, die Sie haben sterben sehen?«
»Sie waren schlecht.«
»Und sie hatten den Tod verdient?«
»Ich weiß es nicht«, sagte Gonzalo. »Aber ich weiß, dass niemand um sie trauert.«
»Und der dritte Mann, verdient er den Tod?«
»Wenn das, was wir über ihn wissen, wahr ist ... ja.«
Pater Salomon lehnte sich zurück, die Bibel immer noch in den Händen, mit den Daumen rieb er kräftig über das abgenutzte Leder. Seine Kiefernmuskeln arbeiteten. »Im Priesterseminar wird einem nicht beigebracht, wie man solche Fragen beantwortet«, sagte er schließlich.
»Ich gehe besser.«
»Nein, bitte geben Sie mir eine Chance.«

Gonzalo sah auf die Uhr. »Ich habe noch etwas Zeit.«

»Sie sind Polizist«, sagte Pater Salomon nach einigem Zögern. »Ich muss Ihnen nicht sagen, dass Mexiko voll ist von bösen Menschen, die grässliche Dinge tun. Sie haben gesagt, die Männer, die gestorben sind, gehörten dazu. Und der dritte Mann auch.«

»Ja«, sagte Gonzalo.

»Ich kenne Gemeindemitglieder, die in dieser Stadt und anderswo Angehörige verloren haben«, sagte Pater Salomon. »Es sind gute Menschen, die ihr Leben leben, Gott verehren und sich Frieden wünschen. Aber ich kann ihnen keinen Frieden geben. Egal, wie oft ich das Abendmahl austeile, wie oft ich predige, ich muss mitansehen, wie die Polizei und die Armee und die *narcos* auf den Straßen Krieg führen. Ich bin machtlos. Gott gibt mir Kraft, aber es ist keine Kraft, die auch nur eine einzige Kugel aufhalten könnte.«

»Das tut mir leid.«

Pater Salomon winkte ab. »Was ich sagen will: Wenn es in meiner Macht stünde, den Krieg zu beenden, würde ich es tun. Und möge Gott mir vergeben, aber wenn dafür ein paar dieser bösen Männer sterben müssten, würde mir das nicht den Schlaf rauben.«

»Das Gebot sagt ›Du sollst nicht töten‹«, warf Gonzalo ein.

»Wussten Sie, dass im Hebräischen steht ›Du sollst nicht morden‹?«, fragte Pater Salomon.

»Ist da ein Unterschied?«

»Ich glaube, das wissen Sie.«

Gonzalo dachte nach, dann sagte er: »Sie haben mich für einen *narco* gehalten. Hätten Sie dann dasselbe gesagt?«

»Ich bin angehalten, Gottes Gnade allen zukommen zu lassen, die durch diese Tür treten, ob Sünder oder Heiliger. Das heißt nicht, dass mir gefallen muss, was sie tun. Ich scherze mit ihnen; wenn sie um Vergebung bitten, gewähre ich sie, aber es gibt einen Unterschied zwischen dem, was Gott gibt und was der Mensch bieten kann. Das ist meine Schwäche als Priester, und damit werde ich wohl zu kämpfen haben, solange ich dieses Kollar trage.«

»Sie sind jung«, sagte Gonzalo.

»Sie sind auch nicht alt«, erwiderte Pater Salomon.

»Ich fühle mich alt. Ich fühle mich sehr alt.«

»Warum wollen Sie es dann durchziehen? Wenn es Sie so sehr schmerzt, ist es das wert?«

Gonzalo neigte den Kopf. »Sie wollen Ihren Gemeindemitgliedern Frieden geben? Es gibt einen Mann, der erst wieder Frieden findet, wenn es getan ist. Egal, was ich denke, ich muss es tun. Für ihn. Und vielleicht für mich selbst. Ich kann es nicht erklären.«

»Ich kann Ihnen meinen Segen geben, aber solange Sie nicht um Vergebung Ihrer Sünden bitten, kann ich Ihnen keine Absolution erteilen«, sagte Pater Salomon.

»Sie würden einem Mörder Ihren Segen geben?«, fragte Gonzalo.

»Es klingt, als bräuchten Sie ihn mehr als die meisten.«

»Dann nehme ich ihn.«

»Knien Sie nieder.«

Gonzalo kniete sich auf den hölzernen Betschemel. Pater Salomon stellte sich vor ihn, legte eine Hand auf seinen Kopf und rief den Vater, den Sohn und den Heiligen Geist an. Er bat um Gottes Barmherzigkeit. Er bat um Gottes Gnade. Gonzalo hielt die Augen fest geschlossen, obwohl er nicht betete. Dunkle Bilder stiegen in seinem Kopf auf, seine Mutter, endlose Messen, Frauen mit bedeckten Köpfen und viele traurige, abgehärmte Gesichter.

»Sie können gerne bleiben«, sagte Pater Salomon, als er geendet hatte. »Eine Kirche ist nicht nur ein Ort der Gottesverehrung, sondern auch eine Zuflucht vor dem Bösen in der Welt. Sie können diese dunkle Wolke vorüberziehen lassen.«

»Wie ich gesagt habe, das geht nicht.«

Pater Salomon zuckte die Schultern und bemühte sich zu lächeln, aber sein Mund widersetzte sich. »Einen Versuch war es wert.«

Gonzalo erhob sich von dem Betschemel und strich sein Jackett glatt. »Ich danke Ihnen für Ihre Worte«, sagte er. »Es tut mir leid, wenn ich Ihre Zeit vergeudet haben.«

Pater Salomon folgte ihm zur Tür im Narthex. »Es war keine Zeitvergeudung. Auf keinen Fall.«

»Auf Wiedersehen, Pater«, sagte Gonzalo.

»Auf Wiedersehen, Gonzalo. Wenn Sie können, kommen Sie wieder.«

»Vielleicht tue ich das«, sagte Gonzalo und trat hinaus in die Sonne.

Auf der Kirchentreppe blieb er stehen und zog sein Handy hervor. Auf der Rückseite klebte ein gelber Zettel mit einer Nummer. Er wählte sie, es klingelte drei Mal, dann antwortete eine Stimme, die Gonzalo nicht erkannte.

»Mein Name ist Inspector Soler. Ich möchte bitte mit Capitán Alvares sprechen«, sagte er.

»Capitán Alvares ist nicht da.«

»Wann kommt er zurück?«

»Diese Information kann ich Ihnen nicht geben.«

Gonzalo fluchte leise. »In Ordnung«, sagte er. »Hören Sie zu. Schreiben Sie eine Nachricht auf. Es ist *wichtig*. Sorgen Sie dafür, dass Alvares sie sofort zu sehen bekommt.«

»Wie lautet Ihre Nachricht?«

Gonzalo sagte es ihm.

19

Jack hatte sich geweigert, in Gonzalos Wagen zur *cantina* zu fahren. »Wenn wir rausgefunden haben, wo Marina ist, muss ich mobil sein«, hatte er gesagt. »In deinem Auto kommen wir nicht über die Grenze.«

Auf der Fahrt durch die Stadt sah er Gonzalo im Rückspiegel dicht hinter sich. Jack wusste diesmal, wohin er fahren musste, fand einen Block vom Ziel entfernt einen Parkplatz und wartete, bis auch Gonzalo geparkt hatte, dann stieg er aus dem Truck. Den Rest des Weges würden sie zu Fuß zurücklegen.

Es war nicht wirklich heiß, trotzdem war Jack klatschnass – er schwitzte Blut und Wasser. Aber er wusste, er würde die Sache durchziehen. Vielleicht auf saubere Art wie bei Fregoso, vielleicht würde es schmutzig werden wie bei Guadalupe, aber er würde es durchziehen.

Gonzalo war wie für ein Vorstellungsgespräch gekleidet. Auch wenn Jack ihn nicht gekannt hätte, hätte er ihm auf den ersten Blick den Polizisten angesehen. Es war nicht zu ändern. Ein Amerikaner und ein Cop. Beide am falschen Ort.

Jack fing Gonzalos Blick auf und kam ihm zuvor: »Sag nicht, dass wir noch umdrehen können. Das können wir nicht.«

Sie gingen auf die *cantina* zu. Die ganze Gegend wirkte heruntergekommen, die wenigen hier parkenden Autos waren alt, verrostet und zerbeult. Touristen verirrten sich so gut wie nie hierher.

»Siehst du das?«, fragte Gonzalo.

»Was?«

»Auf der anderen Straßenseite. Ein Mann in einem Wagen, er beobachtet uns.«

Jack sah hinüber und entdeckte einen Mann am Steuer eines neueren Wagens mit heruntergelassenem Fenster. Er schaute sie direkt an. Jack wandte den Blick ab.

Vor der Tür der *cantina* lehnte ein Mann an der Wand. Bei ihrem Anblick verdüsterte sich sein Gesicht, aber er machte keine Anstalten, sie aufzuhalten.

Jack ging als Erster hinein.

Die Fenster der *cantina* waren vergittert, aber groß genug, um Licht hereinzulassen. In dem hellen Gastraum standen mehrere Tische, weiter hinten befanden sich Sitznischen, in denen man vor den Blicken der Eintretenden verborgen war.

Drei der Tische waren besetzt, an zweien spielten ein paar Männer Domino und tranken Bier. Der dritte Tisch war leer, an ihm saßen zwei Männer, die Jack und Gonzalo beim Hereinkommen beobachteten. Sie hatten schwere Augenlider und schafften es, ihre Abscheu zu zeigen, ohne mit der Wimper zu zucken.

Gonzalo trat neben Jack. »Er ist nicht da«, sagte er leise.

»Die Nischen«, sagte Jack.

»Ich gehe an die Theke.«

Die Bar war nicht groß, aber es standen so viele Flaschen dahinter, dass die Wand aus Glas zu bestehen schien. Jack merkte, dass Gonzalo nach links ausscherte, als er an den beiden Männern an dem leeren Tisch vorbeiging. Seine eigenen Füße spürte er kaum, die scharfen Blicke der beiden Männer umso mehr.

Die vier Nischen waren durch braune Holzgitter getrennt. Jacks Atem ging schneller, als er in die erste schaute. Sie war leer. Die nächste. Leer. In Jack stieg der panische Gedanke auf, dass sich Guadarrama aus irgendeinem Grund geirrt hatte und Águila nicht da war. Oder schon wieder.

Auch die dritte Nische war leer. Am Ende der Reihe führte eine Schwingtür zu einem Korridor mit den Toiletten und einer offenen Tür, aus der das Klappern von Geschirr und der Geruch von

Fleisch drang. Ein kleiner Mann mit Kochmütze steckte kurz den Kopf heraus, sah Jack und zog sich wieder zurück.

Jack erreichte die vierte Nische.

Gonzalo hatte ihm Águila nicht beschrieben, er wusste nur von zwei Dingen: dem Muttermal auf der Wange und der Golduhr. Der Mann, der da vor einem halb aufgegessenen Teller *enchiladas* und einem großen Glas Bier saß, hatte beides. Er trug ein dunkelblaues Ralph-Lauren-Polohemd.

Jack erstarrte. Sein erster Impuls war, Águila zu packen und ihn am Hemdkragen aus der Nische zu zerren. Der nächste fiel noch brutaler aus. Er ballte die Fäuste.

Águila ließ sich Zeit, bevor er den Kopf hob, und als er es tat, blickte Jack in ein gutaussehendes Gesicht, verunstaltet nur durch das Muttermal. Águila lächelte, gerade, weiße Zähne wurden sichtbar. »Und wer bist du?«, fragte er.

Die Worte wollten nicht kommen, Jack presste sie heraus. »Ich will mit dir reden.«

»Setz dich. Rede.«

Jack setzte sich Águila gegenüber. Der Griff der Browning Hi-Power in Jacks Hosenbund drückte gegen die hölzerne Rücklehne der Bank. Jack spürte ihn am Rücken.

»Du kommst aus den Staaten?«, fragte Águila.

Jack nickte stumm.

»Was will einer aus den Staaten von mir?«

»Du bist Águila«, sagte Jack.

Águila trank einen Schluck Bier. »Stimmt. Und wie heißt du?«

»Jack.«

»*Mucho gusto,* Jack.« Die Augen des Mannes waren dunkel wie Mahagoni, sie betrachteten Jack, ohne zu blinzeln. Águila schnitt ein Stück *enchilada* ab, aß es und sah Jack unverwandt an.

»Ich habe dich gesucht«, brachte Jack schließlich heraus.

»Du hast mich gefunden.«

»Ich habe Fragen.«

Águila machte eine Geste mit der Gabel. »Fragen sind schlecht fürs Geschäft. Du bist doch hier, um ein Geschäft zu machen, oder?«

»Ja, ich hab was zu erledigen.«

»Normalerweise kümmern sich meine Leute darum«, sagte Águila. »Du solltest direkt mit ihnen reden.«

»Ich will nicht mit deinen Leuten reden.«

»Okay, du willst also nicht mit ihnen reden. Das respektiere ich. Ein *gringo* kommt über die Brücke und will ein Geschäft machen ... dazu braucht man *cojones*. Und hier einfach reinzuspazieren, wenn ich Mittag esse. *Cojones*.«

Jack räusperte sich. »Ich will mit dir über etwas reden, das vor einem Monat passiert ist.«

»Das ist lange her, Jack.«

»Du hast zwei Mädchen gekauft.«

Águila hatte das Glas gehoben, wollte trinken, hielt aber inne. Die braunen Augen wurden schwarz. Er stellte das Glas schwungvoll ab. »Ich sag dir was, Jack: Ich mache so einen Scheiß nicht mit. Keine Ahnung, was man dir drüben erzählt hat, aber nicht mit mir. Wenn du mit mir über *mota* oder *chinaloa* reden willst, dann können wir reden. Du willst *metanfetaminas*? Wir können reden. Aber ich rede nicht mit irgendeinem *gabacho* über Mädchen.«

»Du hast sie von einem Polizisten namens Guadalupe gekauft«, sagte Jack. Seine Stimme zitterte, aber er spürte keine Angst. »Zwei Mädchen. Erinnerst du dich?«

»Mach, dass du rauskommst«, sagte Águila. »Wenn du jetzt gehst, dann darfst du deine dicken, baumelnden *cojones* vielleicht behalten.«

Jack packte die Kante des Tisches und zog ihn von der Wand weg. Teller und Glas zersplitterten auf dem Boden, der Tisch kippte um. Jack zerrte Águila am Kragen aus der Nische. *»Antworte!«*

Die beiden Männer an dem ungedeckten Tisch weiter vorne sprangen auf und zogen Pistolen unter den Hemden hervor. Dominosteine flogen in alle Richtungen, als die Spieler Schutz suchen, und der Barmann verschwand in seinem Wald aus Glas.

»Keine Bewegung!«, brüllte Gonzalo. Er hatte seine Pistole gezogen und zielte auf die bewaffneten Männer. Seine Hand war ganz ruhig.

Jack nahm Águila in den Schwitzkasten, zog mit der freien Hand die Browning, legte sie an Águilas Kopf und bugsierte ihn zwischen sich und die bewaffneten Männer. »Zurück mit euch!«, befahl er. »Legt die Waffen weg!«

»Du bist dumm«, sagte Águila leise. »Du bist wirklich saudumm.«

»Schnauze! Ihr beiden legt jetzt die Waffen auf den Boden!«

Die beiden Männer sahen erst Gonzalo an, dann Jack, dann legten sie die Pistolen auf den Boden und hoben die Hände über den Kopf.

Jack stieß Águila in die Lücke, wo vorher der Tisch gestanden hatte. Águila knallte gegen die Wand und drehte sich zu Jack um, der die Browning auf ihn gerichtet hielt. »Ich habe Fragen, und du wirst mir Antworten geben«, sagte Jack.

Ein kleines Rinnsal aus Blut lief über Águilas Stirn. Er wischte es weg. »Du hältst dich wohl für richtig clever? Für einen ganz harten Kerl? Du bist ein toter Mann, Jack.«

»Ist mir scheißegal«, sagte Jack.

»Was willst du?«

»Ich will die beiden Mädchen, die du gekauft hast. Du hast sie nach Boy's Town gebracht. Ich will wissen, wo sie jetzt sind.«

Águilas Gesichtsausdruck veränderte sich. »Ist das dein Ernst? Es geht hier um billige *coños*? Du bist ja irre, Mann.«

Jack lud die Browning durch. »Nenn meine Tochter noch einmal billige Fotze, und ich zerschieß dir dein verdammtes Knie. Wo sind die Mädchen?«

»*Vete a la mierda.*«

Die Kugel durchschlug Águilas Bein, verfehlte aber das Knie. Águila fiel um, als hätte man ihm den Boden unter den Füßen weggerissen. Blut spritzte auf die weiß getünchte Wand.

»*Wo sind sie?*«

»Jack!«, schrie Gonzalo.

Hätte Jack nicht den Kopf gedreht, er hätte den Mann nicht hereinkommen sehen, auch nicht die Waffe in seiner Hand. Und er hätte nicht den Schuss gesehen, der Gonzalo in die Seite traf. Er hätte Gonzalo nicht fallen gesehen.

Der Mann stand als Silhouette im Gegenlicht, Jack schoss und traf zwei Mal. Der Mann kippte rückwärts aus der Tür, seine Waffe entlud sich in die Decke.

Die beiden anderen Männer stießen den Tisch um und sprangen auf ihre Pistolen zu. Jack hörte Schüsse und begriff, dass Gonzalo vom Boden aus feuerte. Gonzalos Jackett war blutgetränkt, er schob sich mit den Beinen hinter die Bar, bevor die beiden Männer ihre Waffen hatten und zurückschießen konnten. Die Kugeln rissen Holzsplitter aus der Theke.

»Bist du okay?«, fragte Jack.

Gonzalo nickte, sagte aber nichts.

Jack lehnte sich weit genug vor, um auf die beiden Männer zu schießen, die sich hinter dem Tisch verschanzt hatten. Die Kugeln flogen tief und krachten in die Plastikoberfläche. Die Männer erwiderten das Feuer, Jack duckte sich wieder.

Er tastete nach Gonzalos Wunde, und seine Hand versank in einer Blutlache. Gonzalo blutete heftig, sein Gesicht war schmerzverzerrt. Seine Hand konnte kaum noch die Waffe halten, die auf seinem Bein lag. »Kannst du gehen?«, fragte Jack. »Wir müssen zur Tür.«

»Ich bleibe … besser hier«, brachte Gonzalo heraus.

Weitere Schüsse trafen die Theke, bunte Glasscherben regneten auf Jack herab. Er wagte sich wieder hervor und erwischte einen der Männer, der sich aus der Deckung begeben hatte. Die Browning riss ihm zwei große Löcher in die Brust, er kippte vornüber, als wären ihm alle Knochen aus dem Körper gezogen worden.

Eine weitere Gestalt stürmte zur Tür herein, der Mann aus dem Wagen, in den Händen eine Maschinenpistole. Jack schoss, verfehlte, und der Neuankömmling eröffnete das Feuer.

»*¡Yo me voy de aquí!*«, rief der Barmann aus seinem Versteck und rannte los. Er wurde mitten im Sprung von der Maschinenpistole niedergestreckt und landete auf dem Gesicht.

Águila nutzte den Moment, um in Richtung Küche zu fliehen. Er bewegte sich langsamer als der Barmann, musste auf dem unverletzten Bein fast hoppeln. Jack schoss ihm von hinten zwei Mal ins Knie. Águila brach zusammen.

Gonzalo sackte gegen Jack. Seine Augenlider flatterten. Jack schüttelte ihn. »Gonzalo! Wach auf! Bleib wach!« Gonzalo reagierte nicht.

»Hol ihn dir!«, rief der Mann aus dem Wagen neben der Tür.

Jack atmete ein und langsam, ganz langsam wieder aus. Er kam im selben Moment hinter der Bar hervor wie der zweite Mann hinter dem umgekippten Tisch. Einen Moment lang standen sie sich Auge in Auge gegenüber, Waffe gegen Waffe, aber Jack drückte zuerst ab und zerfetzte dem Mann mit einer hoch fliegenden Kugel das Gesicht.

Der Mann aus dem Wagen schoss mit der Maschinenpistole auf Jack. Die Kugeln trafen ihn unterhalb des Brustkorbs, der Einschlag trieb ihm die Luft aus den Lungen. Er stolperte, fiel nicht hin, spürte aber die Patronen durch seinen Körper pflügen und am Rücken wieder austreten, spürte den Schmerz, den nervenzerfetzenden Schmerz.

Im Stolpern erwiderte er das Feuer, die ersten beiden Schüsse gingen ins Leere. Der Mann machte einen Schritt nach vorne, krümmte wieder den Finger am Abzug. Glas explodierte, die Splitter flogen Jack ins Gesicht. Er schoss immer weiter, bis die Kugeln ihr Ziel fanden und die Maschinenpistole verstummte und der Mann zu Boden sank.

Jack brach zusammen, ein Bein lag verdreht unter seinem Körper. Er schmeckte Blut. Die leere Browning war ihm aus der Hand gefallen, lag auf Glasscherben und Holzsplittern. Luftholen war unmöglich, jeder Atemzug unerträglich schmerzhaft. Seine Lungen brannten, als wäre er einen Marathon gelaufen.

Gonzalo saß gegen die Bar gelehnt, sein Kopf hing nach unten. Jack rutschte über den Boden zu ihm hin, bei der Bewegung verzogen sich seine Innereien, wie sie es eigentlich nicht sollten. Die Schusswunden fühlten sich wie glühendes Metall an. Er blutete überall.

»Gonzalo«, sagte er. Als er ihn an der Schulter berührte, kippte Gonzalo um. Seine Augen waren geschlossen. Jack legte die Hand an Gonzalos Hals und fühlte einen leichten Puls. Er tätschelte Gonzalos Wangen. »Gonzalo.«

Zuerst sah er nur das Weiße in Gonzalos Augen, dann rollten sie nach vorne, die Lider waren einen Spalt breit geöffnet. Gonzalo flüsterte etwas. Jacks Ohren waren nach der Schießerei immer noch taub. Er lehnte sich vor.

»Hilfe kommt«, sagte Gonzalo.

Jack nahm eine Bewegung wahr. Als er den Kopf drehte, sah er die Dominospieler aus ihren Verstecken kommen. Sie hoben die Hände und bewegten sich seitwärts auf die Tür zu, dabei sahen sie Jack ängstlich an. Er hob die leere Hand, wie um zu sagen »*Geht*«, dann ließ er sie wieder fallen.

»Jack.«

»Was ist?«

»Es sind zu viele, Jack.«

»Es ist getan. Es ist alles vorbei, okay. Ruh dich aus«, sagte Jack. »Ruh dich einfach aus.«

Er nahm Gonzalos Pistole an sich, stützte sich an der Theke ab und schaffte es, auf die Beine zu kommen, obwohl der Boden gefährlich zu schwanken schien.

Águila war verschwunden. Eine Blutspur führte in die Küche. Jack fand ihn auf halbem Weg zur Hintertür der *cantina*, er zog sich mit aufgeschürften und blutigen Fingern über den nackten Betonboden. Seine Beine waren nicht mehr zu gebrauchen, er schleifte sie hinter sich her.

Jack kniete sich neben ihn und packte ihn an der Schulter. Águila drehte sich ohne Gegenwehr um. Durch den Blutverlust war er um die Augen und den Mund herum blass, doch seine Miene war hart. Jack setzte ihm die Pistole an die Schläfe. »Ich will wissen, wo meine Tochter ist«, sagte er, und Blut floss über seine Zunge.

»Wer bist du?«, fragte Águila.

»Was hast du mit den Mädchen gemacht?«, brüllte Jack. Rote Spritzer landeten auf Águilas Gesicht.

»Warum willst du die verdammten Schlampen wiederhaben?«

Jacks Gesicht zog sich zusammen, seine Augen füllten sich plötzlich mit heißen Tränen. Er drückte den Lauf der Waffe gegen Águilas Wange und zog den Hammer zurück. »Sag mir, was mit ihnen passiert ist.«

Die Härte zerfiel, und Jack sah die Angst darunter. Águila sah das rote Gesicht des Todes in Jack, verschmiert mit Blut. Er fühlte den Stahl der Waffe. »Ich erinnere mich an keine Mädchen«, sagte er. »Ich erinnere mich nicht an sie. Bitte töte mich nicht.«

»Die Mädchen«, murmelte Jack. Es fiel ihm schwer, klar zu sprechen.

»Bitte töte mich nicht.«

Jack wurde schwarz vor Augen. Er blutete heftig, sein Herz schlug immer schneller, die Ränder seiner Welt versanken im

Dunkel. Die Waffe lag fest in seiner Hand, der Finger am Abzug. Abdrücken war leicht. *Marina.*

Águila zuckte einmal und war still. Ein dunkelroter Heiligenschein aus Blut breitete sich auf dem Küchenboden aus. Das Loch in seinem Gesicht wirkte seltsam klein, es war schwarz umrandet. Seine Augen standen offen, sahen aber nichts.

Jack weinte auch noch, als er nicht mehr aufrecht sitzen konnte; seine Wunden zwangen ihn zu Boden, bis der Herd und die Arbeitsflächen vor ihm aufragten wie Felsklippen. Er hustete Blut, das sich auf seinem Gesicht mit den Tränen mischte. Er wusste, dass er auch Blut atmete.

Er hatte keine Ahnung, wie lange er dort lag, aber er war sich eines dunklen Flecks in seiner Erinnerung bewusst, der kam und ging. Vielleicht waren seine Augen geschlossen gewesen. Er war nicht sicher.

»Lidia«, sagte er.

Der Herd hatte Griffe, an denen er sich hochziehen konnte, bis er endlich auf den Knien war. Gonzalos Revolver war irgendwo gelandet. Egal. Jack schaffte es zur Küchentür, durch die Schwingtür in den großen Raum und dann bis an die Bar. Dort lag Gonzalo, ob er lebte oder tot war, konnte Jack nicht erkennen. Er schleppte sich weiter bis zur Eingangstür, an den Toten vorbei. Durch die Tür hinaus auf die helle Straße. Blutschlieren hinter sich herziehend.

Jack stolperte über die Straße. Jeder Schritt kostete unendliche Mühe. Seine Arme baumelten herab. Als er endlich seinen Truck sah, schien der zu glühen, zu lodern wie die Sonne. Er schmierte Rot auf den Griff und die Tür. Mit letzter Kraft zog er sich auf den Fahrersitz, lehnte sich zurück und legte die Hände ans Steuer.

Schlüssel. Beinahe wären sie ihm aus den nassen Händen gerutscht. Als der Motor anging, wurde Jack vom Luftstrom der Klimaanlage fast umgeworfen.

Er lag halb auf dem Lenkrad, fuhr Schlangenlinien und missachtete Schilder. Er hörte Hupen, schnitt einem anderen Auto den Weg ab, fuhr weiter, ohne auf das Geschrei hinter sich zu achten. Er wusste, dass er nach Norden fuhr, aber er nahm nichts wahr, nur ein dumpfer siebter Sinn sagte ihm, wann er abbiegen und wohin er fahren musste.

Die Policía Federal hängte sich an seine Fersen, als die Brücke schon in Sicht war. Sie stellte das Blaulicht an und ließ die Sirene aufheulen. Jack gab Gas, der Truck raste los.

Eine Lautsprecherstimme forderte ihn knisternd zum Anhalten auf. Jack fuhr schneller. Sein Schoß fühlte sich an, als hätte man dort heiße Flüssigkeit ausgegossen, Blut lief ihm über die Unterlippe. Vor ihm tauchten die vier Fahrbahnen mit den Zollkabinen auf. Männer mit bunten Westen standen am Straßenrand und verkauften Zeitungen. Auf einem großen Schild stand *FELIZ VIAJE.*

Jack fädelte sich nicht ein. Er raste in eine der Fahrbahnen und riss Stücke von Beton, Glas und Metall von der dort stehenden Kabine ab, die hinter ihm herflogen. Sein Seitenspiegel brach ab. In den anderen Spiegeln kam das Blaulicht immer näher.

Zur Rechten lag die Fußgängerbrücke, der Verkehr vor ihm wurde immer dichter, ein glitzerndes Dickicht aus roten Rücklichtern. Jack trat aufs Gas und hielt auf die Lücke zwischen einem Kleinwagen und einem riesigen Sattelschlepper zu.

Fast hätte er es geschafft, doch dann blieb die Pritsche stecken, der Truck kam abrupt zum Stehen. Jack, der nicht angeschnallt war, prallte gegen das Lenkrad. Der Airbag schlug ihm ins Gesicht.

Er öffnete die Tür, die gegen ein anderes Fahrzeug knallte, und kippte aus dem Truck. Um ihn herum Geschrei, das keinen Sinn ergab. Worte bedeuteten ihm nichts mehr. Es gab nur noch Schmerz und eine tiefe Müdigkeit in allen Knochen, die ihn für immer in die Tiefe zu ziehen drohte.

Eine Frau trat ihm in den Weg, sah das Blut und sprang beiseite. Jack hörte weitere Sirenen hinter sich. Er blickte in die Schattenwelt, die vor ihm lag, und setzte einen Fuß vor den anderen.

Panische Gesichter blickten ihn durch Scheiben hindurch an, verängstigt von dem Lärm und dem Anblick eines in Blut gebadeten Mannes. Stimmen drohten ihm, Befehle wurden geschrien. Jack blickte nicht zurück. Ein Fuß vor den anderen.

Wieder verlor er das Gleichgewicht, er schwankte und hinterließ dunkelrote Streifen auf den Autos. Bald würde kein Blut mehr da sein, viel konnte nicht übrig sein. Er würde leer sein, und dann würde alles aufhören. Er streckte die Hand aus und hinterließ einen perfekten Abdruck auf der Scheibe eines gelben Kleintransporters. Ein Fuß vor den anderen.

Er sah die Fahnen, die nebeneinander auf der Brücke wehten: Mexiko und Amerika. Auf der Mitte der Brücke, die einen Bogen schlug über den Rio Grande, wo sich einer gegen den anderen abgrenzte. Jack hustete, und etwas in ihm riss. Seine Knie gaben nach, er fiel zu Boden und kroch, kroch, kroch, bis die Fahnen fast über ihm waren.

Schritte folgten ihm. Die Fahnen hingen an diesem atemlosen Nachmittag fast reglos in der Luft. Der Asphalt der Brücke glühte unter seinen Händen, doch diesen Schmerz fühlte er nicht. Der andere Schmerz, die Höllenqual in ihm, das Reißen und Bluten und Bluten, verschluckte ihn.

Jack streckte die Hand aus, aber es war nichts mehr da. Er fiel um. Die Fahnen waren hinter ihm. Irgendwie waren sie von allein über ihn hinweggeweht, er konnte sich unmöglich so weit vorangeschleppt haben.

Als er aufsah, bemerkte er schwarz gekleidete Männer mit Waffen. Sie standen an der unsichtbaren Grenzlinie unter den Fahnen und starrten Jack wütend hinterher, ihre Augen so schwarz wie ihre Uniformen. Jack wollte ihnen etwas zurufen, aber seine Kraft reichte nur noch, um wie ein sterbender Hund zu hecheln.

Andere Schatten. Die Sonne trieb weiter, wenn er blinzelte. Andere Männer umringten ihn, in blau. Er sah, dass ihre Lippen sich bewegten. Einer kniete über ihm und schwenkte die Hand vor Jacks Augen. Die Halsader des Mannes schwoll an, als er jemandem etwas zurief, den Jack nicht sehen konnte.

Er wurde im Schmerz schwerelos. Er wusste nicht, wo er war, aber es fühlte sich gut an. Er schloss die Augen, Schwärze hüllte ihn ein. Marina tauchte aus der Dunkelheit auf. Sie beugte sich über ihn und küsste ihn auf die Stirn. Er spürte ihre Hand in seiner. Zusammen würden sie nach Hause zu Lidia gehen.

20

Capitán Ernesto Alvares hielt vor dem unscheinbaren kleinen Haus in Laredo und stellte den Motor ab. Er war nicht in einem Militärfahrzeug gekommen, sondern hatte sich einen Privatwagen von einem seiner Soldaten geliehen, der in der Gegend Verwandte hatte. Auch seine Uniform trug er nicht.

Im Haus war kein Anzeichen von Leben zu erkennen. Die Jalousien in den vorderen Fenstern waren heruntergelassen, aber in der Einfahrt stand ein weißes Auto. Alvares stieg aus und spürte die nachlassende Hitze des Tages. Der Sommer neigte sich dem Ende zu. Die Kinder gingen wieder zur Schule. Er hatte den Großteil des Weges hinter einem Bus festgesteckt.

Er überquerte den Rasen, ging zur Haustür, klingelte einmal und klopfte außerdem. Eine der Jalousien bewegte sich. Jemand spähte hinaus.

Ein junges Mädchen öffnete die Tür. Alvares hatte sie noch nie gesehen, erkannte aber die Ähnlichkeit zu dem Foto von Marina Cobos in seinen Akten. Es war die Schwester. Ihr Blick war ernst und wachsam, und als er sich vorstellte, zögerte sie zunächst. Dann sagte sie: »Was wollen Sie?«

»Ich würde gern Sr. Searle sprechen. Wenn ich darf.«

»Kommen Sie rein.«

Jack Searles Haus war klein, machte aber einen freundlichen Eindruck. Alvares konnte sich nicht vorstellen, dass Searle es selber eingerichtet hatte, aber wer weiß? Das Mädchen führte ihn ins Wohnzimmer, wo leise der Fernseher lief, und sagte, Searle würde gleich kommen.

Alvares hörte ihn, bevor er ihn sah. Jack Searle ging an einem

Metallstock, der laut über den Laminatboden pochte. Es überraschte Alvares, dass er überhaupt laufen konnte. Man hatte ihm die Verletzungen des Mannes auf der Brücke beschrieben, er wusste, wie viel Blut in seinem Truck gefunden worden war. Alvares war nicht sicher, ob er die Kraft gehabt hätte zu tun, was Searle getan hatte. Seither war nicht viel Zeit vergangen. Searle war ein zäher Kerl. Die jüngere Tochter stand dicht hinter ihm. »Dad?«, sagte sie fragend.

»Alles gut«, sagte Searle. »Schau dir irgendwas im Fernsehen an.«

Alvares nickte ihr freundlich zu. Sie wandte den Blick ab.

»Capitán Alvares«, sagte Searle.

»Sr. Searle.«

»Sie können mich auch Jack nennen.«

»Gern. Können wir irgendwo reden?«

»Sicher.«

Jack führte Alvares in die Küche, wo ein Tisch mit einer Rolle Küchenpapier und einem Besteckhalter mit sauberen Gabeln, Messern und Löffeln stand. Alvares nahm auf einem Stuhl Platz, den Jack ihm anbot, und sah ein schmerzhaftes Zucken in Jacks Gesicht, als er sich ebenfalls setzte.

»Ich freue mich, Sie zu sehen«, sagte Alvares.

»Leider kann ich das nicht zurückgeben«, erwiderte Jack.

»Ich bin nicht beleidigt.«

»Gut. Was machen Sie hier?«

»Sie wollten nicht zu mir kommen, also komme ich zu Ihnen.«

»Und jetzt sind Sie da.«

»Ich dachte mir, Sie wollen vielleicht wissen, dass Gonzalo Solers Beerdigung sehr schön war. Sie war gut besucht, und er wurde mit allen Ehren bestattet. Ich wünschte, Sie hätten dabei sein können. Schließlich waren Sie der Letzte, der ihn lebendig gesehen hat.«

»Ich glaube nicht, dass ich noch mal nach Mexiko komme.«

Alvares nickte. »Es wird Sie hoffentlich auch freuen zu hören, dass kein Auslieferungsantrag für Sie gestellt wird. Man geht allgemein von einer Auseinandersetzung zwischen *narcos* aus, Sie sind nicht länger Gegenstand der Ermittlung. Sie können also nach Mexiko zurück, wenn Sie wollen. Sie könnten sogar Anspruch auf die Reste Ihres Trucks erheben.«

»Das ist gut. Vermute ich.«

»Was haben Sie Ihren Leuten gesagt, als die wissen wollten, was passiert ist?«, fragte Alvares.

»Dass ich überfallen wurde. Dass Kriminelle auf meinen Truck geschossen und mich erwischt hätten. Dass ich nur knapp überlebt hätte.«

»Und das hat man Ihnen geglaubt?«

»Niemand wusste es besser.«

»Und jetzt wird es niemand erfahren.«

Sie saßen eine Weile schweigend da, starrten den Tisch an, vermieden es, einander anzusehen. Alvares nahm die gedämpften Geräusche des Fernsehers im Wohnzimmer wahr. Irgendwie ließen sie das Haus leerer erscheinen. Er wusste nicht, wie Jack das aushielt.

»Es tut mir leid, dass ich nicht rechtzeitig da war«, sagte er, um die Stille zu durchbrechen. »Gonzalos Nachricht hat mich zu spät erreicht.«

»Sie hätten nur versucht, uns aufzuhalten.«

»Ja, das stimmt.«

»Dann bin ich froh, dass Sie zu spät gekommen sind.«

»Ich hätte Ihnen das da erspart.« Alvares zeigte auf den Gehstock.

»Ein kleiner Preis. Gonzalo hat es mehr gekostet.«

»Das wollte ich Sie fragen: Haben Sie bekommen, was Sie wollten? War es Gonzalos Leben wert?«

Jacks Miene verdunkelte sich. »Ich weiß nicht, was ich darauf antworten soll.«

»Wir waren nie Ihr Feind, Jack. Wir haben immer für Sie gekämpft.«

»Es hat nicht gereicht.«

»Und jetzt sind so viele Menschen tot. Gonzalo Soler war ein guter Polizist.«

»Er war ein guter *Mensch.*«

»Bereuen Sie es, ihn mit in Ihr Spiel hineingezogen zu haben?«

Jack sah Alvares scharf an. »Das war kein Spiel.«

»Wie auch immer. Aber Gonzalo war genauso darin gefangen wie Sie. Hätte er noch aussteigen können?«

»Nicht, nachdem wir einmal angefangen hatten. Wir mussten es durchziehen.«

»Der Fall bleibt ungelöst, wir suchen immer noch nach Ihrer Stieftochter und der Cousine. Leider werden meine Männer ohne Gonzalos Unterstützung wohl keine großen Fortschritte machen. Wir sind Soldaten. Die Leute, die uns geschickt haben, scheinen das nicht zu verstehen.«

»Sie ermitteln also weiter?«

Alvares fing Jacks Blick auf und sah darin eine Trauer, die so tief war, dass man in ihr hätte ertrinken können. »Darf ich mir Marinas Zimmer ansehen?«

»Warum?«

»Tun Sie mir den Gefallen.«

»Okay.«

Jack erhob sich mühsam und ging voraus, bei jedem Schritt klopfte der Stock. Sie kamen an eine geschlossene Tür. Jack öffnete sie und trat beiseite. Alvares sah das ordentlich gemachte Bett, den aufgeräumten Schreibtisch, die hellen Wände und die kleinen Accessoires einer jungen Frau.

»Er hat sich nicht an sie erinnert«, sagte Jack. »Sie war ihm so egal, dass er sich nicht an sie erinnern konnte. Er wusste nicht mal ihren Namen.«

Alvares legte die Hand auf Jacks Schulter, er ließ es zu. So standen sie einen Moment lang da, dann schloss Alvares sanft die Tür.

NACHWORT

VERMISST ist eine erfundene Geschichte, die aber auf wahren Begebenheiten beruht. Die Gewalt in Nuevo Laredo ist real. Die Entführungen sind real. Die Drogenkartelle sind real.

Überall in Mexiko sterben Menschen. Es ist egal, ob sie alt oder jung sind, ob anständige Leute oder Verbrecher. Seit 2006 sind mehr als 60.000 Menschen getötet worden. 2009 (das letzte Jahr, für das wir Statistiken haben) sind 1200 Kinder unter siebzehn Jahren durch Drogengewalt ums Leben gekommen. Viele sind Querschlägern zum Opfer gefallen, aber eine grauenhaft hohe Zahl wurde absichtlich hingerichtet. In einem besonders schrecklichen Fall schlachteten die *narcos* eine ganze Familie ab, darunter ein zweiundzwanzig Monate altes Mädchen, das erschossen wurde. In einem anderen Fall wurde eine Polizeichefin von Kugeln durchsiebt, als sie gerade ihre fünfjährige Tochter auf dem Arm hatte. Beide starben.

Um alles noch schlimmer zu machen, sind Zehntausende Menschen spurlos verschwunden. Menschenhandel und sexuelle Ausbeutung florieren, Entführungen halten das Geschäft am Laufen. Auch Entführungen zur Erpressung von Geld sind lukrativ. Den Entführern scheint es egal zu sein, ob ihre Opfer Mexikaner*innen sind oder nicht, in der Region um Nuevo Laredo sind seit 2004 auch mehr als vierzig Amerikaner*innen verschwunden.

Leider habe ich mir das Schicksal der städtischen Polizei in Nuevo Laredo nicht ausgedacht. Im Juni 2011 wurde die gesamte Policía Municipal bis auf Weiteres suspendiert, um sich »Professionalisierungsmaßnahmen und Umschulungen« zu unterziehen. Bei Fertigstellung dieses Buches waren die Beamten noch immer nicht zurück im Dienst, und Nuevo Laredo ist ein kriminelles Irrenhaus. Der Bürgermeister von Nuevo Laredo hat trotz der Korruptionsfälle um die Wiedereinsetzung der Policía Municipal gefleht, um wenigstens ein Mindestmaß an Ordnung wiederherstellen zu können.

Mexiko steckt in einer tiefen Krise. Ein Ende ist nicht abzusehen.

Sam Hawken, 2014

Wie immer möchte ich meiner Frau Mariann für ihren unschätzbaren Beitrag zu meiner Arbeit danken. Ohne ihren Einsatz könnte ich kein einziges Wort schreiben.

»EIN MANN SIEHT ROT«

Ein Nachwort von Peter Henning

»Ein Mann kann sich immer an die Regel gehalten haben,
und plötzlich ist alles scheißegal«
Raymond Carver

Es ist eine an sich kleine und für die amerikanisch-mexikanische Grenzregion, in der sie spielt, leider allzu alltägliche Geschichte, die Sam Hawken in seinem nunmehr dritten, auf Deutsch vorliegenden Roman erzählt: Ein Mann sucht seine dort verschwundene Stieftochter – und stößt darüber auf die dunkle, gewalttätige Seite seines Ichs.

Doch Hawkens beeindruckende epische Gelassenheit, mit welcher er sie wie in Zeitlupe vor uns ablaufen lässt, bewirkt in Verbindung mit der psychologischen Genauigkeit, mit der er seine Figuren ausleuchtet, dass eine *große* gleichnishafte Erzählung daraus wird. Auch wenn sie so schmutzig und blutig endet wie das meiste dessen, was sich an ihrem Schauplatz, der im nördlichsten Bundesstaat Mexikos Tamaulipas gelegenen Stadt Nuevo Laredo abspielt; jener sozial zutiefst zerrissenen, 384 Tausend-Seelen zählenden »Grenzhölle«, die die meisten meiden wie die Pest. »Denn da drüben werden jeden Tag fünf, sechs Leute umgebracht«, heißt es entsprechend in Hawkens 2015 auf Deutsch erschienenem Roman »Kojoten« dazu. »Die haben es mit einer Situation zu tun, die gerade außer Kontrolle gerät.«

Kein Happy End – nirgends! sollte demzufolge in riesigen Lettern an den Ortseingangs- und Ausgangsschildern von *Nuevo Laredo* stehen. Denn da, wo Hawkens »Vermisst« langsam anrollt, und unweit davon baumhohe Zäune die Grenze zu Amerika sichern sollen, sind Korruption, Vergewaltigung und Mord und Menschenhandel an der Tagesordnung.

Ein Schauplatz wie gemalt für einen Erzähler, der es sich seit nunmehr drei Büchern zur Aufgabe gemacht hat, mit seinen Sätzen in diesem Sumpf herum zu leuchten wie ein Onkologe in verkrebstem Gewebe: Um Aufklärung zu betreiben und Partei zu nehmen für jene, die dort verrecken. Und um unseren Blick für das, was da tagtäglich mit mörderischer Stringenz abläuft, immer neu zu schärfen. Denn wenn Leute wie er es nicht tun, wer dann?

Offenbar hegt dieser beinharte Moralist ein ausgeprägtes Faible für all jene, die gegen alle Logik und den bösen Geist des Ortes an ihren moralischen Grundwerten festhalten – und selbst in der größten menschlichen Finsternis nach einem flackernden Lichtlein suchen, das ihnen den Weg weist in ein wenn auch noch so kleines Glück. Oder einfach nur den Pfad nachhause, nachdem das Morden zu Ende ist. Und man noch lebt.

Hawken hat an der Universität von Maryland Geschichte studiert – und offenbar früh begriffen, dass Leben kämpfen heißt, seit es Menschen mit und unter Menschen auszuhalten versuchen. Häufig um Würde, Respekt und Anstand. Viel öfter aber um die eigene, in Gefahr geratene Haut. Insbesondere da, wo die Grenzen der USA auf die von Mexiko knallen, die Tektonik hochfragil und die Stimmung latent explosiv ist – und die Salven abgefeuerter Revolver Nacht für Nacht die warnende, beklommen machende Melodie des Todes anstimmen.

Doch genau dieses unselige Stimmungsgemisch liefert Hawken den Treibstoff für seine mitreißenden, latent wütenden Bücher, die bei allem Engagement behutsam gezeichnete Bilder des Lebens in den amerikanisch- mexikanischen Todesstreifen liefern; Sozialstudien vom entzündeten, schorfigen Rand der amerikanischen Gesellschaft – ohne Larmoyanz und falsches Pathos.

Man kennt Derlei aus den von dornigen Hinterwäldler- Kulissen geprägten Romanen von Daniel Woodrell, dem ungekrönten König des *Country-Noir*, oder aus Tom Boumans hypnotischen, in den Apalachen, im Nordosten Amerikas wurzelnden Endspielen, in denen um ihr Land und noch mehr Betrogene einen sinnlosen Abnutzungskrieg gegen den Staat und rücksichtlose *Fracking*-Unternehmen führen, die mit ihren Baggern tiefe Wunden ins Erdreich – und ihre Seelen reißen.

Was Hawkens Bücher aber vor allem so faszinierend macht, das sind die Figuren, die in ihren Zentren stehen – und die das Gegenteil von Abziehbildern sind: trotzige Don Quichotte-Figuren, die er immer neu in ihre aussichtslosen Windmühlen-Kämpfe schickt auf der Suche nach der verborgenen Wahrheit.

Sie spielen dort, wo der amerikanische Traum längst zum amerikanischen Alptraum geworden ist. Und dieser Erzähler – daran lassen seine Arbeiten keinen Zweifel – kennt das, was er beschreibt. Er weiß, dass realistische Literatur, wie er sie produziert, nur so überzeugend ist wie das Material ist, das sie verhandelt. Kommt beides zusammen, entstehen Bücher wie die seinen, in denen die Bilder sich wie von selbst abspulen: Kopf-Kino – hart und sinnlich und pur.

Waren es zuletzt in »Kojoten« (2015) eine Texas-Rangerin, ein ehemaliger Schleuser und sogenannter »Kojote« und eine junge Frau aus El Salvador, die in der Grenz- und Todesregion zwischen El Paso und Juárez um Sinn und ums Überleben ringen, so ist es in Hawkens nunmehr drittem, und wohl bestem Grenz-Epos »Vermisst« ein Mann, der seine Aufgabe darin sieht, gegen Lohn Häuser zu sanieren – und seine beiden Stieftöchter großzuziehen, nachdem deren Mutter früh verstorben ist. Einer, der auf den Namen Jack Searle hört, und irgendwann aufgehört hat, mehr als das zu wollen. Und Gott nicht mal anruft, wenn es wirklich eng für ihn wird, weil da oben sowieso keiner ist – oder, wenn doch, ja doch immer nur besetzt ist.

Der klassische Kriminalroman folgt, das wissen wir nicht erst seit Patricia Highsmiths Band »Suspense«, bestimmten Grund-Kriterien. In Hawkens Büchern lösen sie sich teilweise auf. Zwar folgen sie allesamt dem erzählerischen Fluchtpunkt des »whodunit«, erweisen sich aber genau betrachtet weniger als klassische Krimis, sondern vielmehr als hochauflösende Gesellschaftsromane, in denen kriminelle Dinge geschehen.

In Jack Searle nun, einem amerikanischen, im Schmerz und Verlust von seinen Werten abfallenden *Jedermann* kristallisiert sich exemplarisch jenes altehrwürdige Gemisch aus letzten Resten von Romantik, verschrobenem Individualismus und dem nicht tot zu kriegenden Glauben an Gerechtigkeit, das Leute wie ihn am Ende so überraschend und faszinierend erscheinen lassen. Warum? Weil sie darin über den klassischen, oft reglementierten Krimihelden hinausweisen, facettenreicher erscheinen. Vor allem nachdem Jack Searle zu einer *Django-* oder *Dirty-Harry*-Figur geworden ist, die nur noch auf Rache aus ist. Ein Einzelkämpfer auf verlorenem Posten, der – nachdem klar ist, dass er seine in den Labyrinthen des mexikanischen Menschenhandels für immer verloren gegangene Tochter Marina nie wiedersehen wird – seine Antwort darauf in Blut schreibt, in dem er nur noch dem biblischen *Auge-um-Auge – Zahn-um-Zahn* zu gehorchen vermag. Ohne Rücksicht auf Verluste.

Mehr noch erinnert er darin an den New Yorker Architekt Paul Kersey aus Michael Winners Streifen »Ein Mann sieht rot« von 1974, der – nachdem seine Frau bei einem Überfall getötet und seine Tochter vergewaltigt wurde, zur Waffe greift, und – genau wie Jack Searle, nachdem er nicht länger auf die Hilfe der Polizei zählen kann – Selbstjustiz übt, sich mit Gewalt gegen Gewalt zur

Wehr setzt und die Wahrheit hinter Türen sucht, die man nicht ungestraft öffnet.

All das führt Hawken in einer Sprache vor, die befreit ist von jeglichem Ballast. Er hat ein Ohr für das gesprochene Wort seiner Figuren, spricht ihre Sprache. So fährt er immer neu ganz nah ran an sie – vertraut im Umgang mit adaptierten Elementen aus der Filmsprache wie *Close-Up, Totale, Schuss-Gegenschuss*. Denn er beherrscht das gekonnt, was man das *Setting* nennt.

Und bei all dem lässt er keinen Zweifel daran – auch wenn Jack Searle am Ende des Feldzugs, den er mehr oder weniger erfolglos gegen die Mörder seiner Tochter und deren Cousine führt, lebend heimkehrt – dass die Zustände im von ihm sondierten Grenzgebiet Vorboten eines latenten Wandels sind, die bereits im Begriff sind sich fortzupflanzen, von den Rändern hinein ins Innerste Amerikas. Und die weitere zahllose Opfer einfordern werden in diesem großen Schlachten und Verschleppen. Männer wie Jack Searle. In den Appalachen, in Nuevo Laredo, in den Ozarks und anderswo. Heute. Morgen. Nächstes Jahr.

Doch noch haben die Vorboten die Kapitalen nicht erreicht, noch tobt dieser schmutzige Krieg an den rostigen Rändern der Gesellschaft, in *Hillbilly-Land*, wie J. D. Vance die äußersten Regionen fern der Zentren der USA in seinem gleichnamigen Buch nennt – wo Verlierer gegen Verlierer kämpfen. Oder – wie in Hawkens Büchern – unbescholtene Bürger gegen korrupte Polizisten, Drogensüchtige gegen ihre Dealer und umgekehrt. Frauen gegen ihre Kidnapper und Kindesentführer.

Doch die gröberen Lebensformen – auch daran lassen Hawkens Bücher keine Zweifel – machen bereits mobil. Das Geschwür wächst, breitet sich scheinbar unaufhaltsam aus, frisst sich weiter fort auf Amerikas Landkarte.

Cormac McCarthy, dieser lange in El Paso und in der Gegend von Tesuque lebende Prediger des Untergangs, hat diese Botschaft bereits vor Jahren in verstörenden Meisterwerken wie »Verlorene«, »Die Abendröte des Westens« oder »Grenzgänger« unmissverständlich vorformuliert.

Sam Hawken, dieser unerschrockene literarische Anwalt der Gedemütigten, Geschlagenen und Gejagten verleiht ihr mit seinen Büchern nun eindrucksvoll Nachdruck.